I REPÊCHAGE

EDITH AYRTON ZANGWILL

UNA TESTA DURA

Traduzione di
FEDERICA MERATI

Garzanti

Prima edizione: giugno 2023

Per essere informato sulle novità del Gruppo editoriale Mauri Spagnol visita:
www.illibraio.it

Traduzione dall'inglese di
Federica Merati

Titolo originale dell'opera:
The Call

ISBN 978-88-11-00886-6

Printed in Italy

www.garzanti.it

UNA TESTA DURA

A tutti coloro che hanno combattuto per la libertà delle donne.
Questo libro è dedicato a voi, con affetto e ammirazione

1.

Il civico 57 di Lowndes Square era una caratteristica dimora del West End, del tipo più alla moda, con la facciata dipinta di fresco, i gradini immacolati, la maniglia e lo spioncino della porta in ottone lucido e i vasi sul davanzale in fiore tutto l'anno, da cui in quella stagione facevano capolino gerani rosa, edera e margherite. Era quel genere di casa che ispirava fiducia ai commercianti e faceva infuriare i socialisti. Passando, i vetturini in carrozza restavano con la frusta a mezz'aria, incuriositi da chiunque ne uscisse, e le segretarie delle fondazioni di beneficenza ambivano a tenere nei suoi salotti le riunioni pomeridiane. Quando un umile visitatore si avvicinava, ringraziava con discrezione il cielo di avere speso mezza corona in più per noleggiare un landò con tanto di cocchiere in livrea, e il domestico fresco di assunzione pensava che probabilmente quello era un «buon posto», dove non c'era granché da fare e le risorse abbondavano.

L'interno, come rivelato da un maggiordomo con la faccia paffuta e un'aria di studiata rispettabilità, era in perfetta armonia con l'esterno. L'atrio era luminoso e sufficientemente ampio senza essere troppo spazioso, arredato con il solito mobilio di pertinenza. C'era un'ariosa e vasta sala da pranzo con un bel tavolo grande in mogano, una credenza altrettanto bella e grande e una serie di gradevoli sedie di pelle. Dietro si trovava una stanza più piccola, la cosiddetta biblioteca, anche se nessuno la usava mai per leggere. A dire il vero, i libri scarseggiavano; serviva più che altro come guardaroba in occasione di cene e ricevimenti. Addentrandosi ancora di più nella casa, si incontrava lo studio del colonnello Hibbert, una stanzetta con poltrone voluttuose e senza prospettiva. Da un lato campeggiava la scrivania – di nome ma non di fatto, dato che il valoroso colonnello non scriveva altro che assegni –, mentre il posto d'onore sul caminetto era riservato al ritratto della signora Hibbert, una donnina minuta e graziosa, con gli occhi azzurri e una chioma vaporosa. Alle pareti, invece, erano appesi quadri di cavalli da corsa e un paio di dipinti raffiguranti un gruppo di commensali. In un angolo si intravedeva una borsa con le mazze da golf; una scatola di sigari, un accendino d'argento e un decanter per vini e liquori, con relativi bicchieri e sifone, erano sistemati su un tavolino, sempre a portata di mano. Quanto alla letteratura, era rappresentata dai numeri del «Field», dello «Sketch», dello «Sporting Times» e di «Country Life». A ben guardare, l'intera stanza sintetizzava nel suo contenuto gli interessi del colonnello: la bella vita, lo sport e sua moglie.

Il primo piano costituiva il regno indiscusso della signora Hibbert. Qui si trovava il grande salotto doppio, bianco e oro, con i mobili in stile Luigi XVI, che le erano valsi il nastro blu, simbolo di distinzione sociale, perché i reali avevano onorato con la loro presenza le sue «festicciole», come lei definiva i consueti ricevimenti annuali che era solita organizzare. La personalità della padrona di casa si indovinava anche dal boudoir, a metà del pianerottolo, che in tutte le stagioni era luminoso e affascinante, benché un tantino artificiale, con i fiori di serra, i servizi di porcellane di Dresda e i tavolini carichi di gingilli in argento. Ovunque erano sparpagliate fotografie di uomini di bell'aspetto, tra cui spiccava un membro della famiglia reale dall'aria sussiegosa che aveva autografato il proprio ritratto con ovvia condiscendenza. Mostrava un signore di mezz'età, già corpulento, malgrado lo scatto risalisse a una decina di anni prima, agli irrequieti «anni gallesi», quando la cerchia degli Hibbert frequentava con assiduità il «caro principe».

Com'è ovvio, sopra le sale di ricevimento – l'espressione usata dall'agente immobiliare per descriverle calzava a pennello – c'erano le camere da letto. Quella ampia del colonnello Hibbert e della consorte era proprio come ce la si sarebbe aspettata: coperte in pizzo adagiate su letti gemelli Sheraton e spazzole di tartaruga con monogrammi in oro appoggiate sulla toeletta; a detta della padrona di casa, gli articoli da toilette d'argento erano diventanti maledettamente comuni. L'unica divergenza rispetto alle normali abitazioni dell'alta società era la presenza di una sola camera matrimoniale. Le altre stanze da letto su quel piano erano anch'esse lussuose e prive di carattere, il che suggeriva che venivano usate di rado.

L'ultimo piano era dedicato alla servitù, ragion per cui l'ampio scalone rivestito di moquette Wilton a pelo lungo lasciava il posto a una rampa dritta e stretta coperta di feltro che terminava in un pianerottolo, dove saltava all'occhio il primo dettaglio stonato: da una porta socchiusa provenivano un curioso sfrigolio e un vago cattivo odore, se possibile ancora più curioso. A quanto pareva, una domestica male in arnese era impegnata a friggere qualcosa di sgradevole per un pranzo tardivo nella sua stanza. Ma se si apriva di più la porta, si capiva che quella non era affatto una camera da letto e che la ragazza che vi si trovava non era una domestica; in quella casa, nessun membro della servitù avrebbe accettato di indossare un'informe tuta di cotone blu, per non parlare degli orrendi occhiali protettivi resi ancora più antiestetici dalle fibbie che ricadevano ai lati. Un banco da laboratorio corredato di un lavandino di porcellana, rubinetti del gas e cappa aspirante rivelava la natura del luogo, ma in quel momento su tutto spiccava una fiamma sibilante che si sprigionava da due piccoli oggetti scuri fissati con morsetti metallici al tavolo di fronte alla ragazza. L'effetto della fiamma era ancora più scenografico per via delle persiane chiuse che, senza dubbio, tenevano lontano la calda luce del sole di luglio. Di conseguenza, ogni cosa lì dentro era soffusa di un singolare bagliore violaceo: le cassette di metallo, le bobine di filo nero, una scatola nera con manopole e finestrelle di ferro e, soprattutto, il viso della ragazza e le sue mani pallide che si gingillavano con quei marchingegni. Sembrava impegnata a stringere delle viti, forse per regolare il getto del fuoco.

Per fortuna, riuscì nell'intento. La fiamma smise di fuoriuscire impetuosa, si incanalò verso l'alto e assunse una brillantezza costante, lambendo la punta di quei piccoli aggeggi scuri che, come ormai si intuiva, erano elettrodi di carbone, mentre il sibilo divenne più sommesso e regolare. La luce ormai stabile consentiva di vedere meglio anche la ragazza, che indossava ancora gli occhiali protettivi e aveva una chioma di riccioli castani e graziosi tratti ben definiti, benché il bagliore emesso dall'arco elettrico conferisse alla sua pelle un pallore bluastro. Si era appena voltata verso una grande pila di bobine di resistenza, alta circa mezzo metro e sistemata sul pavimento al suo fianco, quando all'improvviso la fiamma, di nuovo fuori controllo, riprese il vigore di poco prima.

«Santi numi!» Un'esclamazione a dir poco energica... Se non altro, la ragazza era umana!

Si raddrizzò e ricominciò a manovrare le manopole nei supporti metallici, ma fu interrotta da una signora che bussò alla porta e, senza aspettare una risposta, entrò facendo frusciare la gonna di seta. «Ursula, tesoro! Che luce spaventosa! E che odore orribile!»

«D'accordo, mamma.» La ragazza, che aveva già spento l'arco elettrico, si tolse gli occhiali, rivelando bellissimi occhi scuri, poi andò ad aprire le persiane. «Entrava il sole», spiegò, «ma le finestre sono tutte aperte e l'odore se ne andrà presto. Come mai sei venuta fin quassù? Sono mesi che non onori il mio laboratorio della tua presenza!»

«Non fingere di non essere contenta che io non lo onori!» La signora Hibbert rise. L'osservazione suggeriva che avesse più senso dell'umorismo di quanto la sua eleganza un tantino pomposa lasciasse intendere. «Anche ora, sono entrata con timore e trepidazione per paura che mi staccassi la testa! Ma non ti siedi mai come una cristiana? Passami una sedia.»

Obbediente, Ursula avvicinò un paio di alti sgabelli da laboratorio, ma nonostante la signora Hibbert si fosse appollaiata su uno dei due, con le minuscole scarpe col tacco in stile Luigi XVI e le fibbie dorate che penzolavano senza toccare terra, lei restò in piedi. Come diceva sua madre, aveva perso l'abitudine di accomodarsi. «Non c'era bisogno di parlarmi come se fossi un orco!» esclamò, riferendosi all'osservazione di poco prima. «Quando mai ti ho staccato la testa?»

«Ah, ma non sai ancora per quale motivo sono venuta a farti visita. L'odoraccio non è sparito. Sei sicura che non ci sia una fuga di gas?» La signora Hibbert lanciò un'occhiata inquieta al becco di Bunsen.

«Sicurissima, mamma. Guarda, per farti contenta...» Ursula accese un fiammifero.

«Mia cara, è pericoloso!» La donna lo spense con un gridolino. «E ti definisci una scienziata! Persino io so che non si cercano fughe di gas accendendo fiammiferi. Quando siamo arrivati in questa casa, uno degli operai ha fatto un sacco di danni. Siamo stati costretti a tappezzare di nuovo la sala dei domestici.»

«Non si corre alcun rischio a cercare inesistenti fughe di gas accendendo fiammiferi!» Ursula scoppiò a ridere. «Va tutto bene, mamma. Il ragazzo che consegna i giornali non si metterà certo a strillare: "Orribile tragedia a Lowndes Square!".» Detto ciò, accese un altro fiammifero.

«Be', pare che sia davvero tutto a posto.» Benché la signora Hibbert sembrasse ormai rassicurata sulla questione della fuga di gas, i movimenti della figlia attirarono la sua attenzione su un altro motivo di inquietudine. «Ursula, guarda in che stato riprovevole versano le tue mani! Sono a dir poco sudicie!»

«Oh, verrà via tutto», minimizzò la ragazza, strofinandole su uno straccio.

«Sì, ma ti rovinerai la pelle. E hai anche un segnaccio nero sulla guancia. Perché per fare i tuoi esperimenti non indossi i guanti e un bel velo spesso, come ti ho raccomandato più volte?»

«Oh, mamma, ti preoccupi troppo.» Quelle parole, pur non nascondendo cattive intenzioni, suonarono irrispettose. «E poi che importanza hanno le mie mani e il mio viso?

Non è che io abbia una pelle di porcellana da rovinare. Per citare il buon vecchio Padre William: "Ora so di sicuro che cervello non ho e quindi che non mi sfracello".»

«Che assurdità!» L'orgoglio materno era sul piede di guerra. «Non conta se sei mora: avresti una carnagione splendida se solo te ne prendessi cura. Vivere in questo ambiente orribile con una luce tanto tremenda rovinerebbe la pelle a chiunque. Non appena sono entrata, ho pensato di essere finita in un girone dell'inferno, con l'ulteriore svantaggio di dover salire le scale per arrivarci! Quando prendi un po' di colore, com'è successo alla soirée al Colonial, sei davvero molto bella. Lo dicevano tutti. Perfino il vecchio Lord Spencer ha ammesso con il tuo patrigno che eri la ragazza più affascinante presente. Ti ha chiamata "perla nera", e sai che Lord Spencer ha gusto in fatto di donne.»

«Be', credo sia stata una vera sfacciataggine da parte sua. Comunque, Lord Spencer non avrà mai occasione di ammirare la perla! Tra l'altro, penso proprio che il colonnello si sia inventato tutto. Il tuo augusto consorte sarebbe disposto a giurare che il nero è bianco solo per farti piacere, ragion per cui non si sarebbe mai limitato a definire la mia sudicia carnagione perlacea.» La ragazza nel frattempo si era voltata verso l'armamentario metallico e stava cercando di toccare uno degli elettrodi di carbone. Riprese il discorso, distratta. «Insomma, sei tu la più bella di questa famiglia, mammina cara. Perciò non tentare di sottrarti all'evidenza. Ora, se volessi macchiarti le tue manine di giglio, sarebbe un'altra storia.»

La signora Hibbert si guardò compiaciuta le minute dita inanellate con le unghie rosa curate alla perfezione. «Come puoi essere tanto ridicola, Ursula?» protestò in tono affettuoso. Madre e figlia sembravano buone amiche, benché fossero incredibilmente diverse. In effetti, il loro rapporto era simile a quello di un marito indulgente e indaffarato con una bella moglie dalla testa vuota. «Almeno è una consolazione sapere che sai ancora fare la sciocca, malgrado la tua intelligenza.»

«Suvvia, madre cara, dove vuoi arrivare?» Ursula assunse

una finta aria severa. «Conoscono i tuoi sotterfugi, donna malvagia!» A quanto pare, era giunta alla conclusione che l'elettrodo si fosse raffreddato abbastanza da poterlo tenere in mano, perché lo tolse dal morsetto metallico e lo sollevò per studiarlo con attenzione, mentre la luce del sole, illuminandole il viso, rivelò che aveva gli occhi di un azzurro intenso e non castano scuro, come la maggior parte delle persone immaginava. «Sono elettrodi di pessima qualità», mormorò.

«Ursula, gradirei che mi prestassi ascolto, dopo che mi sono inerpicata su quelle scale solo per parlarti, invece di insudiciarti ancora di più le mani con quei bastoncini lerci.» Nella voce della signora Hibbert si avvertì una nota di dolore. «Quante volte ti ho detto che non ti fa bene chiuderti qui dentro, lontano da tutti. Neanche avessi la gobba o un labbro leporino!»

Docile, la ragazza posò l'elettrodo e andò a sedersi sull'altro sgabello, fingendosi esageratamente attenta. «Madre cara, è questa la condotta di una donna rispettabile?» chiese in tono scherzoso ma non del tutto privo di irritazione. «Non mi avevi forse giurato solennemente che, se avessi presenziato alla soirée al Colonial, mi avresti lasciata in pace per il resto della stagione? Ti ho già detto che devo riscrivere il saggio che presenterò alla British Association a Plymouth all'inizio di settembre. Mancano appena due mesi. Se esco, il giorno dopo non sono in grado di lavorare. Il fatto è che non ho tempo da perdere.»

«Sei davvero antipatica, ed è ingiusto nei miei confronti.» La povera, piccola signora Hibbert sembrava sull'orlo delle lacrime. «Tutte le altre ragazze sono felicissime di partecipare a serate importanti, mentre tu hai quasi ventitré anni, non sei mai stata da nessuna parte e non vuoi nemmeno debuttare in società! Pensa a cosa devo subire io. Mi tocca andare in giro anno dopo anno senza un'anima con cui parlare. Tanto vale non averla, una figlia!»

«Povera mamma, è un vero peccato.» Ursula non poté fare a meno di sorridere all'idea di sua madre, una donna tanto popolare, costretta a vagare alle feste in un disperato silenzio, ma diede comunque una stretta comprensiva alla mano di giglio. «Insomma, una volta messo piede nella vita mondana, non potrei più disertare un evento o la gente si offenderebbe. Come potrei fare il mio lavoro? E poi tu hai la situazione sotto controllo, non hai bisogno di me.»

Questo tuttavia non bastò a placare la signora Hibbert. «Il tuo patrigno non è dello stesso parere. Inoltre, non è solo il fatto che ti voglio con me. Le persone si lamentano che non ti fai mai vedere. Naturalmente, non capirebbero mai come una ragazza possa scegliere di chiudersi in una soffitta nauseabonda e soffocante per tutta la stagione. So per certo che l'odiosa signora d'Arcy Jenkins va in giro a raccontare a tutti che ti tengo nascosta per non svelare la mia età. "È difficile credere che abbia davvero una figlia adulta, cara signora Hibbert, soprattutto perché non la vediamo mai." Ecco cosa mi ha detto l'altro giorno con la sua risata insopportabile.»

«Che diamine! Non badarci, mammina, è soltanto invidiosa del tuo aspetto. Era la signora d'Arcy Jenkins quella che si è seduta vicino a noi alla cena di gala al Colonial, vero? Un colosso di donna con un "pancino" importante! Se anche venissi con te, direbbe che mi hai trascinato in giro per fare da esca. E finirebbe proprio così! Sai, mamma...» Ursula circondò affettuosamente con un braccio le spalle della madre. «Più io invecchio, più tu ringiovanisci. Vivo nella speranza che un giorno qualcuno mi chieda della mia adorabile figlia.»

«Ma che assurdità è questa?» Nonostante il rimprovero, la risata della madre tradì una certa soddisfazione. La proposta di Ursula di un'inversione di ruoli era, senza ombra di dubbio, ridicola, ma la figura esile e la pelle chiara, senza rughe, conferivano alla signora Hibbert un aspetto da ragazzina. Malgrado si ravvisasse una certa aridità nel collo e nelle mani e un'espressione vacua e assente negli occhi azzurrissimi, nessuno avrebbe creduto che lei fosse la madre di quella ragazza alta dalle sopracciglia scure. «Oh, mia cara, guarda!» esclamò, saltando giù dallo sgabello e allungando il braccio con fare teatrale. «La mia povera manica è rovinata, nera e sporca! Perché non fai spazzare e spolverare questa stanza tutte le mattine?»

«Mi dispiace tanto, mamma.» Scusandosi, Ursula la soccorse. Fu proprio mentre era in ginocchio, impegnata a strofinare con il fazzoletto la manica ferita, che finalmente venne a conoscenza del vero motivo per cui la madre le aveva fatto visita.

«Ursula, sai che non ti chiedo mai di fare qualcosa che interferisca con il tuo lavoro», esordì la signora Hibbert con dolorosa consapevolezza. «Perché mi preme che tutti dispongano sempre del proprio tempo come meglio desiderano e che non si diano pena per me. Insomma, non si può dire che sono egoista! Ma ho pensato che una giornata sul fiume gioverebbe un mondo al tuo saggio. Ti rinfrescherebbe la mente!»

«Una giornata intera!» Ursula trattenne a stento un gemito. «Vuoi proprio che ti accompagni, mamma? Il colonnello non ci sarà?»

«No, è una... seccatura!» Sentendo di aver raggiunto il suo scopo, la signora Hibbert si illuminò. In effetti, ci riusciva sempre. «Il tuo patrigno ha appena ricevuto un'odiosa convocazione come giurato! Sì, credo proprio che quei giudici l'abbiano organizzata solo per farmi dispetto. Perché mai avrebbero dovuto scegliere il giovedì e non un altro giorno? E le due volte in cui ha dovuto prestare servizio è stato davvero increscioso. È successo anche il giorno dopo il matrimonio, ricordi? Certo che no, tu eri a scuola. L'assenza del tuo patrigno quando ho messo piede per la prima volta in questa casa non è passata inosservata. A proposito, riguardo a Henley... giovedì della prossima settimana ho chiesto a due ragazzi...»

Ursula rise di gusto. Il suo viso, che a riposo appariva leggermente rilassato, si illuminò. «Allora è così. Vuoi che regga il moccolo a Henley? Oh, femmina screanzata! Le madri non sono più quelle di una volta. Oggi sono una responsabilità immane. D'accordo, mammina, ti farò da accompagnatrice con i tuoi baldi giovani. Soldati, suppongo.»

«Esatto, il capitano Talbot e il signor Cartwright.» L'ipotesi di Ursula non dimostrava particolare perspicacia, perché quasi tutti gli amici di sua madre erano nell'esercito.

Anche in quel primo decennio di secolo, i militari figuravano in gran parte ai due estremi della scala sociale, e quasi del tutto assenti al centro; gli artigiani d'eccellenza consideravano avere un soldato in famiglia al pari di una disgrazia, mentre per i professionisti era un lusso impossibile. «Ti ho presentato al capitano Talbot quell'unica volta in cui mi hai concesso la grazia di farti vedere a una delle mie serate del mercoledì!» la punzecchiò la signora Hibbert.

«Oh, sì, mi ricordo. Un uomo alto e tarchiato, perseguitato dal dubbio costante che i baffi potessero essergli caduti dall'ultima volta in cui li aveva lisciati. Lo sguardo di dolorosa stupefazione che mi ha rivolto quando gli ho detto che non ero mai stata al Royal Ascot o alle Oaks è stato abbastanza patetico. E quando ha saputo che mi occupavo di chimica, ha avuto la presenza di spirito necessaria a commentare: "Dev'essere davvero utile se qualcuno sta male, giusto?".»

«Sei troppo critica, mia cara. Il capitano Talbot ha da offrire molto più di quello che pensi.» Si avvertì una punta di risentimento nel tono della signora Hibbert, che guardò la figlia. «Sei uguale a tuo padre, pace all'anima sua!»

L'osservazione sembrò quasi involontaria, ma ci fu una pausa studiata prima che la signora Hibbert aggiungesse il suo solito sospiro di repertorio. Nel frattempo, si era di nuovo appollaiata sullo sgabello e ripensava al giorno in cui il padre di Ursula l'aveva trascinata nel matrimonio con la forza travolgente della sua passione. All'epoca aveva solo diciassette anni e le persone l'avevano avvisata che Andrew Winfield era un eccentrico, ma di certo non si immaginava che sarebbe stato un uomo tanto faticoso e impenetrabile. E poi era sempre arrabbiato perché lei non possedeva tutte le qualità ideali di cui lui aveva scelto di dotarla! Non si poteva negare che si fosse dimostrato relativamente gentile durante gli odiosi mesi prima e dopo la nascita di Ursula, ma ben presto la situazione aveva ricominciato a peggiorare. Inoltre, erano poveri, e lei aveva sempre odiato la povertà. Perciò fu un vero sollievo quando Andrew era partito per l'Australia, benché avesse dato prova di grande stupidità chiedendo in prestito una somma insufficiente a coprire le spese di viaggio. E pensare che, una volta toccata terra, si era imbattuto in una vera fortuna, per poi morire subito dopo. Aveva un ricordo vividissimo del vecchio avvocato di famiglia che le leggeva il testamento. «Potrebbe essere una sorpresa per lei apprendere che è una donna ricca», aveva premesso. Comunque, a parte le diecimila sterline destinate a Ursula, il denaro era stato lasciato alla vedova senza condizioni. Così, un paio d'anni più tardi, quando aveva scelto di diventare la signora Hibbert, la signora Winfieldsi era convinta che il suo reddito personale sarebbe rimasto piacevolmente inalterato. Sì, aveva fatto della povertà una questione di principio, caro Andrew.

La signora Hibbert restò in silenzio mentre quei vecchi ricordi le affollavano la mente; poi, dando un'occhiata all'orologio tempestato di pietre preziose, lanciò un gridolino e saltò giù dallo sgabello. «Santo cielo, è tardissimo! E ho tre appuntamenti qui a casa questo pomeriggio, una cena da Lady Tremoine e un ricevimento a Lonsdale House... Oh, no, quello è rimandato: la duchessa è malata o qualcosa del genere. Che sollievo! Be', ciao ciao, mia cara... Un'ultima cosa», aggiunse all'improvviso raggiungendo la porta. «Ti piacerebbe invitare qualcuno dei tuoi strambi amici scienziati giovedì della prossima settimana? C'è quel tizio, Smee, che è piuttosto giovane e nemmeno tanto male.»

«Cosa?» Durante l'insolito silenzio meditativo della madre, Ursula aveva sistemato un altro elettrodo nel morsetto e, a quella domanda, esibì un'espressione stralunata. «Oh, intendi che dovrei chiedere al professor Smee di venire a Henley? Perché no? Anche se non credo che potrà. Comunque sono quasi certa di incrociarlo alla Chemical Society la prossima settimana. Gliene parlerò in quell'occasione.»

«Molto bene. *Alors, c'est fini.* Arrivederci.» La signora Hibbert uscì di corsa dal laboratorio con cui aveva scarsa affinità. La figlia, facendo un sospiro di sollievo, attivò di nuovo la corrente, così il sibilo curioso e quel debole cattivo odore ancora più curioso tornarono a riempire l'ultimo piano della casa al civico 57 di Lowndes Square.

2.

Giovedì sera, qualche minuto prima delle otto, Ursula Winfield passò sotto l'arco di Burlington House e attraversò il familiare portone della Chemical Society sulla destra. L'inadeguato atrio d'ingresso e lo scalone in pietra, le cui pareti non erano ancora fiorite malgrado fossero passate da uno squallido color terracotta a diverse tonalità di verde, erano insolitamente affollati da una schiera di uomini in abito nero. Del resto, Sir William Leveridge, l'oratore della serata, era senza alcun dubbio il più grande fisico e chimico inglese vivente. Quando Ursula raggiunse l'auditorium al primo piano, con suo grande sgomento si accorse che era già pieno, tranne una panca in prima fila riservata per tradizione agli ex presidenti su cui sedeva il suo amico, il professor Smee, che era il più fresco degli ex, poiché aveva concluso i due anni di mandato solo il marzo precedente. Smee stava conversando con un altro uomo, tuttavia, non appena la vide, le fece un cenno, rivolgendole un sorriso che gli illuminò il volto dalla pelle scura e dai tratti gradevoli e rese ancora più difficile credere che avesse quarantatré anni. Quando notò che la ragazza era ancora in piedi vicino alla porta alla ricerca di un posto, gliene indicò uno vuoto, non sulla panca sacra ovviamente, ma lì accanto.

Ursula scosse la testa. Non faceva per lei, umile visitatrice. Per fortuna, in quel preciso istante adocchiò uno spazio su una delle panche trasversali nelle file dietro; o, meglio, due ragazzi lo avevano creato apposta per lei, pigiandosi educatamente l'uno contro l'altro. Li ringraziò e pensò con amarezza che quei giovani – non ce n'erano molti altri

– dovevano essere membri della Chemical Society, mentre lei, in quanto donna, non avrebbe mai potuto ambire a una tale posizione. Era stato solo grazie alla gentile intercessione del professor Smee, che si era occupato delle opportune presentazioni, se aveva ottenuto di partecipare alle riunioni. Eppure il suo lavoro era altrettanto buono quanto quello di qualsiasi uomo, ne era sicura. E la conferenza di quella sera – «Uno studio comparativo dell'azoto e di gas più rari» – trattava proprio la sua materia d'elezione. Negli ultimi due anni aveva lavorato all'estrazione dell'azoto dall'aria, e un articolo sui suoi esperimenti era stato pubblicato di recente dalla Royal Society, cosa che quella sera le rendeva ancora più dolorosa e insopportabile la sua posizione subalterna.

Dai privilegi dei due giovani seduti accanto a lei, Ursula passò a concentrarsi sui giovani stessi, una linea di pensiero del tutto insolita per lei. All'improvviso si figurò la faccia inorridita che la madre avrebbe fatto se avesse introdotto i suoi attuali vicini di posto nella cerchia degli Hibbert. Sì, a sua madre quei chimici dall'aspetto anemico con i loro vestiti dozzinali sarebbero sembrati a stento umani, soprattutto nel caso in cui non avessero fatto sfoggio di eleganza e stretto mani con i guanti. A essere onesti, Ursula non poteva non ammettere che, quanto all'aspetto fisico, i suoi vicini fossero al di sotto dello standard di Lowndes Square – troppo bassi, nessuno dei due doveva superare il metro e settanta –, ma erano molto superiori in fatto di intelligenza, ne era certa. Inoltre, a differenza degli amici di sua madre, avevano raggiunto una dignitosa autosufficienza. E se fosse esistita una qualche giustizia in natura, sarebbero stati quegli uomini a possedere corpi statuari e non certi bellimbusti che ne facevano un uso così misero. Qualsiasi fisico sarebbe andato bene per condurre un'esistenza oziosa come quella del capitano Talbot, in cui persino la possibilità di una guerra pareva qualcosa di trascurabile.

Ci fu una leggera agitazione. Il presidente, il professor Lyall Fleming, un omone robusto ma soave, era appena entrato e, dato che era lui ad aprire la conferenza, Sir William

Leveridge avrebbe fatto la sua comparsa di lì a poco. Ursula si sporse in avanti impaziente, ma la lanterna situata all'estremità della panca, che era stata anche la causa dell'assenza di calca in quel punto della sala, le bloccava la visuale. Non aveva mai visto il grande scienziato e, poiché la chimica non era una professione che richiedeva belle fotografie, anche la sua immagine le era assai poco familiare. Ma in quel momento nella stanza prese ad aggirarsi un vecchietto piccolo, rattrappito e insignificante con una rada barba bianca e un atteggiamento sprezzante. La dignità del suo ingresso fu ulteriormente sminuita da un passo falso che lo fece inciampare sul gradino del palco. Per fortuna, il presidente, con la sua solita blanda magnanimità, gli tese una mano per salvarlo, dopodiché l'uomo iniziò subito il discorso introduttivo, dando una prova esemplare di tatto sonoro.

Con tutta evidenza, tra i grandi talenti di Sir William Leveridge non figurava l'arte di tenere conferenze. L'intervento, che lesse con voce tremolante e biascicata, si rivelò tanto incoerente quanto prolisso. La familiarità di Ursula con l'argomento di discussione le consentì di seguire le osservazioni sconclusionate dell'anziano scienziato e di coglierne l'importanza, ma non poteva dirsi lo stesso per la maggior parte dei presenti. All'improvviso la ragazza drizzò le orecchie e trasalì udendo il proprio cognome... ma no, era quello di un uomo: «I recenti esperimenti del signor... si sono dimostrati preziosi...». Di sicuro, il cognome suonava simile a Winfield. Chi poteva essere? Era strano che Ursula non avesse mai sentito parlare del lavoro di quello sconosciuto. Il vecchio Leveridge si mise ad armeggiare con le carte sparse sul leggio finché sembrò trovare ciò che cercava. Indossati gli occhiali, con il suo modo di fare vago e gentile, cominciò a leggere da un foglio dattiloscritto. Fu allora che il viso di Ursula si imporporò: era il *suo* articolo, quella per la Royal Society. Era *lei* il signor Winfield! Che onore essere menzionata pubblicamente da Leveridge, sebbene l'emerito professore fosse ignaro del suo sesso. La divertiva l'inconsapevole sforzo del vecchio di preservare la scienza sotto il monopolio maschile.

Dopo quel piccolo interludio, la conferenza proseguì come prima. Ci furono fasulli tentativi di chiusura che suscitarono un applauso speranzoso, ma ogni volta le aspettative del pubblico stanco vennero disattese. Sir William sorrideva e riprendeva a parlare; il suo discorso continuava a fluire indisturbato, nonostante di tanto in tanto vi fosse qualche inefficace tentativo di interruzione. Dal posto in cui sedeva Ursula, gli appunti del docente erano visibili malgrado l'ingombrante leggio, ragion per cui le vane illusioni di una fine vicina non avevano modo di attecchire. Tuttavia la fitta pila di fogli si stava assottigliando. Seppur con una lentezza incredibile, l'anziano professore continuò a girare le pagine e a un certo punto parve aver raggiunto la metà del mucchio, poi i tre quarti, finché restarono solo pochi fogli, forse tre, due... quello era l'ultimo. I volti dei presenti si illuminarono e i due giovani accanto alla ragazza presero a esultare. «E ora passiamo a un altro aspetto, forse meno importante, della questione: la produzione commerciale dell'azoto.» Sir William estrasse dalla tasca un nuovo fascio di carte ricoperte da fitti scarabocchi.

Anche se Ursula era interessata all'argomento, non poté non dispiacersi per il pubblico. «SOS», esclamò il giovane accanto a lei, mentre il suo compagno, con lo sguardo fisso e la mascella abbassata, era un'immagine di tetra disperazione. Di nuovo, ricominciò il solito monologo indistinto. La conferenza sarebbe potuta risultare più sopportabile se la stanza fosse stata meno calda e soffocante, ma dell'impianto di ventilazione non si era ancora occupato nessuno e, a causa del rumore, le finestre con i doppi vetri che si affacciavano su Piccadilly dovevano restare rigorosamente chiuse. I vicini di Ursula avevano iniziato a discutere sottovoce della possibilità di darsi alla fuga, ma l'uscita era troppo vicina al palco; comunque c'era un limite alla resistenza umana, osservò uno dei due. Nondimeno, come tutte le cose destinate a finire, anche la conferenza si avviò alla sua conclusione. Leveridge prese a raccogliere i fogli sparpagliati mentre si concedeva una pausa per riprendere fiato.

«Non applaudire, idiota, o ricomincerà a parlare», mormorò uno dei giovani in preda all'ansia. Si avvertì un distinto sospiro di sollievo precedere un applauso educato e contenuto non appena il grande scienziato si sedette una volta per sempre.

Il presidente dichiarò aperta la fase di dibattito della conferenza, ma nessuno sembrava ansioso di approfittare dell'invito. Al contrario, tutti presero a consultare l'orologio. Dopo qualche istante, il professor Smee si alzò e i presenti applaudirono, smettendo di controllare l'ora. Quando Vernon Smee parlava, la gente lo stava ad ascoltare come ipnotizzata, tanto che i suoi nemici sostenevano fosse estremamente abile nel presentare le idee altrui per iscritto o davanti a un pubblico. Non era un'affermazione del tutto corretta, perché Smee aveva partorito scoperte e osservazioni originali sulla radiografia, ma era un dato di fatto che, a causa della popolarità del suo argomento d'elezione, aveva ricevuto maggiori riconoscimenti rispetto a grandi scienziati il cui lavoro si basava su presupposti più reconditi.

In quell'occasione, era evidente che il professor Smee non intendeva tenere un discorso ordinario. «Vi tratterrò solo un altro paio di minuti», esordì con fare rassicurante, «perché l'argomento della conferenza è fuori dalla mia portata e abbiamo appena ascoltato una relazione esaustiva da una delle più grandi autorità viventi in materia.» Ursula sorrise. Il professor Smee proseguì dicendo che, per quanto audace potesse sembrare, avrebbe corretto una delle affermazioni di Sir William Leveridge. Avevano mai sentito la storia del carrettiere a cui un uomo diceva: «Che bel cavallo avete! Come si chiama?». «Il suo nome?» replicava il carrettiere. «È una lei e si chiama Betsy.» Sir William aveva parlato del lavoro del signor Winfield. «Come il carrettiere», incalzò il professor Smee con un sorriso, «dico che quel signore è, in realtà, una lei e si chiama *signorina* Winfield. Dato che stasera è qui con noi, forse ci vorrà raccontare qualcosa dei suoi esperimenti.»

Si udirono mormorii interessati e, dato che era presente una sola donna, identificare la signorina Winfield non fu poi così difficile. Ursula ebbe la sensazione che tutti la stessero guardando, al punto che il cuore prese a batterle all'impazzata e le venne la nausea. Era la prima volta che le capitava di essere invitata a parlare in pubblico. Si alzò, pensando di dire soltanto che era troppo tardi per ulteriori discussioni, ma uno scroscio di applausi le rese impossibile proferire parola. I due uomini al suo fianco erano particolarmente espansivi e forse abbastanza giovani per godersi la serata come se fosse una festa. Inoltre, Ursula partecipava sempre alle riunioni, dunque i membri della Chemical Society si erano ormai abituati alla sua presenza e, salvo alcune eccezioni, la apprezzavano non poco.

Il presidente sembrò infastidito e sussurrò qualcosa al segretario seduto accanto a lui. Entrambi erano alquanto risentiti per quello sviluppo imprevisto: una donna non aveva mai parlato alla Chemical Society prima di allora e Smee aveva superato il limite, pensò con rabbia il professor Fleming, ma del resto era proprio quello che ci si sarebbe aspettati da lui. L'anno precedente, nel corso del suo mandato da presidente, aveva cercato di far modificare lo statuto per ammettere le donne come membri. Naturalmente, il discorso isolato di quella ragazza non aveva alcuna importanza, ma avrebbe creato un precedente e rischiato di screditare l'istituzione, riducendo le riunioni a frivoli incontri sociali. La frivolezza era da sempre la motivazione addotta dal professor Fleming a sfavore dell'ammissione delle donne a organi culturali maschili, e lui non era affatto consapevole dell'ostilità sessuale che si celava dietro le sue argomentazioni. Tuttavia, poiché il discorso della ragazza ormai non poteva essere evitato, si disse che bisognava trovare un modo per impedire che quella situazione incresciosa si ripetesse. Non appena il fragoroso applauso scemò, il presidente fece un leggero inchino in direzione di Ursula. «Non vuole venire a parlare sul palco, signorina Winfield?» suggerì con quel tono di cortese deferenza che usava quasi sempre quando si rivolgeva alle donne.

Con qualche difficoltà, Ursula si fece strada tra le panche e salì sul palco, sistemandosi nella parte anteriore, vicino al leggio. Se avesse avuto a portata di mano gli esperimenti di Sir William Leveridge, sarebbe stato più facile descrivere i suoi, ma ben presto si sorprese a intavolare un discorso coerente, malgrado la sua voce suonasse piatta quasi appartenesse a qualcun altro. Rammentando l'impercettibilità di quella di Sir William Leveridge, alzò il volume ed ebbe la sensazione di gridare come un pavone, ma ricordò a sé stessa che la cosa importante era essere ascoltata.

A poco a poco, riuscì a controllare meglio i suoi organi vocali. In effetti, aveva una voce eccellente, forte e musicale, un dono di cui fino ad allora non era mai stata consapevole, e con gioia scoprì di aver catturato l'attenzione del pubblico. Si levarono diversi applausi e, quando descrisse con accuratezza alcune tribolazioni legate ai suoi esperimenti, dovette quasi fermarsi a causa delle risate degli astanti. A un certo punto sentì di aver detto abbastanza, ma non sapeva come concludere. «È tutto», esclamò brusca, tornando al suo posto.

Ci furono alcune domande e brevi commenti, ma il discorso di Ursula era stato davvero esaustivo. Mentre si incamminavano verso la sala sul retro, dove veniva servito il tè con «stuzzichini leggeri» di scarsa qualità disposti sul lungo tavolo centrale, Sir William Leveridge si avvicinò per parlarle. Era molto gentile, per non dire amichevole, e Ursula rimase sorpresa, perché aveva sempre sentito dire che al grande scienziato non piacevano le donne moderne ed emancipate. Ma si sarebbe meravigliata ancora di più se avesse saputo che l'affettuosa cortesia del vecchio aveva a che vedere più con il suo aspetto che con il suo lavoro. Sir William mostrava un'innocente *inclinazione* per le belle ragazze, una debolezza che di rado riusciva ad assecondare, poiché di solito era tenuto al guinzaglio da una severa moglie di mezz'età.

Qualche minuto più tardi, uscendo dall'edificio e incamminandosi lungo Piccadilly, Ursula udì di nuovo il suo nome; questa volta era il professor Smee a cercare di avvicinarla. «Il suo trionfo l'ha resa tanto arrogante da rifiutare quattro chiacchiere con una vecchia conoscenza, signorina Winfield?»

Ursula rise. «Non so se essere tremendamente arrabbiata o tristemente grata», replicò. «Credo di essere entrambe le cose. È stato un gran bel gesto concedermi una tale opportunità, anche se ero terrorizzata dalla sua natura improvvisa.»

«Non aveva motivo di esserlo. Parla benissimo!» C'era una leggera forzatura nel commento del professore, che aveva provato un pizzico di gelosia per il successo di Ursula, anche se non l'avrebbe mai ammesso. «Si è esercitata?»

«No, si è appena fatto promotore della mia prima esperienza da oratrice. A proposito, non sapevo che alle donne fosse concesso intervenire alle riunioni. Non ne ho mai sentita una parlare.»

«Nemmeno io. Per quanto ne so, il suo primo discorso è stato una doppia novità. Il presidente ne è rimasto entusiasta, e sa bene che razza di conservatore è Lyall Fleming.»

«Allora è stato davvero gentile da parte sua. Grazie.» Ursula alzò lo sguardo per esprimere la sua riconoscenza.

A Vernon Smee fece piacere. Si era sempre lasciato influenzare dal suo ambiente, anche se in realtà aveva un temperamento più artistico che scientifico. Sì, meritava l'approvazione della signorina Winfield perché quella sera il suo sforzo non aveva incontrato il favore degli altri uomini, che non si erano espressi in merito ma con tutta evidenza lo consideravano un po' come un traditore, un soldato di una guarnigione assediata che aveva aiutato il nemico a scalare le mura. Per quanto lo riguardava, non riusciva a capire perché mai le donne non dovessero intraprendere qualsiasi carriera desiderassero: se non fossero state in grado di sostenerla, l'avrebbero abbandonata. Il fatto che la moglie di Smee non avesse alcun interesse al di fuori dell'ambiente domestico non cambiava il suo punto di vista. Tuttavia avrebbe dovuto fare più attenzione, rifletté. Il suo sostegno alle donne lo stava danneggiando sul piano professionale. Era una vita che Vernon Smee agiva d'impulso per poi pentirsi delle proprie azioni.

«È stato un vero cavaliere, dico sul serio», commentò Ursula all'improvviso. «Questo è l'unico genere di cavalleria che le donne desiderano al giorno d'oggi: avere un'opportunità.»

«Mi sta dicendo che la moderna Andromeda sarebbe in grado di affrontare il drago da sola, se solo Perseo la liberasse dalle catene?» Il professor Smee pensò che non si era mai accorto di quanto fosse attraente la signorina Winfield. Certo, l'aveva sempre considerata una ragazza intelligente, persino un genio nel suo campo... e ventidue anni di stupide conversazioni con la povera Charlotte gli avevano fatto apprezzare eccome il genio in una donna! Ma aveva sempre creduto che la signorina Winfield fosse esattamente l'opposto di sua moglie: troppo intellettuale, troppo impersonale. La sua dedizione al lavoro a volte gli era parsa disumana, ma forse dipendeva dal fatto che l'aveva sempre incontrata solo durante eventi della comunità scientifica; magari nella vita privata era diversa. Guardò il profilo forte e ben definito accanto a lui. Non aveva mai notato quanto fosse bella. Doveva essere per via del vestito particolarmente elegante o forse per il rossore sulle guance dovuto all'eccitazione della serata... «Non sapevo che fosse così interessata alla questione femminile», esclamò Vernon.

«Non lo sono.» Ursula si lasciò scappare una risata. «Anzi, mi risulta difficile credere che esista una questione femminile. Il mio mondo è diviso in animali, vegetali e minerali, non in uomini e donne. La differenza tra i sessi mi sembra così piccola in un universo tanto meraviglioso e complesso. Non mi passa quasi mai per la testa di pensarci. Capita all'improvviso solo quando sono abbastanza soddisfatta dei miei esperimenti e mi scontro con un'assurda barriera di genere, una pura invenzione, come se fosse il mio lavoro a indossare la sottoveste!»

Il professor Smee sorrise. «Certo. Lei è una suffragista?» domandò. La tensione aveva ormai raggiunto il culmine e nessuna conversazione sarebbe potuta proseguire senza un riferimento alla questione.

Con sua grande sorpresa, la signorina Winfield esitò.

«Be', non sono anti-suffragista», rispose dubbiosa. «Ma non mi pare una cosa importante. Il diritto di voto è stato davvero utile agli uomini? Anche se sono indecisa sul suffragio», aggiunse, e il suo tono si fece duro, «non ho dubbi sulle suffragette: le disapprovo in tutto e per tutto. Le dispute per strada e le interruzioni delle assemblee pubbliche sono gesti scandalosi!»

«È piuttosto severa, signorina Winfield», la rimproverò il professor Smee. «Io, invece, ho una vaga simpatia per i militanti maltrattati! Gli uomini non hanno forse adottato misure ben più violente quando cercavano di ottenere il diritto di voto?»

«Ma le donne dovrebbero dimostrare maggior buonsenso! Inoltre, queste "militanti" si rendono così ridicole! Tutti hanno detto che è a causa delle suffragette se l'anno scorso, quando lei ha sollevato la questione, la Chemical Society ha votato contro la modifica dello statuto per ammettere le donne.»

«Ma se non fosse stato per le suffragette, forse non mi sarebbe mai venuto in mente di sollevarla. Mi sono dimenticato di dirle...» Il professor Smee cambiò per un attimo discorso. «Anche se non sono riuscito a far approvare la modifica, credo che avremo delle "donne affiliate". Non potrete votare, ma disporrete di tutti gli altri privilegi, e a un prezzo inferiore.»

«Be', mi sembra giusto», replicò Ursula ridendo. «Se non possiamo condurre le danze, non dovremmo pagare per intero l'orchestra! In ogni caso, sarà una vera pacchia. Non può immaginare quanto sia stato fastidioso non avere accesso alla biblioteca. E poi non dovrò più disturbarla per le presentazioni alle riunioni. Questa è un'altra delle catene di Andromeda che ha spezzato. Non so davvero come ringraziarla.»

Vernon Smee rimase piuttosto toccato; la ragazza era incantevole mentre esprimeva la sua riconoscenza. Spesso ci si impegnava e non si riceveva alcun tipo di gratificazione. Stava per dire una cosa del genere, quando Ursula parlò di nuovo. Non lo stava forse portando fuori strada? gli suggerì. Erano a Hyde Park Corner, e lei aveva intenzione di andare a casa a piedi; Lowndes Square non distava molto ed era una notte splendida. Insomma, lui non doveva sentirsi obbligato ad accompagnarla, visto che rientrava spesso da sola.

Il professor Smee le assicurò che Lowndes Square era di strada, il che non era del tutto falso. Abitava in Clarendon Road, a Notting Hill o Notting Hill Gate, come sua moglie si premurava di precisare. E poi se la signorina Winfield non aveva nulla da obiettare, gli avrebbe fatto piacere una passeggiata con lei dopo essere stato rinchiuso tutto il giorno al college. Una proposta sincera a cui Ursula, lungi dall'opporsi, fu felice di acconsentire. Si era appena ricordata di dovergli chiedere un consiglio, gli spiegò. Si trovava in difficoltà perché alcuni mesi prima aveva inviato un saggio da valutare prima della presentazione, che avrebbe dovuto tenere il settembre successivo alla British Association, e glielo avevano accettato, ma non ne era più soddisfatta. Altri esperimenti in laboratorio avevano dato risultati singolari e voleva eseguire una nuova serie di test per poi riscrivere l'articolo. Solo che quegli esperimenti richiedevano una potenza energetica maggiore di quella di cui disponeva a casa; inoltre, le serviva un assistente o, preferibilmente, due. Il giorno successivo intendeva fare visita ai direttori del laboratorio Davy-Faraday. Lui pensava che le avrebbero permesso di lavorare lì per qualche settimana? E avrebbe potuto iniziare subito, oppure ci sarebbe stata una trafila di formalità da gestire? Dopotutto, il tempo era poco: aveva a disposizione meno di due mesi.

«Be', perché non viene a lavorare nel mio college come studente ospite?» Fu un'idea del momento. «Potrei darle subito una stanza, senza alcuna formalità. Inoltre, le vacanze inizieranno la prossima settimana, quindi avrà il posto tutto per lei.» Il professor Smee si stava appassionando alla cosa. «Uno o due studenti si fermeranno e sono sicuro che vorranno lavorare con lei. E poi South Kensington è molto più vicina di Albemarle Street.»

Così a Ursula toccò ringraziarlo di nuovo e fu così entusiasta e intenerita che al suo compagno dispiacque infinitamente di aver raggiunto Lowndes Square. Il professor Smee se ne stava sulla soglia a salutare quando si fermò una carrozza elettrica. L'uomo accanto all'autista saltò giù e aprì la portiera.

«Oh, ecco mia madre e il mio patrigno», esclamò Ursula.

Il colonnello scese, seguito dalla moglie, che aiutò con premura. La signora Hibbert indossava una cappa con splendidi ricami cinesi, bottino da Pechino.

«Ti sei divertita, mamma?» chiese la ragazza, mentre lei e il suo accompagnatore si avvicinavano. «Conosci il professor Smee, vero?»

«Oh, sì, ci siamo incontrati alla soirée della Royal Society, non è così?» La signora Hibbert gli strinse la mano e rivolse alla figlia una risatina svagata. «Quegli eventi scientifici mi allarmano sempre. Ho paura di finire folgorata o qualcosa del genere. Ma non vuole entrare, professor Smee, almeno per qualche minuto?»

«Sì, prenda un whisky e soda», lo esortò il colonnello con fare ossequioso. «È stato a una riunione, giusto? Lavoro duro quelle riunioni, mi pare di capire.»

L'invito venne accettato. A dire la verità, Vernon Smee era piuttosto impressionato: non sapeva che i familiari della signorina Winfield avessero quello stile di vita. Non aveva mai incontrato il colonnello Hibbert prima di allora e conservava un ricordo vago del giorno in cui gli avevano presentato la signora, ma rammentava con chiarezza di averla trovata molto poco materna.

«Credo sia la signorina Winfield a dover prendere un whisky e soda», disse quando si riunirono tutti in sala da pranzo e il maggiordomo portò un vassoio con le bevande. «Il discorso di sua figlia è stato il momento clou della serata.»

«No, davvero? Ursula, hai parlato? Ben fatto, ragazza mia!» L'entusiasmo del colonnello era sincero e caloroso, sebbene l'uomo sembrasse divertito. «Vorrei ci fossimo stati anche noi, Vi», commentò rivolto alla moglie. «Anche se non avrei capito una sola parola.»

«Oh, Ursula, hai davvero parlato davanti a tutti? Come ci

sei riuscita? Non è meravigliosa e intelligente?» La signora Hibbert si rivolse al visitatore in cerca di sostegno.

«Lascia perdere, mamma», la rimbeccò la ragazza imbarazzata. «Perché non ti togli la cappa? Fa un caldo infernale qui dentro.» Il suggerimento servì solo a cambiare argomento. «È un abito nuovo? Oh, mammina, che splendida creazione!»

«Ti piace?» La signora Hibbert si alzò in piedi con quella noncuranza civettuola tipica delle ragazze. L'abito era di chiffon in tutte le sfumature del pisello odoroso e con ricamato lo stesso fiore. Come diceva quell'uomo di Worth: «*C'est réussi, madame*».

Se il colonnello osservava la moglie con stupita ammirazione, il signor Smee lo faceva con occhio critico. Insomma, era piuttosto assurdo per una donna dell'età della signora Hibbert continuare a comportarsi in quel modo. Doveva essere persino più vecchia di Charlotte, benché avesse un aspetto incredibilmente giovanile. Rivolse lo sguardo a Ursula che con il cappotto semplice e la gonna su misura era in netto contrasto con la madre, lì accanto. Per quanto lo riguardava, preferiva di gran lunga la figlia, ma avrebbe tanto voluto vederla in un abito da sera come quello. Cosa aveva indossato alla soirée qualche settimana prima? Non poteva essere niente di eccezionale, altrimenti se lo sarebbe ricordato...

«Il professor Smee si sta annoiando a morte. Il mio povero abito da sera non gli interessa, ma sa, è tutta colpa di questa sciocca ragazza. Non avresti dovuto farne parola, Ursula. A proposito, avremo il piacere di rivederla giovedì prossimo, professore?»

«Oh, me n'ero completamente dimenticata. Povera me, non faccio che peggiorare la situazione, sembro scortese! Giovedì prossimo accompagnerò mia madre a Henley, professor Smee, e ci chiedevamo se avesse il tempo di unirsi a noi.»

Il giovedì successivo: mancava una settimana esatta. E le sue vacanze iniziavano mercoledì! Si incastrava tutto a meraviglia. Ancora una volta, Vernon Smee accettò l'invito. Da sempre voleva visitare Henley, ma per una ragione o per l'altra non gli era mai capitata l'occasione. Gli venne il dubbio se fosse il caso di menzionare che era sposato, perché con tutta evidenza la signorina Winfield non ne era a conoscenza, ma, in fondo, Charlotte odiava andare in barca. Si sarebbe sentita un pesce fuor d'acqua lontano dal suo solito ambiente, ed era già abbastanza spiacevole vederla a disagio con il consueto gruppo di scienziati. Tuttavia non poteva tacere della sua esistenza; ne avrebbe parlato alla signorina Winfield a Henley, oppure ci sarebbe stata occasione di farlo al college, prima della gita. «Quando vuole iniziare i suoi esperimenti nel mio laboratorio, signorina Winfield?» domandò ad alta voce.

«Domani. Andrebbe bene se portassi la mia apparecchiatura intorno alle undici? Il professor Smee mi lascerà lavorare nel suo college per un periodo», spiegò Ursula ai genitori. «Qui non abbiamo abbastanza energia.»

«Cosa vuol dire che non abbiamo abbastanza energia?» chiese il colonnello in tono di sfida. Sentiva che in qualche modo quell'osservazione riguardava il suo ruolo di autorità domestica. E non si tranquillizzò nemmeno quando il professore si lanciò in un'elaborata spiegazione tecnica. «Non puoi dire ai tizi della luce di mandare il loro uomo? Per Giove, considerando la somma che mi spillano, non dovrebbero esserci problemi di sorta. Ursula, fa' sistemare i watt o come diavolo li chiami tu. Basta un po' di rum magari?» La debole battuta restituì al colonnello il suo buonumore.

«Temo non sia possibile.» Il professor Smee rise con fare un tantino sprezzante. Pensava a che vecchio pazzo fosse il patrigno della signorina Winfield. Del resto, era un po' severo nel giudicare gli uomini, al contrario delle donne, e forse proprio per questo andava meno d'accordo con i membri del suo stesso sesso. «Be', dovrei andare. Grazie dell'ospitalità!» Probabilmente, Charlotte si stava chiedendo che fine avesse fatto, e la cosa lo metteva a disagio.

Quando la porta si chiuse, il colonnello Hibbert sbuffò. «Giusto un po' esibizionista», osservò in tono deciso.

Ursula arrossì. In casa se ne stava sempre sulla difensiva; non solo le diede fastidio quel commento sul suo amico, ma le sembrò anche un attacco alla scienza. «Certo, secondo te, chi non è stato nell'esercito non è degno di chiamarsi gentiluomo», replicò con amarezza. «Per fortuna, gli altri hanno una concezione diversa di quella parola.»

Anche il viso del colonnello si imporporò. Lui e Ursula erano abituati a queste schermaglie verbali, nonostante avessero un buon rapporto. La figliastra non era il tipo di donna che ammirava o approvava, ma la considerava lo stesso una «brava persona». Nelle discussioni, lui usciva sempre e irrimediabilmente sconfitto, perché il vocabolario del valoroso colonnello non era molto più ampio di quello di un africano selvaggio. «Stai dicendo un sacco di stupidaggini.»

La signora Hibbert giunse in soccorso. «George, caro, sei molto scortese e ingiusto. Sai che il professor Smee è un grande amico di Ursula. Ma lui, Ursula, tesoro, è un po'... un po'... non credi? Anche se penso che sia molto gentile e non si atteggi a professorone. Ha delle ciglia bellissime.»

«Ciglia!» Il colonnello rise con indulgenza. «Ecco, voi donne pensate solo a quello. Perché mai hai chiesto a quel tipo di venire a Henley, Vi?»

«Sì, anch'io credo che Henley sia solo uno spreco di tempo per il professor Smee», lo interruppe Ursula con rabbia. «Ha cose ben più importanti da fare. Il suo lavoro lo ha reso famoso in tutto il mondo, a differenza dei vostri "ufficiali e gentiluomini"! Se non ci fossero persone come il professor Smee, non esisterebbe nemmeno l'esercito. Combattereste con archi e frecce! Ha accettato di partecipare a una triste regata solo per gentilezza.»

«Comunque, sembrava abbastanza contento di mostrarsi gentile», ringhiò il colonnello, che non aveva tutti i torti. «Ma oserei dire che l'attrazione principale non è Henley, vero?» L'arguta osservazione gli fece tornare il sorriso.

«Non verrò a Henley.»

«Ursula, tesoro, ora non ricominciare. Sono così stanca e me l'hai promesso.» La signora Hibbert si rivolse al marito.

«Non riesco a capire perché ti agiti tanto per il professor Smee, soprattutto dal momento che sai benissimo quanto sia sensibile Ursula. Ti giuro che quando ho appreso che la figlia della povera Lady Fletcher era scappata con il cocchiere, mi sono sentita sollevata...»

Ursula, che se ne stava un po' in disparte chiusa in un silenzio indignato, all'improvviso scoppiò a ridere. «Sì, mamma, ci sono dei vantaggi ad avere una figlia che si chiude in soffitta tutto il giorno. Quanto meno, non fuggirò con il cocchiere! È così all'antica poi. La povera ragazza avrebbe almeno potuto trovarsi un autista.»

«Che assurdità! A proposito, che ore sono? Ho sonno.» La signora Hibbert si picchiettò le labbra con il ventaglio chiuso per reprimere uno sbadiglio. «Oh, Ursula, mi sono dimenticata di dirti che ho chiesto a un altro uomo di venire a Henley, un vero adone, mia cara! Lo abbiamo conosciuto lo scorso anno dai Mountjoy e stasera mi ha affascinata per tutta la cena. Sua madre era la sorella di Lord Mountjoy; si chiama Balestier, Anthony Balestier. Ah, sì, mi hanno anche detto che è ricercatore al Balliol College e tutto il resto, quindi di sicuro lo approverai. Tra l'altro, non penseresti mai che è così intelligente, perché è troppo bello!»

«Hai preso all'amo un altro spasimante, mamma! Buonanotte, donna riprovevole. 'Notte, colonnello.» Ursula salì di corsa le numerose rampe di scale fino alla sua camera da letto all'ultimo piano.

3.

Quando, il mattino della gita a Henley, guardò fuori dalla finestra della camera da letto, Ursula scorse un sole splendente e un cielo chiaro e senza nuvole che promettevano una di quelle giornate dell'estate inglese al suo meglio; un meglio imbattibile. Avrebbe cercato di allontanare il pensiero dalla sua fissazione per l'azoto, si disse. Del resto, sarebbe stato sciocco cadere nel limbo tra il lavoro e lo svago. Inoltre, gli esperimenti condotti al college stavano procedendo in modo soddisfacente, il tempo non era più fonte di preoccupazione e si sentiva di gran lunga più felice dei risultati di quando le era stata proposta l'idea di Henley. Al diavolo la British Association! Quel giorno si sarebbe «data alle frivolezze», come diceva sempre sua madre.

E poi gli ospiti di quel giovedì si prospettavano più interessanti di quanto si era aspettata all'inizio. Invece dei soliti giovani ufficiali, ci sarebbe stato il professor Smee con cui conversare. Naturalmente, al college non lo incrociava di frequente, ma gli incontri quotidiani dell'ultima settimana avevano contribuito alla nascita di una certa familiarità. Per la verità, il loro rapporto da semplice conoscenza era maturato in un'amicizia durante la passeggiata di ritorno dalla Chemical Society. Pensò che, tutto sommato, il professor Smee le piaceva più degli altri uomini che conosceva.

E poi sarebbe stato presente anche il famigerato signor Balestier, di cui le aveva parlato la madre e che pareva piuttosto interessante. Era davvero un adone come lo aveva descritto la signora Hibbert? Se lo era, sarebbe stato di sicuro insopportabile. Dopotutto, Ursula riteneva, a ragione, che i giovani della cerchia degli Hibbert fossero viziati in modo scandaloso, soprattutto coloro che avanzavano pretese di bell'aspetto. Com'è ovvio, in presenza di sua madre si mostravano abbastanza umili, ma in un certo qual modo sempre adoranti, chi più, chi meno. Era quel loro atteggiamento da sultani nei confronti delle ragazze che lei non sopportava. Si chiedeva se il signor Balestier condividesse quel difetto; quanto meno, doveva essere molto più intelligente degli altri per aver ottenuto una borsa di studio a Balliol. Ma nella folla di Henley, rifletté, un accademico di Balliol era più inutile di un giovane comune di Lowndes Square. Era una di quelle occasioni in cui la forza contava più dell'acume. «Che prezzo hanno i muscoli rispetto al cervello?» avrebbe chiesto uno dei seguaci di sua madre.

L'inconsueto stato d'animo vacanziero della ragazza si rifletteva anche nella tenuta. Messo da parte il suo solito severo stile sartoriale, optò per un abito nuovo di lino bianco ricamato. «Mia cara, stai d'incanto!» esclamò sua madre quando Ursula si affacciò nella stanza durante la piacevole colazione delle nove e mezzo dei genitori. Lei aveva consumato la sua alle otto. Più tardi, non appena la adocchiò sulla banchina di Paddington, Vernon Smee fu colto dal medesimo pensiero, ma a differenza della signora Hibbert non lo espresse ad alta voce. Sì, la signorina Winfield era davvero bella, pensò. Di fronte alla bellezza di una donna si era sempre risvegliato qualcosa in lui, benché non avesse mai deciso se fosse il caso di ammettere quella sensazione oppure no. Con ogni probabilità, si preoccupava tanto perché tutta la sua vita era stata un esercizio di contenimento. Come invidiava gli uomini che avevano figlie graziose o affascinanti... ma, naturalmente, non intendeva screditare Charlotte. Anzi, a dire il vero, quasi preferiva la banale semplicità della moglie di mezz'età alla tardiva giovinezza della signora Hibbert. L'ospite aveva un aspetto un tantino pacchiano con l'abito a balze e l'ombrellino di chiffon rosa. O forse dipendeva dal fatto che se ne stava accanto alla figlia. Ursula non aveva né fronzoli né parasole... Ursula, la trionfatrice. Vernon Smee si avvicinò a lei.

Mentre le stringeva la mano, la ragazza lesse negli occhi dell'uomo un'espressione che la indusse ad abbassare lo sguardo. Sperò con tutta sé stessa che il professor Smee non facesse lo sciocco; era ancora ignara del fatto che fosse un uomo sposato. Già in passato una bella amicizia, nata da comuni interessi scientifici, si era guastata perché la controparte si era innamorata di lei. Non che la cosa le dispiacesse, anzi, l'ammirazione era piuttosto gradevole, se solo le persone avessero avuto il buonsenso di tenerla per sé e di non farla impensierire! Se c'era una cosa al mondo di cui non dubitava era l'avversione che nutriva verso il matrimonio. Non intendeva sposarsi perché il suo lavoro era troppo interessante. Ma ecco che qualcun altro si stava avvicinando: doveva essere il signor Balestier.

Sì, era senz'altro molto affascinante, benché la sua prestanza non giustificasse la descrizione della madre che lo aveva definito un adone. Tuttavia aveva capelli chiari e ben pettinati, occhi azzurri e lineamenti netti che si lasciavano guardare con piacere e, nel complesso, la sua figura era ammirevole. Il professor Smee, lì vicino, le apparve improvvisamente basso; il signor Balestier doveva essere alto un metro e ottanta o novanta, malgrado le sue eccellenti proporzioni rendessero difficile accorgersene.

I convenevoli tra la signora Hibbert e il nuovo arrivato furono interrotti dal professor Smee che suggerì di prendere posto. Quel consiglio bastò a richiamarla ai suoi doveri. «Oh, ma lei non conosce mia figlia.» E così procedette alle presentazioni. «Signor Balestier, la signorina Winfield.»

Tony Balestier rimase un po' sorpreso non tanto per il fatto di ritrovarsi davanti una figlia adulta, cosa che senza esitazione aveva giustificato con una sorta di parentela adottiva avvalorata irrazionalmente dal cognome diverso, quanto piuttosto dalle differenze tra le due donne che lo incuriosivano molto. La signorina Winfield aveva un'aria «compassata» e probabilmente era una noia mortale. Forse si aspettava che lui parlasse di cose serie, come se non gli toccasse discutere già abbastanza dei massimi sistemi con gli altri uomini. Quando non lavorava, un uomo voleva divertirsi, sebbene le donne intellettuali stentassero a capirlo. Invece, la signora Hibbert era proprio il suo tipo: divertente senza essere volgare, piacevolmente sciocca senza essere stupida. Quanto era bella quel giorno! Anche se, per rendere giustizia alla figliastra, bisognava ammettere che la signorina Winfield era altrettanto gradevole nel suo stile.

Fecero la loro comparsa anche il capitano Talbot e il signor Cartwright. Si vedeva che venivano entrambi dalla scuola pubblica e non potevano appartenere a nessun altro paese se non all'Inghilterra. Nelle loro flanelle immacolate, erano l'immagine più pura e brillante della pulizia.

Alla fine, si spostarono tutti sul treno, uno di quelli speciali per Henley, ma il binario era così pieno di gente in abiti eleganti con cestini da picnic alla mano che fu difficile muoversi lungo la banchina. Ursula si ritrovò il professor Smee accanto. «Ho sempre ritenuto che si possa riconoscere la stazione dalle persone che la frequentano», commentò lui. «La flanella è sinonimo di Paddington, la lana spessa e le pesanti catenelle per orologio caratterizzano Waterloo. A Euston si incontrano tweed e valigette, mentre Liverpool Street è affollata di bombette e abiti all'ingrosso.»

Ursula era divertita. «Sì, è vero, una classificazione scientifica esaustiva! Non ci avevo mai pensato», convenne. «Ed è anche l'unico modo per distinguere una stazione londinese dall'altra. Perché non ci sono cartelli con il nome?»

«Immagino sarebbe un'eccessiva ruffianeria nei confronti degli stranieri.» L'intero gruppo girovagava sulla banchina, osservando le carrozze affollate. Naturalmente, avevano biglietti di prima classe, ma in una folla plutocratica significava congestione piuttosto che distinzione. Era chiaro che sarebbe stato necessario separarsi. Di lì a poco, il professor Smee annunciò che c'erano due posti liberi. Dato che gli altri sembravano essersi dileguati, Ursula saltò nello scomparto e restò interdetta. C'era, senza dubbio, un posto a sedere, che un uomo educato trasformò in un «angolo», facendosi più in là; ma anche così lo spazio pareva appena sufficiente per due persone. Il professore riuscì a infilarsi accanto a Ursula, e quella vicinanza la mise a disagio. Già da bambina era refrattaria al contatto umano perché limitava il suo senso di libertà.

La rigidità nella sua espressione non sfuggì al professor Smee, che cominciò con molto tatto a parlarle di lavoro. Ursula gliene fu grata e, nel giro di pochi minuti, si dimenticò di sé stessa e dell'ambiente in cui si trovava. Smee era divertito, ma anche irritato. Per una volta, la signorina Winfield si era mostrata umana, persino femminile. Aveva trovato il suo imbarazzo affascinante, benché ormai fosse tornata a essere un'astrazione intellettuale, una statua scientifica. Rifletté sulla vecchia storia di Pigmalione e Galatea o della Bella addormentata; in sostanza, l'idea di base era la stessa. Che la signorina Winfield non fosse del tutto viva, del tutto sveglia? Nella fiaba, era stato il bacio del principe a rompere l'incantesimo. Che bello sarebbe stato essere un principe! Ma tali fantasticherie non erano certo adatte a un uomo maturo sposato. Non che fosse davvero maturo, ricordò il professore a sé stesso. La maturità era solo un elemento concomitante al matrimonio. In fondo, finché un uomo restava celibe, era considerato giovane. Gli venne in mente che la signorina Winfield non sapeva dell'esistenza di sua moglie; almeno, lui credeva che non ne fosse a conoscenza. Forse quella era l'occasione giusta per dirglielo; erano praticamente soli, nonostante lo scomparto affollato. Gli altri erano tutti impegnati a leggere i giornali o a conversare. «Non parliamo più di lavoro», la esortò, non appena Ursula fece una pausa. «Oggi è un giorno di vacanza. Non sa quanto di rado mi capiti! Io e mia moglie conduciamo una vita così monotona.»

«Sua moglie?» La sorpresa di Ursula era palese, ma Vernon Smee non riuscì a percepire la benché minima traccia di altri sentimenti. Si accorse di avvertire un lieve senso di irritazione, anche se non volle riconoscerlo. Anzi, si sarebbe indispettito ancora di più se si fosse reso conto che allo stupore della ragazza era seguito un profondo sollievo. "Che consolazione", stava pensando Ursula. Non c'era più alcun pericolo che il professor Smee si innamorasse di lei. Poteva godersi la sua amicizia senza grattacapi e fastidi. «Forse mi crederà una vera stupida», esclamò, «ma in qualche modo non mi è mai passato per la testa che potesse esistere una signora Smee. Non ha tanto l'aria dell'uomo sposato.»

«In che modo si manifesta il matrimonio?» L'unica cosa da fare ormai era continuare la conversazione su quella linea leggera. «Uno sposo è vestito bene o male? Porta i capelli lunghi o corti?»

«Oh, non so spiegarglielo, ma c'è davvero una differenza. Spero che la signora Smee non ci abbia ritenuti scortesi per non averla invitata oggi. Le sarebbe piaciuto venire?» La domanda non tradiva reale preoccupazione da parte della ragazza, perché nella cerchia degli Hibbert capitava spesso che i coniugi facessero cose in autonomia. «Dovrà spiegare che la colpa è stata sua.»

«Oh, sì, lo farò. Ma a mia moglie non piace andare in barca.» Calò il silenzio. Vernon Smee pensò che, se avesse voluto vedere con una certa assiduità la signorina Winfield, avrebbe dovuto suggerirle di incontrare Charlotte. E lui voleva proprio frequentarla; solo quel giorno si era reso conto di quanto lo desiderasse. Accidenti, perché non avrebbe dovuto? In fondo, aveva solo proposto un'amicizia nel senso più platonico del termine; se anche avesse aspirato a un altro tipo di rapporto, la ragazza non glielo avrebbe mai permesso. La sola idea della signorina Winfield che flirtava con un uomo sposato, o con qualsiasi uomo, lo faceva quasi ridere. Gli sembrava assurdo, considerate le circostanze, trascinare sua moglie in quella situazione. Se solo Charlotte non fosse stata così irragionevole... Perché lei e la signorina Winfield non si sarebbero mai trovate bene insieme, rifletté cupo. In effetti, la signorina Winfield avrebbe potuto disprezzare l'atteggiamento irrimediabilmente *borné* di Charlotte tanto da mettersi contro di lui.

Tuttavia non si poteva fare altrimenti. «Pensavo che forse un giorno, quando ha tempo, potrebbe venire a trovare mia moglie», le suggerì.

Ursula sbiancò. Se tra le consuetudini sociali ce n'era una che odiava più delle altre era proprio far visita a qualcuno. Ma la moglie di Smee apparteneva a una categoria diversa da quella delle altre persone, se non altro perché il professore si era mostrato così gentile con lei. Eppure in quel momento non poteva proprio rubare del tempo al saggio che stava scrivendo. Lo spiegò al professore e fu sollevata che lui concordasse con grande alacrità. «Dopo la discussione alla British Association, ho promesso a mia madre di andare al Nord per un mese; sa, il colonnello Hibbert ha una casa nell'Ayrshire. Ma quando tornerò sarò molto lieta di venire a trovare la signora Smee», disse Ursula arrossendo; la sua sfacciata onestà si ribellava persino a una bugia bianca. Si rassicurò pensando che avrebbe potuto rivelarsi davvero una visita piacevole, dato che la signora Smee non sarebbe stata come le amiche di sua madre. «La signora Smee si occupa di scienza?»

«Oh, cielo, no. Mia moglie è contraria alla scienza più di quanto osteggi andare in barca.»

«Ma si interesserà al *suo* lavoro, no?» insistette Ursula. Le pareva incredibile che una donna sposata con Vernon Smee non nutrisse curiosità.

«Nemmeno a quello, temo.» Il professore si rese conto che doveva essere piuttosto piacevole avere una moglie «interessata», una moglie con cui poter davvero parlare e non limitarsi ad ascoltare sproloqui senza fine su cameriere e commercianti. Non considerò se avesse mai fatto il minimo sforzo per suscitare l'interesse di Charlotte o se, da parte sua, avesse dimostrato qualche interesse per le attività della donna. «Mia moglie ama la vita domestica», continuò. «Credo sia la cucina a reclamare gran parte della sua attenzione.»

«Capisco.» Povero professor Smee. Che cosa terribile per lui essere legato a una donna totalmente priva di cervello, pensò Ursula, che non era consapevole del fatto che una vita domestica di successo richiedeva intelligenza come qualsiasi altra occupazione.

La compassione nella voce della ragazza non sfuggì al suo compagno di viaggio. Anziché risentirsene, Vernon Smee si abbandonò ad altre confidenze. «Immagino sia difficile anche per la signora Smee», suggerì, fingendosi ingiustamente onesto. «Poiché non conosce nulla della scienza, credo sia incline a risentirsi del fatto che io vi dedichi così tanto tempo. La sera, per esempio, si sente sola. Ma come posso evitarlo?»

«Certo che non può evitarlo. Deve fare il suo lavoro.» Ursula frenò il suo sfogo indignato. «Ma senza dubbio la signora Smee è orgogliosa della sua posizione, dei riconoscimenti che ha ottenuto», rilanciò.

«Non credo che i pochi riconoscimenti che ho ricevuto facciano la differenza per lei. Probabilmente, mia moglie non se ne rende quasi conto. Anzi, forse avrebbe preferito che continuassi a essere uno sconosciuto. Avevo solo ventun anni quando ci siamo sposati, ero un ragazzo, un giovane idiota, oserei dire.» Vernon rise, ma c'era amarezza nelle sue parole.

«Non è vero.» Ursula sentiva di non potersi fidare abbastanza di sé stessa per continuare quella conversazione. Era troppo arrabbiata e dispiaciuta. Che donna orribile e villana doveva essere la signora Smee! Così presa dalla sua compassione, si dimenticò che doveva essere piuttosto «orribile» e decisamente «villano» per un uomo parlare in quei termini della moglie.

A Henley il gruppo si riunì e si affrettò a raggiungere le barche che erano già state preparate. Ursula si rallegrò nel constatare che c'erano canoe a due posti e barche a remi. Come si aspettava, sua madre si era già accomodata su una canoa e il capitano Talbot, con più prontezza di quanto ci si aspettasse, aveva stretto la pagaia in una presa salda.

«Molto meglio che avere una grande imbarcazione pesante», si mise a blaterare la signora Hibbert mentre il resto della comitiva prendeva posto. «E, naturalmente, resteremo uniti e ci scambieremo di posto.»

«Be', di certo, se c'è una cosa che ci accomuna, è che dobbiamo pranzare!» La voce di Ursula tradiva un divertimento un poco risentito. Era stato un gesto orribile da parte di sua madre! Insomma, fare da chaperon alle vecchie generazioni non era un gioco da ragazzi! Si sarebbe ritrovata sola a intrattenere tre uomini, due dei quali erano perfetti sconosciuti. Che cosa mai avrebbe dovuto dire loro? Come sua madre sapeva bene, i convenevoli e la conversazione spicciola non erano da lei. Tuttavia sarebbe potuto accadere qualcosa di ben peggiore: sulla canoa avrebbe potuto ritrovarsi in balia di uno di quegli uomini... a meno che l'individuo in questione non fosse stato il professor Smee. Ma, con ogni probabilità, lui non sapeva remare.

Quasi volesse dimostrare la fallacia dei pensieri di Ursula, il professor Smee si offrì di prendere un remo. Si trattava della classica imbarcazione due di coppia che si vedeva spesso sul Tamigi e, poiché il professore era l'uomo più anziano tra i presenti, la cortesia lo spinse a vogare. All'inizio tutto filò liscio, ma non appena raggiunsero la zona più affollata del fiume l'incompetenza di Smee venne a galla. Nonostante gli sforzi di Jack Cartwright di seguire il ritmo discontinuo delle remate, le due barche continuavano a cozzare l'una contro l'altra. «Spero sappiate tutti quanti nuotare!» esclamò il giovane capitano con un sorrisetto allegro. «Signore, con questo traffico non sarebbe meglio passare uno alla volta? Vado avanti io o procede lei?»

«Procedo io.» Sebbene fosse trafelato, Vernon Smee era deciso a dimostrare che poteva farcela. Naturalmente, erano passati anni dall'ultima volta che aveva manovrato un remo, ma quando studiava alla Science School usciva spesso sul Serpentine. E avrebbe potuto farlo ancora se ci fosse stata una pala di timone. Perché Balestier non l'aveva messa? Poi notò che nessuna delle imbarcazioni ne aveva una. Ma quel continuo gridare «Faccia attenzione, signore. Controlli il remo, signore» era irritante. Se la gente avesse smesso di blaterare, lui sarebbe riuscito a navigare senza sforzo... *Crac!*

Avevano urtato un'altra barca, spezzandone lo scalmo. Volarono parole rabbiose, e il professore era il più adirato di tutti perché la colpa era sua. Per fortuna, altri che premevano per passare costrinsero i due litiganti ad allontanarsi. Nonostante tutto, il professor Smee continuò a remare con ostinazione; stavano procedendo con maggior agio, si disse congratulandosi con sé stesso. Poi si accorse che il giovane Cartwright governava l'imbarcazione con una pagaia a prua, mentre Balestier, a poppa, spingeva lontano chiunque si avvicinasse troppo. «Credo di aver fatto abbondantemente la mia parte.» Vernon Smee poggiò i remi con fare meschino e Balestier prese il suo posto. L'irritazione del professore non fece che aumentare quando notò che la barca procedeva con più scioltezza. Scivolavano in mezzo alle altre quasi per magia. Del resto, l'indignazione e la stanchezza gli impedirono di godersi appieno la scena. L'unico conforto era stato constatare che Cartwright usava ancora la pagaia. Non si trattava, come aveva immaginato, di una conseguenza della sua incapacità.

Ursula era molto silenziosa. Quanto desiderava che il professor Smee non fosse mai venuto. Considerando che era di gran lunga più distinto degli altri uomini, come poteva mettersi in competizione con loro? Abbassarsi al loro stesso livello? A dire il vero, era caduto ancora più in basso. Un uomo come il professor Smee avrebbe dovuto dormire sugli allori, non toccare nemmeno un remo e lasciare il canottaggio ai ragazzi con la testa vuota. Non ci si poteva godere una gita a Henley se si diventava il bersaglio di grida denigratorie; per non parlare del fatto che si aspettava di cadere nel fiume da un momento all'altro.

Per fortuna, la tortura stava volgendo al termine. Il loro incedere si fece sempre più lento a mano a mano che le imbarcazioni si infittivano, e la situazione divenne più tranquilla. Il signor Balestier aveva posato i remi e anche lui stava pagaiando; a ben guardare, non c'era altro modo per progredire. Era fantastico che procedessero tutti così ordinatamente, pensò Ursula. Il fiume sembrava una solida massa di imbarcazioni – si sarebbe potuto camminare da una sponda all'altra –, eppure la loro canoa era riuscita a ritagliarsi un piccolo e oscuro passaggio in mezzo alla confusione. Che luce splendida! L'ultima volta che era stata a Henley, Ursula era soltanto una bambina, perciò le sue impressioni non erano guastate dalla consuetudine del luogo. Non aveva mai visto una folla tanto colorata, rifletté. Di solito, in una schiera di persone, i volti appaiono alla stregua di piccole macchie pallide su un fondo scuro. Lì, invece, erano tutti neri o comunque inghiottiti da un'abbagliante cornice di cuscini e ombrelloni sgargianti, abiti bianchi e flanelle maschili. La quiete degli alberi e dei prati su entrambe le sponde offriva riposo alla vista abbacinata da quell'immagine caleidoscopica; la vegetazione inglese era meravigliosa. Ursula desiderò di poterci scomparire dentro, lontano dalla scena brillante, chiassosa e in continuo movimento. Se in qualche angolo tranquillo avesse potuto fare il famigerato bagno con cui il professor Smee aveva minacciato l'intera comitiva, si sarebbe davvero goduta una bella nuotata!

Grazie a un'abile manovra, la loro imbarcazione si era avvicinata a una delle postazioni che segnavano la fine di un percorso di regata, non troppo lontano dall'agognato traguardo: stava per iniziare una gara. Il professor Smee si sentiva sempre più fuori posto, mentre gli altri due uomini presero a discutere animatamente di equipaggi e possibilità. "Che siano maledetti", pensò con rinnovata irritazione. Sembravano conoscere tutti gli uomini ai remi e la metà degli spettatori. Persino Ursula era addentro abbastanza nella cerchia di sua madre da avere un buon numero di conoscenti tra la gente alla moda di Henley. In effetti, la signorina Winfield era piuttosto ricercata nelle sue rare apparizioni, forse proprio perché erano infrequenti. Rappresentava una sorta di mistero, una bella ragazza che presumibilmente era anche un'ereditiera e passava la sua vita nella soffitta della dimora materna. Si raccontava che all'ultimo piano di casa Hibbert una figura in tuta blu, con mani e viso sudici, era apparsa all'improvviso sulle scale. Facendosi strada tra alcuni ospiti sbigottiti, aveva spento le luci non necessarie, mormorando: «Sto usando anch'io molta corrente, c'è il rischio che il fusibile principale salti». Poi era scomparsa in un battito di ciglia. Se l'aneddoto era reale, testimoniava il coraggio delle signore che non la smettevano di assillare Ursula con inviti inutili. Persino quel giorno si udì un'amichevole proposta di un pranzo da una casa galleggiante vicina. «Venga, signorina Winfield, e porti il signor Balestier, il signor Cartwright... e tutta la sua comitiva», aggiunse l'ospite che non nascose un accenno di ripensamento dopo aver adocchiato il terzo uomo del gruppo.

Ursula si sarebbe risentita di più per l'involontario affronto al signor Smee, se lui non se la fosse presa in modo tanto evidente. Ancora una volta, non ne valeva la pena, ma in ogni caso l'invito andava declinato. «Accompagno mia madre», spiegò. «L'ha per caso vista in canoa?»

«Che madre e madre! Sono io a farle da chaperon, non si vede?» mormorò Jack Cartwright. Se voleva essere una battuta, non era originale e non fece ridere nessuno.

Ma della canoa errante non sembrava esserci traccia. Anche con le migliori intenzioni, sarebbe stato impossibile per due imbarcazioni restare vicine in mezzo a quella folla. Tuttavia, prima di separarsi, la signora Hibbert aveva fissato un appuntamento preciso per il pranzo e Ursula contava di trovarla nel luogo designato. Infatti, nonostante l'apparente leggerezza, la donna era un tipo estremamente pratico, per certi versi più della figlia scienziata. Come accennato da Ursula con la sua risposta perfida, nella mente di sua madre un pranzo di prim'ordine avrebbe avuto la precedenza su qualsiasi uomo, per quanto gradevole. Del resto, i tentativi di seduzione della signora Hibbert erano troppo trasparenti per risultare seri. «È snervante che i ragazzi si innamorino di me», era solita lamentarsi con il marito. «Dico sempre che potrei essere la loro madre.»

Dunque, qualsiasi ricerca della canoa errante era fuori questione almeno finché la gara non fosse terminata. Se anche ci avesse provato, Ursula dubitava di poter distogliere Balestier e Jack Cartwright dalla posizione privilegiata che si erano conquistati, perché alla regata partecipava anche Eton – con la *Lady's Plate* – e si era scoperto che avevano frequentato entrambi la stessa scuola. «L'ho riconosciuta subito!» esclamò Cartwright. «Anche se dubito che lei si ricordi di me. Ero alle elementari quando è entrato all'università.» Nel suo tono sopravviveva un po' della soggezione che si provava per i ragazzi all'ultimo anno di scuola superiore.

«A quei tempi il signor Balestier era troppo "in alto" per parlarle?» Ursula rise. «Che posto orribile dev'essere Eton!»

Il giovane Cartwright arrossì. La solenne sacralità di cui investiva la propria istituzione era stata profanata. Eppure tutti sapevano che la signorina Winfield era piuttosto singolare. «Il signor Balestier mi ha rivolto la parola una sola volta. Mi ha detto che mi avrebbe picchiato se avessi di nuovo fatto baccano fuori dalla scuola superiore.»

«Non è stata certo una maniera gradevole di fare conoscenza», suggerì Ursula.

Tony Balestier pareva divertito. «I ragazzi sono solo un gruppo di giovani selvaggi», replicò, mostrando un'inaspettata apertura mentale. Poi, rivolgendosi a Jack Cartwright, aggiunse: «Ma riconosco il suo nome. Non ha vinto la corsa a ostacoli due anni di seguito? Sì, credo di averla vista giocare per la squadra dei fuori sede nell'Eton Wall. Lei era capitano, vero?».

Il giovane Cartwright arrossì di nuovo, questa volta per l'imbarazzo della gratificazione. «Un colpo di fortuna con quegli ostacoli!» bisbigliò modesto.

«Povera me, non pensavo di avere a che fare con un eroe di tal fatta!» La leggera sfumatura di scherno nella voce di Ursula venne mitigata da un sorriso.

Il professor Smee, seduto accanto a lei, era rimasto in un silenzio quasi imbronciato. Forse l'irritazione lo aveva privato del buonsenso, perché prese alla lettera il commento della ragazza. «Suppongo sia perché ho frequentato una scuola qualunque e non Eton che ci hanno insegnato a lavorare anziché a giocare!» osservò.

Ursula si voltò a guardarlo, ma non aveva intenzione di lasciarsi condizionare da quel cattivo gusto. «Dove andava a scuola?» chiese.

«Oh, era una scuola pubblica. Sono sicuro che non ha mai sentito parlare della cittadina, che si trova in un distretto di ceramiche dello Staffordshire. Sono specializzati in cose come le terrine per il pudding.»

«Di certo, non in teste di cavolo!» Ursula gli rivolse un sorriso accomodante. «Poi è venuto direttamente a Londra?»

«Sì, perché ho vinto la borsa di studio Whitworth a South Kensington! Se non fosse successo, a quest'ora produrrei stampi per pudding. Mi sono abbastanza stupito di averla ottenuta, perché non avevo ricevuto un'educazione speciale come la maggior parte degli altri contendenti.»

"Razza di mascalzone!" Jack Cartwright riuscì a non esternare la propria opinione. "E maleducato, per giunta!" pensò il giovane con una censura più che severa del suo vocabolario. In ogni caso, quello Smee si rendeva ridicolo continuando a comportarsi in quel modo quando anche Balestier aveva notevoli capacità intellettuali. Non era forse un accademico a Balliol e tutto il resto? Ma non andava in giro a vantarsi come un meschino e insignificante collegiale!

Si udì uno sparo, il segnale che dava inizio alla gara, e tutti alzarono lo sguardo per studiare il percorso. Dopo pochi minuti che parvero un'eternità, dietro la curva si vide un'imbarcazione con il timoniere che non indossava il blu di Eton. Ma presto apparve la prua di una seconda barca, che si avvicinava silenziosa. Balestier e Cartwright cominciarono a sbraitare; anzi, risuonò un vero e proprio boato di incitamento. Le due imbarcazioni erano quasi sulla stessa linea quando passarono davanti a loro. «Bella gara!» si udì gridare da ogni dove prima che sparissero di nuovo dietro la curva. Eton era in testa.

A quel punto, la vittoria era scontata. Ma di quanto avrebbe vinto? Di lì a poco giunse il rimorchiatore ufficiale. «Eton a due quarti del percorso!» Ci fu un sussulto di stupore: nessuno si aspettava più di un quarto. «*Floreat Etona!*» urlò Cartwright. Sia lui sia Tony sembravano aver vinto alla lotteria.

L'entusiasmo generale che aveva coinvolto Ursula era stato scacciato dal disprezzo. Era tutto così assurdo! Perché l'uomo inglese prendeva sul serio solo lo sport e nient'altro? Si ricordò di uno scienziato russo che aveva conosciuto a un incontro a cui l'uomo era stato invitato. «Che organizzazione!» le aveva detto, abbandonandosi a una risata sguaiata, tanto era divertito. «E tutto per catturare un animale così piccolo a cui mio figlio dodicenne sparerebbe senza sforzo!» Ursula lo aveva guardato per un istante con autentico orrore, poi aveva riso anche lei. «In Inghilterra lo chiamano volpicidio!» aveva spiegato. «È di gran lunga più riprovevole che uccidere i propri parenti.» E di nuovo si chiese se Henley non avesse «una organizzazione così imponente» per un obiettivo così piccolo... Importava davvero quale delle due barche avesse qualche metro di vantaggio?

Nel frattempo, Jack Cartwright aveva slegato la barbetta per rimettersi in marcia. La ricerca della madre occupava i pensieri di Ursula, ma della signora Hibbert non si vide traccia fino a quando non raggiunsero il luogo scelto per il pranzo. La piccola canoa era già stata ormeggiata nell'angolino migliore, sotto gli alberi spioventi. «Oh, eccovi qui finalmente, birichini!» esclamò allegra la donna. «Sono affamata! Non è stato bello che quei cari ragazzi abbiano vinto? Non riesco a capire i genitori che non mandano i figli a Eton. Poi il blu è un colore così soave!»

Mentre erano impegnati a pranzare, passò una piccola imbarcazione diversa da tutte quelle che avevano visto in precedenza. Trasportava un grande cartellone bianco che si estendeva da prua a poppa con una scritta verde e viola, colori ormai radicati nella coscienza pubblica al punto che non era nemmeno necessario leggere. «L'onnipresente suffragetta!» mormorò il signor Balestier leggermente disgustato.

«Che senso ha venire a Henley?» fu il commento della signora Hibbert. «*Boats for women!* Altro che voto alle donne!»

«Mia zia è una ragazza incredibilmente bella!» intervenne Jack Cartwright, che aveva scostato i rami di salice per avere una visione più chiara della barca delle suffragette. «Non mi dispiacerebbe poi tanto essere il poliziotto che la porta dentro!»

«Oh, le seguaci della Pankhurst sono abbastanza intelligenti da scegliere una ragazza affascinante da mandare qui!» Il tono della signora Hibbert aveva una nota acida. Prese il binocolo, ma poiché la canoa si trovava sul lato interno rispetto alla due di coppia, non vedeva la ragazza con chiarezza. «Be', non riesco a distinguere bene la sua sirena, ma non mi sembra poi così meravigliosa!»

«E invece è bella, mamma. Straordinariamente graziosa! Guarda quella a prua.» Anche Ursula aveva sbirciato tra i rami e il suo elogio, benché deciso e netto, era anche sorprendente. Per quanto ne sapeva, quella era la prima occasione in cui incontrava le temibili «militanti». Non era del tutto sicura di come si aspettava che fossero, ma di sicuro non così! La sirena avrebbe potuto essere un'eccezione, certo, e una bellezza del genere non poteva che esserlo, ma anche le altre quattro occupanti dell'imbarcazione avevano un'aria raffinata ed elegante; a dirla tutta, non erano poi così diverse dalle altre ragazze in barca. Possibile che fossero davvero quelle megere furiose di cui parlavano i giornali? Inoltre, la sirena non soltanto era bella, ma diede a Ursula l'impressione di essere la creatura più eterea che avesse mai visto. Sì, c'era un non so che di floreale nella sua figura esile, nel viso puro e pallido con un'espressione tranquilla... Oppure sarebbe stato più corretto descriverla come una santa? Un leggero sorriso le impreziosì le labbra mentre si sedeva sfiorando con la mano bianca la fresca acqua verdastra. Con tutta evidenza, era inconsapevole dello scrutinio a cui la stavano sottoponendo.

Ursula Winfield si allontanò con un sussulto. L'imbarcazione delle suffragette se ne stava andando e all'improvviso lei si rese conto di essere stata scortese: non avrebbe dovuto fissarla. Eppure, se ci si presentava a Henley con una barca tappezzata di cartelloni, gli sguardi indiscreti erano d'obbligo. Con sua grande sorpresa, notò che il capitano Talbot aveva perso la sua solita laconicità. «Per Giove, la folla più nutrita che abbia mai visto! Sono scese in piazza nonostante il rischio di essere ridicolizzate. C'erano uomini che spingevano e cantavano intorno allo stand della Pankhurst. Pensavo che avrebbe preso baracca e burattini e se ne sarebbe andata, e invece non ha fatto una piega. Ci vuole coraggio, eh?»

«L'intera faccenda è detestabile, svilisce le donne», sentenziò il signor Balestier. Forse pensava che una tale serietà fosse irrispettosa delle norme sociali, oppure era solo annoiato dall'argomento, perché cambiò bruscamente discorso.

Il pomeriggio trascorse più o meno come la mattinata. Ursula iniziava a essere stanca: un giorno interno a Henley era sempre troppo lungo e non fare nulla era a dir poco estenuante. Non si sarebbe sentita altrettanto esausta se avesse passato tutte quelle ore a lavorare nel suo laboratorio. Avevano concordato di prendere il treno delle sette per tornare indietro, ma lei non era certa che sua madre avesse intenzione di salirci. La signora Hibbert aveva perfezionato a dovere l'abilità di perdere i treni neanche fosse un'arte, malgrado niente la infastidisse più dell'inopportuno ritardo altrui. Il signor Balestier aveva preso il posto del capitano Talbot sulla canoa, e il cuore di Ursula saltò un battito quando si accorse che la madre si godeva le chiacchiere con l'accademico dopo i fastidiosi, ma apprezzati, silenzi del suo precedente accompagnatore. Tuttavia la ragazza trovò un alleato inaspettato nel signor Smee, anche lui ansioso di tornare a casa, che si informò persino sulla possibilità di prendere un treno prima. Alla fine, riuscirono a trascinare la signora Hibbert al binario proprio nell'istante in cui il controllore si preparava a fischiare.

Ursula sprofondò nel suo sedile senza fiato. Era stato un bene che il professor Smee si fosse affrettato per trovare i posti. Per il momento, era riuscito ad assicurarsene solo tre, ciascuno in uno scomparto diverso, ma supponeva che gli altri uomini del gruppo fossero accalcati da qualche parte. Che caldo faceva in quella carrozza affollata! A quanto pareva, lo sentiva anche la sua vicina, perché a metà percorso si alzò per togliersi il mantello. Ursula si guardò intorno con noncuranza. Una sciarpa con il tricolore delle suffragette le balenò alla vista. Ed ecco la sirena seduta in un angolo. Che strana coincidenza!

Durante il viaggio, la signorina Winfield non poté fare a meno di ascoltare buona parte delle conversazioni delle suffragette, e poi era divertente considerare Henley da una prospettiva completamente diversa. Nei loro pensieri le regate sembravano ricoprire un ruolo ancora più insignificante che nei suoi. Si chiese addirittura se sapessero che si erano tenute delle gare! Discutevano della proprietaria di una delle case galleggianti su cui erano salite. «Pareva davvero impressionata», dichiarò trionfale la ragazza seduta accanto a Ursula. «Speriamo che mantenga la promessa e si presenti alla Queen's Hall lunedì! Sai, è una tizia importante, molto ricca.»

La sirena emise un sospiro stanco. Ursula scoprì che il suo nome era Mary Blake. «Certo, una è contenta di lavorare per la causa, ma Henley è orribile. Tutti quegli uomini che ti fissano!»

«È perché sei bellissima!» Il tono dell'amica era pacato e impersonale. «Ma, in realtà, è molto utile.» Ursula non riusciva a capire se la ragazza si stesse riferendo all'aspetto della signorina Blake o alla visita a Henley. «In ogni caso, è stato più piacevole di un attacco!»

«Non lo so.» Ursula alzò d'istinto lo sguardo alle parole della signorina Blake. «In un attacco si pensa solo alla causa e ci si dimentica di sé stessi.»

«Be', io non ci riesco», replicò l'altra suffragetta ridendo. «Non quando il cavallo di un poliziotto mi saltella sul piede. Insomma, non sei forse piena di lividi dopo un attacco?»

«Oh, sì, ovvio, ma io intendevo...» La voce della signorina Blake si spense. Sembrava troppo stanca per spiegare, persino per parlare. Cominciò a sfilarsi languida le forcine e si tolse il cappello, rivelando una chioma color dell'oro arrotolata in cima alla testa. A un certo punto, appoggiandosi alla parete del suo angolo, chiuse appena le palpebre bianche.

Ursula era insieme perplessa e interessata. Quindi le suffragette non erano contente della notorietà di cui godevano; pareva che non la gradissero affatto. E poi quanto doveva essere spiacevole ritrovarsi coperte di lividi! Si impegnavano davvero in quelle azioni oltraggiose soltanto per il bene della «causa», come amavano chiamarla. Ma si poteva pensare che un voto valesse quello sforzo immane? Se si fosse trattato di sacrificarsi per un progetto scientifico, per portare avanti un'importante scoperta, avrebbe capito. Il fatto che quelle ragazze fossero gentili come sembravano rendeva ancora più tragico pensare che si sminuissero, che svilissero l'intero genere femminile con le loro buffonate. Senza volerlo, lo sguardo di Ursula si posò nuovamente su Mary Blake, che aveva l'aria di essersi addormentata ed era, se possibile, ancora più bella di prima. La purezza pacifica del suo viso pallido, la curva delle labbra, le lunghe ciglia scure che le sfioravano la guancia le tolsero il fiato. Ancora una volta stette seduta a fissarla.

All'improvviso, Mary Blake aprì gli occhi, ma non sembrò infastidita da quello sguardo estraneo, forse perché era ancora nel dormiveglia. Avvicinò la mano a una grande e floscia borsa di tela biancastra che teneva in grembo. «Ha visto l'ultimo numero?» chiese, tirando fuori una copia del noto giornale delle suffragette. «È l'unico rimasto.»

Ursula lo accettò con riluttanza. Non poteva certo rifiutare, ma non le piaceva essere associata al movimento nemmeno in quei termini. «Non leggo mai il vostro giornale, non sono una simpatizzante», ribatté brusca.

Mary Blake sorrise. «Magari, se desse un'occhiata, lo diventerebbe», suggerì con pacatezza.

«Non credo proprio.» L'imperturbabile sicurezza della ragazza la indispettì. Forse un residuo del secolare antagonismo tra scienza e religione, tra fatti e fede si stava muovendo dentro di lei. «Comunque uno sguardo glielo do», aggiunse cercando di mostrarsi cordiale. Il giornaletto era scritto meglio di quanto si era aspettata, ma non la impressionò. L'arrogante tono confidenziale che lo caratterizzava la esasperava, per non parlare del modo in cui incensava le suffragette in carcere, dipinte alla stregua di eroine e martiri. Era troppo ridicolo! In fondo, quelle donne dovevano solo promettere di comportarsi bene per dodici mesi per tornare libere. Appena le fu possibile, Ursula piegò il giornale e lo riconsegnò con freddezza. «Mille grazie.»

«Un giorno...» C'era una luce singolare negli occhi di Mary Blake nonché una nota di stupore nella sua voce. «...Un giorno ti unirai a noi.»

4.

Charlotte Smee era seduta nella sala da pranzo della sua modesta casa in Clarendon Road; non proprio a Notting Hill Gate, a dire il vero. Teneva in mano una copia del «Daily Telegraph», ma non la stava leggendo. Abitualmente, si dedicava poco alla lettura e in quel momento era troppo irritata per fare lo sforzo necessario. Aveva il viso paffuto ancora più rosso del solito e gli occhi umidi. Il brutto orologio di marmo nero sulla mensola del camino segnava le otto e mezzo. «Una vergogna da parte sua», mormorò con rabbia.

La gita a Henley l'aveva infastidita sin dal primo istante, benché avesse cercato di non darlo a vedere. Certo, detestava andare in barca e con ogni probabilità non avrebbe mai accettato di accompagnare il marito. Tuttavia gli amici importanti di Vernon avrebbero potuto almeno avere il buongusto di chiederlo. L'orgoglio l'aveva costretta al silenzio quando lui le aveva accennato all'invito con un noncurante: «Non ti hanno menzionata e, naturalmente, so che le regate non sono nelle tue corde». Vernon non aveva notato lo sguardo ferito della moglie né si era reso conto che la sua estrema irritabilità era dovuta a un bruciante senso di umiliazione. Con crescente senso di disagio, si augurava soltanto che Charlotte la smettesse di tirare fuori ogni possibile, insignificante lamentela e di assillarlo in continuazione.

Certo, in ventidue anni di matrimonio non era la prima volta che il professor Smee stringeva un'amicizia di quel tipo. Nel tempo c'erano state diverse signore eleganti, nelle cui case era stato invitato da amico intimo senza sentire mai l'esigenza di estendere la conoscenza anche alla moglie. Malgrado lo schema si ripetesse senza variazioni, Charlotte non ci aveva ancora fatto l'abitudine; piuttosto, la consapevolezza degli anni che passavano e della sua modesta bellezza che sfioriva rendevano l'esperienza ancora più dolorosa. Sì, era un po' più vecchia del marito, ma la questione era passata inosservata quando lui, da ventunenne precoce e impeccabile qual era, aveva sposato lei, una ragazza di venticinque anni, dall'aspetto passabile e di belle speranze. Suo padre, un agiato droghiere di Balham, era considerato un «uomo caloroso» e tutti, Vernon compreso, avevano ritenuto che lo sposo fosse stato fortunato ad aver trovato un così buon partito. Da allora, però, non solo si era verificato un singolare capovolgimento dello status sociale, ma la differenza d'età era inspiegabilmente aumentata. L'ultima volta che gli Smee avevano presenziato a una soirée della comunità scientifica, alla povera Charlotte avevano chiesto notizie del «figlio illustre». A quel ricordo mortificante le si riempivano sempre gli occhi di lacrime.

Forse non c'era da meravigliarsi che, in simili circostante, Charlotte Smee non fosse incline a sopportare le amiche del marito. Quella volta, un motivo di risentimento esisteva eccome, malgrado lei non lo sapesse ancora; anzi, aveva frainteso in modo quasi comico l'intera situazione. Perché pensava che fosse la signora Hibbert l'attrazione prediletta del marito, mentre considerava la figlia scienziata una semplice studentessa. Quando Vernon aveva menzionato la casa di Lowndes Square, aveva parlato della madre, del suo splendido abito e della sua sorprendente giovinezza. In risposta alla domanda di Charlotte se la signorina Winfield fosse carina, il marito aveva replicato: «Non proprio»; e l'argomento si era chiuso lì. Le ragazze giovani annoiavano Vernon, era sempre stato così, aveva pensato la moglie ingenuamente.

Anche per quanto riguardava la signora Hibbert, il risentimento di Charlotte Smee fino a quel momento riguardava il tipo di donna, non tanto l'individuo particolare. Era una di quelle gran signore che avevano reso il marito ipercritico e insoddisfatto. Ai vecchi tempi, quando vivevano a Leeds con la piccola rendita da assistente universitario, Vernon era affezionato alla sua dimora e ne andava orgoglioso. Ammirava il modo in cui lei gestiva la vita domestica e le diceva che a casa si mangiava meglio che altrove. Inoltre, in quel periodo, invitava spesso amici a cena e insieme trascorrevano serate così piacevoli che Charlotte cantava persino. Ma da quando si erano trasferiti in città, circa undici anni prima, Vernon l'aveva dissuasa dal dedicarsi alla musica con tale veemenza che per poco lei non l'aveva abbandonata del tutto. Diceva che intrattenere gli ospiti a Londra era al di sopra delle loro possibilità, ragion per cui nessuno veniva invitato a Clarendon Road. Di tanto in tanto, il professore organizzava una cena per soli uomini al Savoy; era richiesto dalla sua posizione, le spiegava, come se lei non fosse stata in grado di dare un ricevimento coi fiocchi alla metà dei costi. Charlotte era risentita, ma sapeva benissimo che le spese non erano il vero motivo per cui Vernon non invitava gente a casa. Si vergognava; esatto, si vergognava della casa e di sua moglie! Una lacrima rigò la guancia grassa della signora Smee e atterrò sullo stretto sprone in pizzo del corsetto di seta.

L'orologio segnava le nove meno un quarto. Le afflizioni generiche lasciarono il posto a un'unica grande preoccupazione: la cena si sarebbe rovinata! Il mancato ritorno di Vernon divenne un crimine più grande della gita a Henley. Prima di partire le aveva detto che forse avrebbe fatto un po' tardi; ecco perché aveva ordinato la cena per le sette e mezzo, anziché per le sette come al solito. Ma ormai erano quasi le nove! Non ci sarebbe stato più niente di commestibile e la cuoca si sarebbe infuriata. Con ogni probabilità, avrebbe rassegnato le dimissioni e, a parte il suo carattere, era un vero tesoro. La signora Smee ripensò con angoscia a una lunga serie di domestici incompetenti. Quanto si era infastidito Vernon quando la cuoca precedente aveva servito il bianchetto bollito! E poi c'era stata quella che aveva passato gli asparagi al colino! Sì, la maggior parte delle ragazze necessitava di sorveglianza in tutto e per tutto. Infatti, più di una volta, in una parentesi senza domestici, la signora Smee era stata costretta a fare tutto da sola, aiutata da una cameriera accomodante. Non che le fosse dispiaciuto; la sua cucina era eccellente e, quando le capitava di occuparsene, si sentiva un'artista. Non disdegnava nemmeno i lavori di casa, e in quei giorni di interregno domestico gli ottoni e l'argenteria brillavano di una lucentezza mai vista prima. Ma la sua soddisfazione era sempre guastata dal terrore di essere «smascherata»; tutto il tempo, si sentiva colpevole: gli amici di Vernon l'avrebbero disprezzata, si ripeteva, se avessero scoperto che si comportava da donna umile.

E se la cuoca se ne fosse andata, senza dubbio la Carter l'avrebbe seguita a ruota. La signora Smee continuò ad abbandonarsi a pensieri cupi. I domestici non sopportavano i cambiamenti e, in più, la Carter era appena arrivata, perciò non aveva ancora avuto il tempo di ambientarsi. Ogni volta che la ragazza entrava nella stanza, Charlotte temeva di sentirsi dire: «Me ne andrò alla fine del mese, signora». E poi la spesa per cambiare i domestici era diventata enorme. Trovare la Carter le era costato più di una sterlina, fra i tre penny e sei centesimi per una pubblicità del tutto infruttuosa sul «Morning Post» e l'esborso all'ufficio del registro. Oh, quei maledetti uffici con la loro folla di signore in attesa di domestici che non arrivavano mai! Era facile per coloro che potevano permettersi salari esorbitanti o mantenevano un personale numeroso; in quel caso, riuscivano a procurarsi la servitù senza sforzo. Ma quando si trattava di cuochi e domestiche con una retribuzione che andava dalle ventidue alle ventisei sterline l'anno, non c'era modo di trovarne.

Un taxi si fermò davanti alla porta per far scendere il passeggero. Charlotte riconobbe il passo del marito e, nell'udire l'autista insolitamente educato dire «Grazie, signore», si irritò ancora di più. Vernon era ridicolo, pagava sempre troppo... e sì che si considerava un tipo parsimonioso! La lamentela della signora Smee non era priva di fondamento, perché il professore aveva accumulato una discreta quantità di denaro: non beveva champagne, come era solito precisare, ma non rifiutava un buon bicchiere di chiaretto; non era un grande fumatore, ma i suoi sigari costavano novantaquattro scellini; non aveva molti abiti nuovi, ma il suo sarto si trovava in Albemarle Street. Le flanelle che indossava erano costate due volte il vestito «modello Parigi» della moglie.

Intanto, il taxi se n'era andato. Una volta entrato in casa, Smee si dedicò a una frettolosa toeletta e poi aprì la porta della sala da pranzo. «Oh, eccoti qui!» esclamò allegro. «Non mi hai aspettato, vero?»

«Certo che ti ho aspettato!» Charlotte aveva un tono imbronciato. «Credi che avrei potuto chiedere alla Carter di portare su la cena due volte? Be', visto che sei *finalmente* tornato a casa, è meglio che suoni e la avvisi.»

«Carter mi ha visto in corridoio.» L'allegria era svanita dal volto di Vernon. Quella era l'unica ricompensa che aveva ricevuto per aver cercato di tornare a casa presto. Non solo era stata una vera seccatura trascinare tutti in stazione, ma non aveva nemmeno trascorso una giornata particolarmente piacevole. Charlotte non aveva motivo di essere così nervosa! Guardò l'orologio: per Giove, le nove meno cinque! Era più tardi di quanto credesse. Poi rammentò l'irritante abitudine della moglie di tenere le lancette un quarto d'ora avanti. Tirò fuori il suo, di orologio, e si mise a confrontare l'orario. «È sbagliato!» commentò ad alta voce. «Sono da poco passate le otto e mezzo!» I quindici minuti appena guadagnati gli diedero una sensazione di virtuosa puntualità.

«Non sei comunque in tempo per la cena delle sette.»

Il professore non si scusò, ma si sentì ferito. «Be', te l'avevo detto che avrei fatto tardi», brontolò. «Sarebbe bello se un uomo potesse andare a Henley senza essere trattato come il peggiore dei borseggiatori. È già tanto se ho un giorno di vacanza!»

Nonostante tutto, la cena fu una piacevole sorpresa e il professor Smee la consumò con appetito.

«È molto meglio di quello che ho mangiato a pranzo!»

Sul viso chiazzato di Charlotte si disegnò un leggero sorriso. Quando fu servito il dessert e la Carter lasciò la stanza, la padrona di casa si sentì libera di abbandonare la sua forzata allegria ciarliera. E forse fu proprio a causa del brusco silenzio che Vernon si rese conto della propria negligenza, perché alzò lo sguardo.

«Ho dimenticato di porgerti le più sentite scuse da parte degli ospiti per il mancato invito di oggi. Ho spiegato che non gradisci andare in barca, ma la signorina Winfield temeva che li avresti ritenuti scortesi. Mi ha pregato di riferirti che è stata solo colpa mia, dal momento che non avevo fatto menzione di essere sposato.»

La fugace espressione di sollievo che era comparsa sul volto di Charlotte svanì a mano a mano che il marito proseguì il discorso. «La signorina Winfield? Le scuse non arrivano dalla signora Hibbert?» domandò sospettosa.

«Ne ho parlato con la signorina Winfield.» Il professore aveva la coscienza talmente pulita riguardo alla madre di Ursula, con la quale, in effetti, aveva a malapena scambiato quattro parole, che non sospettava minimamente delle illazioni della moglie. «Non ho affrontato l'argomento con la signora Hibbert», aggiunse noncurante.

«No, immagino di no. Non dubito che tu abbia avuto un sacco di altre cose piacevoli di cui discutere!» Charlotte si precipitò fuori dalla stanza in preda ai singhiozzi.

La sua idea era rifugiarsi da qualche parte prima di scoppiare in un pianto irrefrenabile. La camera... no, la Carter avrebbe potuto essere lì a preparare il letto per la notte; il salotto, invece, sarebbe stato senza dubbio vuoto. Aprì la porta, ma seduta accanto alla finestra, quasi invisibile al crepuscolo, c'era una figura robusta e immobile, a eccezione delle mani impegnate a sferruzzare.

«Susie!» esclamò Charlotte. La sorpresa frenò il pianto.

Le sorelle si abbracciarono con affettuoso fervore. «Non ti ho spaventata, Lottie, vero?» domandò la signora Todd. «Non puoi avermi scambiato per un fantasma!» Il riso scosse quei novantacinque chili di donna.

«Cara la mia vecchia Susie!» Charlotte strinse la mano

della sorella. «Mettiamoci comode.» L'ambiente sarebbe stato più raccolto e accogliente se non avessero acceso la lampada, spiegò, ma la vera ragione per cui preferiva il buio era il suo desiderio di nascondere il viso rigato dalle lacrime. Si informò con sollecitudine su quanto a lungo Susie fosse rimasta in attesa e sul perché lei non fosse stata avvisata del suo arrivo.

La signora Todd la rassicurò. Era lì da meno di mezz'ora. «Non agitarti, tesoro, avevo la mia maglia», disse, cercando di porre fine alle continue scuse di Charlotte. «A casa mi sarei lagnata per la perdita di tempo, perché la roba da fare ti impegna più di un bambino! Ma in vacanza cosa importa? E non è stata colpa della tua ragazza, ci tengo a precisarlo. Le ho detto di non disturbarvi. A un uomo piace stare tranquillo davanti al suo piatto.»

«Ma avresti dovuto lasciare che la Carter mi informasse!» la rimproverò Charlotte. Susie era a Londra così di rado, le fece notare, che voleva godersela tutta quanta.

«E non è poca cosa!» ribatté la signora Todd con la sua grassa risata. A quel punto, i discorsi delle sorelle si spostarono sulle questioni di famiglia e Charlotte chiese con ansia come stessero i quattro giovani di casa. Il maggiore lavorava con il padre – Todd *père* era fornitore marittimo a Southampton – e «la sua dedizione è *stupenderrima.* È una bella testa, il mio Frank», commentò sua madre orgogliosa. Anche la sorella di Frank, Florence, se la cavava bene, faceva l'insegnante. L'elenco delle materie per le quali di recente aveva superato gli esami sembrava esaurire lo scibile umano. «Non che mi piaccia poi tanto l'*educhizione* oggi!» precisò la signora Todd. «Troppa infarinatura di francese, scienze naturali e questo e quell'altro e quell'altro ancora! Il mio motto è "facile e completo". Proprio come con il mangiare, dico io: carne, pudding e cose così sono molto migliori e salutari di cene con decine di portate e nemmeno un boccone decente.»

Charlotte fu colta da un improvviso senso di colpa. «Oh, ma adesso che ci penso, hai cenato, Susie?»

«Alle nove di sera? Che stramberia!» La signora Todd rise

di nuovo. «Pranzo alle dodici e mezzo, sempre stato così. E poi ho cenato prima di lasciare Southampton e ho preso una cosuccia anche in albergo. E ora pensavo di andare a letto.»

«Oh, no, no, aspetta!» La veemenza di Charlotte era sincera. Per la prima volta da giorni si sentiva quasi felice. Per di più, oltre a essere davvero molto affezionata alla sorella, in compagnia di Susie sperimentava un inedito e rinfrescante senso di splendore ed eleganza. L'ingenua ammirazione della sorella era un balsamo per il suo animo offeso. Del resto, con grande umiltà la signora Todd diceva sempre di non aver ricevuto i vantaggi di Charlotte. Le sorelle avevano quattordici anni di differenza; nell'intervallo tra l'una e l'altra il padre, di professione droghiere, era passato da semplice commesso in grembiule bianco che serviva dietro il bancone a manager in cappotto nero che sognava già il giorno in cui avrebbe camminato orgoglioso nell'emporio di sua proprietà. La trasformazione aveva trovato riscontro anche nell'educazione delle due figlie, perché Susie, in gioventù, era stata mandata in collegio, anche se il fatto poi fu smentito, mentre Charlotte aveva frequentato una raffinata scuola privata per signorine, dove si prendevano lezioni di danza e pianoforte pagando una ghinea in più. Nemmeno in seguito Susie era stata in grado di integrare la sua scarsa educazione; aveva dedicato l'intera infanzia a occuparsi di una madre fragile e di molti fratellini e sorelline scomparsi prematuramente. Una volta che Charlotte era cresciuta e aveva avuto più tempo libero a disposizione, aveva scelto di sposare Samuel Todd. Da allora, i quattro figli e una «roba da fare» di successo l'avevano del tutto assorbita.

Mentre se ne stavano comode, la sorella maggiore esaminò la vita coniugale di Lottie. Della prima metà, trascorsa a Leeds, sapeva ben poco perché in quegli undici anni non si erano mai incontrate: erano entrambe molto vincolate e nessuna delle due famiglie navigava nell'oro tanto da permettersi lunghi viaggi in treno. Anche gli scambi epistolari erano infrequenti, poiché Charlotte non sapeva mai di cosa parlare, mentre per la signora Todd l'atto stesso dello scrivere era uno sforzo immane, ma comunque le sorelle avevano trovato il modo di raccontarsi i fatti salienti della loro esistenza. Per esempio, Susan era a conoscenza delle cinque brevi e minuscole vite che erano cresciute nel grembo di Charlotte in quel periodo, tanto brevi e minuscole che a malapena si poteva dire che fossero esistite. Ma non era al corrente di altro. L'ultima volta che si erano incontrate, Charlotte non aveva fatto parola dell'argomento e Susan Todd non aveva avuto il coraggio di chiedere. Ormai però il silenzio si era rotto.

«Che peccato», mormorò, «che nessuno dei tuoi *cipollini* sia vissuto.»

La reazione a quelle parole fu inaspettata. Charlotte si sciolse in un mare di lacrime, che oscurarono del tutto l'altro dolore e misero in allarme la sorella.

«Povera cara, povera cara!» bisbigliò in preda ai rimorsi. «Non sapevo ti sentissi ancora male. Non avrei dovuto parlarne.»

«Parlare di loro non ha importanza dato che sono sempre nei miei pensieri!» Charlotte alzò la testa, mostrando una certa dignità nella sofferenza, malgrado il viso arrossato e gonfio. La tragica intensità del suo pianto conferiva una sfumatura poetica a quel discorso banale. «Per tutti questi anni li ho desiderati, ho sofferto per loro. Li sogno di notte e al mattino mi sento vuota. Se fossero sopravvissuti, Vernon avrebbe continuato a prendersi cura di me, anche se non ne avessi avuto così tanto bisogno. È ingiusto, è davvero ingiusto! Ho pagato un prezzo alto, ho sofferto per cinque figli che mi sono stati tolti tutti. È ingiusto perché li desideravo così tanto.»

5.

La domenica seguente il professor Smee si recò a Lowndes Square. Una visita d'obbligo, si disse, giustificata dalla recente ospitalità della signora Hibbert. Purtroppo, come era accaduto in occasione della gita a Henley, tornò a casa in ritardo per la cena e scoprì che sua moglie per il fastidio si era ritirata in camera. Un tale esagerato risentimento sortì lo stesso effetto della volta precedente, trasformando il senso di colpa di Smee in rancore. Era un comportamento ridicolo da parte di Charlotte, pensò furioso. Come se la puntualità avesse una qualche rilevanza di domenica, quando consumavano sempre una cena fredda! Inoltre, lui non poteva farci niente. Quando era arrivato a Lowndes Square, la signora Hibbert e la signorina Winfield stavano per fare un giro in macchina con l'immancabile capitano Talbot alla guida. La signora Hibbert si era già sistemata sul sedile anteriore e, non appena il professor Smee aveva fatto la sua comparsa, lo aveva convinto a unirsi a loro, offrendogli con gentilezza una giacca e un cappello di riserva del colonnello. Era una giornata splendida e Vernon Smee avrebbe probabilmente accettato l'invito anche se il quarto posto vacante non fosse stato della signorina Winfield.

Le sue opportunità di incontrare Ursula non erano limitate a quel casuale «giro di piacere», perché la ragazza continuava a lavorare al suo college tutto il giorno, tutti i giorni. Ma sebbene la incontrasse quotidianamente, si limitava a osservarla, perché lei era così assorbita dagli esperimenti che Vernon Smee spesso si chiedeva se si accorgesse della sua presenza. E per quanto riguardava i due giovani studenti che le aveva assegnato, era sicuro li considerasse alla stregua di un'appendice della sua strumentazione. Certo, quando faceva un'osservazione sul suo lavoro, la signorina Winfield rispondeva con prontezza e persino con gratitudine, e quelle discussioni tra loro non facevano altro che accrescere la stima reciproca. Ursula era davvero colpita dall'esperienza del professore in materia di esperimenti e soprattutto dalla sua rapida comprensione di un argomento su cui aveva lavorato così poco. Il fatto che lei stessa fosse «dura di comprendonio» faceva sì che quella forma mentis da avvocato le sembrasse davvero affascinante. Dal canto suo, Vernon Smee si convinse sempre di più che la signorina Winfield avesse quel tocco di genio che, in fondo, le aveva sempre riconosciuto.

Di conseguenza, un genuino interesse scientifico, unito a un crescente sentimento per la sua nuova «studentessa speciale», spingeva il professore a trascorrere gran parte del proprio tempo nel piccolo laboratorio. E visto che durante le vacanze era relativamente libero, ce ne avrebbe passato ancora di più. «Il prof sembra tenerci davvero tanto al nostro gruppo!» aveva detto il più giovane dei due studenti all'altro. Era stato allora che Vernon Smee aveva capito di dover mostrare maggior discrezione. Così, aveva impiegato i giorni successivi a correggere le prove d'esame, facendosi vedere a malapena dal «gruppo» della signorina Winfield.

Ma quella separazione forzata durante le ore di lavoro gli rendeva ancor più fastidioso non potere scambiare due parole con Ursula nella pausa pranzo. Anziché rivelarsi un vantaggio, come aveva sostenuto lui stesso, la vicinanza del college a Lowndes Square andava a suo discapito, perché consentiva alla signorina Winfield di tornare a casa a metà giornata, in orari molto variabili ma sempre e comunque per pranzo.

«La mamma me lo fa portare in biblioteca», gli disse in un insolito slancio di espansività. «È tanto tranquillo e veloce quasi quanto mangiare al ristorante. Naturalmente, non tornerei se mi toccasse andare in sala da pranzo, perché c'è sempre qualche ospite e io non sarei vestita in modo adeguato.»

La decisione di Ursula non stupiva il professor Smee. Se casa sua fosse stata più distante, avrebbe dovuto ripiegare su un ristorante e, in quel caso, avrebbe con ogni probabilità frequentato il Museo, dove lui stesso era solito recarsi. Del resto, era il posto migliore nelle vicinanze e aveva l'ulteriore vantaggio di essere precluso ai giovani studenti volgari per via dei prezzi elevati. In effetti, la sala dove Vernon pranzava si stava rapidamente svuotando, poiché la maggior parte dei professori era già partita per le vacanze. Il suo procrastinare non aveva nulla a che vedere con la signorina Winfield, tentò di rassicurarsi. Era mai partito per la sua annuale arrampicata in Svizzera prima di agosto? E poi con il suo bilancio non avrebbe potuto permettersi più di tre o quattro settimane. Era una seccatura che le guide e tutto il resto rendessero l'esperienza tanto costosa quando, in realtà, si trattava di un'attività ricreativa così semplice.

La sera successiva, mentre percorreva il corridoio, gli piombò addosso una strana signora. Riconobbe subito il tipo – la madre di un futuro studente – e per poco non si lasciò sfuggire un gemito, ma ormai era troppo tardi per battere in ritirata; doveva chiederle di accomodarsi nel suo ufficio, anche se sapeva che lei avrebbe parlato, parlato e ancora parlato. E andò proprio così! Ovvio che il suo promettente giovanotto era un genio, che aveva dimostrato un talento scientifico straordinario sin dalla tenera età. Ascoltando quello sfogo amorevole e infantile, il professore pensò con rabbia che le madri avrebbero dovuto essere tutte sterminate. Infine, al culmine del discorso, comparve persino la fotografia del ragazzo! Per fortuna, riuscì a sbarazzarsi presto della donna, ma la signorina Winfield doveva essersene già andata, visto che erano le sette passate e non si fermava mai fino a quell'ora. Tuttavia sarebbe andato lo stesso di sopra per accertarsene.

Aprendo la porta, ebbe un tuffo al cuore: eccola lì, girata di spalle. Non l'aveva sentito entrare. Che bei capelli aveva:

quello chignon in cima alla testa e i piccoli riccioli sfuggenti... a un uomo veniva proprio voglia di toccarli, di...

Forse Ursula avvertì una leggera corrente d'aria provenire dalla porta aperta, perché si voltò con un'espressione meravigliata. «Oh, è lei!» esclamò. Sembrava quasi che non lo riconoscesse. «I miei test hanno dato risultati eccellenti oggi! Era proprio quello che volevo!»

La sua inconsapevole freddezza ebbe l'effetto di far ritrovare a Vernon Smee un po' di buonsenso. «Ne sono molto felice», replicò il professore, con voce più o meno normale. Poi notò che Ursula, sebbene felice, era pallidissima. In quel momento fu colto da un'idea improvvisa. «Sembra esausta. Perché non viene a prendere un tè nel mio ufficio? Sono sicuro che la moglie del portiere me lo porterebbe.»

Con sua grande sorpresa, Ursula accettò; ormai la chiamava così nei suoi pensieri e quel nome le si addiceva, ne era convinto. Intanto, la ragazza aveva iniziato a mettere via l'apparecchiatura. «In effetti, sono piuttosto sfinita», ammise. Mentre camminava al suo fianco in corridoio, il professore ebbe quasi la sensazione che ondeggiasse. Non appena entrò nel suo ufficio, Ursula si accomodò sulla grande poltrona e chiuse gli occhi. «Mi sento sempre un po' frastornata quando lavoro sodo e a lungo», spiegò.

«Non dovrebbe affannarsi e soprattutto non per così tante ore. C'è qualcosa che posso fare per lei o che posso procurarle?» Vernon aveva assunto un tono grave e ansioso, perché quella debolezza improvvisa lo aveva colpito. Aveva sempre pensato che Ursula fosse una creatura ultraterrena, al di sopra di tutti i mali. Per fortuna, sorseggiando il tè, la ragazza si rianimò e le sue guance riacquistarono un po' di colore. Iniziò persino a conversare, ma con grande delusione il professore constatò che l'argomento era sempre il lavoro. Pareva ne fosse così satura da non riuscire a parlare d'altro. Smee si fece coraggio e disse che quella sera non avrebbe più voluto sentire una parola al riguardo, per non correre il rischio che le venisse un altro capogiro. Così tirò in ballo la Svizzera. «Ci vado ogni anno per fare un po' di arrampicata.»

Ursula pareva interessata. «Ho sempre pensato che arrampicare potrebbe piacermi, ma non ci ho mai provato. Non sono nemmeno mai stata in Svizzera. Il mio patrigno evita tutti i luoghi dove non può andare a caccia, anche se gli ripeto in continuazione che le Alpi sono piene di camosci. L'arrampicata dev'essere un po' come il nuoto, che apprezzo molto. Sì, vorrei proprio vederla, la Svizzera.»

Quella sera, per la seconda volta, Vernon Smee sentì il cuore battere forte. Forse era l'insolita intimità del college deserto a predisporlo al romanticismo. Senza contare che il suo canonico mese in Svizzera era la parte dell'anno che preferiva. All'improvviso, si chiese come sarebbe stato se l'avesse condiviso con Ursula. Arrossì appena e non andava affatto bene, si disse. A fatica scacciò dai suoi pensieri quella deliziosa visione. Era Charlotte sua moglie. «A proposito, la signora Smee spera di vederla presto», mentì; una bugia che gli si poteva perdonare.

Un'ombra fugace attraversò il volto di Ursula. Che noia quella storia della moglie, ma doveva lo stesso mostrarsi educata. «Mi auguro che lei abbia spiegato alla signora Smee quanto sia indaffarata in questo momento. Per favore, non le lasci pensare che sia una persona scortese. Intendo passare a trovarla subito dopo le vacanze. C'è un giorno in cui è sempre a casa?»

Il primo e l'ultimo mercoledì del mese, apprese Ursula. Ma il professore non abbandonò l'argomento come sperava. Non senza un pizzico di esitazione, suggerì la possibilità che lei facesse visita alla moglie prima delle vacanze. «La signora Smee non lascerà la città per un po'. Ma forse trova la mia proposta un tantino frettolosa?»

«In effetti, sì.» Ursula indugiò. Era evidente che il professor Smee desiderava che lei andasse dalla moglie, ma non sapeva proprio come ci sarebbe riuscita. «Vede, devo terminare i miei esperimenti entro la fine del mese», gli spiegò. «I signori Flecker e Smith partiranno per le vacanze.» Si riferiva ai due studenti che la assistevano. «E poi, una volta terminati gli esperimenti, ho ancora molto da fare a casa prima di poter iniziare a lavorare al mio povero saggio. Già, credo proprio che dovrò riscriverlo da capo.» Il suo tono tradiva disperazione. «Oh, quanto mai ho pensato alla British Association. Essere legati a una scadenza è un vero incubo!»

«Ma, senza dubbio, la stesura di un elaborato non è così terribile quando si è già pensato a tutto», suggerì il professor Smee sfoderando il suo sorriso più affascinante. «Io non ho ancora iniziato a lavorare alla presentazione per la British Association.» Quell'anno avrebbe tenuto una delle due lezioni serali. «Credo che ne scriverò la maggior parte in treno, tornando dalla Svizzera.»

All'improvviso si rese conto di non volerci andare, in Svizzera. Preferiva stare con Ursula. Aveva detto che sarebbe rimasta in città tutto agosto. Perché non poteva fermarsi e darle una mano con il saggio? Così l'avrebbe vista tutti i giorni! Non appena ritrovò la lucidità, si rese conto che era impossibile. Aveva persino avuto paura di sussurrare quel suo piccolo segreto nel sonno. Inutile, perché se avesse rinunciato al suo viaggio all'estero per dedicare il mese di agosto alla signorina Winfield, sarebbe stato come gridare ciò che provava ai quattro venti dai tetti delle case. No, si sarebbe concesso il suo mese di arrampicata, se non altro per salvare le apparenze. Però quell'anno avrebbe anche potuto cambiare meta; un posto nuovo lo avrebbe aiutato a togliersi dalla testa Ursula. In Svizzera, avrebbe pensato a lei tutto il tempo. Il Caucaso? Troppo lontano e troppo costoso. Magari avrebbe provato la Foresta Nera. Naturalmente, non avrebbe fatto una vera e propria scalata, ma aveva sempre desiderato vederla. Inoltre, era vicina alla Svizzera, così, nel caso non si fosse trovato bene, l'avrebbe raggiunta senza sforzo.

Ormai Vernon era uscito dal parco e stava camminando in Notting Hill Gate. La fioraia accanto all'ingresso della metropolitana si preparava a chiudere il chiosco. «Povera me, è rimasto il mazzo di fiori più grande», osservò senza rivolgersi a nessuno in particolare sollevando una dozzina – o forse più – di rose rosso scuro. «E sono bellissime.»

I fiori erano una di quelle cose che il professor Smee non aveva mai occasione di acquistare, ma all'improvviso pensò che il rosso scuro sarebbe stato adatto a Ursula. Avrebbe tanto voluto vederla reggere quel mazzo o addirittura indossare qualche rosa. Ovviamente non doveva comprarlo.

«Gliele do per uno scellino, è un affare!» lo esortò la donna in tono persuasivo, notando che si era fermato. Era una sosta inusuale per il professore.

Be', perché non avrebbe dovuto comprarle, anche se non poteva darle a Ursula? Senza dubbio erano belle, e lui aveva bisogno di un po' di bellezza nella sua vita. Le avrebbe portate a casa e le avrebbe regalate a Charlotte. Mise lo scellino nel palmo della fioraia.

Sua moglie era in salotto. Vernon entrò subito e le mostrò il mazzo. «Le ho portato dei fiori, mia signora», disse.

Non ottenne risposta e Charlotte non tentò nemmeno di prendere i fiori. Un atteggiamento piuttosto sconcertante.

«Non ti piacciono? Mi sembravano belle», continuò lui, deciso a non perdere il buonumore.

«Sì, lo sono.» Charlotte cercò in tutti i modi di ricomporsi. «Grazie mille. Le metterò nell'acqua.» Afferrò due orribili vasi dalla mensola del camino e, voltando le spalle al marito, prese a sistemare i fiori.

Vernon Smee la osservò con attenzione e si accorse che le rose, sottoposte a quel trattamento, sembravano misteriosamente perdere la loro bellezza. Mancò, tuttavia, di notare che le mani intente a maneggiarle tremavano e che sul volto grasso della moglie era dipinta un'espressione di paura. O quasi.

6.

Qualche sera più tardi, il professor Smee comunicò alla moglie la sua intenzione di non andare in Svizzera quell'anno.

«Niente Svizzera!» gli fece eco Charlotte stupita. «Dove andrai, allora?»

«Nella Foresta Nera. Nel Sud della Germania, sai.»

«Ci sono montagne nella Foresta Nera?» La domanda suonò innaturale.

«No.» D'un tratto, Vernon rammentò la ragione per cui la moglie non lo accompagnava nella sua vacanza annuale. Pensava che fosse troppo noioso, visto che il marito se ne stava tutto il giorno fuori ad arrampicare. Ma sapendo che non c'erano montagne, forse si sarebbe offerta di andare con lui. «Be', ecco, sì, in realtà ce ne sono», si affrettò a correggersi. «Intendevo che non c'è nulla oltre la linea delle nevi perenni.»

«Capisco.» Charlotte aveva ben chiara la situazione: sapeva esattamente cosa passava per la testa del marito. L'unico punto che non aveva ancora compreso appieno era il motivo per cui stesse rinunciando alla sua amata Svizzera. In fondo, era un dettaglio. Su una cosa, però, era stato abbastanza chiaro: ovunque fosse andato, non avrebbe gradito la sua compagnia. Fu investita da una delle sue repentine ondate di irragionevole rabbia. «È un vero peccato che tu mi abbia sposato», gridò. «Se non altro, non sarei stata un peso né in vacanza né il resto dell'anno.»

Vernon Smee arrossì tanto era infuriato, ma non proferì

parola e prese un libro, ritenendo che quel gesto fosse la risposta migliore allo sfogo esagerato della moglie.

Nel frattempo, la signora Smee continuò ad agitarsi come un'ossessa. Il silenzio del marito era di gran lunga più esasperante di qualsiasi discorso. «Non hai niente da dire?» strillò alla fine.

«No, hai espresso la tua opinione su di me e non credo che riuscirei a farti cambiare idea», ribatté Vernon con freddezza prima di lasciare la stanza.

Il giorno successivo, il litigio si spense, non tanto in virtù dell'indulgenza del professore, quando per la sua indifferenza. Nonostante all'inizio le parole della moglie lo avessero irritato, Vernon scoprì che gli importava davvero poco di quello che Charlotte pensava di lui, perché in quel momento ogni sensazione sembrava fondersi in un unico sentimento: il desiderio bruciante di stare con Ursula. Finché la ragazza era al college, dove poteva sentirla vicina e persino vederla di tanto in tanto, la vita era sopportabile. Ma cosa avrebbe fatto quando lei se ne fosse andata? E sarebbe successo presto, lo sapeva, dato che gli esperimenti erano quasi giunti al termine. Tuttavia intravedeva una luce nel buio che lo circondava: l'intervento di Monsieur Laurent alla Chemical Society. Ursula avrebbe partecipato. Non si era forse già occupato delle necessarie presentazioni? Di sicuro, gli avrebbe permesso di riaccompagnarla a casa a incontro concluso. Il solo pensiero gli consentì di mantenere la calma quando un giorno, entrando in laboratorio, la trovò a impacchettare la sua strumentazione. «Se volesse lavorare di nuovo al college, si ricordi che questo laboratorio è sempre a sua disposizione», le disse con quella che Ursula ritenne una divertente quanto inutile premura.

Seguirono quattro giorni vuoti, in cui lui sopravvisse con la pazienza che riuscì a trovare, fino alla serata tanto agognata. Davvero, era ridicolo per un uomo della sua età sentirsi alla stregua di un ragazzo che partecipa a un ballo, si rimproverò Smee mentre percorreva Piccadilly. Con decisione allontanò Ursula dalla mente e poi, forse come ricompensa per aver dato prova di virtù, la intravide qualche metro più avanti. Accelerò il passo per raggiungerla. «Come procede il lavoro ora che è tornata nel suo laboratorio, signorina Winfield?» fu il suo discreto ma trafelato approccio.

«Oh, non molto bene.» Il tono di Ursula tradiva tristezza. «C'è qualcosa che mi sfugge e la scadenza per la presentazione del saggio si avvicina sempre di più. Ah! Riesco quasi a sentirne gli artigli che mi ghermiscono! Ma non mi metterò a parlarle dei miei guai ora; non c'è tempo. Le sue amiche non sono sul piede di guerra questa sera?» Cambiò discorso all'improvviso, mentre svoltavano e passavano sotto l'arco.

«Le mie amiche?» Vernon non capiva.

«Le suffragette. Credevo che una delegazione andasse in Parlamento per discutere con il primo ministro, malgrado il suo rifiuto. Guardi, c'è anche una locandina: "Donne suffragiste disperate. Questa sera, possibile attacco alla Camera dei Comuni". Mi meraviglio che lei non sia con loro!»

«Insomma, non potevo certo aspettarmi che i miei studenti frequentassero le lezioni a Wormwood Scrubs o in qualunque altra prigione mi avrebbero rinchiuso», replicò il professore.

«Alludevo a una sua partecipazione come spettatore, non in qualità di militante! Immagino che sarebbe meglio assistere a una delle loro incursioni prima di condannarle in modo assoluto!» suggerì Ursula mentre si dirigevano al piano superiore, mostrando un'inaspettata apertura mentale.

Com'era naturale, nell'auditorium si separarono. Che assurda fissazione era quella di far sedere gli ex presidenti su una panca speciale, neanche fossero una schiera di semidei. Stranamente, in passato il professor Smee non aveva dato troppo peso alla cosa; anzi, l'usanza quasi lo lusingava. Poco dopo iniziò la conferenza a cui prestò grande attenzione. Un paio di volte si voltò a guardare Ursula, ma non gli piaceva fissare la gente con troppa insistenza. La ragazza pareva molto interessata, tanto che alla fine notò che applaudiva con entusiasmo. Il discorso che seguì si rivelò noioso e Vernon proprio non riuscì a trattenersi dal guardare di nuovo in direzione di Ursula. Ma non la vide! Al suo posto era seduto un uomo. Non credendo ai propri occhi, scrutò con attenzione la panca. Niente, non c'era! Era assurdo, si disse: rimaneva sempre fino alla fine delle conferenze. Forse si era spostata in un posto migliore. Abbracciò con lo sguardo tutta la stanza, senza badare a cosa avrebbero pensato gli altri. Erano presenti solo due o tre donne, quindi la ricerca fu rapida: ebbene sì, Ursula era andata via. Magari era stata colta di nuovo dalle vertigini, rifletté nel panico. Avvertì il desiderio irrefrenabile di correrle dietro, di prendere un taxi fino a Lowndes Square. Ma che diritto aveva di chiedere informazioni sui suoi spostamenti? Dopotutto, sarebbe stato ridicolo sollevare un polverone. Aveva semplicemente lasciato la sala prima della fine della conferenza, disertando la discussione che il pubblico attendeva con ansia. Si ricordò solo in quel momento che aveva scelto un posto vicino alla porta; non si trattava di un caso, doveva averlo pianificato. Dannazione! Non a lei ovviamente – allontanò quel pensiero, quasi scioccato – bensì al fato.

Nel frattempo, Ursula, del tutto ignara della tempesta emotiva che imperversava nel cuore del professor Smee e che era stata lei a provocare, camminava di gran carriera verso Parliament Square. La conferenza di Monsieur Laurent era terminata prima di quanto si aspettasse, il che aveva rafforzato la sua mezza intenzione di vedere di persona una delle tanto discusse retate delle suffragette. Ci pensava da quando aveva viaggiato con loro sul treno di ritorno da Henley. Doveva scoprire perché quelle ragazze si abbassassero a fare cose orribili. Ovviamente, non aveva fatto parola del piano a casa, dato che la madre e il patrigno trovavano già abbastanza sconcertante il suo stile di vita. Mammina cara sarebbe morta sul colpo, si disse, se avesse saputo che la figlia voleva assistere a una rissa per il suffragio.

Quando svoltò in direzione di Westminster Bridge, si rese conto che la folla in piazza era più numerosa di quanto credesse. Dalla sua posizione defilata, riusciva a vedere soltanto un mare di teste che terminava con una fila di poliziotti a cavallo. Questi ultimi erano schierati di fronte ai cancelli per sorvegliare la sacra Camera dei Comuni. Tutti sembravano tranquilli e alquanto divertiti. Insomma, c'era un bel po' di confusione, ma niente di più; di tanto in tanto, Ursula udiva uno scroscio di applausi senza sapere cosa li avesse scatenati. Era inutile, pensò spazientita. Doveva avvicinarsi al centro per vedere meglio le suffragette. Altrimenti, sarebbe anche potuta restare alla Chemical Society. Farsi strada tra la folla fu più semplice del previsto; la calca non era così fitta come i suoi occhi inesperti le avevano suggerito. Inoltre, in modo del tutto inaspettato, le persone le aprirono un varco. Sentì gridare più volte «Eccone un'altra!», ma non credeva che il commento fosse riferito a lei. Presto si ritrovò davanti e si accorse che c'erano ben tre file compatte di poliziotti e di uomini a cavallo. Con sua grande sorpresa, intuì che i membri del Parlamento dovevano essere davvero spaventati dalle suffragette per giustificare un tale dispiegamento di forze.

Mentre se ne stava lì in piedi, una signora di mezz'età vestita sobriamente si staccò all'improvviso dalla folla e si gettò contro il muro di poliziotti. Ursula capì che si trattava di una suffragetta, ma la sua mente la catalogò come una pazza; le sembrava un comportamento inconcepibile. Dopo che un agente l'ebbe respinta, si lanciò di nuovo in avanti. Ci provò quattro o cinque volte, e più lei con foga cercava di passare, più le reazioni dei poliziotti si facevano violente. Alla fine uno degli uomini la afferrò per il braccio e le sussurrò qualcosa che Ursula non riuscì a udire, e a quel punto la suffragetta abbandonò l'inutile lotta. «È in arresto!» esclamò qualcuno tra la folla. A quanto pareva, nessuno poteva lasciare il proprio posto per accompagnare la donna in prigione, così lei rimase ad aspettare paziente dietro i poliziotti con mani tremanti, nel tentativo di rimediare al proprio errore. L'aspetto della suffragetta era ciò che preoccupava di più Ursula. Nella colluttazione il vestito le si era strappato, il cappello era sceso fino a coprirle un occhio e la chioma grigia le ricadeva sulla schiena in una coda indecorosa. Da signora si era trasformata in una sciattona. Se non fosse stato per la sua postura composta, nessuno avrebbe creduto che fosse sobria. A quel punto, l'indignazione di Ursula di fronte alle tattiche delle militanti non fece che aumentare.

Le file di poliziotti furono scosse da un movimento improvviso: un uomo, forse in una posizione autorevole, si spostò a cavallo dietro le linee per dare ordini e alcuni agenti ruppero le righe in più punti per far passare una serie di cavallerizzi, che cominciarono a dirigersi con una curiosa andatura laterale verso la folla. Nello stesso momento, i poliziotti ordinari presero ad avanzare lentamente, gridando: «Circolare, per favore!» oppure «Più indietro, più indietro!». Dalla sua posizione, Ursula non venne coinvolta. Se ne stava tranquilla sul marciapiede, il posto più appropriato per i pedoni; era la strada che la polizia stava cercando di sgomberare, o almeno così credeva lei. Quando vide i cavalli indietreggiare verso la gente, si allarmò, seppur sempre con freddo distacco. Tuttavia gli animali erano addestrati a dovere e, nonostante qualche urlo spaventato, sembrava non ci fosse alcun pericolo concreto. Era persino straordinario vedere con quanta attenzione e delicatezza si muovessero quelle bestie meravigliose. Erano così dignitose, così tranquille in mezzo a quella massa crescente di umani strillanti e minuscoli che Ursula non poté fare a meno di pensare con vergogna agli Houyhnhnm dei *Viaggi di Gulliver.*

All'improvviso, con suo grande stupore, si ritrovò un poliziotto a cavallo proprio lì, sul marciapiede, di fronte a lei. La bestia procedeva di traverso con le zampe posteriori che per poco non sfregavano contro la ringhiera. Allora volevano liberare anche il marciapiede! Malgrado le intimassero di indietreggiare, ci sarebbe mai riuscita? La folla dietro di lei, rinforzata da alcuni ritardatari provenienti dalla strada, era un blocco compatto.

Un istante più tardi avvertì qualcosa di serico sfiorarle la guancia: era il collo del cavallo. Si tenne aggrappata alla staffa di cuoio per sostenersi. «Più indietro!» le gridò all'orecchio un poliziotto a piedi.

Il tono suscitò l'indignazione di Ursula, a cui nessuno aveva mai dato ordini prima di allora. «È lei che sta spingendo!

Indietreggi, che diamine!» replicò, meravigliata dalle sue stesse parole. Le erano uscite di getto.

Le persone intorno si misero a ridere. «Tenga a freno quella lingua lunga!» ringhiò il poliziotto, che la afferrò in malo modo per le spalle e la fece girare. Per tutta risposta, Ursula si precipitò in mezzo alla folla. Tremava dalla rabbia quando si fermò di colpo. Aveva un unico desiderio: tornare indietro e affrontare il poliziotto, ma si ritrovò bloccata dalle persone che le avevano appena aperto un passaggio. Le bastò un attimo di pausa per capire che opporre resistenza sarebbe stata un'idiozia; dopotutto, l'agente stava solo eseguendo gli ordini. «Quei piedipiatti pidocchiosi ti sbattono sempre come un animale!» osservò una giovane donna accanto a lei.

Ursula la fissò. Aveva sempre ammirato il corpo di polizia cittadino, ma solo perché lo aveva osservato dal finestrino della carrozza di sua madre: un braccio in giacca blu che si alzava per facilitare l'uscita dal parco. Quella era una prospettiva del tutto nuova e, senza dubbio, lei era appena stata «sbattuta come un animale», per usare le parole della sua vicina. «Il comportamento di quell'uomo è stato vergognoso!» concordò.

«Be', anche gli altri ci hanno messo del loro stasera!» ribatté la sua nuova conoscenza in tono allegro. «Se fossero umani, non se ne starebbero lì come punching ball senza agitarsi nemmeno un po'. Anche se noi tutti ammiriamo lo stesso il fegato di voi suffragette, signorina.»

«Ma io non sono una suffragetta», si affrettò a precisare Ursula. «Spero di non averle fatto male», aggiunse, ricordando che «azione e reazione sono uguali e contrarie».

«Nemmeno un po'. Ma sono preoccupata per la mia nuova camicetta, in questo pacchetto.» La ragazza le mostrò una confezione di carta marrone, in parte nascosta dall'impermeabile, che stava cercando di proteggere dalle spinte della folla. «Come una sciocca, l'ho comprata sulla strada per venire qui, perché non mi capita spesso di andare nel West End. Tre scellini e tredici centesimi, un affare. È di seta rosa con quei nuovi *bittoni* in vetro. Cos'è tutto 'sto fango?» Ursula impiegò un po' a capire che parlava dei bottoni. «E vero *pizzio* pure! Solo quello vale i soldi, secondo la giovane commessa. No, non vorrei proprio che si schiacciasse prima delle feste, glielo dico io!»

Intanto, la polizia continuava a far indietreggiare la folla, una metro alla volta, e Ursula e la sua nuova amica non avrebbero potuto separarsi nemmeno se si fossero messe di impegno. La signorina Winfield notò che l'agente che l'aveva trattata in modo sgarbato e violento era ancora molto vicino; con tutta evidenza, aveva dei sospetti su di lei. D'un tratto, vide lo sguardo dell'uomo posarsi sul pacchetto seminascosto tra le braccia della sua vicina e un'espressione preoccupata disegnarsi sul suo volto rosso. «Fate attenzione, qui!» gridò e stese un braccio per proteggersi. Non appena toccò il pacco di carta marrone, sogghignò malizioso. «Credevo tenesse un bambino lì dentro», spiegò bonario.

Di fronte a quel siparietto, Ursula si ammorbidì. E di conseguenza il poliziotto sembrò giungere alla conclusione che la presunta suffragetta, nonostante la «lingua lunga», fosse meno pericolosa di quanto avesse immaginato, perché alla fine si allontanò. A quel punto, la ragazza si separò dalla nuova amica con il «bambino nel pacchetto», nonostante la calca non fosse diminuita. Al contrario, si stava intensificando. Una decina di giovani, probabilmente studenti, si erano sistemati uno dietro l'altro a formare una sorta di ariete. Ciascuno stringeva alla vita l'uomo davanti a sé e, a suon di risate e canzoni, spingevano senza un obiettivo preciso in mezzo alla folla. La congestione intorno all'ariete aumentò e, come se non bastasse, due flussi convergenti di persone respinte si incontrarono a un angolo, nei pressi di un ospedale, in un singolare vortice soffocante. Per la prima volta, Ursula si allarmò: era stata una stupida ad andare lì, non ne sarebbe mai uscita illesa! La potenza soverchiante di quella massa ingolfata di umanità era terrificante: lì in mezzo si sentiva un inutile atomo. Eppure, allo stesso tempo, avvertiva una strana euforia nell'essere parte di quella forza immensa. Lottava paziente con il solo fine di tenere i piedi a terra; per fortuna, pesava abbastanza. In poco tempo la pressione prese a diminuire, tanto che lei si mosse di nuovo finché si ritrovò ai margini della calca, dove l'umanità era di nuovo composta da individui separati e autonomi.

Rimase immobile. Aveva bisogno di un attimo per riprendersi e ritrovarsi. Poi, per la seconda volta quella sera, da dietro udì il suo nome pronunciato dal professor Smee. Si guardò intorno sorpresa. «Alla fine è venuto a vedere l'attacco!» esclamò senza fiato e con noncuranza.

«Grazie a Dio, l'ho trovata! Grazie a Dio!»

Lo stupore sul volto di Ursula lo trattenne dal dire altro e capì di essersi tradito. Ma lo Smee preda dell'angoscia amorosa aveva immaginato orrori tremendi dalla fine della conferenza finché non aveva perso il controllo, rendendosi conto di dove fosse andata la ragazza. «Credevo di doverla salvare!» si scusò con una risata che solo in parte suonò naturale.

Uno sguardo dubbioso prese il posto del vuoto smarrimento sul volto di Ursula. Era stata così presa alla sprovvista dalla prima esclamazione del professor Smee, e ancora di più dal suo tono, da non riuscire a proferire parola. Ma in quel momento capì che anche lui doveva essersi trovato in una brutta posizione in mezzo alla folla, il che giustificava il suo comportamento isterico. «Perché mai pensava di dovermi soccorrere, quando sa che non sono nemmeno una suffragetta?» ribatté con palpabile freddezza.

«Avrebbe potuto lasciarsi trasportare dall'entusiasmo generale, ma ho commesso un errore di valutazione», spiegò, rivolto a una Ursula dall'aria sprezzante. La ragazza aveva dimenticato di essere stata a un passo dal lasciarsi portare via e, a conti fatti, era riuscita per un soffio a sfuggire all'arresto. «Be', mi dica: che impressione le ha fatto l'attacco?» proseguì Vernon Smee in tono normale.

Ursula si sentì sollevata. Doveva essersi sbagliata, forse l'approccio del professore non era stato poi così strano. Per rispondere alla sua domanda, non poteva dire di avere una sola impressione; piuttosto ne aveva tante. Era tutto confuso, senza fine e insoddisfacente, proprio come un brutto sogno. «Quale pensano sia l'utilità di un comportamento simile?» chiese pensierosa. «Quelle povere donnine si lanciano contro una solida barricata di poliziotti impassibili. E ne escono anche male. L'agente non sembra avere un singolo graffio, mentre l'unica donna che è stata arrestata aveva un aspetto assolutamente deplorevole. Però non appariva volgare. Su quest'ultimo punto avevo torto.»

«Si rivelano mai volgari le persone quando sono nel giusto?» domandò il professor Smee.

«Forse no. Comunque, non riesco a capire perché lo fanno. Oh, guardi, ce n'è un'altra.»

Una ragazza si stava avvicinando a loro, scortata da due agenti, ciascuno dei quali la teneva per un braccio. Nonostante tutto, quella suffragetta non aveva un aspetto «deplorevole», probabilmente perché aveva avuto l'accortezza di indossare un berretto di lana e un lungo cappotto aderente. Quando fu abbastanza vicina, Ursula riconobbe Mary Blake e si accorse che la sua bellezza era sublime anche dopo il parapiglia dell'attacco. Sulle sue labbra appena incurvate si intravedeva lo stesso sorrisetto che Ursula aveva notato anche in treno e negli occhi intenti a fissare un punto lontano brillava una strana felicità.

La signorina Winfield fu colta da una subitanea illuminazione. «Sarà anche un piccolo martirio, ma non è fasullo», dichiarò. «La bellezza è frutto del caso, eppure in un modo o nell'altro quella ragazza mi fa riflettere.»

7.

L'ultimo mercoledì di luglio la signora Hibbert uscì dalla camera da letto verso le quattro «sul piede di guerra», come aveva detto il colonnello. Il suo abito svasato era un'opera d'arte e, insieme alla splendida creazione che le adornava i capelli biondi, indicava che era pronta a espletare una funzione di primaria importanza. Fece per scendere le scale quando udì dei passi alle sue spalle e, voltandosi, scorse la figlia. Anche Ursula era vestita per un evento all'aperto e l'abbigliamento, benché non fosse impeccabile tanto quanto quello della signora Hibbert, denotava un'insolita cura. «Tesoro!» esclamò sua madre con malcelata sorpresa. «Che meraviglia vederti libera e in abiti da cristiana a quest'ora del giorno! Le sorprese non finiscono mai! Significa che hai intenzione di accompagnarmi al ricevimento in giardino a Holland House?»

«Oh, no, mamma cara. Sarà anche magnifico, ma io non sono abbastanza splendida per l'occasione... Invece, tu sei una visione. "Cielo, Albert Ed*v*ard, siamo tutto un fiore oggi!"» Ursula stava citando l'ultimo pettegolezzo sulla famiglia reale, un'osservazione rivolta al re da un fioraio di Piccadilly mentre sua altezza si recava a un banchetto in città. «Non è forse l'ennesimo abito nuovo e per di più al tramonto della stagione? Cosa ne dice il colonnello, donna sfacciatamente stravagante?» Scosse un indice in segno di ammonimento, con la solita aria divertita e piena di ammirazione.

La signora Hibbert, per nulla contrariata, rise di gusto. «Ma non mi hai ancora detto il motivo della tua tenuta elegante...» insistette, prendendo a braccetto la figlia e scendendo le scale al suo fianco. «Dev'essere un'occasione straordinaria se ti sei staccata dai tuoi orribili esperimenti. Hai finito il saggio per la British Association?»

«L'ho a malapena iniziato. Ma... non svenire, mamma... sto andando a trovare qualcuno! Insomma, una visita come un'altra, niente di speciale, alle cinque meno venti con borsetta e parasole. Berrò un tè tiepido, mangerò torte troppo asciutte e mi abbandonerò a tutti gli altri eccitanti passatempi che l'occasione prevede.»

«Mia cara Ursula!» La signora Hibbert rise di nuovo. «Ma su, chi vai a trovare? E dove?»

«Vado a Notting Hill Gate, dalla signora Smee. Questo è il suo "giorno di visita", perciò guardami mentre mi affretto a raggiungere Clarendon Road, un modello impeccabile di decoro e buone maniere!»

«La signora Smee? Ma il tuo professore è sposato?» La signora Hibbert era sorpresa. Lei e Ursula avevano ormai raggiunto l'atrio di ingresso, ma nonostante un cameriere avesse aperto la porta, per qualche motivo la carrozza non era ancora arrivata. «Che noia!» La padrona di casa batté impaziente il piede a terra, poi si rivolse di nuovo alla figlia. «Be', sospetto che la signora Smee sia una vera e propria seduttrice se è riuscita a stanarti dal tuo buco!»

«Niente affatto! Sono convinta che sia spaventosa, il tipo di donna che riesce a parlare solo di faccende domestiche, delle iniquità delle cameriere e del prezzo della carne al chilo! Quanto costa, mamma? Tu lo sai?»

La signora Hibbert rimase sul vago. Il mese precedente il conto del macellaio ammontava a quindici sterline e diciotto centesimi, o erano diciotto sterline e quindici centesimi? Forse Alphonse avrebbe potuto fornire l'informazione desiderata, anche se i numeri non erano i migliori amici di quel poveretto. O magari Ursula, libretto dei conti alla mano, avrebbe potuto calcolare lei stessa i prezzi, considerate le sue abilità matematiche.

«Non importa», ribatté la ragazza ridendo. «Posso sopportare di vivere nell'ignoranza.» Finalmente, si udì la carrozza avvicinarsi. «Non sei in anticipo, mamma? Pensavo che l'appuntamento con il colonnello a Holland House fosse alle cinque.» Le venne un'idea. «Senti, mammina, perché non vieni con me dalla signora Smee, visto che è di strada? Notting Hill Gate non è così lontano come sembra. E poi sei la campionessa della conversazione! Per favore, fai la brava e accompagnami!»

La signora Hibbert esitò. Aveva intenzione di passare da Lady Tremoine, spiegò. Eppure non aveva molte occasioni di godere della compagnia della figlia che, per altro, le piaceva molto. E poi quella Smee, come la chiamava, solleticava non poco la sua curiosità. «Allora andiamo, tesoro», la esortò allegra. «Parleremo dell'agnello della Nuova Zelanda. È quello che mangia gente simile, o almeno così ho sentito dire. *Revenons à nos moutons.* Clarendon Road, James, è da qualche parte a Notting Hill Gate.» Salì sulla vettura, seguita dalla figlia.

La casa della signora Smee non sembrava così vicina come aveva detto Ursula, ma l'impressione era dovuta ai dieci minuti di peregrinazioni infruttuose nelle stradine adiacenti a Clarendon Road. L'autista degli Hibbert aveva l'usuale e insuperabile refrattarietà tipica della categoria a chiedere indicazioni, quel giorno rafforzata dalla sensazione che fosse già abbastanza degradante ritrovarsi in terre selvagge e fuori moda. Il disprezzo che provava per il quartiere in quanto persona e autista non fece che aumentare quando si fermarono davanti a quella casa dall'aspetto borghese. «Uno degli strambi amici di Ursula», mormorò il lacchè, sicuro che nessuno lo sentisse visto che i posti dietro erano separati dalla guida. Saltò giù, suonò il campanello, poi restò in piedi tenendo la porta della carrozza aperta con il rispetto rigido e impersonale di un perfetto automa.

Charlotte Smee era seduta nel suo orribile salotto, impegnata a ricamare un copricuscino. Preferiva di gran lunga i ricami più semplici, ma la facevano sentire poco signorile; anzi, si faceva molti scrupoli sulla signorilità di qualsiasi occupazione pomeridiana. Al suono del campanello fu scossa da un brivido di compiaciuta eccitazione. L'ultimo mercoledì a casa non aveva ricevuto nessuna visita e, quasi scusandosi, aveva spiegato alla Carter che i suoi conoscenti dovevano aver pensato che il cielo fosse troppo minaccioso. La cameriera aveva accolto le sue parole sbuffando sprezzante; insomma, qualche goccia di pioggia in un pomeriggio di giugno non era certo una scusa plausibile. E poi quella mattina, quando le aveva detto di dare un'altra lucidata al servizio da tè d'argento, la Carter si era mostrata piuttosto insolente, borbottando con fastidio qualcosa a proposito della perdita di tempo. Per quanto riguardava gli altri preparativi, la padrona di casa aveva vacillato tra il timore di chiedere alla cameriera di procedere e la paura di peggiorare la poca stima che la Carter aveva di lei occupandosene di persona. C'erano anche i fiori – poco importava, visto che molte signore ci pensavano da sole ai fiori –, ma la povera Charlotte per ben due volte si alzò e sostituì i copridivani prima di convincersi che il disprezzo della Carter sarebbe stato preferibile a un suo netto rifiuto. Tuttavia in quel momento la signora Smee, sentendo la porta aprirsi, si rese conto con gioia che avrebbe riacquistato presto il rispetto della servitù. Probabilmente era la signora Lawson, la moglie del parroco, che da tempo le doveva una visita, e poi i Lawson non erano ecclesiastici qualunque, ma avevano considerevoli mezzi privati. Il loro figlio studiava alla Harrow!

Che si trattasse o no della signora Lawson, non c'erano dubbi che la Carter sarebbe rimasta colpita. Quando la cameriera aprì la porta del salotto, Charlotte notò un'espressione deferente ammorbidire la sua solita arroganza. A dire il vero, sembrava così sopraffatta dalla situazione da essere senza parole, dato che annunciò gli ospiti con un filo di voce del tutto inudibile. Poi, in una nube di foulard di chiffon, profumo delicato e fruscianti gonne di seta, fece il suo ingresso la signora Hibbert.

Charlotte intuì all'istante di chi si trattasse, al punto che le si imporporarono le guance. Le sue previsioni erano già abbastanza sconfortanti, ma la realtà era ancora peggiore: la signora Hibbert era più giovane, più bella e più seducente di lei. Una donna così non le avrebbe mai fatto visita di sua spontanea volontà. Vernon doveva averle chiesto di passare a trovarla. Sì, sentivano che i bollenti spiriti della moglie scialba dovevano essere placati! La sola idea le era insopportabile e umiliante e, preda della rabbia e dello sbalordimento, quasi non si accorse di non essersi mossa per stringere la mano agli ospiti. Si limitò a rispondere alle premure cortesi della signora Hibbert e all'inchino di Ursula con un cupo «Piacere mio».

Le sopracciglia dell'illustre ospite, delicatamente disegnate dalla natura e dall'arte, si sollevarono appena. La padrona di casa era ancora più «difficile» di quanto avesse immaginato. E che stanza orrenda! «Posso sedermi qui?» chiese con leggerezza, spostandosi verso una delle poltrone in tessuto pesante e sfarzoso. «O è il suo posto speciale? Mia figlia dice sempre che ho un talento nello scegliere la sedia più comoda della stanza, un po' come un gatto!» La sua risata, dolce ma forzata, riecheggiò nella stanza.

«Mi sa di sì.» Charlotte ebbe l'impressione di aver dato una risposta mordace, persino intelligente, e quella sensazione inusuale raffreddò la sua rabbia. «Prego, si sieda», aggiunse rigida, ma più cortese. «E anche lei», disse rivolta a Ursula, di cui ormai aveva notato la presenza dopo l'entrata in grande stile della madre. Tuttavia non si era ancora resa conto che la ragazza era la signorina Winfield; la sua mente dura come il legno, che un tempo pensava a Ursula come a una studentessa molto giovane e poco attraente, si rifiutava di associarla a quella figura splendida e dignitosa. No, doveva trattarsi di un'amica della signora Hibbert.

Nonostante la ragazza fosse rimasta piuttosto colpita dalle maniere singolari che sembravano essere la norma a Notting Hill Gate, con decisa amabilità tentò di fare conversazione. «Com'è fresca e piacevole l'aria qui! È davvero un grande vantaggio vivere un po' "fuori città".»

Con tutta evidenza, era l'osservazione sbagliata, perché la padrona di casa si adombrò. «Non avevo mai sentito dire prima d'ora che Notting Hill Gate fosse un po' "fuori città". Con la metropolitana, si arriva in dodici minuti a Oxford

Circus, e il professore ci mette solo...» Charlotte si interruppe bruscamente. Non aveva intenzione di parlare del marito e senza volerlo con lo sguardo studiò il volto della signora Hibbert, ma l'ospite pareva del tutto indifferente. Che sfacciataggine, si disse Charlotte. Mentre la fissava, notò la squisita perfezione che caratterizzava l'abbigliamento dell'ospite e questo non fece che aumentare la sua indignazione. Un abito del genere era eccessivo per una semplice visita pomeridiana; la signora Hibbert doveva averlo indossato con l'esplicito scopo di umiliarla.

Finalmente, la Carter si palesò con il tè, un gradito diversivo. La signora Smee lo preparava sempre da sola, così un portavivande d'argento si aggiunse al resto dell'armamentario e al vassoio. Preparare il tè era una cosa di cui andava davvero fiera, ma quel giorno per il nervosismo e l'irritazione urtò maldestra le tazze e inondò d'acqua il vassoio. Ebbe l'inquietante sensazione che servire il tè in salotto fosse da plebei, senza sapere che per una volta era ben più che alla moda. «Ma è delizioso!» esclamò la signora Hibbert.

«Hai ragione!» Ursula, che era rimasta piuttosto stupita dall'accoglienza che avevano ricevuto, pensò fosse giunto il momento di offrire un altro commento. «È molto più buono di quello che abbiamo a casa, mamma.»

La signora Smee alzò gli occhi; per un momento lo stupore annullò gli altri sentimenti. «Lei è la signorina Winfield?» chiese. Poi, mentre il suo cervello cercava di elaborare l'informazione, pensò come accadeva a tanti che dovesse essere la figliastra della signora Hibbert. Ebbene, la cosa non faceva che peggiorare la situazione. Quella donna non doveva nemmeno accollarsi l'incombenza di una figlia sua. Tuttavia i commenti sulla qualità del tè l'avevano un po' tranquillizzata.

Purtroppo, l'osservazione successiva della signora Hibbert vanificò tutti i vantaggi ottenuti. «Credo che il segreto del tè risieda nella preparazione», spiegò sorridente, con la precisa intenzione di risultare benevola. «Vorrei tanto che insegnasse ai miei domestici come fare, signora Smee.»

«Grazie, ma ho altro di cui occuparmi!» La voce della povera Charlotte tremava dalla rabbia. «Come osa mettermi allo stesso livello di una cuoca!» sentenziò furiosa.

Ursula fece per alzarsi, poi ci ripensò, mentre le gote della signora Hibbert, già colorite, si facevano ancora più rosse. La replica della padrona di casa era stata davvero stupefacente e di una scortesia gratuita.

Forse la signora Smee avvertì una punta di rimorso, perché si sforzò di recuperare una parvenza di compostezza. «Ne gradisce un'altra tazza?» chiese in tono più cortese.

La signora Hibbert rifiutò con gentilezza. Doveva andare a un appuntamento, spiegò. La vita era così frenetica che non si aveva tempo per niente. La stagione sembrava allungarsi ogni anno, non lo pensava anche la signora Smee? Tuttavia, di lì a qualche giorno, sarebbe scappata, qualunque cosa fosse accaduta, anche se non riusciva a convincere quella dispettosa della figlia ad accompagnarla. Si sentiva esausta e aveva bisogno del suo canonico mese a Homburg. La padrona di casa emise uno strano rumore, a metà strada tra un rantolo e uno sbuffo, che costrinse la signora Hibbert a tacere. Possibile che quella Smee fosse malata? Era molto strana. «Qualcosa non va?» le chiese.

«Oh, niente, niente! Solo che Homburg si trova nel Sud della Germania, giusto?» Charlotte cercò di ridere, ma riuscì a emettere solo un grido isterico. Ecco spiegato il cambio di programma di Vernon, la sua improvvisa decisione di rinunciare alla Svizzera! Benché fosse convinta che il marito avesse organizzato un incontro con la signora Hibbert durante le vacanze, non diede subito un'interpretazione negativa all'informazione, almeno a livello conscio. «Che curiosa coincidenza!» Il tentativo di conferire una nota ironica all'esclamazione non andò a buon fine; sembrò un commento sciocco.

Madre e figlia si scambiarono un'occhiata; entrambe erano state colte dallo stesso pensiero: la signora Smee non era un tipo affidabile, quanto meno non come le altre persone.

La signora Hibbert, in apprensione, si alzò. «Be', arrivederci, cara signora Smee», si congedò, farfugliando un saluto piuttosto incoerente. «Dobbiamo proprio andare, ma è stato un vero piacere conoscerla. Mi dispiace di non aver incontrato il signor Smee. Gli dica che siamo passate.»

Quell'affermazione fu la goccia che fece traboccare il vaso. La vuota cortesia della sua ospite parve alla mente ostile di Charlotte un insulto deliberato. «Che sfortuna che non siate arrivate più tardi, perché in tal caso l'avreste visto!» gridò, tutta tremante. «Non avrei certo interrotto il vostro tête-à-tête!»

«No, no, certo che no. Arrivederci!» La signora Hibbert uscì di corsa, lasciando che fosse la figlia, più composta, a coprire la sua ritirata.

Tuttavia, in carrozza, fu Ursula a mostrarsi più turbata. «Mamma, è stato orribile!» esclamò mentre si allontanavano. «La signora Smee è più svitata del cappellaio matto! Sono davvero dispiaciuta di averti costretta ad assistere a una simile scenata.»

«Non preoccuparti, va tutto bene.» E, con grande sorpresa di Ursula, la madre scoppiò a ridere, nonostante tremasse un po'. «Anch'io ho pensato che fosse matta, ma sto cominciando a capire. Mia cara, credo che la signora Smee mi faccia l'onore di essere gelosa! Terribilmente e irrimediabilmente gelosa. Di me, tra l'altro!» La signora Hibbert rise di nuovo. «La verità è che non ho scambiato nemmeno quattro chiacchiere con il suo prezioso marito. Lui è tuo amico, non certo mio. Non trovi la situazione alquanto deliziosa? Secondo me, pensa che io voglia fuggire a Homburg con lui! Proprio il professor Smee... con tutti gli uomini che ci sono in giro!» La signora Hibbert ondeggiava con allegria. «Quella donna ridicola mi punzecchia sperando che mi lasci sfuggire qualcosa che le dia motivo di essere gelosa.»

«No, sarebbe disdicevole...» replicò Ursula. Lungi dall'unirsi all'ilarità della madre, era scioccata, persino disgustata. Ma si controllò; l'esperienza le aveva insegnato che una moralità indignata non era il mezzo migliore con cui tenere a bada la madre. «Non lo permetterò, mammina», proseguì con il suo solito tono scherzoso. «Dovrai accontentarti dei tuoi soldatini e lasciare in pace il professore. È già abbastanza orribile pensare che quel pover'uomo sia afflitto da una moglie del genere, senza che lo si tenti con le affascinanti possibilità che si è perso.»

La signora Hibbert fece una smorfia. «Come ti sei espressa bene, tesoro. Ma in questo caso, non sei tu a essere "un'affascinante possibilità"?»

«Mamma, sai che non sono considerata attraente dagli uomini. Non in quel senso, grazie al cielo!» Ursula era arrossita più che mai. «Ma tu stai solo cercando di farmi arrabbiare», continuò sforzandosi di stare calma. «No, mi devi promettere che non ci proverai in nessun modo.»

«D'accordo, d'accordo, farò la brava.» Sua madre giunse le mani in segno di infantile penitenza. «Quando il tuo professore ci farà visita, me ne starò come san Sebastiano legato alla colonna... No, san Sebastiano era un puntaspilli d'uomo. Comunque, non mi pettinerò né mi incipierò il naso, sarò una rispettabile donna di mezz'età acqua e sapone.» La carrozza, che avanzava a passo d'uomo insieme ad altri veicoli, si fermò del tutto lasciando che la signora Hibbert saltasse giù. «*Au revoir*, mia cara», gridò, soffiando un bacio alla figlia. Non sembrava affatto una rispettabile donna di mezz'età acqua e sapone.

Doveva essere stato per qualche scherzo del destino che Vernon Smee si era dimenticato di avvisare la moglie dell'impegno che aveva quel giorno, una compassata cena tra uomini in onore dell'ultima serata di Monsieur Laurent. A dire il vero, se l'era scordata anche lui; era impegnato a rivedere i voti d'esame degli studenti quando, con un'improvvisa illuminazione, si ricordò della cena. Si sentiva già nervoso, perché il suo nuovo assistente, che aveva compilato l'elenco delle votazioni, era stato alquanto disattento, il che lo costringeva a rivedere tutto da capo, per di più con le ore contate per inviare la lista al tipografo con il servizio di posta serale. E poi rammentò che quella maledetta cena era troppo presto, poiché l'ospite d'onore doveva prendere la nave notturna. Dov'era l'invito? Oh, eccolo lì: 18.15, che diamine! Non sarebbe mai riuscito a tornare a casa in tempo per cambiarsi dopo aver terminato il lavoro. Poteva telefonare a casa e farsi mandare un abito da sera. Sì, era la cosa migliore da fare. Era stato un colpo di genio far installare il telefono nonostante Charlotte si fosse mostrata restia all'idea. Chiamò a Clarendon Road.

Con suo grande sollievo rispose la Carter, non sua moglie, così si sarebbe risparmiato spiegazioni inutili, dato che era di fretta. «Riferisca alla signora Smee che resterò fuori a cena», disse perentorio. «E, per favore, le chieda di mandare qualcuno al college con un abito da sera. Un fattorino andrà benissimo. Subito, ha capito?»

La cena, iniziata puntuale, terminò in anticipo. Erano appena le dieci quando Vernon Smee raggiunse Clarendon Road. Il fastidio di qualche ora prima era passato; anzi, entrando in casa, si sentì particolarmente affabile; del resto, il cibo era stato ottimo e la compagnia interessante. Si era sorpreso quando gli avevano chiesto di proporre un brindisi per Monsieur Laurent e sapeva che il suo discorso era stato uno dei migliori. L'illustre ospite, alquanto commosso, si era infatti complimentato con lui per «l'affascinante eloquenza».

«Allora, mia cara signora», esclamò allegro, entrando in salotto. «Ha ricevuto il mio messaggio?»

«È ovvio, visto che indossi il tuo abito da sera.»

Il tono della signora Smee era così aggressivo che il professore per poco non trasalì. Possibile che avesse scoperto cosa provava per Ursula? Si ricordò della paura che aveva di parlare nel sonno. Ma no, Charlotte si era comportata normalmente a colazione. A parte quello, non avrebbe potuto scoprire niente di che, perché non c'era proprio nulla da scoprire. Oh, certo, doveva essere perché non era tornato a cena che lei era così furiosa. Sua moglie mal sopportava i minimi cambiamenti nei suoi piani. «Mi dispiace moltissimo di averti importunata», cercò di scusarsi. «La cena mi è tornata in mente solo all'ultimo minuto.»

«Non c'è bisogno di fingere che fosse un impegno pregresso.» Charlotte si abbandonò a una risata sgradevole. Ma l'evidente stupore di Vernon la fece tacere. Nelle cinque ore trascorse in solitaria a rimuginare si era immaginata quello che stava accadendo: la signora Hibbert che telefonava a suo marito, o forse gli faceva visita al college; l'invito a cena e poi la cena stessa con luci, champagne e risate; lei, Charlotte, la moglie del professore, seduta al buio e trascurata; di nuovo la donna e Vernon insieme in un angolo appartato, un giardino d'inverno magari. Le sue fantasticherie si erano fatte più amare della realtà. «So che hai cenato con la signora Hibbert», gridò, «quindi, è inutile che cerchi di nasconderlo.»

«Ma io non ho cenato con la signora Hibbert!» Il professore sorrise con quella superiorità che faceva sempre impazzire la moglie. «Ero al ricevimento per il vecchio Laurent. Che cosa ti ha fatto pensare che fossi a Lowndes Square? La signora Hibbert ha telefonato?» Charlotte rimase stranamente in silenzio. «Di sicuro, non è passata a farti visita, giusto?»

«Lo sai bene che è venuta», sbottò lei.

Sì, Charlotte era gelosa della madre di Ursula! Il professore rise di nuovo. Ma come mai la signora Hibbert era passata da casa sua? Non era il tipo di persona che si preoccupava dell'umile moglie di un professore. Forse quella sera aveva dato una cena e uno dei suoi uomini non si era presentato, così era passata per chiedere a lui di sostituirlo. Poteva essere una possibile spiegazione alla rabbia della moglie. «La signora Hibbert voleva che cenassi a casa sua?»

A quelle parole i sospetti di Charlotte si riaccesero. Quindi, anche se Vernon non aveva cenato con la signora Hibbert quella sera, con tutta evidenza era abituato a farlo. In fondo, non le era sfuggita una nota di entusiasmo e rammarico nella voce del marito. «No, la signora Hibbert non ti ha invitato a cena, ma sono sicura che ti concederà altre opportunità.» La rabbia dissolse la poca cautela che le restava. «Le ho detto che avrebbe dovuto passare più tardi se avesse voluto vederti!»

«Ma voleva vedermi?» Vernon provò un misto di sorpresa

e disagio; la sua coscienza sporca gli suggeriva che la signora Hibbert aveva intuito la natura dei suoi sentimenti per Ursula... Ma no, era stato fin troppo attento a non tradirsi. «E coma mai?» domandò.

Charlotte si alzò in piedi, fremente di rabbia. «Oh, non ne posso più delle tue finzioni. Come se non sapessi perché vai in Germania!»

«Germania?» Smee cominciò ad allarmarsi. Quella sera sua moglie si comportava in modo così strano! Aveva sentito dire che le donne della sua età a volte diventavano bizzarre: era forse capitato anche a Charlotte? «Stammi a sentire, tesoro», proseguì con gentilezza, «mi sembra che tu non stia bene. Sarebbe meglio che domani andassi da un medico.»

«Sto benissimo.» Lei stava ancora tremando, sopraffatta com'era dalle emozioni. «È inutile che cerchi di mettermi a tacere in quel modo! Mi hai ingannato, ma ora non lo farai più. L'ho capito non appena ha pronunciato la parola Homburg!»

«Capito cosa? Chi ha detto Homburg?» Senza dubbio, o lui o Charlotte stavano perdendo la ragione. Lo smarrimento che provò riuscì a far vacillare le convinzioni della moglie adirata. Era possibile che avesse commesso un errore? «Non vai a Homburg?» gli chiese.

«Homburg? Perché diavolo dovrei andare a Homburg? Non ci sono montagne da scalare!» Poi ebbe un'illuminazione improvvisa. «La signora Hibbert va Homburg, non è così?»

Non appena la moglie confermò imbronciata, il professore scoppiò a ridere; era divertito e al contempo sollevato. Quindi Charlotte lo immaginava innamorato pazzo della signora Hibbert. Bene, meglio così: avrebbe avuto meno possibilità di intuire il reale stato di cose. E poi, in qualche modo, la gelosia fuori luogo della moglie pareva condonare la sua affezione per un'altra donna, lo faceva sentire nel giusto. Non che avesse bisogno di giustificazioni, si rassicurò. Dopotutto, la loro vita non era un romanzo francese, anche se a volte avrebbe tanto voluto che lo fosse. Ma in tal caso non ci sarebbe stata Ursula, perché se solo la ragazza avesse intuito i suoi sentimenti, si sarebbe mostrata ancora più indignata di Charlotte. C'era quasi riuscita la sera dell'attacco delle suffragette, e il suo atteggiamento era cambiato subito. Era così pura e meravigliosa. Mentre con il pensiero si soffermava sulla ragazza, sulla sua bellezza semplice e giovane, sulla sua forza nascosta, negli occhi di Smee si accese uno sguardo che per fortuna la moglie non notò. Per rompere il silenzio, che per lui stava diventando insopportabile, chiese con noncuranza a Charlotte cosa intendesse quando aveva detto alla signora Hibbert di passare più tardi.

Il viso di Charlotte si imporporò oltre misura. «Pensavo che la signora Hibbert volesse vedere soltanto te», mormorò. Quella volta, la risata di Vernon mise in dubbio i suoi sospetti al punto che iniziò a desiderare di essersi comportata diversamente. «Non volevo che se ne andassero.»

«Parli al plurale.» Smee si ricompose. Era divertito e anche un po' infastidito, immaginando la conversazione tra sua moglie e la signora Hibbert, lo sconcerto di quest'ultima alle osservazioni impenetrabili della padrona di casa. Ma a quando pareva, Charlotte si era mostrata ben più che incomprensibile. E poi quel plurale... «La signorina Winfield era con sua madre?» chiese con una calma preoccupante.

A Vernon bastò qualche altra domanda e qualche risposta riluttante della povera Charlotte per capire come stavano le cose. La signora Hibbert non era passata di sua iniziativa, ma aveva accompagnato la figlia in una normale visita di cortesia. Ursula... il suo cuore prese a battere all'impazzata. Ursula che era troppo impegnata e odiava andare a trovare le persone. Ursula era passata da Clarendon Road perché gliel'aveva chiesto. Lo aveva fatto per lui, per compiacerlo. Tesoro... All'improvviso, i suoi pensieri si fecero indiscreti. Che orribile accoglienza le avevano riservato! Era stata insultata e accompagnata alla porta... la sua porta. La rabbia che prima animava la moglie si impadronì di lui. Si rivolse a Charlotte con ferocia. «Sei una stupida! Un'odiosa sciocca!»

«Non hai il diritto di parlarmi così. Dovresti scusarti.» Charlotte si sciolse in un fiume di lacrime e si precipitò fuori dalla stanza.

Vernon non provò nemmeno a seguirla. Non si era mai rivolto in quei termini alla moglie, ma d'altra parte non era mai stato tanto arrabbiato con lei prima di allora. Lungi dal volere scusarsi con Charlotte, desiderava soltanto fare ammenda con Ursula. Doveva andare subito a Lowndes Square. Tirò fuori l'orologio. No, non poteva: le dieci e un quarto, era tardissimo. Poi si ricordò che era mercoledì, la sera in cui la signora Hibbert era sempre «in casa». Probabilmente, Ursula non si sarebbe vista, o magari avrebbe fatto un'eccezione. In ogni caso, avrebbe parlato con la signora Hibbert. Che fortuna essere già in abito da sera! Senza concedersi il tempo per altre riflessioni, prese cappello e soprabito e corse fuori a fermare un taxi.

Non appena il professor Smee venne annunciato, le delicate sopracciglia della signora Hibbert si alzarono per la seconda volta quel giorno. «*Le mari qui vient faire ses excuses*», mormorò tra sé e sé. Il giovane con cui stava parlando si ritrasse quando l'ospite fece il suo ingresso.

«Non so cosa dire, signora Hibbert...» esordì Smee.

«E allora perché parlare?» La padrona di casa si abbandonò a una risata fragorosa. «Abbiamo appena iniziato una partita a bridge. Suppongo che lei giochi. Oppure è come mia figlia, troppo intelligente per queste frivolezze?»

«Può darsi che la signorina Winfield sia troppo intelligente per il bridge, ma il mio rifiuto denota semplicemente ignoranza, signora, "crassa ignoranza!", per dirla con le parole del dottor Johnson.» Vernon, che aveva dato un'occhiata furtiva alla stanza, in quel momento intravide la figura familiare di una giovane in piedi. Ursula gli dava le spalle ed era seminascosta dagli altri ospiti, ma avrebbe riconosciuto ovunque quella testa su un collo bianco e florido e lo chignon castano e riccio. «Temo che se partecipassi, il mio compagno di squadra sarebbe costretto a bere o a suicidarsi», farfugliò malizioso alla padrona di casa. «L'unica regola che conosco è quella di trovarsi un buon partner di gioco.»

«In tal caso, forse è meglio che lei e mia figlia vi intrattengniate a vicenda come spettatori.» La signora Hibbert rise di nuovo prima di andarsene.

Vernon Smee non si avvicinò subito alla ragazza, anche se cambiò posizione per avere una visuale migliore. Ursula sembrava in fermo disaccordo con l'uomo con cui chiacchierava; aveva le guance arrossate per via della discussione concitata. Forse era il suo colorito inusuale o l'abito di velluto rosso scuro, oppure la collana di turchesi grezze che metteva in risalto l'azzurro intenso dei suoi occhi, ma era davvero bellissima. Vernon era sbigottito, senza parole! Era la prima volta che la vedeva in abito da sera, pensò con il respiro affannoso, a parte la serata alla Royal Society, quando era stato così sciocco da non accorgersi di lei. Era incredibile che potesse avere avuto quell'aspetto magnifico!

Dopo un paio di minuti, Ursula si accorse della presenza di Smee. Le si illuminò il viso e congedò il suo interlocutore senza troppe cerimonie. «Oh, professor Smee, grazie a Dio!» Si avvicinò per stringergli la mano. Poi, abbassando la voce, fece un cenno in direzione dell'uomo che se ne stava andando. «Quell'idiota faceva discorsi assolutamente imbecilli sulla scienza; ne parla con una sorta di disprezzo condiscendente. Avrei voluto fargli il lavaggio del cervello, ma sarebbe stato impossibile», aggiunse ridendo. «Comunque, lei è come l'acqua per un terreno assetato. Vederla mi ha risollevata.»

Vernon perse ogni briciolo di autocontrollo. Nonostante i quarantatré anni, era emotivamente immaturo. Si aspettava di essere accolto con fredda disapprovazione e invece... che benvenuto! Abbassò gli occhi, spaventato da ciò che Ursula avrebbe potuto leggervi. «Sono venuto perché sentivo di doverle dire che mi dispiace immensamente averla esposta a una tale... scortesia questo pomeriggio», spiegò, passando subito alle scuse. «Mia moglie non aveva capito molto bene la situazione; a volte è un po'... difficile, forse stava poco bene. Può perdonarla? Può perdonarci?» balbettò.

«Non c'è nulla da perdonare. Ero solo dispiaciuta.» Si avvertiva una nuova dolcezza nell'espressione di Ursula. «Se non gioca a bridge, sediamoci a fare due chiacchiere.» Lo condusse a una piccola nicchia in fondo alla stanza. «Qui è più fresco.»

La conversazione che seguì fu di gran lunga più personale di tutte quelle che avevano avuto in precedenza; l'incidente del pomeriggio sembrava aver creato un nuovo legame tra di loro. E anche se non venne pronunciata alcuna parola su cui una moglie, soprattutto gelosa, avrebbe avuto qualcosa da ridire, i pensieri di Smee si agitavano senza sosta. Un paio di volte, malgrado la sua attenzione, si manifestarono in uno sguardo o un tono di voce che lasciava intendere cosa provasse per Ursula. Non che la ragazza disdegnasse quella nuova intimità, anzi, la apprezzava persino, ma le suscitava un'improvvisa inquietudine perché la trasformava in «un'affascinante possibilità». Ma, naturalmente, era assurdo, si rassicurò. Solo sua madre era affascinante; perciò, non applicava a sé stessa il saggio consiglio che aveva dato alla volubile genitrice di non concedere al professor Smee occasioni per fare paragoni. Quell'uomo era suo amico e nient'altro, era così che la pensava. Il fatto che fosse sposato con una persona tanto spaventosa rendeva ancora più necessaria la sua amicizia. In effetti, Ursula era dispiaciuta per lui più di quanto non lo fosse mai stata per qualcuno in vita sua. Non le era mai passato per la testa che una «persona spaventosa» potesse aver bisogno di compassione.

La mezzanotte era passata da pochi minuti quando Vernon tornò di nuovo a casa. Il suo rientro anticipato non era questione di virtù, perché Ursula gli aveva detto che quando l'orologio avesse segnato le ventiquattro, lei sarebbe scomparsa, proprio come Cenerentola. Raggiunse in punta di piedi l'anticamera e si mosse con la solita discrezione. Charlotte stava dormendo? si chiese inquieto. Se era così, non voleva disturbarla; anzi, desiderava ancora meno importunarla nel caso fosse sveglia. Il pensiero di un'altra scenata gli fece venire la nausea. Era stanco per la lunga giornata di lavoro e il turbinio di emozioni che aveva vissuto. Se solo Charlotte non si fosse risentita per la sua proposta di usare una branda nell'anticamera quando si sentiva inquieto o restava sveglio fino a tardi. Si rese conto all'improvviso che quella sera non aveva voglia di vedere la moglie; sul cuscino bianco il suo viso grasso e rosso circondato da riccioli grigiastri appuntati con cura lo respingeva. Desiderava restare solo con i suoi bei sogni impossibili. Era già in pigiama e fissava la porta chiusa che collegava l'anticamera alla stanza da letto con un malumore che richiedeva una decisione immediata: d'un tratto, prese dal cappotto un taccuino e, strappando una pagina, iniziò a scarabocchiare in fretta qualche riga. Ecco, era fatta. Qualora Charlotte si fosse svegliata e non lo avesse trovato, quel biglietto le avrebbe impedito di allarmarsi.

Se Smee si fosse preso la briga di entrare in camera, avrebbe forse trovato la moglie meno sgradevole di quanto si aspettasse. Charlotte era seduta sul letto e il viso, sebbene grasso e rosso, era ravvivato da uno sguardo che le regalava una parvenza di bellezza. Dopo la sua corsa isterica al piano di sopra, aveva singhiozzato a lungo. Poi, una volta ritrovata la calma, aveva rivalutato con più lucidità la conversazione con il marito, rendendosi conto dell'errore che aveva commesso. A Vernon davvero non importava nulla della signora Hibbert; il tono del professore, ancor più delle parole, lo aveva dimostrato. Allora perché piangeva? La gelosia e le paure delle ultime settimane erano infondate; provava un sollievo così grande da non riuscire a capacitarsene. Somigliava alla sensazione celestiale, vacua e incerta che accompagna la fine di un acuto dolore fisico.

Certo, Vernon non avrebbe dovuto rivolgersi a lei come aveva fatto. «Un'odiosa sciocca.» Al ricordo di quelle parole le si riempirono di nuovo gli occhi di lacrime. Ma, in fondo, era irritato. Quando fosse salito in camera, sarebbe stato anche lui più tranquillo. Per lei non aveva significato nulla quella porta sbattuta prima di uscire, perché il marito faceva spesso una passeggiata a tarda notte nel tentativo di catturare il sonno sfuggente. No, per la prima volta da settimane Charlotte si sentiva in pace, persino felice. Quanto sola e triste era stata! A parte Vernon, per qualche motivo le sembrava di essere più sola delle altre donne. Con il pensiero tornava spesso a quelle brevi e minuscole vite per cui aveva sofferto così tanto e invano. Aveva trascorso i primi undici anni di matrimonio a Leeds, e un bambino, l'ultimo, era nato lì, in quella stanza, e aveva vissuto più di tutti gli altri; per tre settimane aveva vegliato su di lui nella culla accanto al letto, con il corpo malconcio ma l'anima persa nell'estasi della maternità. E poi... non ci avrebbe pensato quella notte. Quando Vernon fosse salito in camera, gli avrebbe detto che aveva dimenticato le sue parole scortesi e anche lui, senza dubbio, l'avrebbe perdonata per il suo stupido errore. Avrebbe capito che le era dispiaciuto soltanto perché ci teneva molto. Un sorriso incerto le si dipinse sulle labbra non appena udì un rumore lievissimo davanti alla porta.

Non si aprì. Cosa stava facendo Vernon? Doveva essere salito in perfetto silenzio perché lei non l'aveva sentito. Forse aveva pensato che lei dormisse e ce l'aveva messa tutta per non disturbarla. Ma ora con le orecchie tese avvertì i suoi passi. Sembrava che stesse attraversando l'anticamera: magari aveva dimenticato qualcosa e stava scendendo a prenderla. Passò un minuto, poi due, poi cinque. Ancora nessun rumore. Così accese la luce.

Un foglietto di carta giaceva a terra appena dietro la porta, sul tappeto scuro. Con tutta evidenza, era stato spinto sotto la soglia. Perplessa, Charlotte si alzò dal letto e lo raccolse.

Dormo nella stanza degli ospiti.

Non c'erano dubbi, la grafia era quella del marito.

8.

Difficilmente due donne avrebbero potuto condurre stili di vita più diversi di Ursula Winfield e Charlotte Smee, che pure avevano una consuetudine in comune: trascorrere l'agosto in città. Nel 1909 il periodo di «chiusura» della metropoli era ancora di gran moda; perciò, in quella stagione, Mayfair e Notting Hill si mostravano deserte, seppur sempre signorili con i loro chilometri di finestre chiuse, a cui le casalinghe attente aggiungevano un ulteriore schermo con carta di giornale. Al contrario, era vero che «giù a Porterbeller» e un po' più a ovest, sul Potteries Path, la situazione era ben diversa. Le strade, lungi dall'essere desolate, brulicavano di bambini liberati dalle scuole casermoni più che in qualsiasi altro mese dell'anno. I marciapiedi affollati portavano i segni del gioco della campana, e primitive corde per saltare si attorcigliavano allegre ai cancelli che delimitavano l'area. In quei quartieri, l'intera strada sembrava essersi trasformata in un grande asilo, in cui un esercito di bimbi, sempre maleducati e cenciosi, sebbene più coloriti con il passare delle vacanze, si riversava dalla mattina fino a tarda sera con giochi e grida.

Ma da tali quartieri Ursula e la signora Smee erano parimenti lontane, non tanto per distanza fisica, quanto per status sociale. Dunque, la presenza delle due signore a Londra nel periodo di chiusura della città poteva essere attribuita solo a una comune eccentricità, benché ci fosse una marcata differenza tra le due: la prima rivendicava apertamente il proprio anticonformismo, mentre la seconda cercava di celarlo. La povera Charlotte si dava tanta pena per nascondere quel segreto scandaloso, si costringeva a vivere in un tale disagio che era difficile capire perché si ostinasse a conservare quell'abitudine invece di cedere come gli altri ai dettami della moda. Suo marito era solito ripeterle che rimaneva in città così da avere un altro motivo per lagnarsi, e forse c'era un fondo di verità in quell'affermazione piuttosto brutale. La ragione addotta dalla stessa signora Smee, la mancanza di denaro, era del tutto inadeguata perché, se era vero che il soggiorno di Vernon in Svizzera era molto costoso – di solito spendeva sempre il doppio rispetto a quello che si aspettava –, di certo non se lo sarebbe concesso qualora il suo stipendio non avesse permesso anche alla moglie di prendersi una vacanza, seppur di natura più modesta.

Forse la verità era che, per quanto a Charlotte Smee non piacesse restare a Londra, la prospettiva di partire la allettava ancora meno. E poi dove sarebbe potuta andare? Motivi legati alle «robe da fare» impedivano ai Todd di ospitarla ad agosto, anche se poi, nel corso della stagione, trascorreva sempre quindici giorni da loro, le due settimane più felici dell'anno. Alloggiare in un albergo o in una pensione sconosciuta le sembrava un'idea allarmante perché Charlotte, nonostante l'aspetto da casalinga di mezz'età, aveva conservato in maniera del tutto insospettabile la timidezza di una ragazza. Inoltre, la gente le avrebbe senza dubbio chiesto del marito – Vernon Smee era abbastanza noto, perciò le domande sarebbero state inevitabili –, al che lei sarebbe stata costretta ad ammettere che trascorreva le vacanze in Svizzera mentre lei restava in Inghilterra. Riusciva già a immaginare i commenti fastidiosi e il silenzio ancora più irritante. Al solo pensiero il suo orgoglio ferito si ribellava. No, sarebbe pure stato noioso fare un picnic sul retro di Clarendon Road – le stanze all'ingresso erano tutte chiuse come quelle dei vicini perché alla servitù veniva concesso un mese di vacanza –, ma almeno lì nessuno si sarebbe accorto della sua umiliazione.

Benché Ursula Winfield non desiderasse nascondersi, anche lei, ad agosto, faceva spesso picnic sul retro di casa.

Ma in fondo, usando così di rado le altre stanze, a parte il laboratorio, la camera da letto e qualche volta la biblioteca, che fossero aperte o chiuse per lei non faceva molta differenza. Al contrario, l'assenza di gran parte del personale era un sollievo. Infatti, benché il primo di agosto il grande Alphonse fosse partito per il suo consueto mese a Dieppe, la cucina della sguattera soddisfaceva ampiamente il palato senza pretese di Ursula. E per quanto riguardava gli altri membri della servitù, preferiva di gran lunga l'allegra assistenza della terza domestica piuttosto che quella fornita dalla prima e dalla seconda cameriera, più esperte, ma anche più arroganti, mentre aveva sempre considerato il maggiordomo e i valletti alla stregua di lussi irritanti.

Naturalmente, per Ursula l'aspetto di maggior fascino del trascorrere l'agosto in città era la possibilità di lavorare senza interruzioni. Ogni anno, si concedeva una vera e propria scorpacciata di scienza con un appetito stuzzicato dal periodo di astinenza che l'attendeva, poiché, al ritorno della signora Hibbert da Homburg, ci si aspettava che accompagnasse la madre a Dumdrochie, la dimora del colonnello nell'Ayrshire, e si fermasse almeno quattro settimane. Si trattava di una tenuta di discrete dimensioni, ma la casa in sé e per sé era troppo piccola per assicurare un divertimento di qualità, e la signora Hibbert si lamentava sempre che senza Ursula il soggiorno era davvero terribile: gli stupidi uomini erano fuori tutto il giorno a sparare e lei non aveva un'anima con cui parlare! Non a caso, la signora aveva pianificato di aggiungere un'ampia ala che le permettesse di organizzare feste con una certa regolarità, ma il progetto non si era mai concretizzato, dato che il colonnello era di un'ostinazione senza pari. La casa era sempre bastata a suo padre, aveva detto, e dunque bastava anche a lui. C'era spazio per sistemare quattro fucili e non gli importava un fico secco se si mischiavano alle sottovesti! Così la signora Hibbert non aveva insistito, forse perché non si opponeva davvero a un periodo di forzata quiete. «Quel posto mi porterà al suicidio», aveva confidato alla figlia, «ma dà nuova vitalità alla mia carnagione.»

Tuttavia quell'anno Ursula trovò la sua sbronza scientifica meno soddisfacente del solito. Come aveva confidato anche al professor Smee, i suoi esperimenti producevano risultati inspiegabili. C'erano volte in cui l'azoto atmosferico si liberava con più prontezza di altre; eppure, da quanto poteva notare, le condizioni di partenza erano le stesse. Finché non fosse riuscita a trovare una spiegazione a quell'anomalia, non avrebbe potuto continuare a lavorare al suo saggio. E quel problema incombeva su di lei al pari di un incubo, impedendole di godersi l'attività sperimentale. Di notte, sognava di trovarsi in una stanza, in piedi davanti a centinaia di persone, senza sapere cosa dire. «Signore e signori», esordiva e poi si sorprendeva a blaterare le sciocchezze più assurde fino a quando non si svegliava di soprassalto, madida di sudore. Alla fine, però, gli esperimenti la inghiottirono a tal punto che il pensiero del saggio si allontanò. Se anche non l'avesse scritto in tempo, non sarebbe stata una tragedia; avrebbe potuto rimandarlo all'anno successivo. Una volta presa quella decisione, si sentì più tranquilla, anche se continuò a dormire male come sempre. Di notte non la smetteva di sognarsi intenta a cercare una soluzione all'enigma.

E poi un giorno la soluzione arrivò. Ursula aveva lavorato come una matta tutta la mattina, concedendosi a malapena una pausa per il pranzo. Intorno alle tre del pomeriggio nel laboratorio faceva caldissimo e lei era così stanca che si decise a fermarsi. Spense la corrente e andò in camera a buttarsi sul letto. Sebbene non ne fosse certa, immaginò di aver dormito e, quando aprì gli occhi di colpo, aveva la risposta all'enigma stampata chiara in testa. Si precipitò in laboratorio e riprese a fare esperimenti per testare la nuova idea. Tremava tanto era eccitata, ma non se ne accorse finché non vide l'elettrodo che teneva in mano oscillare. Be', era impossibile lavorare in quelle condizioni. Si sedette e bevve un sorso d'acqua con la precisa intenzione di riacquistare la calma. Di lì a poco, il tremito cessò e Ursula riprese a trafficare.

Procedeva con maggior tranquillità, quasi meccanicamente. Uno dopo l'altro, con sorprendente dimestichezza, eseguì una serie di esperimenti che spiegavano la nuova ipotesi, o meglio erano giustificati da essa; le precedenti stravaganze ripresero il loro posto tra le normalità.

Stava cominciando a imbrunire quando udì una voce che la rimproverava. «È già da un po' che la cena la aspetta di sotto. E, oh, signorina, non ha nemmeno toccato il tè!» Ursula fissò prima la cameriera e poi il vassoio, confusa e disorientata. Com'era arrivato lì? Non aveva sentito nessuno entrare. In ogni caso, si lavò le mani e scese a cena, consumando il pasto con la testa fra le nuvole. Quindi tornò in laboratorio.

Riprese a lavorare con la solita costanza. Sì, ogni risultato che otteneva corroborava la teoria, la sua teoria. Dentro di lei, era sempre stata sicura, sin dal primo momento; tuttavia questa conferma la elettrizzò. Verso mezzanotte, mentre completava un particolare esperimento, fu colta da un'ondata di vertigini, che passò, lasciandole una sensazione di immensa fatica; si sentiva come frastornata. Riuscì a malapena a trascinarsi nella stanza accanto e a mettersi a letto.

Si addormentò quasi subito, ma non dormì a lungo. Quando aprì gli occhi, l'alba estiva illuminava già gli oggetti nella stanza. All'inizio, rimase distesa nel dormiveglia, poi, colta da un'improvvisa eccitazione, si ricordò degli straordinari eventi del giorno precedente e avvertì il desiderio bruciante di precipitarsi in laboratorio, di gridare e cantare, ma si trattenne. Erano solo le quattro e mezzo ed era assurdo pensare di alzarsi. Si ricordò che mettersi all'opera prima di colazione la rendeva improduttiva per il resto della giornata e quel giorno aveva intenzione di lavorare parecchio. No, doveva tornare a dormire. Si girò e chiuse le palpebre, facendo uno sforzo deciso ma del tutto inutile. Si sentiva troppo leggera, troppo immateriale per dormire; non si sarebbe affatto sorpresa se il suo corpo avesse fluttuato in laboratorio di sua spontanea volontà. Senza dubbio, il suo cervello era là, a condurre nuovi esperimenti, malgrado i molteplici tentativi di tenerlo a freno. Le ore trascorsero a un ritmo meraviglioso; per qualche strana ragione le sembrava di essere fuori dal tempo e dallo spazio. In un lampo arrivarono le sette, l'ora in cui di solito si alzava in estate. Aveva preso l'abitudine di fare una passeggiata prima di colazione e non vedeva il motivo di rinunciarvi proprio quel giorno. Mezz'ora più tardi si chiuse alle spalle la porta d'ingresso.

Il parco era incantevole. Una pioggia notturna aveva rinfrescato l'aria e l'ormai stanco verde di agosto. Ursula passeggiò lungo le rive del Serpentine, a sua completa disposizione. I ciclisti mattutini, che nella stagione estiva percorrevano il Row a quell'ora, erano tutti lontano ed era ancora troppo presto per le folle di gitanti provenienti dalla campagna e di bambini di altri quartieri che nel corso della giornata avrebbero riempito i gradini dell'Albert Memorial o punteggiato il prato di piccoli gruppi familiari. Sebbene la sua mente fosse lucida, Ursula avvertiva le gambe stanche e pesanti e fu presto lieta di accomodarsi su una panchina. Aprì un sacchettino di carta che aveva preso meccanicamente dal tavolo del salone prima di uscire e iniziò a dar da mangiare alle povere anatre affamate. Un grosso papero si spinse quasi fino ai suoi piedi, starnazzando a gran voce. In quel momento, la ragazza si rese conto di una figura maschile di passaggio, ma non si preoccupò di alzare lo sguardo. «Signorina Winfield!» D'un tratto, udì il suo nome pronunciato in tono sorpreso.

Il signor Balestier se ne stava in piedi di fronte a lei con indosso un abito di flanella grigio e un cappello di paglia – con tutta evidenza, pensava che Londra ad agosto si potesse considerare una città di campagna – e aveva un aspetto insieme fresco, grandioso e piacevole alla vista. A Ursula non dispiacque di aver accarezzato quel pensiero, sebbene ne fosse contrariata. Forse, dato che non aveva parlato con nessuno per quindici giorni, anche la sua asocialità doveva essere al limite. «Che sorpresa!» esclamò mentre si stringevano la mano. «Pensavo di essere l'unica in città!»

«Anch'io mi sentivo una specie di Robinson Crusoe. È straordinario imbattersi in un altro naufrago. Almeno, per me è così.» Quell'incontro improbabile di primo mattino al giovane sembrò connotato da un alone di avventura, da una strana e attraente intimità. «Immagino che sia inopportuno chiederle di condividere il suo ultimo pezzo di pane secco», suggerì con uno scintillio negli occhi, «ma adoro sfamare le anatre.»

«Le cederò tutto quello che è avanzato.» Ursula gli allungò il sacchetto di carta con i rimasugli. «Non do da mangiare alle anatre perché mi piace, sono creature orribili e avide, ma penso che vengano maltrattate. Il resto dell'anno sono così sazie da guardare il cibo con sufficienza, poi nel mese di agosto la manna scompare all'improvviso. Pensi quanto dev'essere sconcertante per loro!»

Tony Balestier si era seduto accanto a lei e lanciava il pane nelle direzioni più insospettabili solo per vedere le anatre correre goffamente ad accaparrarselo. «Suppongo che i bambini che di solito le nutrono siano tutti via, giusto?»

«Esatto. Tutti i marmocchi grassi, rosei e imbellettati in carrozzine immacolate sono lontano. Certo, ci sono sempre folle di bambini poveri, che incontro se vengo a fare una passeggiata nel pomeriggio. Si divertono un mondo, molto più dei figli dei ricchi, credo. Dev'essere di gran lunga più piacevole avere una sorellina maggiore come tata piuttosto che una di quelle bambinaie sempre imbronciate in uniforme grigia. Quei piccoli di periferia a volte portano pezzetti di pane per le anatre, ma in genere hanno l'aspetto di chi non ne ha abbastanza nemmeno per sé stesso, poveri cari.»

Balestier guardò Ursula con interesse. Quanto si era sbagliato sulla signorina Winfield! Aveva pensato che fosse troppo fredda e intelligente per qualsiasi debolezza umana, e invece eccola lì, impegnata a dar da mangiare alle anatre e a simpatizzare con gli straccioni. In realtà, a osservarla con attenzione, si rese conto, il suo viso non era affatto imperturbabile; al contrario, aveva un'espressione di tremante dolcezza che, di sicuro, non c'era quando l'aveva vista la prima volta. Però era di un pallore spaventoso! «E cosa ci fa in questo periodo dell'anno tutta sola in città, signorina

Winfield?» le chiese. «Non sembra che la cosa le convenga più di tanto.»

«Oh, al contrario.» L'inattesa domanda personale fece arrossire Ursula, che assunse un aspetto ancora diverso tanto che Balestier non riusciva a toglierle gli occhi di dosso. «Sto benissimo e sono più che felice. Forse dovrei spiegarmi meglio.»

E così fu. Il giovane sorrise; aveva appena ventiquattro anni, ma abbastanza esperienza per sapere cosa significava sentire una ragazza parlare in quel modo. Si chiese chi fosse l'uomo che aveva menzionato. Forse era quel tipo, il professore delle radiografie, che c'era anche a Henley; sembravano amici. Se si trattava davvero di lui, allora la signorina Winfield non aveva grande capacità di giudizio, ma del resto le ragazze si fidanzavano sempre con gli uomini più improbabili. In qualche modo, desiderava che Ursula non fosse già impegnata, quanto meno non con il professor Smee... Ma certo, Smee, Vernon Smee, ecco qual era il nome. «Credo di poter indovinare, signorina Winfield», ribatté lui.

«Penso proprio di no.» Ursula si abbandonò a una risata traballante. «Io stessa non ho capito nulla fino a ieri. Ma deduco che lei abbia colto l'argomento. Sa che mi occupo di chimica?»

«Chimica?» Il giovane la fissò interdetto. Ma allora Smee era un chimico. Senza dubbio stava per dire che era stato lui a introdurla alla materia.

«È più di un anno che lavoro all'estrazione dell'azoto atmosferico e ieri, all'improvviso...» Ursula si interruppe perché le tremava la voce.

Be', che maniera originale di annunciare un fidanzamento! «Suppongo ci abbiate lavorato insieme», suggerì Balestier, dato che lei se ne stava in silenzio.

«Insieme?» Ursula ritrovò la voce all'istante e assunse un tono sorpreso, anzi, indignato. «Cosa intende, signor Balestier? Non ho lavorato con nessuno, si tratta di una ricerca indipendente.»

Per fortuna non aveva aggiunto altro! Aveva forse preso

un granchio? si chiese il giovane. Per rimediare, balbettò qualche scusa.

Ursula la accettò con gentilezza. «Mi sono risentita solo perché alle donne non viene mai riconosciuto il merito di saper fare qualcosa di nuovo da sole, e la mia scoperta sarà assolutamente innovativa. Sa quando l'azoto... ma ha una qualche infarinatura di chimica?»

Balestier fu costretto ad ammettere la propria ignoranza. Tuttavia la signorina Winfield era troppo entusiasta della sua teoria per lasciarsi scoraggiare. Anzi, se possibile trovò più semplice confidarsi con un estraneo. «Mi raccomando, non ne parli con nessuno.» Dopodiché si lanciò in una lunga descrizione tecnica. Per fortuna, sapeva spiegare con grande chiarezza e, in fin dei conti, c'era un motivo se Balestier era ricercatore a Balliol. «In ogni caso, con la mia attrezzatura potrei mostrarle molto di più», concluse con rammarico.

«Mi porti nel suo laboratorio. Mi piacerebbe davvero moltissimo vedere tutto quanto.» Il giovane pareva sinceramente interessato. «Lowndes Square è a pochi minuti da qui, non è vero?»

Ursula si alzò di scatto, poi esitò. Non era certo la mancanza di decoro della richiesta a frenarla; un'idea del genere non le era nemmeno passata per la testa. Altri scienziati che conosceva non avevano forse visitato il suo laboratorio più di una volta? No, il fatto era che si sentiva di colpo affamata e non avrebbe potuto fare i suoi esperimenti se prima non avesse mangiato; a casa ci sarebbe stato abbastanza cibo da condividere con quel giovane? «Voglio fare colazione», mormorò in modo infantile.

«Anch'io. E allora rimediamo subito.» Tony Balestier rise. Poi notò che il colore era di nuovo sparito dalle guance della signorina Winfield, di un pallore allarmante. «Guardi, c'è un chiosco laggiù», la esortò preoccupato, con insistenza. «Possiamo fare colazione lì.»

Camminarono insieme sull'erba. Sì, potevano mangiare, fu spiegato loro. Ursula era davvero sollevata; si sentiva così strana che non era sicura di riuscire a tornare a casa. Si domandò se stesse per essere colta da un altro attacco di vertigini ma, quando arrivarono il caffè e i toast, si rese conto di avere soltanto fame. «Davvero non si è mai occupato di chimica, signor Balestier?» chiese pensosa. «Dev'essere un uomo incredibilmente intelligente.»

Toccò al giovane arrossire, benché l'osservazione di Ursula fosse stata troppo distaccata per risultare imbarazzante. Sembrava che la ragazza valutasse le capacità intellettuali del suo interlocutore da un punto di vista impersonale.

Rifletté che, sebbene lei avesse giustificato la sua presenza in città in quella stagione così fuori moda, lui non aveva offerto la minima spiegazione. «Ho continuato a parlare di me, adesso basta. Che cosa la trattiene a Londra ad agosto?»

A quanto pareva, per dirla con le parole di Balestier, anche lui aveva avuto «un po' di fortuna». Come la signorina Winfield probabilmente sapeva, il mese successivo un'illustre commissione governativa si sarebbe recata in India e Stanley, Sir Philip Stanley, aveva intenzione di portarlo con sé in veste di segretario. In attesa della partenza, stava raccogliendo una grande quantità di dati per il direttore del British Museum. E poi, naturalmente, doveva occuparsi del suo kit.

Ursula nutriva un reale interesse per l'argomento. Il signor Balestier doveva stonare in mezzo ai singolari frequentatori della sala di lettura del museo, pensò la ragazza; l'ala dedicata alla statuaria greca sarebbe stata decisamente più appropriata. In ogni caso, era assai strano che un amico di sua madre frequentasse il British Museum. Di sicuro nessuno degli altri ne aveva mai varcato la soglia.

Terminata la colazione, tornarono a Lowndes Square. Era ancora presto e la sguattera, che stava pulendo i gradini, si scostò per lasciarli passare con un'espressione di autentico stupore. La signorina Winfield si nascondeva sempre dai gentiluomini che venivano a trovare «la Signora», mentre ora portava a casa uno di loro prima delle dieci del mattino e gli faceva strada al piano di sopra. Malgrado lo sgomento, né Ursula né la sguattera consideravano il gesto una scorrettezza. Nella sala della servitù si diceva sempre che la signorina Winfield fosse un po' scostante e quello, con ogni probabilità, era il modo in cui si manifestava la sua volubilità.

A dire il vero, Tony Balestier, a cui era venuta l'idea della visita, era l'unico a nutrire una qualche preoccupazione. Quando si ritrovò a seguire Ursula ai piani alti di una casa deserta, capì che la ragazza era completamente sola. D'altra parte, nutriva un genuino interesse per quello che gli aveva raccontato e desiderava assistere ai suoi esperimenti. E poi avrebbe potuto fermarsi solo per poco. Ben presto, però, si accorse di non essere il benvenuto. Nel giro di qualche minuto la signorina Winfield si immerse a tal punto nel lavoro da non notare nemmeno la sua presenza. Fu un'esperienza inedita e forse salutare per il giovane Balestier. Pur essendo un figlio minore, aveva buone prospettive che facevano di lui un pretendente appetibile agli occhi delle mamme impegnate a maritare le figlie le quali, fino ad allora, non avevano scoraggiato i loro sforzi. Del resto, era davvero difficile per un uomo avere l'aspetto di un dio greco e non rendersene nemmeno conto. Perciò si sentì al tempo stesso offeso e divertito quando non ricevette risposta al suo arrivederci. Mentre scendeva al piano di sotto, si chiese se più tardi, nel corso della giornata, la signorina Winfield avrebbe rammentato di aver lasciato un uomo da qualche parte nel suo laboratorio e si sarebbe chiesta dove si fosse smarrito.

9.

Sebbene Ursula avesse lavorato alacremente tutto il giorno e fosse troppo stanca per meditare sul suo nuovo amico al momento di coricarsi, il ragazzo fu il suo primo pensiero la mattina seguente, non appena si svegliò da una lunga notte di sonno senza sogni. Avrebbe rivisto il signor Balestier al parco? Le sarebbe piaciuto raccontargli degli esperimenti del giorno precedente. Ma com'era il tempo? Si alzò di scatto e, tirando la corda della tenda, vide il sole inondare rassicurante la stanza. Be', era tutto a posto. Si sarebbe preparata subito.

Tuttavia, mentre si vestiva, venne assalita da un terribile dubbio. Qualcuno avrebbe potuto pensare che si stesse mettendo in ghingheri apposta per incontrare il signor Balestier? Ma del resto, andava al parco ogni mattina. E poi perché mai un giovane avrebbe dovuto distoglierla dalle sue abitudini, nonostante fosse un adone di un metro e novanta? E poi c'era qualcosa di male a tirarsi a lucido per incontrarlo? Era un tipo molto intelligente e le piaceva pure. Magari non lo avrebbe nemmeno incrociato. Non c'era motivo di credere che una passeggiata mattutina facesse parte anche della sua routine quotidiana. Dopo essersi persuasa che non lo avrebbe visto, raggiunse decisa la panchina dove aveva sostato anche il giorno precedente. E lui era già lì. Il lavoro procedeva a gonfie vele, gli spiegò in risposta alle sue domande incalzanti. E se la sua teoria fosse stata corretta – doveva esserlo –, non si sarebbe rivelata una teoria qualunque, perché avrebbe avuto notevoli ricadute pratiche. Tanto per cominciare, apriva la possibilità di un nuovo processo chimico per liberare l'azoto atmosferico, un processo che avrebbe potuto essere usato per spegnere gli incendi nelle praterie. Si raddrizzò sulla panchina: come mai parlava in quella posa indiscreta? «Questa è solo una delle mie idee folli. Mi prometta di non farne parola con nessuno.» Riprese a dar da mangiare alle anatre, pescando da un altro provvidenziale sacchetto di pane secco tenuto da parte per l'occasione.

Il signor Balestier doveva aver intuito che Ursula era pentita di essersi sbottonata tanto. «Anche se volessi tradirla, non potrei farlo perché non conosco abbastanza la chimica.» Rise e si impossessò di nuovo del sacchetto di pane. «Perché non ho mai dato da mangiare alle anatre prima di fare colazione invece di cavalcare lungo il Row?» domandò pensieroso.

«Come mai non percorre a cavallo il Row piuttosto che dare da mangiare alle anatre?» suggerì Ursula.

La risposta era facile. Anche se il signor Balestier avesse desiderato cavalcare, non avrebbe potuto farlo. I cavalli appartenevano al fratello e, naturalmente, erano in campagna; un figlio minore non poteva certo permettersi lussi simili. «Mi meraviglio di non averla mai notata prima, visto che in questa stagione passavo di qui ogni mattina.»

«Solitamente in estate non vengo qui; passeggio lungo l'Embankment, dall'altra parte. Il mio posto non è tra i farfalloni amanti della compagnia!»

«Colpito e affondato!» Balestier si fece scappare una risata infantile. «Frequentare il British Museum fa di me un topo di biblioteca piuttosto che un farfallone, ma lo diventerò presto se mi fermerò qui a oziare ancora a lungo.» Ursula era sorda a ogni suggerimento di fare di nuovo colazione al chiosco e poi non avrebbe più permesso al nuovo amico di avvicinarsi a casa sua oltre i cancelli del parco.

Da quel giorno, si incontrarono tutte le mattine e l'intimità che si stabilì tra di loro fu un'esperienza nuova per entrambi. Fino ad allora Tony Balestier si era tenuto a debita distanza dalle ragazze, forse perché le strategie delle mamme che organizzavano matrimoni combinati erano fin troppo evidenti. Non aveva alcun desiderio di farsi accalappiare, anzi era piuttosto riluttante all'idea. Inoltre era troppo esigente per essere attratto dalle ragazze che non appartenevano alla sua stessa classe sociale, come le commesse di Oxford o le star dei musical che la maggior parte degli uomini trovavano seducenti. Perciò le sue amicizie femminili si erano limitate a signore giovani e meno giovani, ma comunque sempre sposate, al pari della signora Hibbert, ma di gran lunga più svampite di lei. Perché se c'era un punto su cui il signor Balestier insisteva con dogmatismo giovanile era che l'intelletto in una donna fosse un errore. Ma ormai le sue teorie erano state completamente sconvolte. Di fianco a lui si trovava una ragazza della sua stessa classe sociale, nel cui schema di vita il matrimonio non trovava posto; Ursula era una donna intelligente che, lungi dall'annoiarlo, suscitava in lui un vivo interesse. Il fatto che la signorina Winfield non fosse solo una chimica brillante, ma anche una bella ragazza, doveva aver contribuito ad ammaliarlo. Infatti, sebbene Tony Balestier avesse scelto di considerarsi un uomo disincantato e immune al fascino femminile, a ventiquattro anni un giovane non può calmare i bollenti spiriti. Senza dubbio, l'idea che Ursula non contemplasse il sesso come parte della vita e abbassasse sempre le difese doveva aver accelerato il suo soggiogamento. Nel giro di dieci giorni, Balestier si ritrovò per la prima volta profondamente e incondizionatamente innamorato. Proprio nel momento in cui si era imbattuto in una ragazza che non desiderava sposarsi, il matrimonio, da seccante vincolo, si era trasformato per lui nella più grande felicità dell'esistenza.

E Ursula? Anche lei stava vivendo una rivoluzione interiore, sebbene fosse più inconsapevole di Tony Balestier. Non poteva non riconoscere che vedere una figura alta venirle incontro ogni mattina le procurava un innegabile piacere. Ma perché doveva esserne così felice? si chiedeva perplessa e sorpresa. Certo, il signor Balestier era intelligente e, a differenza di gran parte degli amici della madre, apparteneva alla sua stessa classe sociale. Aveva ricevuto un'educazione identica alla sua, era convenzionale, ma al tempo stesso brillante, due qualità che aveva sempre detestato. Era sicura che le sue opinioni sulle donne e su molti altri argomenti fossero retrograde tanto quanto quelle del colonnello Hibbert. Per lo meno, il signor Balestier aveva il buonsenso di non ostentarle come faceva il suo patrigno. In ogni caso, i suoi dei non potevano essere anche gli dei del signor Balestier perché lui non sapeva niente di scienza. Non le passò nemmeno per l'anticamera del cervello l'idea che lo splendore del suo nuovo amico potesse farle effetto. Non si era così spesso opposta al modo assurdo in cui gli uomini si lasciavano influenzare dalla bellezza femminile? La sola idea che fosse colpita dal bell'aspetto di un uomo le sarebbe sembrata un insulto. Perciò continuò a riflettere senza successo su quale legame potesse esistere tra di loro.

Nonostante Ursula sapesse di gradire quegli incontri mattutini, rimase del tutto inconsapevole di quanto li adorasse fino al giorno in cui il signor Balestier mancò all'appuntamento. Seduta da sola su quella panchina ormai familiare, avvertì una sensazione di vuoto che la riempì di rabbia e sgomento. Dopotutto, cosa importava se quello sconosciuto si presentava o no? Tanto di lì a quindici giorni sarebbe partito; quel pensiero, lungi dall'essere rassicurante, non fece che inasprire inspiegabilmente la sua depressione. Provò più volte a concentrarsi sui suoi esperimenti, ma non le sembravano più così importanti e coinvolgenti. Quel giorno si attardò a dar da mangiare alle anatre e, quando guardò l'orologio, si accorse che era più tardi dell'ora in cui di solito consumava la colazione. «Basta pensare a lui, come un'odiosa bambinaia!» Si alzò in preda a uno scatto d'ira e tornò a casa a passo spedito.

Sul tavolo della colazione la attendevano due buste: quella con il francobollo tedesco recava la grafia larga di sua madre; sull'altra, invece, campeggiava una scrittura che non aveva mai visto, ma che al tempo stesso le sembrava familiare. Il suo cuore prese a battere all'impazzata. Ridicolo! Il biglietto era breve e amichevole: il signor Balestier spiegava che il suo capo gli aveva mandato un telegramma per richiedere i suoi servigi, ma si aspettava di tornare in città al più tardi nella giornata di venerdì. Si augurava che gli esperimenti stessero andando bene, ma Ursula non doveva approfittare della sua assenza per lavorare troppo. Lui avrebbe continuato a dar da mangiare alle anatre ogni mattina, se non in carne e ossa, con il pensiero. Non sapeva se lui o le anatre avessero trovato la situazione alquanto insoddisfacente.

Anche a Ursula sembrò «insoddisfacente», sebbene il messaggio fosse tutto il contrario. In un modo o nell'altro, si sentiva spensierata come era accaduto prima della depressione. E poi era una così bella giornata! Prima non l'aveva notato; era persino uscito il sole. Lesse la lettera della madre – svariate pagine di pettegolezzi insignificanti scritti a caratteri cubitali – e poi riprese il biglietto del signor Balestier. All'improvviso, fu colta dal desiderio di appoggiarselo alla guancia e alle labbra. Stava perdendo la testa, si disse prima di infilarselo con decisione in tasca. Aveva ancora il viso paonazzo quando canticchiando salì le scale per andare a lavorare.

Il sabato mattina, come si aspettava, lo incontrò, ma non al loro solito posto, poiché il signor Balestier la aspettava all'angolo di Lowndes Square. «Aveva paura che mi dimenticassi il pane per le anatre?» Rise imbarazzata. A dir la verità, erano entrambi impacciati; i tre giorni di separazione parevano aver cambiato le cose.

«Credevo che se le fossi venuto incontro, avrebbe potuto avvisare le cameriere a proposito della colazione.» Ursula aveva rifiutato più volte il suo invito a condividere il primo pasto della giornata, spiegando che la attendeva a casa. «Verrà al chiosco con me oggi? La prego!»

Mentre sedevano l'uno di fronte all'altra ai tavolini all'aperto che circondavano il chioschetto, Balestier confessò di aver temuto che fosse andata fuori città. «Immagino che passi i fine settimana da qualche parte, ho ragione?» domandò.

«No, non lo faccio mai. Interferisce troppo con il mio lavoro. Inoltre, non conosco molte persone.»

Con aria distratta, il giovane suggerì che i mercoledì sera a Lowndes Square rendevano difficile credere a quell'ultima affermazione. Intanto, pensava alla scusa che avrebbe addotto nel telegramma indirizzato alla sua ospite per il successivo weekend: doveva darsi malato o dire di essere stato trattenuto al lavoro?

«Oh, ma i mercoledì sera ci sono gli amici della mamma», spiegò Ursula. «Senza dubbio, conosce un sacco di persone. Rimuovere le erbacce dalla rubrica è la sua idea di giardinaggio.»

Balestier sorrise. «Ma cosa farà questo fine settimana, se non lascia la città?» insistette.

«Lavoro», rispose lei; proprio come il resto della settimana.

«È immorale! Non può lavorare il sabato pomeriggio con un tempo come questo. Non è *stagionevole*, come diceva un vecchio giardiniere quando qualcosa non era adatto alla stagione. Venga con me sul fiume.»

Ursula esitò. Il fiume sembrava una prospettiva attraente e nelle ultime settimane aveva lavorato davvero moltissimo. Inoltre, aveva praticamente concluso gli esperimenti che avevano dimostrato la sua teoria. Non restava che dedicarsi alla stesura vera e propria del saggio... Oh, come lo odiava! Insomma, se la meritava proprio una piccola vacanza.

E se si fossero imbattuti in qualche amico di sua madre lungo il fiume? Era permesso avere una casa lì anche nel mese di agosto. E poi la gente era così idiota! Se lei e il signor Balestier fossero stati visti da soli insieme, la cosa avrebbe potuto dare adito a qualche ridicolo pettegolezzo. No, era al sicuro solo nel raggio di sei chilometri da casa. Così, arrossendo, disse a suo nuovo amico che il fiume era troppo lontano.

Tony Balestier, intento a osservarla, avvertì un brivido improvviso. Aveva intuito cosa le passava per la testa, ma era soprattutto l'idea che lei avesse pensato alla possibilità che li scambiassero per una coppia ad agitarlo. Del resto, notava un cambiamento in lei, lo aveva percepito appena si erano visti quella mattina. Ursula aveva un approccio meno scientifico e più umano e personale. Aveva creduto di tenere a lei più di quanto fosse umanamente possibile; invece in quel momento scoprì di tenerci molto di più e cominciò a non sembrargli poi così impossibile che un giorno anche lei potesse provare lo stesso per lui. «Se il fiume non è di suo gradimento, cosa ne dice del Serpentine?» suggerì.

«Non dirà sul serio?» Le sembrava impossibile immaginare un giovane della cerchia degli Hibbert in barca a Hyde Park. Ursula rise al solo pensiero.

Tony Balestier non era sicuro di essersi mostrato serio. Andare in barca sul Serpentine sembrava una proposta rischiosa, ma sentiva che nel mese di agosto sarebbero stati al sicuro, lontano da occhi indiscreti. Inoltre, per stare con Ursula avrebbe sfidato qualsiasi ostacolo. «Se non le dispiace, io lo adoro», esclamò e si affrettò a prenotare un'imbarcazione.

Come si aspettavano, quel pomeriggio nessuno li riconobbe, anche se non significava che fossero soli. Tuttavia il Serpentine era meno affollato di Henley, osservò Ursula, la quale ebbe l'ardire di ammettere che le piaceva di più perché era «reale». Senza dubbio, al calar della sera ebbero l'occasione di assistere a uno spettacolo ben più suggestivo di quello che avrebbe potuto offrire un qualsiasi fiume alla moda. A un certo punto, Ursula notò un gruppo di monelli assieparsi sulla riva e formare un'orribile macchia scura sul paesaggio: era un vero peccato che i poveri di Londra fossero così poco pittoreschi, rifletté. Mentre il signor Balestier si allontanava in fretta dalla sponda, lei si girò di spalle finché non udì un fischio che la costrinse a guardarsi intorno. Sul prato verde brillante e con uno sfondo di arbusti e alberi scuri scorreva un flusso di umanità meravigliosa e scintillante che si scomponeva in singole silhouette, snelle e appena percepibili. «Che meraviglia!» mormorò Ursula, quasi in soggezione.

Il sabato pomeriggio sul Serpentine fu seguito, il giorno successivo, da un'altra gita a Hampstead Heath. Ma come potevano arrivarci? aveva obiettato Ursula sapendo che entrambe le auto erano già andate al Nord. Rifiutò decisa la proposta del signor Balestier di noleggiare una macchina o un taxi per la giornata; non si intendeva molto di prezzi, ma era certa che la spesa non fosse alla portata di un figlio minore senza rendita. No, sarebbe andata solo se avessero preso un autobus. Così la domenica mattina aspettarono a St Mary Abbots il bus blu e, quando arrivò, restarono in attesa che il terzo cavallo, in vena di procrastinazioni, li trascinasse su per la collina di Church Street. Il viaggio durò ore, eppure a nessuno dei due parve lungo.

Era la prima volta che Ursula visitava il parco giochi di Londra. «È splendido!» esclamò sorpresa. Si aspettava un'accozzaglia di gitanti, asini e giostre. Passeggiarono finché raggiunsero una macchia di felci, un po' rada ma comunque verdeggiante. Ursula prese posto su un tronco d'albero caduto, mentre il suo amico si sdraiò pigro lì vicino. Sembrava il luogo ideale per amoreggiare, ma lui non si azzardò. A dire la verità, aveva paura; era più fiducioso che mai, ma se si fosse sbagliato? Se lei lo avesse rifiutato... be', non l'avrebbe superato. Si sentiva infantile. In ogni caso, avevano a disposizione ancora una settimana prima della sua partenza e lei gli aveva promesso di tornare a Hampstead con lui anche la domenica successiva.

Se Ursula lo avesse un minimo incoraggiato, con ogni probabilità il suo proposito di rimanere in silenzio sarebbe crollato. Ma anche lei aveva paura, paura di quel rapporto strano e nuovo che era entrato nella sua vita. Era sempre stata così indipendente, così emotivamente autosufficiente. Inoltre, il presente era assai piacevole. Più volte posò senza vergogna lo sguardo sul suo nuovo amico, sdraiato sull'erba accanto a lei. Pareva imponente, disteso in quel modo! Si era tolto il cappello di paglia e, sebbene tagliasse i capelli chiari con regolarità, c'era un ricciolo indisciplinato che non stava a posto. Andava sempre così: quando la conversazione prendeva una piega sentimentale, lei cercava di cambiare in fretta discorso. Da tempo ormai aveva capito che le piaceva parlare con il signor Balestier, forse perché lui si mostrava sorprendentemente interessato a tutto quello che diceva. Quel giorno gli aveva persino raccontato della propria vita privata, un argomento che Ursula, a differenza delle altre ragazze, trovava ostico e imbarazzante. Come mai conosceva così poche persone, le chiese lui, riferendosi a ciò di cui avevano discusso il giorno precedente; non aveva stretto amicizia a scuola? Gli spiegò che non l'aveva mai frequentata. Da bambina viaggiava molto e a occuparsi della sua istruzione era una governante. Quando aveva dodici anni, sua madre aveva sposato il colonnello Hibbert, perciò aveva avuto l'opportunità di andare a scuola, ma solo per un trimestre. «La chiamavano scuola di perfezionamento e mi ha quasi reso perfetta, secondo i loro canoni», osservò con un sorriso. «Poi ho detto a mia madre che se non mi avesse ritirata sarei ricorsa al suicidio.»

«Cosa?» Tony Balestier parve stupito, anzi scioccato. «La trattavano così male?»

«No, è solo che mi annoiavano a morte.» Era davvero un posto spaventoso, proseguì Ursula. Le compagne non pensavano ad altro che ai ragazzi del college di fronte. Dopo che se n'era andata, c'era stato addirittura uno scandalo in seguito al quale sua madre si era rallegrata di averla ritirata.

E poi? Poi di nuovo istruzione a domicilio fino al Bedford College. Lì si era ritrovata per la prima volta faccia a faccia con la scienza: «Fu una rivelazione!». Naturalmente, al college aveva conosciuto altre ragazze ma, quando le aveva invitate a casa, sua madre le aveva definite «strambe». «Non erano affatto "strambe", bensì molto gentili», precisò Ursula, «ma mi accorgevo che Lowndes Square non era il loro ambiente, per questo non siamo mai diventate intime. Comunque, non è vero che non ho amici. C'è il professor Smee.»

Era la prima volta che lo menzionava; a Balestier non era più venuto in mente dopo il loro primo incontro. In quel momento, fu colto da un subitaneo sgomento. E se ci fosse stato qualcosa tra la signorina Winfield e quell'uomo? Ripensò a Henley. «Vede spesso il professor Smee?» Ce la mise tutta per sembrare noncurante.

«Sì, quest'estate ci siamo incontrati spesso, perché ho lavorato alcune settimane nel suo college. E un giorno sono passata a trovare la signora Smee...»

«La signora Smee?»

«Sua moglie... lei sì che è davvero "stramba"» Ma Balestier era così sopraffatto dalla gratitudine per l'esistenza di una signora Smee di qualsiasi tipo che quasi non udì l'osservazione di Ursula; a dir la verità, si immaginava Charlotte alla stregua di un angelo, seppure in incognito.

Rifecero lo stesso percorso lungo e idilliaco dell'andata e, per una di quelle coincidenze irreali della vita, a Kilburn la signora Smee salì sull'autobus, un'impresa che Charlotte paragonava sempre a un'acrobazia, ma dato che non le piaceva camminare era il suo modo di prendere una boccata d'aria fresca. Proprio mentre raggiungeva ondeggiando il piano superiore per accomodarsi su un sedile anteriore vuoto, i cavalli presero a muoversi e per poco non la fecero cadere addosso al signor Balestier. Ursula, che era seduta sul lato opposto, d'istinto alzò gli occhi e incrociò quelli di Charlotte. All'inizio la ragazza non si accorse che si trattava della moglie del professore; poi, allorché la donna accaldata e rabbiosa continuava a barcollare senza farle alcun cenno, pensò con gratitudine che la signora Smee non l'avesse riconosciuta. Del resto, spettava alla più anziana inchinarsi per prima, ma se lo avesse fatto sarebbe stato uno sforzo immane, visto che la gentil signora pareva avere una schiena legnosa e assai poco attraente. A Notting Hill Gate, la signora Smee scese dal bus, tenendo lo sguardo fisso davanti a sé mentre passava accanto a Ursula.

«Non è strano? Quella era la moglie del professor Smee, la donna di cui le ho parlato», mormorò Ursula al suo amico. Fece eco con fervore a quel «poverino» con cui Balestier si era riferito al professore.

Il mercoledì il signor Balestier dovette di nuovo assentarsi per incontrare il suo capo. Tornò venerdì, com'era già capitato, ma quella volta non aspettò fino al mattino seguente per vedere la signorina Winfield. La chiamò e le chiese se potesse fare un salto a dare un'occhiata ai suoi esperimenti. Era questo il messaggio che la cameriera recapitò a Ursula quel pomeriggio.

Mentre diceva alla domestica di far salire il suo ospite, la ragazza fu investita da una tale ondata di felicità da sentirsi addirittura fiacca.

«Che assurdità», si rimproverò. Era contenta soltanto perché stava scrivendo il suo saggio, un lavoro che aveva sempre detestato. Se fosse stata impegnata a fare esperimenti, quell'interruzione l'avrebbe infastidita. Nel frattempo, si era alzata di scatto e stava guardando la cappa di aspirazione che a una certa angolazione fungeva da specchio. Sì, la chioma pareva a posto; era davvero una comodità avere i capelli ricci perché non sembravano scarmigliati nemmeno quando erano in disordine. Quanto all'abbigliamento, indossava una tuta blu: doveva cambiarsi? Si slacciò il primo bottone e poi lo richiuse. No, sarebbe stato stupido! La tenuta più adatta a un laboratorio era proprio una tuta; se il signor Balestier l'avesse trovata orrenda, be', affari suoi!

Il giovane non diede l'impressione di disapprovare quando posò lo sguardo su di lei. Anzi, le lunghe linee della tuta si adattavano perfettamente alla figura giovane e slanciata della ragazza, mentre il blu era forse il colore che le donava di più. Lei non lo guardò mentre si stringevano la mano. «Vuole che le mostri l'ultimo esperimento, quello con l'alta frequenza?» chiese con disinvoltura e poi iniziò ad avvitare un elettrodo in uno dei supporti.

Tony Balestier era piuttosto pallido. «A essere onesti, sono venuto a dirle che il mio capo ha deciso di partire all'improvviso... Vecchio pazzo!»

Ursula sembrò sorpresa; non aveva afferrato appieno il significato di quel cambio di rotta. «Come mai le dispiace così tanto? Pensavo adorasse il mare», suggerì.

«Lo adoro, certo, ma significa che dovrò andarmene prima del previsto. Devo recarmi a Southampton oggi stesso, salpiamo domani.»

L'elettrodo che Ursula teneva in mano si spezzò, così ne prese un altro dalla scatola di legno. Quindi quello era il loro ultimo incontro; non lo avrebbe trovato al parco la mattina seguente né qualsiasi altra mattina. Non ci sarebbe stata un'altra domenica insieme. Venne assalita da un profondo senso di desolazione. «Immagino che non abbia il tempo di assistere al mio esperimento» fu l'unica cosa che riuscì a dire.

Il giovane impallidì ancora di più. Il modo in cui la signorina Winfield aveva preso la notizia era alquanto scoraggiante. Aveva intenzione di chiederle di sposarlo, ma sarebbe servito a qualcosa? Quanto meno, l'esperimento gli avrebbe permesso di ritardare il momento della separazione. «Sì che ho il tempo. Mi piacerebbe vederlo», rispose.

«Allora devo preparare la strumentazione.» Cominciò a collegare un accumulatore con insolita goffaggine. Sembrava che la crescente depressione la impacciasse. D'un tratto, sfiorò inavvertitamente uno dei due poli e gridò all'inaspettata subitaneità della scarica elettrica, tanto che allontanò di scatto la mano.

«Cos'è successo?» Tony Balestier le aveva preso la mano e la stava guardando preoccupato. «Cos'è successo?» ripeté.

«Nulla. Ho dimenticato che la corrente era accesa. Sento solo un formicolio, ma è quasi passato.» Almeno era una buona scusa per fermarsi. «Temo che per vedere l'esperimento dovrà aspettare fino al suo ritorno dall'India.»

Balestier continuava a tenerle la mano. «Non è l'unica cosa che aspetterò con ansia», esordì con audacia. Forse lesse sul volto di Ursula quello che lei aveva cercato disperatamente di nascondere. O forse erano solo due giovani che si tenevano per mano. Di certo, non c'era bisogno di ulteriori spiegazioni.

«Siamo entrambi neri come spazzini. Credo che ti sia seduto su uno degli elettrodi di carbone», osservò Ursula poco più tardi con una risata tremolante, mentre tutti e due scivolavano a terra dal loro trespolo davanti all'alto bancone del laboratorio.

10.

Agli occhi di Ursula il più grande inconveniente della British Association era rappresentato dalla necessità di imporre la propria presenza a degli estranei. Se fosse stata indipendente, avrebbe alloggiato in un albergo o addirittura affittato un appartamento, ma non le era permesso. La volta in cui aveva avanzato questa ipotesi, era andata a finire che sua madre aveva pianto e il colonnello Hibbert si era abbandonato a un accesso d'ira. «Una ragazza come te che se ne va in giro in una locanda! Scandaloso, perbacco! Non ho mai sentito una cosa simile in vita mia. Dannazione, non è un comportamento rispettabile!» Sua madre era stata costretta a offrire qualche lacrima di accompagnamento. Dopotutto, aveva riflettuto la signora Hibbert, se Ursula fosse stata una ragazza normale, avrebbe dovuto avere un accompagnatore alle feste di apertura e di chiusura dell'anno accademico; perciò essere scortata a strani incontri scientifici era in qualche modo un suo diritto.

Ursula aveva accettato con piacere la proposta; l'affetto che la ragazza nutriva nei confronti della volubile genitrice le rendeva ancora più piacevole la situazione, benché avere «una mamma per chaperon» – era così che la vedeva – avrebbe potuto distrarla. Infatti, era sicura che la scorta marziale di Lowndes Square sarebbe stata rimpiazzata in fretta da una folla di scienziati, mentre sua madre, fasciata in un abito elegante, schizzava da un dipartimento all'altro. Tuttavia il piano non era andato a buon fine a causa del malcontento del patrigno. Il colonnello non amava separarsi dalla moglie nemmeno per una settimana, né apprezzava l'alternativa di «spassarsela a un raduno scientifico». Così, per toglierlo dall'imbarazzo, Ursula si era messa in lista per ricevere «ospitalità», ottenendo prontamente un invito. La disponibilità dei padroni di casa di provincia ad accogliere una ragazza strana e nubile indicava che erano a conoscenza dello status sociale della signorina Winfield.

Quell'anno l'incontro annuale della British Association si sarebbe tenuto a Plymouth e lei sarebbe stata ospitata da un certo signor Thompson e dalla figlia. Ursula non si aspettava di incontrare di nuovo i genitori fino a quando non li avesse raggiunti a Dumdrochie dopo l'evento, ma il giorno prima di lasciare la città le arrivò un telegramma in cui il colonnello e la signora Hibbert la informavano che avrebbero fatto tappa a Lowndes Square. Ursula era, senza dubbio, felice di vedere la madre e, in misura minore, il patrigno, ma nonostante la gioia, non raccontò a nessuno dei due i grandi eventi che erano occorsi nel mese in cui erano stati assenti. Per quanto riguardava la sua scoperta scientifica, voleva sorprendere la madre, ragion per cui non fiatò. Il suo saggio avrebbe sicuramente fatto scalpore all'incontro della British Association, e aveva intenzione di mandarle gli articoli di giornale che l'avrebbero menzionato. La signora Hibbert sarebbe rimasta impressionata da quei ritagli molto più che da ciò che avrebbe potuto spiegarle a voce. Quanto all'altra scoperta, lei e Tony avevano deciso in quell'ultima breve e triste ora insieme che la loro relazione sarebbe dovuta rimanere un segreto fino al suo ritorno – o meglio, lei aveva deciso così e lui era stato costretto ad acconsentire – perché quella nuova esperienza era per Ursula troppo bella e irreale persino per parlarne ad altri. Non avrebbe incluso sua madre nell'obbligo al silenzio, avendo sperimentato in precedenza la natura permeabile della discrezione materna. Ricordò a sé stessa che sua madre si sarebbe rifiutata di fare lo sforzo di tenere il colonnello all'oscuro di una simile notizia e al solo pensiero delle battute e della goliardia del patrigno – quell'uomo considerava l'argomento troppo succoso per trattenersi – le si rivoltavano le budella. Non voleva che il mistero del suo amore venisse sminuito e profanato. Per di più, il fatto che lui potesse approvare la loro unione avrebbe esasperato le sue spiritosaggini; e, allo stesso tempo, la consapevolezza di quell'approvazione era una ragione sufficiente per occultare la relazione. Il ritorno di Tony sarebbe stato il momento giusto per rendere pubblico il fidanzamento, anche se, per quanto la riguardava, avrebbe preferito che nessuno lo venisse mai a sapere, perché Ursula odiava il clamore che si sarebbe creato nella cerchia degli Hibbert ancora prima del matrimonio: il banale paragrafo sul «Morning Post», «È stato pianificato un matrimonio» – «pianificato», che parola orribile! – le foto sul «The Queen», vestiti, vestiti e poi ancora vestiti, regali, lettere... Quando il suo amato, il suo meraviglioso amato, fosse tornato da lei, non sarebbero forse potuti scivolare insieme nel loro mondo dei sogni, lontano da occhi indiscreti e senza che nessuno ne fosse al corrente?

Non c'era da stupirsi che emozioni così diverse da quelle che Ursula aveva provato in precedenza lasciassero qualche segno visibile all'esterno. Almeno la signora Hibbert si era accorta della differenza, dato che non era una sciocca e, malgrado le sue molteplici follie, amava davvero la sua unica figlia. Ursula era soffusa di una nuova dolcezza, di una sorta di luminosità nascosta che non riusciva a cogliere appieno. Se l'avesse notata in una qualsiasi altra ragazza, l'avrebbe senza esitazione attribuita all'amore, ma Ursula non era come le altre ragazze. E poi chi mai poteva trovarsi a Londra ad agosto per innamorarsi di sua figlia? Pensò che forse il professor Smee aveva rinunciato alla vacanza in Germania – le si incresparono le labbra al ricordo delle assurde fantasie e della gelosia della signora Smee – e lui e Ursula avevano ripreso a lavorare al college insieme. In più di un'occasione aveva creduto che quell'uomo fosse attratto da sua figlia; del resto, come dargli torto con una moglie così orribile? Ma sarebbe stato troppo spaventoso se fosse stata Ursula a essere affascinata da lui. Per fortuna, un commento della figlia nel corso della loro conversazione la tranquillizzò: era da quel mercoledì in cui avevano fatto visita a Charlotte che Ursula non vedeva il professor Smee e non era affatto in pensiero per lui. Allora chi o cosa poteva essere? Confusa, la signora studiò il volto della figlia con interesse.

Qualunque fosse la ragione del cambiamento, il risultato era inequivocabile: un enorme miglioramento. Uno dei più grandi difetti del viso di Ursula era una certa gravità di cui non c'era più traccia. A dire il vero, i lineamenti apparivano più delicati e morbidi, forse per via di un leggero dimagrimento. «Non ti ho mai vista così raggiante, mia cara», osservò sua madre tutto d'un tratto. «Trascorrere l'agosto in città sembra averti fatto bene. Vorrei che non passassi le vacanze in un deserto come Dumdrochie, dove non c'è anima viva che possa ammirarti.»

Ursula non poté fare a meno di arrossire all'inaspettato elogio della madre, a cui ribatté prontamente: «Non preoccuparti, mammina». Rise. «Alla British Association ci saranno folle di persone che si prostreranno davanti alla mia bellezza abbagliante!»

«Certo, scienziati seriosi. Loro non fanno testo!» La signora Hibbert scacciò il pensiero della British Association senza curarsi delle proteste della figlia, meno energiche del solito; probabilmente la ragazza iniziava a pensare che l'atteggiamento della madre fosse senza speranza. «Sarebbe bello se avessimo la possibilità di organizzare fantastiche feste a Dumdrochie», aggiunse, prima di rivolgersi al marito. «George, tesoro, per il prossimo anno dobbiamo avere per forza un'altra ala.»

Ursula si intromise e affermò con decisione che se a Dumdrochie si fosse tenuta una festa, lei non avrebbe partecipato, guadagnandosi così un ringhio riconoscente da parte del patrigno. Infatti, l'avversione per quella dannata ala in più era l'unica cosa che avevano in comune.

«Ursula non vuole una marmaglia di gente. Le piace gironzolare da sola nella brughiera, proprio come a me», esclamò il colonnello con voce gutturale mentre fumava un sigaro. «Non capisco perché non provi a sparare un po', eh, Ursula? Buttar giù un coniglietto o due, o un pennuto quando vola. Sembra sciocco non farlo.»

Il colonnello non pareva aspettarsi una risposta e Ursula non proferì parola. La brughiera! Eccome se le «piaceva gironzolare» in quella zona, come diceva il patrigno, anche se avrebbe fatto a meno della compagnia di quello sterminatore di animali. In verità, il termine «piacere» non era adeguato a esprimere quello che provava: si crogiolava nella solitudine, nelle distese deserte, nel grande silenzio con il suo sottofondo di rumori appena udibili. In un attimo le tornarono alla mente il sentore del timo riscaldato dal sole, la frescura proveniente dal lago scuro in cui si tuffava, il verso dei pavoncelli che volteggiavano sopra la sua testa. E quell'anno la brughiera avrebbe significato ancora più del solito per lei, perché solo lì c'erano lo spazio e il tempo sufficienti a contenere il suo amore, ne era convinta.

Ma prima di Dumdrochie c'erano Plymouth e la British Association. Ben presto, Ursula si ritrovò immersa nell'atmosfera familiare degli incontri scientifici, vivacizzati dai soliti festeggiamenti. Si rese conto, con sentimenti contrastanti, che avrebbe presentato il suo saggio soltanto l'ultimo giorno; senza dubbio, aveva più tempo per prepararsi, ma continuava a essere tormentata dal solito incubo. A questo si aggiungeva l'ansiosa trepidazione di ricevere notizie da Tony. Il giovane aveva inviato un telegramma da Southampton prima di salpare, mentre sulle pagine del «Times» Ursula aveva letto dell'arrivo dell'imbarcazione a Brindisi un paio di giorni prima del previsto. Era andato tutto bene. Di sicuro, avrebbe ricevuto una lettera dal porto pugliese: le sarebbe arrivata direttamente a Plymouth, poiché Tony si era segnato l'indirizzo. I funzionari della sede centrale dell'ufficio postale erano stati adeguatamente interrogati per accertarsi che fossero ferrati sulla posta italiana.

Quella tensione snervante dovuta alle continue attese sarebbe stata insopportabile se non fosse stato per i perfetti padroni di casa da cui aveva avuto la fortuna di essere accolta. Il signor Thompson era un ricco uomo d'affari, che aveva uno stile di vita ancora molto dinamico malgrado i settant'anni, in netto contrasto con quello della figlia disabile di mezz'età. L'iperattività dell'uno e la totale sedentarietà dell'altra impedirono addirittura loro di intrattenersi con la giovane ospite che, ciliegina sulla torta, era abbandonata a sé stessa, senza dubbio per via della cattiva salute della donna. In particolare, Ursula apprezzava la colazione che consumava da sola, perché il signor Thompson si svegliava troppo presto e la figlia troppo tardi. Perciò poteva guardare la posta del mattino in tutta tranquillità e, da quello che aveva intuito, una lettera dall'Italia sarebbe arrivata o con il primo servizio di consegna o con l'ultimo, quello serale. A parte questo, era grata di poter cominciare la giornata all'insegna della calma, poiché la settimana alla British Association si rivelò un turbinio di incontri e scambi di saluti con i conoscenti che appartenevano per lo più al mondo scientifico. La sua vita solitaria mal si adattava alla socialità: le conversazioni la preoccupavano e anche con gli scienziati non aveva facilità a immergersi subito nelle discussioni tecniche; la verità era che non riusciva mai a pensare ad argomenti alternativi di cui dibattere. Naturalmente, con il professor Smee era diverso; lui era un amico, anche se in quell'occasione lo incrociò di rado. Un giorno si incontrarono per caso e lui le raccontò di avere un mucchio di problemi a organizzare il suo intervento di lunedì sera; non riusciva proprio a passare dal dipartimento B, ma alcune delle sue valvole termoioniche erano «molto carine» e desiderava che lei le vedesse.

La scelta del professore di evitare Ursula e il dipartimento di chimica non era dovuta soltanto alla preparazione del suo intervento, come aveva spiegato. Durante le vacanze, Vernon Smee aveva fatto un bilancio della situazione emotiva in cui versava e, lontano dalla moglie irritante e dall'affascinante Ursula, era riuscito a considerare la questione con maggiore oggettività. No, non doveva innamorarsi della signorina Winfield, perché da quella relazione non avrebbe ricavato altro che infelicità. L'unica cosa da fare era cercare di superare quella malaugurata infatuazione. Riempiendo i giorni del viaggio in Germania con faticosi esercizi fisici e tenendo a freno le elucubrazioni notturne, aveva ottenuto discreti risultati: l'immagine di Ursula nella sua testa era sbiadita a poco a poco.

Paradossalmente, a rendergli la vita più facile era stata proprio una lettera della ragazza, in cui in tono freddo e diretto gli chiedeva l'indirizzo del suo studente, Flecker, perché voleva che il giovane le facesse da assistente alla British Association. La signorina Winfield sembrava davvero incapace di pensare ad altro che non fosse il suo lavoro, aveva pensato irritato.

Tuttavia, al suo ritorno in Inghilterra, il professor Smee aveva trascorso alcuni giorni a casa prima dell'evento all'associazione e lì, durante la convalescenza, si era verificata una grave ricaduta; addirittura, il nuovo attacco di mal d'amore si era manifestato con la stessa virulenza del precedente. Tutta colpa di sua moglie. La povera Charlotte si era finalmente resa conto del reale obiettivo della sua gelosia. La domenica sera, dopo aver intravisto Ursula sul bus, era rimasta colpita dalla sua bellezza, enfatizzata ancora di più dall'ammirazione dell'uomo accanto a lei. Quella consapevolezza era riuscita a farsi strada nella coscienza della donna, accrescendo la furia e l'umiliazione dovute all'allontanamento improvviso del marito. Aveva, infatti, capito che la vera attrazione di Lowndes Square era la signorina Winfield. Dunque non sorprendeva che Vernon fosse sembrato indifferente alla madre! E non solo suo marito era stato a casa della ragazza, ma le aveva permesso di lavorare per settimane nel suo laboratorio. Dovevano averla presa per una sciocca. Chissà quante risate si erano fatti! La sensazione di essere stata a tal punto ingannata le rendeva la nuova gelosia ancora più insopportabile di quella vecchia.

Forse il fuoco dell'indignazione di Charlotte avrebbe potuto spegnersi se il professor Smee, la sera stessa del suo ritorno, non avesse involontariamente versato altro olio sulle fiamme. Mentre chiacchierava con la moglie della sua imminente conferenza e della British Association in generale, Charlotte aveva dato un'occhiata ad alcuni appunti stampati che le stava mostrando e aveva notato il nome della signora Winfield. Non le aveva detto di aver trovato un posto anche per la sua amica, aveva sbottato con rabbia. Ecco perché non era mai stata invitata a partecipare a qualche incontro.

«La presenza della signorina Winfield non ha niente a che fare con me. Come puoi vedere, anche lei interverrà nel corso dell'evento.» Vernon Smee aveva cercato di controllare la collera. «La British Association non è un ambiente che fa per te, cara la mia signora, è per quello che non ti ho mai proposto di accompagnarmi. La signorina Winfield è una scienziata; non ci sarà nemmeno sua madre.» Non sapendo che l'obiettivo della gelosia della moglie era cambiato, immaginava che quell'informazione l'avrebbe tranquillizzata.

«Non ho dubbi che la signorina Winfield si divertirà ancora di più! Oh, non fissarmi in quel modo, so bene com'è la tua graziosa ragazza! L'ho vista con i miei occhi mentre se la spassava con quel bel giovane sull'autobus.»

Era per la sorpresa che Vernon «fissava» la moglie. Si era messo a ridere. La sola idea che Ursula «se la spassasse» con un giovane su un autobus o in qualsiasi altro posto gli sembrava a dir poco assurda. «Se di recente hai incontrato la signorina Winfield con un giovane, probabilmente si trattava di Flecker, il mio studente che lavora con lei», le aveva risposto in tono brusco.

Ormai il danno era fatto: i pensieri di Vernon Smee erano di nuovo rivolti a Ursula. Per di più, era stato costretto a mantenere un atteggiamento esemplare. Sebbene non credesse alla possibilità che Ursula se la spassasse con qualcuno, sentiva che nella dichiarazione della moglie poteva esserci un fondo di verità. Charlotte non mentiva deliberatamente nemmeno nei momenti di rabbia. Forse Flecker – ammesso che fosse lui – si era innamorato di Ursula. Come aveva osato, quel bamboccio! Non che il ragazzo avesse la benché minima chance. No, se lui stesso aveva trovato Ursula fredda – e la lettera che aveva ricevuto nella Foresta Nera lo era senza ombra di dubbio –, sapeva di valere per lei più di una decina di Flecker. Se fosse stato libero, era quasi certo... Ma non era libero. In futuro la loro amicizia sarebbe stata un modello di frigidità.

Quando arrivò la sera del suo intervento, il professor Smee si ritrovò ripagato dei propri sforzi. La conferenza fu un successo, glielo dissero tutti quanti e alcuni addirittura la definirono la migliore che avessero mai ascoltato. Tra la folla di persone che si congratulavano, si palesò anche Ursula. «È stato magnifico!» esclamò rivolgendogli un sorriso. Il trionfo della serata aveva già caricato Vernon, ma lei lo eccitò ancora di più. Purtroppo, furono costretti a separarsi a causa della gente che spingeva per stringere la mano al professore. Quando, un istante più tardi, lui si guardò intorno per cercarla, la ragazza era scomparsa.

Benché Vernon Smee non ne avesse la più pallida idea, Ursula era agitata quanto lui. Da tre giorni aspettava la lettera di Tony, che non era ancora arrivata. Cosa c'era di peggio di quelle mattine vuote, accompagnate dall'orribile sensazione di dover trascorrere un'altra interminabile e tetra giornata prima che si ripresentasse la possibilità di essere felice, o delle serate inutili e stancanti? La domenica, quando non arrivò nulla con l'unica consegna del giorno, dovette affrontare ventiquattr'ore lunghissime, in cui la speranza era rinviata a data da destinarsi. La mattina dopo si sentiva abbastanza fiduciosa, ma ancora niente! Quella sera, tuttavia, la sua preziosa lettera sarebbe arrivata, perché all'ufficio postale le era stato detto che non avrebbe potuto tardare ancora. Sì, l'avrebbe trovata una volta tornata a casa. Aveva il cuore a mille mentre, fingendosi tranquilla, se ne stava seduta ad ascoltare la conferenza. Le era costata una gran fatica fermarsi a parlare con il signor Smee. Quella sera! La lettera!

Sul taxi non riusciva a stare ferma. Perché il conducente non andava più veloce? Voleva dirglielo, ma si trattenne. Pagò in fretta la corsa e non dovette nemmeno attendere sulla soglia perché i suoi perfetti padroni di casa le avevano dato le chiavi. Sul tavolo! Quello lungo nel salotto però era vuoto. Certo, quando faceva tardi, le portavano la posta in camera da letto. Mentre saliva al piano di sopra, incrociò il signor Thompson che quell'unica volta mancò di tatto e iniziò a tempestarla di domande sulla conferenza. «La cena la aspetta in sala da pranzo», aggiunse con gentilezza.

Ursula scosse la testa. Era convinta che il cibo l'avrebbe soffocata. In quel momento, c'era una sola cosa che desiderava: salire al piano di sopra e mettere le mani sulla lettera. Con la scusa della stanchezza, si congedò e percorse la prima rampa con calma, per non dare nell'occhio, poi proseguì di corsa. Trafelata, aprì la porta e accese la luce, ma la lettera non era sul piccolo scrittoio e nemmeno sulla toeletta; non c'era da nessuna parte. Non era arrivata. Eppure lei era stata così sicura che ci fosse! Si lasciò cadere su una sedia, prostrata dalla tristezza.

Dopo qualche tempo cominciò a ricomporsi. La corrispondenza, soprattutto quella che arrivava dall'estero, aveva spesso ritardi di giorni. Se solo quella non fosse stata la prima missiva di Tony... Perché la sua afflizione ne nascondeva una ancora più profonda: magari non l'aveva ricevuta perché non esisteva nessuna lettera. Forse Tony non si era preso la briga di scriverle da Brindisi. Oh, no, non poteva essere, eppure... In fin dei conti si conoscevano da così poco tempo. E se sulla nave ci fossero state tante ragazze più belle e attraenti di lei? No, no, la ragione non poteva essere nemmeno quella. L'idea le era insopportabile! Avrebbe significato che Tony era un tipo volubile, inaffidabile. Se si fosse rivelato un uomo diverso da come lo immaginava, sarebbe stato il colpo peggiore di tutti. Persino più della sua morte. Per un attimo ebbe l'impressione che le si fosse fermato il cuore. Era per quello che non le aveva scritto? Che assurdità, si disse. Era giovane e forte. Quante probabilità c'erano che fosse malato? Oh, perché mai non era con lui? Quella separazione era orribile!

La mattina seguente non si lasciò prendere dall'ansia. Non sarebbe arrivata nessuna lettera, continuava a ripetersi in uno stato di sorda disperazione. E aveva ragione. Dopo la colazione, si recò controvoglia al dipartimento B. Le era stata assegnata una stanza inutilizzata, dove aveva montato la sua complessa strumentazione. Voleva rifare tutti gli esperimenti ancora una volta prima del suo intervento il giorno successivo. «Non si sente bene, signorina Winfield?» le chiese il signor Flecker, stupito dalla sua svogliatezza.

Quella sera si sarebbe tenuta la grande soirée dell'associazione alla Guildhall. Ursula avrebbe tanto voluto aver declinato l'invito, ma ormai non poteva più tirarsi indietro. Il suo vecchio professore del Bedford College, il dottor Tremlett, e sua moglie avevano deciso di accompagnarla. Si era persino comprata un abito nuovo per l'occasione. Così, quando ebbe finito di vestirsi, si squadrò nello specchio. Sì, l'abito le stava proprio bene! Ma a cosa serviva apparire affascinanti? Perché Tony non era lì per vederla? Perché mai non le aveva scritto?

La cena in compagnia della signorina Thompson sembrò durare un'eternità. In fondo, era contenta di andare alla soirée, altrimenti sarebbe stata costretta a sorbirsi per tutta la sera le chiacchiere della padrona di casa mentre contava i minuti in attesa che il postino bussasse alla porta. Anche se il pasto le era sembrato interminabile, erano solo le otto quando lasciarono la sala da pranzo.

Sul tavolo del salotto giaceva una lettera. Poteva essere di Tony? Sì, perfino da quella distanza riconobbe la sua scrittura... o forse la percepì anche senza vederla.

«Una lettera per lei», disse la sua ospite con indifferenza, come se fosse una missiva qualunque.

Ursula la afferrò, sperando che la donna non si accorgesse che stava tremando e augurandosi che non ci fosse una nota differente nel suo tono di voce quando parlò. «Devo andare a prepararmi. I miei amici arriveranno a breve.» Poi fuggì al piano di sopra.

In camera trovò una cameriera che le stava sistemando il letto. Che esasperazione! Per fortuna, la ragazza se ne andò subito e, non appena si chiuse la porta alle spalle, Ursula girò la chiave. Finalmente! Finalmente!

La busta era ricoperta di indirizzi. Oh, Tony l'aveva spedita a Lowndes Square. Senza dubbio, essendo arrivato a Brindisi in anticipo, aveva pensato che le sarebbe stata recapitata prima della sua partenza. E quegli idioti dei domestici di Lowndes Square l'avevano mandata a Dumdrochie. Ecco che si spiegava tutto. La lettera ci aveva messo due giorni ad arrivare alla residenza del colonnello e altri due giorni per raggiungere Plymouth. Non era colpa di Tony. Be', alla fine l'aveva ricevuta!

Aveva quasi paura di aprirla, di iniziare a leggerla. Se le prime frasi fossero suonate fredde, ci sarebbe rimasta male. Si aspettava troppo. Doveva apprestarsi a ricevere una delusione, si disse. Lesse le prime righe e, a quanto pareva, non fu per nulla insoddisfatta. Arrossì e prese a baciare le pagine con foga; dopotutto, era la sua prima lettera d'amore.

L'avrebbe letta da cima a fondo, seduta comodamente sulla poltrona per assaporarla come si deve. Le sembrava meravigliosamente lunga! Diede un'occhiata ai fogli. Era una sorta di diario! Tony aveva scritto ogni giorno, più volte al giorno e l'aveva pensata spesso. E cos'era quello? Un foglietto più piccolo era caduto a terra. Una poesia? *A Ursula*. Arrossì di nuovo. Nessuno le aveva mai scritto una poesia prima di allora. D'un tratto, bussarono alla porta. «Signorina, la signora Tremlett la attende in carrozza.»

A quel punto, le venne in soccorso il suo senso dell'umorismo. Era davvero buffo non poter leggere la lettera dopo averla aspettata per giorni e giorni. La mise in un posto sicuro e afferrò la cappa. Tornata a casa, non sarebbe più stata interrotta, avrebbe potuto leggerla, rileggerla e rileggerla ancora. E comunque non le importava più di tanto perché a ogni respiro riusciva a sentirla sul cuore.

Era una Ursula trasfigurata quella che fece la sua comparsa alla soirée dell'associazione al seguito della gentile e ordinaria signora Tremlett. Vernon Smee se ne stava in piedi nella prima stanza, vicino all'ingresso, ad aspettarla, sebbene non volesse ammetterlo. Santo cielo, era incantevole! Si avvicinò a lei con un'espressione curiosa in volto, quasi fosse in uno stato di profonda quiete, ma finì per rimanere invischiato in una conversazione con la signora Tremlett, le cui chiacchiere erano notoriamente un infinito flusso di banalità. Lo sfortunato professore si chiese se gli sarebbe toccato sorbirsi quelle sciocchezze per tutta la sera. Forse

Ursula aveva intuito la situazione imbarazzante perché, appena i loro sguardi si incrociarono, gli rivolse un sorriso che la fece apparire ancora più adorabile. Quando Vernon ebbe l'ardire di posare di nuovo gli occhi su di lei, si accorse che il sorriso era sparito, o meglio si era trasformato in una tenue e diffusa luminosità che stonava con il monologo della Tremlett.

A cosa stava pensando? si chiese Smee. Naturalmente, lo sapeva. Quel pomeriggio era sceso nel trascurato dipartimento B e si era intrufolato nella stanza di Ursula con l'intento di darle una mano con i preparativi per il suo intervento del giorno successivo, ma aveva trovato soltanto il signor Flecker, il quale gli aveva spiegato che la signorina Winfield era stanca ed era appena tornata a casa. Il giovane aveva poi attaccato a parlare della nuova teoria, forse immaginando che il professore ne fosse già al corrente. Non era stato facile seguire quella spiegazione concitata, e il professor Smee non aveva voluto esagerare con le domande, ma da ciò che era riuscito a cogliere Ursula aveva avuto un'idea davvero notevole: se fosse riuscita a provarla, sarebbe stata una scoperta di estrema importanza. Non c'era da stupirsi che avesse un'aria così felice. Tuttavia lo infastidiva che fosse sempre così assorbita dal lavoro. Sarebbe mai riuscita a interessarsi alle persone? A una persona in particolare?

Il dottor Tremlett si avvicinò e, interrompendo il fiume di parole della coniuge, suggerì di spostarsi verso la pista da ballo. Smee appoggiò entusiasta la proposta, per poi scoprire con orrore che era stato messo in coppia proprio con la signora Tremlett, mentre il dottore accompagnava la sua ex allieva. Smee non avrebbe saputo dire quale aspetto della situazione lo contrariasse di più. Non poteva certo essere geloso del vecchio Tremlett – ignorava il fatto che non aveva il diritto di provare gelosia nei confronti di qualsivoglia uomo – e poi si ricordò con una certa soddisfazione un aneddoto frivolo che Ursula gli aveva raccontato a proposito del Bedford College. Una volta il povero vecchio dottore, sovrappensiero, aveva aperto il lucernario invece della porta per uscire dalla classe. «Credeva di essere già in paradiso», aveva esclamato Ursula, ridendo.

Anche dopo che i Tremlett si furono allontanati, Vernon non riuscì a stare solo con la signorina Winfield, poiché gli scienziati non sono una specie a sé stante e quella sera la ragazza, per via della sua bellezza, continuava a ritrovarsi accerchiata da uomini in abito nero. Ursula stessa rimase stupita non tanto dalle attenzioni che le riservavano, quanto dal modo in cui le accoglieva. Si sorprese a conversare con vivacità e scioltezza, una dote che era più nello stile della madre che nel suo; addirittura, sembrava traboccare di felicità a tal punto da riversarla anche nei suoi discorsi. Si stava forse comportando come una sciocca, si chiese in un paio di occasioni, mentre il suo pubblico rideva deliziato alle sue battute. Ma non le importava! E perché avrebbe dovuto? Le interessava soltanto la lettera di Tony.

Sarebbe andata avanti così per tutta la sera se Vernon Smee, spronato dall'ammirazione che Ursula suscitava, non avesse cercato l'occasione di avvicinarla. «Mi permetta di portarla a cena, signorina Winfield», propose, offrendole prontamente il braccio

«Ora che mi ci fa pensare, mi rendo conto che sto morendo di fame!» Ursula gli sorrise piena di gratitudine e continuò a mostrarsi docile, accettando di cenare in un vestibolo appartato, dove il professor Smee aveva individuato due posti a sedere. «Voglio sapere tutto della Foresta Nera», gli disse.

Presero a chiacchierare allegramente, ma ben presto Ursula percepì un certo disagio. Il professor Smee la fissava in modo strano. Senz'altro non c'era ragione di preoccuparsi. In fondo, era un vecchio amico e, inoltre, era sposato. Eppure lei desiderava che la smettesse di guardarla, così abbassò gli occhi per poi rialzarli e controllare se Vernon la stesse ancora scrutando. E, sì, lo faceva. Non poté impedirsi di arrossire poiché, oltre a sentirsi in imbarazzo, in un modo o nell'altro aveva l'impressione di mancare di rispetto a Tony. Iniziò a desiderare che il professor Smee fosse al corrente della sua relazione: doveva informarlo? Se non avesse fatto nomi, il suo segreto sarebbe stato comunque al sicuro. Ma come sollevare l'argomento? Le sembrava un'impresa impossibile.

Quello che disse Vernon le diede il via libera. «Ha un aspetto magnifico stasera», mormorò; parole, tutto sommato, prosaiche, ma pronunciate con un tono che le rese simili a una carezza. «Magnifico e...» Il professore esitò.

«È perché sono molto felice», lo interruppe Ursula senza guardare il suo interlocutore e con una voce appena udibile. «Ci tenevo a raccontarle una cosa.»

«Credo di poter indovinare.» Vernon sorrise. Certo, la sua nuova teoria. In ogni caso, Ursula era così bella quella sera che sarebbe riuscito a sopportare anche un discorso interminabile sul suo lavoro. «Anzi, devo farle le mie congratulazioni.»

«Come fa a saperlo?» Il volto della ragazza era così radioso, così luminoso che gli tolse il fiato, nonostante non si chiedesse quale fosse il reale motivo di quello splendore. Per un curioso parallelismo del destino, aveva la certezza che lei parlasse della sua scoperta quando, invece, si riferiva al suo fidanzamento, proprio come Tony Balestier era stato convinto che Ursula parlasse del suo fidanzamento mentre lei gli raccontava della sua scoperta. «Come fa a saperlo?» ripeté la ragazza, visto che il professore non aveva ancora risposto.

«Me l'ha detto Flecker. È stato indiscreto?»

«Il signor Flecker? Non può averglielo detto lui. Non ne sa niente.»

Lo sconcerto di Ursula era evidente. Vernon Smee cambiò espressione. Se Flecker non avesse potuto comunicargli la notizia, allora la scoperta non c'entrava. Di cosa si trattava? «Non siamo sulla stessa lunghezza d'onda, temo», si affrettò a replicare, cercando di scacciare una terribile apprensione. «Credevo che parlasse del suo lavoro.»

«Il mio lavoro? Oh, no, non è quello.»

Nel tono di Ursula Vernon avvertì un pizzico di divertimento e di qualcosa d'altro che lo fece irrigidire all'istante. Ma che diritto aveva di preoccuparsi? si chiese con tristezza.

Che cosa aveva da offrirle? Proprio lui, che era un uomo sposato.

Lei continuò il discorso con voce stranamente morbida. «Ho scoperto che esiste altro oltre al lavoro. Qualcosa di ancora più straordinario. Immagino che possa intuire di cosa parlo. Solo che non l'ho detto a nessuno... Io... lui...» Si interruppe in preda a un beato smarrimento.

«Sì, adesso capisco. Be', a maggior ragione, devo congratularmi con lei.» Vernon Smee era sbiancato, ma Ursula non se ne accorse. «Mi fa davvero molto piacere che abbia trovato questa felicità. È ciò che desidero per lei.» Era il discorso più difficile che avesse mai fatto e, almeno in quel momento, era sincero.

11.

Sebbene Vernon Smee avrebbe preferito non rivedere Ursula fino a quando non si fosse concesso il tempo di metabolizzare la sconvolgente rivelazione, sentiva che sarebbe stato troppo sconveniente non presenziare al suo intervento la mattina seguente. Tuttavia aveva preso la ferma decisione di non partecipare all'escursione pomeridiana a Dartmoor, nonostante l'avesse attesa con ansia tutta la settimana perché gli avrebbe permesso di passare del tempo con la signorina Winfield. Dopo pranzo avrebbe preso uno dei primi treni per tornare in città. Per altro, non ci sarebbe stato nessuno a casa, grazie al cielo! Charlotte avrebbe passato un'altra settimana dai Todd a Southampton.

La sala riservata al dipartimento B conteneva circa centocinquanta persone ed era quasi tutta piena la mattina dell'intervento di Ursula. Non c'era motivo di lamentarsi, visto che alcune delle migliori conferenze avevano richiamato meno spettatori. In realtà, per usare una metafora scientifica, le dimensioni del pubblico della British Association tendevano a variare in modo inversamente proporzionale alla profondità dell'argomento trattato. Infatti, la maggior parte dei presenti, soprattutto le donne, che consideravano la settimana all'associazione una forma di divertimento travestito da occasione culturale, preferivano gli interventi più popolari. Alcuni di questi «seguaci della scienza» si intravedevano tra il pubblico di Ursula, attratti probabilmente dalle voci che circolavano sulla sua bellezza o sulla sua posizione sociale. Ma c'erano anche chimici di professione, tre o quattro dei quali godevano di grande notorietà. Naturalmente, c'era il professor Lyall Fleming, presidente del dipartimento per quell'anno, con le sue idee antifemministe! Non stupiva che avesse un aspetto severo seduto lì in tutta la sua altezza e imponenza.

L'occasione non richiedeva grandi capacità oratorie, ma l'intervento di Ursula si rivelò chiaro e ben costruito. Aveva una voce perfetta per parlare in pubblico, pensò Vernon Smee mentre si sforzava di prestare un'attenzione spassionata e scientifica. Un paio di volte si chiese se un altro uomo fosse mai stato messo a dura prova come succedeva a lui in quel momento. Fu quasi contento quando la sua ammirazione cominciò a essere minata da qualche critica denigratoria. No, il saggio non era scritto bene: era sempre più faticoso, ingarbugliato, forse a causa dell'eccessivo sforzo dell'oratrice di renderlo comprensibile. Questo stupì Smee, perché il discorso improvvisato di Ursula alla Chemical Society era stato lucido e diretto. Ricordandosi che lei gli aveva raccontato dell'abitudine di rosicchiare le penne quando era nervosa per la stesura di una relazione, fu invaso da una tenerezza improvvisa. Perdio, così non andava affatto bene. Doveva concentrarsi sul lavoro di Ursula e basta.

La prima parte del saggio era dedicata alla descrizione degli esperimenti e dell'errore sconcertante che aveva continuato a prodursi nonostante tutte le precauzioni del caso. Poi, dopo che ebbe parlato a lungo, la ragazza sfoderò una prima idea stupefacente: l'errore non era davvero un errore, bensì un fattore essenziale. Quindi, continuò con la spiegazione, proponendo la sua teoria. Un certo interesse cominciò ad aleggiare nella sala, e i tre o quattro chimici illustri presero addirittura a bisbigliare tra di loro. Alcuni giovani iniziarono a battere le mani, mentre i seguaci della scienza, sebbene troppo ignoranti per comprendere la nuova teoria o anche solo per considerarla tale, si unirono al plauso. A quel punto, Ursula fornì le prove di quanto aveva sostenuto e forse si dilungò troppo perché, quando finalmente si sedette, gli applausi furono piuttosto risicati.

Il professor Lyall Fleming, in veste di presidente, aprì con un breve discorso il dibattito. Disse che avevano ascoltato con il massimo interesse l'esauriente saggio della signorina Winfield e che la sua teoria era alquanto ingegnosa, anche se temeva di non poterla considerare verificata. Tuttavia si sarebbe riservato di offrire le sue osservazioni più tardi.

Seguirono tre o quattro interventi: non solo erano tutti scettici, ma c'era un chiaro clima di ostilità nei confronti della signorina Winfield. Quei chimici uomini si erano inconsciamente risentiti che fosse stata una donna a fare una simile scoperta. Vernon Smee rimase seduto in silenzio, preda di emozioni contrastanti. Non credeva nella teoria di Ursula, ma al contempo desiderava sostenerla. Le critiche che stava ricevendo erano ingiuste, eppure perfino lui si scoprì a provare una certa gelosia, una lieve irritazione. Povero tesoro, si era dimostrata così sicura durante la presentazione. Le donne intelligenti avrebbero mai imparato ad avere un po' di tatto? Forse il loro atteggiamento era dovuto al fatto che si erano formate in un ambiente di *nouveaux riches*.

Alla fine, il professor Fleming si rialzò e corresse la nuova teoria. Il suo giudizio, basato su conoscenze di matematica pura, fu più devastante di quelli che lo avevano preceduto. Al di là delle critiche sostanziali, il suo tono, sebbene cortese, lasciava trasparire un inequivocabile disprezzo. Concluse con un garbato riferimento alla ben nota e non del tutto sgradevole abitudine della gioventù, anzi, se poteva permettersi, delle affascinanti giovani donne, a tirare le conclusioni partendo da basi insufficienti.

Vernon Smee saltò in piedi non appena si accorse che Ursula era arrossita. Con quel suo atteggiamento da principe del foro, riprese le argomentazioni della ragazza e cercò di rafforzarle, ma non riuscì lo stesso a convincere il pubblico. Come poteva sostenere una teoria in cui lui stesso non credeva? Nonostante tutto, Ursula gli aveva rivolto uno sguardo pieno di gratitudine. Forse, per il suo bene, avrebbe fatto meglio ad andarsene da quella sala prima della fine della conferenza, così da riuscire a prendere il primo treno del pomeriggio.

La riconoscenza di Ursula era dovuta in gran parte al fatto che il discorso del professor Smee le aveva dato il tempo di controllare i propri sentimenti. Era amareggiata, ma ancora di più era stupita e soprattutto arrabbiata. Ce l'aveva più che altro con sé stessa; sebbene fosse ancora convinta della validità della teoria, il problema era che i suoi esperimenti, a differenza di quanto aveva immaginato, non erano decisivi. Be', avrebbe dovuto impegnarsi di più, lavorare sugli aspetti matematici in modo da poter tener testa al professor Fleming sul suo stesso terreno. Si rimproverò di essere stata terribilmente negligente. Non avrebbe dovuto esporre la sua teoria finché non fosse stata inespugnabile.

Quella rabbia doveva averla stimolata, perché il suo cappello conclusivo fu tanto incisivo quanto dispersivo era stato l'intero discorso. Si limitò a chiarire uno o due punti che erano stati fraintesi, ma non tentò di rispondere alle critiche dei suoi detrattori. «Per quanto riguarda la sua osservazione finale», disse con un sorriso, «il professor Fleming dovrebbe tenere a mente che la gioventù riprovevole ha quanto meno il tempo di consolidare basi traballanti. Confido che al prossimo incontro dell'associazione le mie saranno abbastanza robuste da sostenere anche...» Ci fu una pausa appena percepibile, durante la quale si udì lo stesso una leggera risatina che mise in imbarazzo il professore. «...le pesanti critiche del professor Lyall Fleming.»

Quando lasciò la sala, l'unico desiderio di Ursula era di tornare subito a Londra e ricominciare a lavorare per ricostruire le basi, ma non poteva farlo perché aveva promesso di raggiungere la madre a Dumdrochie. Non appena arrivò alla residenza del colonnello, capì di essere contenta di quella vacanza: le scoperte scientifiche e amorose erano state più faticose di quanto avesse creduto. Aveva bisogno di un periodo di quiete mentale ed emotiva; quiete interrotta dalla lettera settimanale di Tony, ma che sarebbe stata ancora più turbata senza quel pezzo di carta. Tuttavia, alla fine del mese, grazie alla flessibilità della giovane età, aveva superato la stanchezza e non vedeva l'ora di tornare nel suo laboratorio. Una volta lì, si buttò nel lavoro, sgobbando «come diecimila furie», un'espressione che aveva usato anche in una lettera al suo amato.

Durante l'inverno Ursula ebbe la casa di Lowndes Square tutta per sé quasi come ad agosto perché la madre e il patrigno rimasero al Nord finché la neve non pose fine alla stagione della caccia e, a distanza di qualche giorno, i coniugi iniziarono una serie di visite ad amici dai quali era ancora possibile imbracciare un fucile. Era pur vero che durante la loro assenza alla ragazza era stato assegnato uno chaperon, ma grazie a inverni e inverni di allenamento lei aveva ridotto quella mite accompagnatrice a una nullità.

Forse fu a causa della prolungata solitudine che Ursula scelse quella che i genitori, se lo avessero saputo, avrebbero definito una compagnia assai sgradita. Il suo interesse per la questione del suffragio o, meglio, per le suffragette riprese vigore. Nelle settimane successive all'attacco a cui aveva assistito era stata troppo presa dai suoi affari per prestare attenzione a quelli degli altri. Inoltre, durante il mese di agosto non si erano verificate altre proteste per il diritto di voto, almeno a Londra. E Dumdrochie, troppo distante, veniva raggiunta soltanto da echi lontani del movimento, in particolare sotto forma di imprecazioni da parte del colonnello che leggeva la sua copia del «Times» in ritardo. «Scandaloso, dannazione, assolutamente scandaloso!» era il suo commento quotidiano. «Al governo non sanno cavare un ragno dal buco! Cosa pensano di ottenere le donne d'Inghilterra?»

«Forse vogliono ottenere il voto», aveva suggerito Ursula una volta, pentendosi subito dell'osservazione che aveva condotto il colonnello sull'orlo dell'apoplessia. Per riportare la calma in casa le era toccato ripetere più e più volte di non avere la benché minima intenzione di entrare a far parte della «sorellanza strillante».

Non le risultava difficile fornire quella rassicurazione poiché, lungi dal voler diventare una suffragetta, nutriva per il movimento militante un'avversione tanto forte quanto quella del suo patrigno; anzi, era forse l'unico altro argomento, oltre all'odiata nuova ala, su cui si trovavano d'accordo. Anche lei pensava che quella persecuzione dei ministri del Gabinetto fosse disdicevole, e poi quale vantaggio avrebbero potuto trarne le donne? Nondimeno, malgrado la sua evidente disapprovazione, la divertiva l'idea che il primo ministro per recarsi alle riunioni dovesse attraversare passaggi sotterranei o camminare lungo strade sbarrate; pareva che vivesse sotto la costante sorveglianza di poliziotti in borghese e che giocasse a golf guardato a vista dagli ufficiali in uniforme. Quelle suffragette, con la loro passione per le procedure carcerarie, sembravano aver trasformato il primo ministro d'Inghilterra in un uomo in libertà vigilata!

E poi c'era la nuova questione dello sciopero della fame. A iniziarlo, all'epoca dell'ultimo attacco, era stata una suffragetta che si trovava dietro le sbarre per avere scarabocchiato qualcosa sul muro del Parlamento, così aveva letto Ursula. Com'era deprimente pensare che qualcuno potesse essere così ostinato e folle! Le altre dodici donne del raid, tra cui Mary Blake, avevano seguito il deplorevole esempio della compagna, per poi essere liberate dopo pochi giorni con profondo sollievo di Ursula. Nonostante disapprovasse lo sciopero della fame, non riusciva a essere tanto spietata quanto il patrigno, che ringhiava: «Se vogliono morire di fame, che muoiano di fame. Santo cielo, sarebbe una liberazione!». Non che il colonnello, rispetto alla figliastra, fosse capace di una tale insensibilità, perché era uno degli uomini più gentili del mondo. Era proprio questo il fatto: arrivati al dunque, nessuno avrebbe permesso a una donna di morire di fame, cosa che rendeva ancora più meschino il comportamento delle suffragette! Approfittavano dei buoni sentimenti della gente. Se commettevano dei crimini, perché non dovevano subire le stesse punizioni degli uomini?

Alla fine di settembre venne emanato il primo provvedimento che prevedeva l'alimentazione forzata. Ursula ne rimase molto scioccata, ma forse il colonnello aveva ragione: era tutta finzione, un modo per consentire alle suffragette di interrompere lo sciopero della fame e, al tempo stesso, di conservare il proprio orgoglio. Un atteggiamento che le rendeva più infide che mai.

Poi, un giorno, di nuovo in città, si imbatté in un manifesto sull'alimentazione forzata. «Tortura alle donne in prigione», veniva definita e più sotto si esortava a «votare contro il governo». Non era un'immagine piacevole e non sembrava nemmeno un metodo auspicabile per evitare la gattabuia. Anzi, solo a guardarlo a Ursula veniva la nausea, ma dopotutto, ricordò a sé stessa, non c'erano prove che una pratica simile venisse davvero utilizzata. Il manifesto era stato distribuito dalle suffragette a scopo propagandistico e le loro esagerazioni erano ormai note. Eppure si sentiva a disagio. Era orribile pensare che Mary Blake avesse subito un trattamento che si avvicinasse anche solo lontanamente a quell'immagine. Doveva informarsi al riguardo.

Ogni giorno, i giornali apparivano sistematicamente sul tavolo della biblioteca di Lowndes Square e Ursula li studiava con rinnovato interesse: non contenevano alcun riferimento alla pratica dell'alimentazione forzata; addirittura, i più importanti quasi non menzionavano il suffragio. Com'erano bravi a nascondere la testa sotto la sabbia! Pensavano forse che, ignorando la questione, questa sarebbe scomparsa come se non fosse mai esistita? si domandava Ursula. Avrebbe letto anche le pubblicazioni delle suffragette. Ma come procurarsele? Non poteva certo dare quell'incarico al maggiordomo, come faceva di solito. «Jenkinson, vorrei che mi procurasse "Votes".» Riusciva a immaginare lo sguardo carico di incredulità che l'uomo le avrebbe rivolto! Del resto, non stupiva che avrebbe potuto sembrargli una richiesta oltraggiosa, visto che anche lei non amava esporsi al sospetto della militanza ogni volta che entrava in un'edicola a chiederlo. Ma c'era un rivenditore della WSPU – la Women's Social and Political Union –, una donna anziana e minuta che aveva intravisto spesso fuori dalla stazione di High Street Kensington. Comprarlo passando di lì per caso sarebbe stata la soluzione meno imbarazzante.

Per la passeggiata quotidiana Ursula aveva sostituito l'Embankment con il parco e i suoi allettanti ricordi fin troppo dolci. Il giorno successivo, però, scelse il vecchio percorso per raggiungere High Street Kensington. Il marciapiede era affollato di persone eleganti impegnate negli acquisti natalizi, ma eccola lì, l'anziana signora, vicino al canale di scolo con la sua borsa piena di giornali. Sentendosi tremendamente in colpa e a disagio, Ursula le allungò un penny, e il viso della venditrice si illuminò. Forse gli affari andavano a rilento e anche un solo cliente era un grande risultato. «È un numero davvero molto bello; c'è un meraviglioso articolo di Christabel», le disse la signora con un delicato cenno del capo.

Da allora Ursula comprò il giornale con regolarità. Considerava gran parte dei contenuti altisonante spazzatura, ma si imbatteva anche in fatti che catturavano la sua attenzione. In particolare, era rimasta molto colpita dalle esperienze di una donna che veniva da una nota famiglia inglese, una di quelle che persino sua madre non poteva guardare dall'alto in basso. Infatti, sebbene la signora in questione fosse stata davvero cordiale nell'unica occasione in cui Ursula l'aveva incontrata, la ragazza sospettava che gente del genere disprezzasse gli Hibbert e il vecchio gruppo della Marlborough House. E ora scopriva con stupore che quella donna aristocratica e dall'aspetto delicato aveva partecipato a un attacco delle suffragette, era stata arrestata, messa dietro le sbarre e aveva scelto lo sciopero della fame. Dopo due giorni era stata scarcerata senza essere sottoposta all'alimentazione forzata. Non potevano farlo, avevano detto i medici del carcere, perché il suo cuore non era abbastanza forte. "Un martirio da quattro soldi", pensò Ursula sprezzante.

Qualche settimana più tardi si imbatté in altre notizie. La stessa signora era stata arrestata di nuovo, ma sotto le mentite spoglie di una ragazza lavoratrice, non era stata riconosciuta dalle autorità carcerarie e aveva di nuovo fatto lo sciopero della fame. Quella volta, però, erano ricorsi all'alimentazione forzata senza preoccuparsi dello stato del suo cuore, l'avevano umiliata e trattata con estrema crudeltà. Il giorno in cui la sua identità era trapelata, l'avevano rilasciata all'istante.

Quella scoperta fu sconcertante. Era chiaro che il suo patrigno si sbagliava: l'alimentazione forzata non veniva impiegata per semplificare la vita alle suffragette, bensì per complicarla ancora di più, senza contare che la povertà esasperava la pena. Se quella era la tanto celebrata giustizia inglese, allora le donne avevano motivi più che sufficienti per pretendere il diritto di voto!

All'inizio di dicembre si sarebbe tenuto un incontro sul suffragio all'Albert Hall. L'enorme manifesto fuori dall'edificio aveva attirato l'attenzione di Ursula, che decise di partecipare, spinta da una nuova indignazione. Seguendo le istruzioni pubblicate sulle pagine di «Votes», scrisse alla sede centrale per ottenere un biglietto. Rimase un tantino sorpresa quando le venne chiesto di inviare mezza corona, soprattutto perché aveva sentito dire che ci sarebbe stata una colletta, pratica insolita alle riunioni politiche. Quelle suffragette dovevano credere ardentemente nella causa se erano disposte a pagare per avere il privilegio di pagare una seconda volta.

Era una bella serata – le militanti non si vantavano che il tempo fosse sempre dalla loro parte? – e Ursula fu felice di percorrere a piedi la distanza che la separava dal luogo dell'incontro. Era davvero ridicolo, pensava, che quelle della WSPU lo avessero organizzato nel teatro più grande di Londra! Probabilmente volevano solo suscitare clamore, perché non sarebbero mai riuscite a riempirlo tutto. Però, a mano a mano che si avvicinava, si rese conto che forse non era un'impresa così impossibile perché si ritrovò in mezzo a un'immensa folla di gente che andava di fretta. Lei aveva un posto riservato e, dato che era ancora presto, si fermò sul marciapiede di fronte al teatro per osservare i partecipanti in arrivo. Gli autobus si fermavano proprio di fronte a lei e, a turno, scaricavano quasi tutti i passeggeri, mentre nelle vicinanze si notava un continuo andirivieni di carrozze private e taxi che si avvicinavano all'ingresso principale.

Ursula era meravigliata: non si aspettava che alla causa aderissero così tanti membri della classe benestante.

Ma più interessanti dei veicoli erano le persone che la circondavano. La stragrande maggioranza, naturalmente, erano donne in tenute assai variegate. Una fetta importante indossava «capi artistici», piuttosto trasandati, ma affascinanti, o almeno così la pensava Ursula, benché non potesse fare a meno di pensare alla famosa frase: «Oh, libertà, quanti crimini sono commessi in tuo nome!». C'era poi un nutrito gruppo ben riconoscibile, con ogni probabilità di signore di periferia, mamme corpulente e dall'aspetto molto poco intellettuale con le figlie al seguito, esili ma altrettanto poco intellettuali, che indossavano tutte cappelli larghi e lunghi cappotti alla moda dal taglio deplorevole. Ursula immaginò che sotto portassero camicette di seta bianca piene di fronzoli, perché nelle rare occasioni in cui la signora Hibbert l'aveva costretta a seguirla a teatro, osservando la platea e il loggione, li aveva visti riempirsi, fila dopo fila, di donne di quel tipo. Era presente anche un'altra classe sociale con cui Ursula aveva meno familiarità: donne più povere con espressioni giudiziose, visi consunti e mani irruvidite dalla fatica. Indovinò che erano mogli di operai e probabilmente madri di famiglie numerose. Infine, si intravedeva anche una manciata di ragazze lavoratrici, più rumorose e più brillanti delle signorine di periferia, che forse provenivano dalle fabbriche dell'East End. Ma tutte quelle donne avevano una cosa in comune che Ursula, in piedi sul marciapiede, non poté non notare: un evidente entusiasmo e un certo sollievo sul volto. Un'espressione che solo battersi per una causa poteva regalare alle persone, rifletté.

Sebbene gli uomini fossero in minoranza, ne passarono alcuni e Ursula li studiò con attenzione ancora maggiore perché non erano del tipo che vedeva spesso: più anticonvenzionali nell'aspetto in confronto agli amici della madre o agli scienziati che conosceva e più interessanti, non poteva non ammetterlo. Ma erano così strani in città i loro cappotti in tweed e i cappelli di feltro! Poi da un autobus scese un ometto di mezz'età dalla tenuta irreprensibile e dal viso amabile e occhialuto, di cui Ursula non si sarebbe nemmeno accorta se non fosse stato per alcune signore impazienti che si precipitarono subito da lui. Le loro domande concitate suggerivano che fosse una personalità nel mondo del suffragio. Pensava davvero che il governo avesse pagato la multa alla signorina Pankhurst? Quante possibilità c'erano di far uscire Winston? Richieste del genere giungevano alle orecchie di Ursula dalla folla di donne che la circondava. Anche l'autista dell'autobus, come lei, osservava la scena. «Allora, Solomon, non devi andare da nessuna parte?» gridò l'ometto all'improvviso. Ci fu una risata corale a cui si unì anche il conducente.

L'inizio dell'incontro si stava avvicinando e Ursula pensò che fosse meglio entrare. All'ingresso principale, un funzionario, un uomo anziano in abito formale che apriva e chiudeva la porta a vetri, sembrava in uno stato di frenetica indecisione. Mentre Ursula, con qualche difficoltà, saliva i gradini affollati, lui chiuse con decisione la porta e gridò che tutti avrebbero dovuto dirigersi all'altra entrata. Ci furono proteste, comparvero biglietti con l'indicazione INGRESSO PRINCIPALE, ma tutto invano. «Pensavo che fosse stato il generale a organizzare questo incontro!» esclamò una voce vicino a Ursula in tono sorpreso. «Quell'idiota è membro del personale del teatro», replicò un'altra voce femminile. «Sì, ha proprio perso la testa, povero caro! Dovrò mandare un messaggio al generale.» In quel preciso istante dai vetri si intravide una donna bassa e corpulenta con la fascia tricolore parlare con il funzionario in apprensione. Con tutta evidenza, riuscì a tranquillizzarlo, perché lui aprì di nuovo la porta.

Fu l'unico intoppo nella perfetta organizzazione dell'evento. A dir la verità, se non fosse accaduto, Ursula non si sarebbe nemmeno accorta che dietro ci fosse un'organizzazione, perché tutto filava liscio, in modo naturale. Le hostess appostate a pochi metri di distanza l'una dall'altra la guidarono in mezzo alla folla in continuo movimento fino al suo posto, su cui era appoggiata una piccola tessera del donatore con sopra una matita verde.

Ursula si guardò intorno incuriosita. Considerando che si era parlato di tutto esaurito, notò più sedili vuoti di quanto si aspettasse, ma una donna accanto a lei le spiegò che erano riservati ai titolari di vitalizi. In altri incontri politici, sarebbero stati disposti a cedere i loro posti. «Ma a noi non li lasciano, quei bruti!» sentenziò la signora. Nonostante tutto, la grande sala era uno spettacolo meraviglioso con quella distesa infinita di gente e i volti che si disponevano in cerchi concentrici. Sopra c'erano i palchi stracolmi e infine un gruppo di figure irreali, simile a bambole, che occupavano le piccionaie. Ursula immaginò che fossero venute solo per vedere, perché da quella posizione udire qualcosa era impossibile.

Fragorosi scrosci di applausi, ripetuti più volte nel corso degli interventi che seguirono, annunciarono l'arrivo dei leader. A essere onesti, Ursula giudicò quell'accoglienza immeritata: i discorsi erano buoni, ma non grandiosi come si aspettava. Poi, però, si rese conto che il fatto stesso di riuscire a emozionare diecimila persone senza sfoderare grandi capacità oratorie era di per sé un'impresa titanica.

Per uno dei punti del programma non riuscì a provare altro che un divertito disprezzo. La leader – così veniva definita – doveva decorare tutte coloro che avevano scelto lo sciopero della fame con una medaglia «al valore». La leader stessa, nel suo discorso, aveva menzionato quelle donne in un modo che a Ursula era sembrato pietosamente teatrale. «Oh, dio delle battaglie, arma i miei soldati», aveva gridato tra gli applausi. Tuttavia, quando il corteo di donne in abito bianco attraversò il teatro per avvicinarsi al palco, la naturale curiosità umana spinse Ursula a guardarsi intorno. Ben presto si ritrovò a osservare lo spettacolo scioccata e sbalordita. Voleva urlare, ma allo stesso tempo non ci riusciva. Del resto, non si trattava affatto di una messa in scena. Com'era successo durante la manifestazione, si ritrovò ad assistere a qualcosa di molto reale. Non fu tanto l'aspetto sofferente delle donne a lasciarla senza parole; in effetti, sembravano malate, ma non era la prima volta che Ursula si ritrovava faccia a faccia con la malattia. No, quelle donne, con i loro volti pallidi e affilati, la figura dritta e spigolosa, sembravano... sembravano... non riusciva a esprimere il concetto, finché le sovvenne una parola in particolare, che usavano anche le suffragette. Lei le aveva pure prese in giro per quello, ma era l'unico termine appropriato. Quelle donne sembravano torturate.

Intanto, lo strano corteo di abiti bianchi e volti grigi procedeva verso il palco. Mentre ogni donna riceveva la sua medaglia, il presidente gridava il suo nome. «Mary Blake», udì all'improvviso Ursula, che osservò con ancora più attenzione lo spettacolo. Dov'era Mary Blake? Non poteva essere lei la ragazza che stava ricevendo una medaglia, perché non era bella, anzi, era quasi brutta. La nuova Mary Blake iniziò ad allontanarsi, aggrappandosi allo schienale di una sedia e riuscendo a stento a camminare.

«Quella è la signorina Blake.» Fu la vicina di posto di Ursula a parlare. «Le hanno dato da mangiare con la forza centoquarantadue volte. Avrebbero dovuto liberarla la settimana scorsa, ma l'hanno trattenuta fino a questo martedì per farle pagare lo sciopero della fame. E sapevano che sua madre era molto malata. Non sono delle bestie?»

Ursula non rispose. Anche lei era animata da una sorta di rabbia, non tanto contro i carcerieri quanto contro la suffragetta. Come aveva osato quella ragazza abusare così di sé stessa e rovinare la sua straordinaria bellezza? Era un atto malvagio, criminale! E poi con una madre in punto di morte... Forse Mary Blake non era al corrente delle gravi condizioni in cui versava. Certo, era sorprendente che lei, che tutte quelle donne fossero disposte a sopportare tali sofferenze. In un certo senso era persino meraviglioso, sebbene folle.

A Ursula il resto dell'incontro sembrò di scarsa rilevanza, ma probabilmente la maggior parte del pubblico considerò la colletta il momento culminante. In effetti, non si poteva davvero definire una colletta, perché non c'era niente da raccogliere: il denaro affluiva sul palco, gli assegni venivano gettati nel grande cestino con tale rapidità che alcuni cadevano anche a terra. Gli importi venivano registrati piazzando numeri di cartone in un'enorme cornice, come accadeva sui campi di calcio; alla fine, comparve una cifra a tre zeri. Ursula non aveva intenzione di contribuire – non era abbastanza sicura della propria posizione –, ma si ritrovò suo malgrado a donare dieci sterline. Poteva forse fare di meno dopo che quel gruppo di donne in abito bianco e con il volto grigio aveva già dato tanto e ora stava elargendo anche denaro?

Eppure, una volta tornata a casa, si pentì della donazione. Benché, infatti, ammirasse le suffragette, non le approvava. C'era davvero bisogno di quelle misure estreme, di tutto quel rumore e quella violenza? Il diritto al voto sarebbe arrivato senza dubbio con la graduale emancipazione femminile. Perché tanta fretta?

12.

Il Natale non era una festività guardata con favore al civico 57 di Lowndes Square. Ursula lo considerava un'inutile interruzione del lavoro, allorché la signora Hibbert si lamentava delle spese e dichiarava di voler fondare una società per la soppressione di Babbo Natale. Senza dubbio, i regali della servitù sfuggivano al controllo insieme a una quantità non trascurabile di sterline d'oro e anche a un paio di banconote da cinque, mentre un esercito di insospettabili commercianti si risvegliava dal torpore annuale e reclamava mance in segno di riconoscimento. A peggiorare le cose, in quella stagione la crescente tendenza a produrre album di famiglia si faceva ancora più pronunciata, e in cambio non si riceveva la minima gratificazione poiché le delizie del Natale tradizionale, dal tacchino alle tortine di frutta secca, passando per il pudding alle prugne, erano di necessità riservate ai meno abbienti. A coloro che mangiavano sempre più di quanto fosse salutare l'allegria del periodo natalizio portava solo uno sgradevole senso di sazietà.

Agli occhi di Ursula e dei genitori, l'unico aspetto che riscattava quella stagione deprimente era il reciproco scambio di doni. Il devoto colonnello comprava sempre alla moglie qualche articolo di gioielleria, e la signora Hibbert non nascondeva mai la propria passione selvaggia per le pietre lucenti. Dal canto suo, ogni anno offriva al coniuge una scatola di sigari: in genere un regalo discutibile da parte di una donna, ma in quel caso immune da ogni possibile critica. Il colonnello era, infatti, solito affermare che avrebbe «difeso le scelte di Vi in fatto di tabacco di fronte a qualsiasi altro uomo, perbacco!». E questa era un'altra testimonianza del senso pratico che si celava dietro la pomposa frivolezza della signora Hibbert.

Per quanto riguardava lo scambio di regali tra madre e figlia, per parecchi anni aveva procurato scarso piacere a entrambe; sembrava che ognuna avesse la capacità di scegliere sempre qualcosa che l'altra non desiderava. Poi, finalmente, quel Natale Ursula sorridendo allungò alla donna un pacco pesante. Una volta scartato, si scoprì essere l'ultima pubblicazione in lingua tedesca sulla trasformazione degli organismi nitrificanti. Dopo un istante di stupore, la signora Hibbert colse l'allusione, ringraziò la figlia con entusiasmo per quel «mattone» e suggerì di lasciarlo in laboratorio. Lei stessa aveva pensato che fosse un pensiero dolcissimo acquistare per Ursula una borsetta con catenella d'oro, ma per sicurezza sarebbe stato meglio metterla al sicuro nella cassaforte in cui teneva anche i gioielli.

Subito dopo Natale, gli Hibbert ripartirono, diretti verso nuovi campi e riserve di caccia, ma poiché la natura reclamava l'arrivo della primavera per rifornirsi di prede, ben presto il colonnello fu costretto a una pausa forzata dalla sua attività di sterminatore di animali. Ogni anno, la signora Hibbert ne approfittava per portare il marito nel «Sud della Francia», che, in barba alla geografia, nella sua cerchia era sinonimo di Monte Carlo. Di conseguenza, per metà dell'anno la figlia era sempre sola, se si eccettuava l'accompagnatrice soggiogata.

Ma quell'inverno, per la prima volta, Ursula, si sentiva davvero sola. In parte la sua depressione era legata al lavoro, poiché si era prefissata di studiare la sua materia a partire dalle basi di matematica pura che aveva citato Lyall Fleming e si era lasciata prendere dallo sconforto per la propria ignoranza. Si rendeva conto di essersi specializzata in chimica troppo presto. Avrebbe dovuto prendere prima la laurea.

Ma la ragione della sua solitudine era da ricercarsi soprattutto nell'assenza del suo amato. Quando Tony era partito, le aveva detto che l'incarico della commissione governativa sarebbe durato sei mesi. In una delle sue prime lettere, tuttavia, l'aveva informata che il tempo di permanenza in India era stato prolungato fino a otto mesi. Uno dei membri della commissione – «un vecchio parsi matto da legare», come lo aveva definito Tony indignato – apparteneva a una casta così importante che non poteva attraversare il fiume. Di conseguenza, poiché il rapporto doveva essere un lavoro di concerto, il resto di loro, compreso lo sfortunato Tony, avrebbe dovuto redigerlo in India. Con profonda delusione, Ursula, in preda alla nausea, aveva differito da marzo a maggio le sue gioiose speranze di rivedere il giovane. Finché un giorno, poco dopo la partenza della madre per l'estero, arrivò una missiva in cui Tony annunciava un altro cambio di programma. Il suo superiore, Sir Philip Stanley, non aveva intenzione di tornare direttamente in Inghilterra; al contrario, aveva deciso di visitare l'Africa Orientale Britannica e il Capo al fine di affrontare «la controversa questione dell'emigrazione indiana». Non c'era alcuna possibilità di sbrigarsela prima di settembre. Se Ursula lo desiderava – così scrisse il giovane –, lui avrebbe potuto lasciare Stanley una volta conclusa la stesura del rapporto e tornare da lei a maggio, com'era stato stabilito. Tuttavia non era sicuro di potersi sganciare, perché Stanley avrebbe incontrato qualche difficoltà a rimpiazzarlo e, inoltre, non solo lo apprezzava, ma contava molto su di lui. Per di più, il lavoro sarebbe stato interessantissimo e anche importante per il suo futuro.

A quel punto, Ursula crollò. Appoggiando la testa al bancone del laboratorio, si abbandonò ai singhiozzi come non faceva dall'infanzia. Tony doveva tornare a casa a maggio! Non poteva andare avanti senza di lui. Le era impossibile. Ma ancora più impossibile era l'idea che il giovane rientrasse in autunno. Non le interessavano minimamente gli affari di Sir Philip Stanley, però in ballo c'era la carriera di Tony e rinunciare a una simile opportunità avrebbe potuto rovinarla. Era stato carino da parte sua anche solo suggerire la possibilità di tornare da lei e il pensiero che lo avesse fatto era il suo unico conforto.

Da allora in poi si sentì più sola che mai. Forse l'amore per Balestier aveva scombussolato la sua vita emotiva, perché Ursula per la prima volta si accorse di quanti pochi amici avesse. Quell'inverno aveva incrociato a malapena il professor Smee, che non si tratteneva più dopo le serate alla Chemical Society; dunque, non c'erano più state passeggiate insieme fino a casa. All'inizio, la ragazza aveva pensato che si trattasse di una combinazione, ma alla fine si rese conto che il professore la stava evitando di proposito. Probabilmente, immaginava che lei fosse troppo presa dal fidanzamento per volere la sua compagnia. Be', era un comportamento molto stupido da parte sua. Avrebbe anche potuto intuire, vedendola sempre sola, che Tony non era in Inghilterra. A dire il vero, la solitudine la induceva a desiderare di frequentare il professore più di quanto avesse mai fatto prima. Se le fosse stata concessa l'opportunità di parlare un istante in privato con lui, glielo avrebbe detto.

Anche l'interesse umano offerto dalle suffragette sembrava averla abbandonata. A gennaio si erano tenute le elezioni politiche e la WSPU, con la sua solita prolissità altisonante, aveva annunciato una «tregua». Ursula si scoprì insieme divertita e molto grata. Le nuove scoperte sullo sciopero della fame le avevano suscitato una costante inquietudine e, al tempo stesso, la sua avversione per quella pratica e per ogni altra forma di militanza si era inasprita. Quindi poteva smettere di pensare all'intera questione.

Passarono le settimane. Quell'anno il mese di marzo, anziché segnare l'inizio della primavera, riportò l'inverno in tutta la sua severità, tanto che Ursula quasi invidiava la madre che scriveva di crogiolarsi al «sole della Costa Azzurra». Ormai la sua passeggiata quotidiana era diventata più simile a una penitenza. Se il giorno successivo fosse stato ancora così rigido, sarebbe rimasta a casa, si disse mentre camminava lungo l'Embankment un pomeriggio freddo e nebbioso. Notò che su una delle panchine era seduto qualcuno, una rispettabile donna anziana in abito nero. Ci voleva un bel coraggio a starsene all'aperto con quel tempo da lupi!

Ursula passò oltre, ma percorse solo qualche metro prima di voltarsi. Il clima era davvero terribile; inoltre, sembrava che stesse per nevicare. L'anziana era ancora sulla panchina? C'era troppa nebbia per riuscire a distinguerla. A poco a poco, tornò visibile. Doveva essere l'opposto di una salamandra!

Quasi avesse sentito quei commenti, la donna si alzò. Il suo rapido dietrofront l'aveva forse distolta dalle fantasticherie? si chiese Ursula. Ma no, la vecchia signora non aveva nemmeno guardato nella sua direzione e non poteva aver udito il rumore dei passi sul selciato sporco. Quella singolare creatura si stava allontanando o avvicinando? Non fece nessuna delle due cose. Invece, si arrampicò sul parapetto che costeggiava il fiume e, con grande stupore di Ursula, ce la mise tutta per mettercisi sopra in piedi. Intendeva forse proseguire le sue elucubrazioni sul muro? O si trattava di una nuova tattica delle suffragette? D'un tratto, la piccola figura nera scomparve, proprio nell'istante in cui la ragazza udì il rumore di un tuffo.

Disorientata, Ursula era rimasta immobile, ma all'improvviso si mise a correre più veloce di quanto avesse mai fatto. Correndo, sbottonò meccanicamente il lungo cappotto di pelliccia e non appena raggiunse il punto in cui la donna era scomparsa se lo tolse insieme alle scarpe. Che fortuna che fossero semplici scarpe e non stivali! pensò in quel momento. Riuscì a distinguere qualcosa oltre il parapetto. Sì, là sotto, nell'acqua, galleggiava un cappello nero. Si arrampicò anche lei sul parapetto e si tuffò.

Non era la prima volta che lo faceva da una certa altezza, perciò, era abbastanza esperta da non andare a fondo. Prima di raggiungere di nuovo la superficie, afferrò qualcosa... un abito. Per fortuna, la sconosciuta non si dimenava, probabilmente perché era già priva di sensi. Girandola di schiena e tenendola stretta sott'acqua, Ursula riuscì a sorreggerla con un braccio e a darsi la spinta con l'altro per tornare a galla. Che freddo spaventoso! Era così intenso che, quando si era tuffata, non lo aveva nemmeno percepito; piuttosto l'aveva colpita come uno schiaffo. I vestiti pesanti all'inizio le avevano tenuto il corpo al caldo, ma ormai una morsa gelida la stringeva ed ebbe la sensazione che le si fermasse il cuore; riusciva a malapena a respirare. Tuttavia lo sforzo fisico la aiutò: il respiro tornò regolare e con sei bracciate raggiunse il parapetto. Premendo la mano contro il muro ruvido, riuscì a sostenersi. E adesso cosa doveva fare? Scavalcare era impossibile e, anche senza ostacoli, non ce l'avrebbe mai fatta. Per quanto riusciva a vedere in quella nebbia fitta, il parapetto si estendeva a perdita d'occhio. Cominciò a sentirsi un topo in trappola. Non le sarebbe dispiaciuto così tanto se l'acqua non fosse stata ghiacciata. Avvertì un senso di intorpidimento e temette che il suo carico sarebbe scivolato via. Per ripristinare la circolazione, si mise a nuotare con foga senza mai allontanarsi dal muro. Dall'alto la raggiunse un debole rumore. Perché non le era venuto in mente di chiamare aiuto? Provò a rimediare, ma i denti le battevano così forte che dalla gola uscì soltanto un suono rauco.

«Ehilà.» La testa di un ragazzino fece capolino dal parapetto. «Sei in acqua?» Il tono era gentile e informale.

«Dove sono i gradini più vicini?» domandò Ursula ansimando.

«Non tanto distanti; solo un po' più in là. Vuoi uscire?» La testa scomparve, simile a quella di un pupazzo a molla.

Nuotare aveva aiutato Ursula a scaldarsi; solo il braccio con cui sorreggeva l'anziana priva di sensi era freddo. Spostò la donna dall'altra parte e riprese a muoversi. All'improvviso, intravide di nuovo la testa del ragazzino, circa una decina di metri più avanti. Con tutta evidenza, era troppo piccolo per guardare oltre il parapetto senza sporgersi.

«Ti porto il cappotto e le scarpe, signorina?» Sparì di colpo. Forse gli era scivolato un piede.

«Chiedi aiuto», gridò Ursula. Non era sicura se il bambino l'avesse sentita, ma non aveva fiato per urlare ancora. Il peso che sosteneva stava diventando eccessivo e i gradini le parevano troppo lontani. E se il ragazzino l'avesse ingannata? Se non ci fosse stata nessuna scaletta nei pressi? Non appena udì un fischio, Ursula tornò a sperare: quel discolo cercava di attirare l'attenzione di qualcuno. E forse aveva ragione anche sui gradini. Se solo la gonna non le si fosse incollata alle gambe... poteva slacciarla e lasciare che fluttuasse via? Annaspando, se la tolse e iniziò a muoversi con maggior scioltezza. Spostò di nuovo la donna e riprese a nuotare con rinnovato vigore. Alla fine, nella penombra, le sembrò di scorgere la fine di quell'interminabile parapetto. Sì, ecco un'interruzione, i gradini. Con un ultimo scatto, li raggiunse.

Il ragazzino la attendeva in cima, saltellando elettrizzato e sbatacchiando la pelliccia e le scarpe; una cadde e, rotolando sui gradini, piombò in acqua. «Prendila, signorina, prendila!» strillò il bambino mentre Ursula tentava invano di issare il corpo esanime sulla scivolosa struttura di ferro. Con suo grande sollievo apparve un uomo – in effetti, prima aveva creduto di sentire delle grida in risposta ai fischi del ragazzino – che buttò a terra la borsa degli attrezzi, si precipitò giù dai gradini e, afferrando il corpo immobile tra le braccia di Ursula, riuscì a issarlo. La ragazza, ormai libera da quel peso, uscì dall'acqua e, tutta gocciolante, seguì lo sconosciuto, un artigiano di mezz'età. Al termine della scala c'era una comoda panchina, vicino a un lampione a gas, su cui l'uomo adagiò la vecchia. Il monello cencioso teneva ancora in mano la pelliccia, e a quel punto Ursula decise di infilarsela, per poi pentirsene subito; avrebbe dovuto avvolgerla intorno alla signora svenuta. Eppure istintivamente l'aveva indossata proprio come poco prima se l'era tolta. Del resto, la fortuna di avere qualcosa di asciutto e caldo con cui nascondere la sottoveste era stato il suo unico pensiero. Nemmeno quando vide l'artigiano liberarsi della sua giacca malandata per coprire le gambe di quella creatura Ursula provò l'impulso di imitarlo. Entrambi si chinarono per controllare se quella figura immobile respirasse; doveva tentare una respirazione bocca a bocca? Ma in quel preciso istante la donna mosse le palpebre rugose e le aprì per un secondo.

«Starà bene, signora», osservò l'artigiano rallegrato.

Nel frattempo, un poliziotto si era avvicinato con passo

disinvolto e un taccuino in mano, pronto a gestire qualsiasi emergenza. «Cos'è questa? Una festa nel fiume?» esordì tranquillo, inumidendo la matita. «Qualcuno qui conosce il suo nome e il suo indirizzo? E i suoi, signorina?»

«Idiota!» esclamò Ursula battendo il piede a terra. «Non stia lì impalato a chiedere indirizzi. La porti in ospedale, o morirà di freddo. Chiami un taxi!»

Il ragazzino intravide una seconda opportunità da non lasciarsi scappare. «Te ne trovo uno io, signorina», disse compiaciuto prima di sgattaiolare via. L'artigiano lo seguì, lasciando Ursula da sola con il poliziotto furioso. Cercò di apparire dignitosa, anche se era difficile con i ciuffi bagnati che le penzolavano sul viso e una pozza d'acqua che si alimentava ai suoi piedi. Tuttavia la bella pelliccia asciutta faceva un certo effetto e dava a Ursula una lieve ma persistente sensazione di calore. «Ha del brandy?» domandò brusca.

«No.» Il poliziotto, sebbene gretto, non era così disumano come lei immaginava. Dopo aver armeggiato con le cinghie di una coperta arrotolata, la stese sull'anziana, mentre Ursula sfregava le mani gelide della donna con dita appena più calde. Quando udì un improvviso suono acuto, trasalì. Era il poliziotto che suonava il fischietto, ma non avrebbe saputo dire se l'avesse fatto per chiamare un taxi o un collega. Tra un fischio e l'altro, l'agente chiese di nuovo informazioni e quella volta, poiché non sembrava esserci nient'altro che potesse fare, Ursula fu costretta a fornirgli le proprie generalità. «Verrà avvisata quando dovrà presentarsi in tribunale», sentenziò lui alla fine.

«In tribunale?» La mente sconcertata della ragazza riusciva soltanto a contemplare una qualche ricompensa formale per aver salvato una vita. Dopotutto, il suo patrigno aveva ricevuto una medaglia al valore durante la Campagna d'Africa per aver portato in salvo il suo colonnello. «Intende dire a Buckingham Palace?»

«Buckingham Palace!» Toccò al poliziotto restare senza parole. «No, intendo proprio il tribunale, a Bow Street. Quando verrà accusata, sa.» Indicò con il pollice la donna distesa. «Lei sarà una testimone chiave!»

Ursula non riusciva ancora a capire. «Ma perché mai dovrebbe essere accusata?» domandò a mezza voce.

«Tentato suicidio. È un reato grave. Ho sentito dire che per legge prevede la pena capitale anche se, naturalmente, non viene mai applicata.»

«Ti impiccano perché hai cercato di ammazzarti!» Nonostante stesse tremando, le venne voglia di ridere. Sembrava di stare in un'opera di Gilbert e Sullivan. «Ma come fa a essere sicuro che questa donna avesse davvero intenzione di suicidarsi?» obiettò.

«È improbabile che sia salita su quel parapetto per divertimento, con questo tempaccio!» ribatté il poliziotto sorridendo. «In genere, lo fanno più in giù, lungo il fiume. Ecco il suo taxi, signorina.»

Sembrò dare per scontato che Ursula sarebbe tornata a Lowndes Square, ma lei si oppose con rabbia. Dovevano prima portare la donna al St George's Hospital, dopodiché sarebbe rientrata con un altro taxi. Il conducente si mostrò davvero scontroso quando si rese conto del motivo per cui era stato chiamato. La sua macchina si sarebbe insudiciata tutta, spiegò, e lui non sarebbe riuscito a rimediare nessun'altra corsa per quella giornata. Ursula teneva il portafoglio pieno nella tasca del cappotto; ci infilò la mano e lo trovò ancora al suo posto. A quel punto, l'autista si placò, allettato dal denaro, e anche l'onesto ragazzino se ne andò raggiante. Solo l'artigiano rifiutò le monete che la ragazza gli allungò. «Felice di fare la mia parte, signorina», ribatté educato.

Mentre sollevavano l'anziana in nero dalla panchina, questa aprì di nuovo gli occhi. «Dove sono?» chiese con voce debole e poi ripeté la domanda quando lei, Ursula e il poliziotto erano ormai sul taxi.

«Dov'è? Dov'era prima che causasse un sacco di problemi?» la rimproverò l'agente. «Deve ringraziare questa signorina se è ancora qui.»

All'improvviso, la vecchia signora si mise a piangere. «Io non voglio essere qui. Oh, signorina, so che lei ha agito con le migliori intenzioni, ma perché non mi ha lasciata stare?

A quest'ora, sarebbe già tutto finito.» La voce fu soffocata dai singhiozzi.

«Quanta gratitudine!» Il poliziotto aveva la faccia disgustata. «Non ci faccia caso, signorina.»

Ursula non gli prestò orecchio. Nonostante le condizioni in cui si trovava – prima di allora non aveva mai avuto tanto freddo né si era sentita così a disagio –, aveva sperimentato la piacevole sensazione di fare qualcosa di straordinario, di salvare la vita di un altro essere umano! Ma ora quella bolla di felicità era scoppiata, perché quello stesso essere umano le aveva detto che sarebbe voluto morire. La donna avrebbe preferito sprofondare nel bianco, gelido ignoto, piuttosto che continuare a vivere. Era incredibile! Il mondo era un luogo così meraviglioso e interessante: perché uno avrebbe dovuto desiderare di scomparire? Da qualche parte doveva annidarsi qualcosa di orribile, pensò Ursula con grande lucidità.

13.

Quando si era tuffata nel fiume per salvare la sconosciuta dall'annegamento, Ursula non pensava certo di prendersi il merito per un gesto eroico, ma nemmeno si aspettava una condanna universale. A parte il rimprovero della povera donna e la scoraggiante formalità del poliziotto, sarebbe stato difficile immaginare qualcosa di più orribile dello sguardo di rimprovero che Jenkinson le rivolse quando aprì la porta con un rantolante: «Signorina Winfield!».

Non c'erano dubbi che Ursula avesse un aspetto singolare: non portava il cappello, i capelli spettinati le ricadevano sul viso e senza una scarpa procedeva con andatura zoppicante. «Ho appena tirato fuori una donna dal fiume, Jenkinson», spiegò con disinvoltura.

«Sì, signorina.» A quanto pareva, la spiegazione, anziché stemperare la disapprovazione del maggiordomo, non aveva fatto che rafforzarla. Stando alle parole che pronunciò più tardi, in tutti i suoi anni di servizio non aveva mai sentito dire che le donne a Chelsea si facessero un tuffo nel fiume. E per quanto riguardava la storia del salvataggio, era risaputo che la sfortunata signora caduta in acqua apparteneva a una classe sociale a cui la signorina Winfield non doveva nemmeno avvicinarsi. Tuttavia, nonostante la ragazza avesse dimenticato i comportamenti adeguati alla propria posizione, Jenkinson sapeva benissimo qual era il suo posto. Poteva pure darsi che non gli fosse mai capitato di affrontare una circostanza del genere, ma i gentiluomini e le gentildonne tornavano spesso a casa inzuppati da capo a piedi dopo una piovosa giornata di caccia. Quindi, con deferente solidarietà, disse: «Immagino desideri che informi subito la Denyer di prepararle un bagno bollente. E posso permettermi di suggerirle di bere un bicchiere di brandy e acqua calda? Si dice che sia il rimedio migliore per scaldarsi dopo un tuffo».

Non erano solo i domestici a ritenere che il comportamento di Ursula avesse superato i limiti del decoro. La sua mite accompagnatrice era così agitata che per poco non si sciolse in lacrime. Anche la signora Hibbert, quando seppe dell'incidente, rimase perplessa. «Naturalmente, si è trattato di un gesto splendido da parte tua, tesoro», scrisse alla figlia. «Ma non ti sembra sia stato un tantino inutile? Di certo, il poliziotto, il ragazzino o qualcun altro avrebbe potuto tirare fuori la vecchia dal fiume, no?» La sola menzione di Bow Street bastò a inasprire la disapprovazione. Come si pentiva di aver raccontato il suo comico errore di Buckingham Palace! Il colonnello suggerì addirittura di tornare di corsa in Inghilterra per poter accompagnare la figliastra in un posto così indecoroso. Opponendosi con violenza a quella proposta, Ursula mancò di gratitudine e trascurò la gentilezza, ma sentiva che il calvario che l'attendeva era già di per sé fastidioso in termini di perdita di tempo senza che il colonnello rendesse il tutto ancora più complicato con la sua presenza. Dopo un rapido scambio epistolare, si raggiunse un compromesso: Ursula sarebbe stata accompagnata in tribunale dal signor Joliffe, l'avvocato di famiglia, un corpulento e cortese gentiluomo di mezz'età. A essere onesti, dal modo in cui si comportavano tutti quanti, Ursula si chiese se non avrebbe potuto essere sospettata di avere spinto l'anziana nel fiume, anziché averla tirata fuori. Anche Tony sarebbe stato del parere che l'incidente costituisse un capitolo disdicevole nel suo percorso? Ma sarebbero passate settimane prima che il giovane ricevesse la lettera in cui gliene parlava e mesi prima che lei potesse leggere la sua risposta. Era terribile essere così distanti!

L'insolita irritabilità di Ursula era in gran parte dovuta a un forte raffreddore che l'aveva colpita dopo il suo «tuffo», malgrado il rimedio di Jenkinson. Se il freddo l'aveva fatta ammalare, in quali condizioni doveva trovarsi la signora Bennett? Aveva scoperto che l'anziana si chiamava così. Inviò una richiesta di informazioni al St George's Hospital, ma le arrivò presto la risposta che la paziente era già stata trasferita al carcere di Holloway. Benché stesse troppo male per occuparsi della questione, Ursula rimase ugualmente stupita e indignata. Inoltre, il primo giorno in cui si sentì meglio, le fu recapitata una convocazione ufficiale a Bow Street al processo di Martha Bennett, per il martedì successivo.

Per dovere, Ursula inoltrò la comunicazione al signor Joliffe, che propose di raggiungerla a Lowndes Square il giorno del processo per accompagnarla. Ursula rifiutò, dicendo che lo avrebbe incontrato direttamente a Bow Street. In tal modo, gli avrebbe fatto risparmiare tempo, almeno questa era la scusa che addusse, ma il suo vero obiettivo era arrivare prima di lui per assicurarsi un colloquio privato con Martha Bennett. Le parole di commiato di lei continuavano a disturbarla. Perché avrebbe dovuto dire «Non voglio essere qui»? Qual era il motivo per desiderare che fosse «tutto finito»?

Il tribunale era un edificio più dignitoso di quanto Ursula si fosse immaginata. La facciata in pietra, sebbene sudicia, sembrava solida e rispettabile rispetto all'adiacente quartiere sgangherato di Covent Garden. Un piccolo capannello di gente e due o tre poliziotti se ne stavano in piedi sul marciapiede, mentre l'ingresso squadrato era affollato. Con sua grande sorpresa, nessuno le aveva impedito di entrare e ormai Ursula si guardava intorno meravigliata. Si trovò di fronte due arcate, ma il passaggio che conduceva allo scalone di pietra era sbarrato da una ringhiera, che serviva anche a salvaguardare una carrozzina, fuori luogo in quel contesto, e un armonium sistemato sul lato opposto. Adocchiò un'altra via di uscita dal salone d'ingresso alla sua sinistra, in una struttura di legno a forma di scatola. Proseguendo in quella direzione, la ragazza scoprì che ai due lati c'erano delle porte a battente, da cui entravano e uscivano diverse persone. Un poliziotto che stazionava nelle vicinanze osservava la scena con aria di fredda superiorità. «È possibile vedere una donna di nome Martha Bennett? È arrivata questa mattina dalla prigione di Holloway», domandò Ursula.

La risposta fu negativa e brusca. «La vedrà molto presto sul banco degli imputati.» Prima doveva essere discusso un altro caso. «Ora, per favore, non blocchi il passaggio», la ammonì l'agente sgarbato.

Due panche di legno dipinto erano fissate alla parete dalla parte opposta del corridoio, ai lati del radiatore. Quella a destra era abbastanza piena, mentre sull'altra sedeva solo una giovane con un viso da bambina. Non appena Ursula la raggiunse per sedersi, la ragazza si affrettò a spostarsi per farle spazio, allontanandosi così tanto da schiacciarsi contro le tubature.

«Grazie, ma non ho bisogno di tutta la panca.» Ursula le sorrise. Era doppiamente riconoscente di quella cortesia, dopo l'atteggiamento sprezzante del poliziotto.

La ragazza la fissò quasi stupita. «Oh, sto bene così», replicò ridacchiando, più per il nervosismo che per reale divertimento.

Ursula notò che aveva gli occhi gonfi di pianto, cosa che spiegava l'imbarazzo. «Posso aiutarti?» chiese, sorpresa da quel suo slancio di compassione e dal desiderio improvviso di proteggere la sconosciuta. «Sembri così giovane per essere qui da sola.»

La ragazza la fissò di nuovo, ma non aveva l'aria contrariata. «Nemmeno tu sembri tanto vecchia», ribatté.

Quella risposta ingenua le strappò un sorriso. «Ho ventitré anni e credo di essere molto più grande di te! Inoltre, ho girato spesso da sola.» Poi si rese conto che la sua interlocutrice, nonostante l'aspetto infantile, senza dubbio si guadagnava da vivere, perciò non doveva essere così inesperta come appariva. Cosa faceva? Non era una domestica, perché non ne aveva i modi, e nulla lasciava pensare che fosse un'operaia. Forse lavorava in un negozio. «Se posso fare qualcosa per te, dimmelo», concluse Ursula.

«Molto gentile.» La ragazza ridacchiò ancora senza motivo, ma dal tono si intuiva che le era grata. «Ma non sono qui da sola, c'è un'amica con me. È appena andata a chiedere quando si discuterà il caso che mi interessa. Ecco, è lì che mi aspetta.» Fece una breve pausa. «Grazie comunque.» Prima che Ursula potesse aggiungere altro, si alzò e si diresse verso una giovane dall'aspetto determinato e dalla carnagione scura, con un'espressione al contempo sorpresa e divertita, in piedi in un punto non molto distante, che evidentemente le rivolse qualche domanda sulla conversazione appena avuta con Ursula e udendo la risposta scoppiò in una risata sguaiata. Poi entrambe si avviarono verso la porta. «Manca ancora un'ora buona.» Ursula le udì scambiarsi quell'informazione prima di uscire.

Proprio in quel momento fece la sua comparsa il signor Joliffe, visibilmente sconvolto di trovare la signorina Winfield già in tribunale. «Dev'essere arrivata molto in anticipo», osservò in tono di rimprovero. «Non so cosa direbbe il colonnello Hibbert.» Fece un cenno a un agente, che aprì la porta e li accompagnò in una sala d'attesa vuota. Era lo stesso uomo che in precedenza l'aveva respinta, notò Ursula, e ora si mostrava educato al limite della sottomissione.

Il riconoscimento fu reciproco. «Non era lei, signorina, che voleva parlare con uno dei detenuti? È contro le regole, sa.» Si rivolse a Joliffe come per scusarsi. «Non potevo aiutarla. Glielo spiega lei, signore?»

«No, no, certo che no. La sua richiesta era del tutto anomala, signorina Winfield», disse l'avvocato con una certa severità quando il poliziotto se n'era ormai andato. «L'agente non poteva certo assumersi la responsabilità di farle avere un colloquio con un detenuto.»

«Ma non aveva motivo di essere così scortese», commentò Ursula. «Ora sembra un'altra persona.»

L'avvocato si profuse in scuse sperticate. Sicuramente il poliziotto l'aveva scambiata per una suffragetta. Quelle donne terribili screditavano l'intero genere femminile. Per fortuna, l'annuncio del caso Bennett pose fine a quella filippica anti-suffragio.

Ursula si ritrovò seduta in una specie di banco su un lato

di una grande sala dai muri alti rivestiti in rovere, con un soffitto grigio in gran parte occupato da un lucernario a cupola. Di fronte a lei, sulla destra, campeggiava il seggio del giudice, che puntava a comunicare dignità e autorevolezza attraverso la figura canuta e di bell'aspetto che lo occupava. A sinistra, proprio davanti al giudice, si trovava invece quello che con un brivido riconobbe essere il banco degli imputati, con la sua suggestiva sbarra di ferro. Quasi subito Martha Bennett fu invitata ad accomodarsi, prima che la sbarra fosse riabbassata.

Quella povera vecchia creatura sembrava molto malata; fu questo il primo pensiero di Ursula. In effetti, a malapena riusciva a reggersi in piedi. Era stata una vergogna trascinarla lì in quelle condizioni! Per il resto, aveva un aspetto ordinato e rispettabile proprio come quel pomeriggio lungo l'Embankment, nonostante in quel frangente la cappa nera consunta e l'abito avessero funto da costume da bagno e quasi da sudario. Rispondeva alle domande del giudice con una voce affaticata ma dignitosa che si confaceva perfettamente all'abbigliamento.

Proprio davanti a Ursula, dall'altra parte dell'aula di tribunale, c'era una singolare pedana con un tettuccio di legno piatto. Le fu chiesto di accomodarsi e, non appena la raggiunse, le venne consegnato un volume, mentre un uomo iniziava a blaterare qualcosa che non riuscì a cogliere. Quando il tizio tacque, lei capì che si trattava di una Bibbia e che doveva giurare di dire la verità, nient'altro che la verità. Se anche avesse voluto mentire, di certo una cerimonia di tal fatta non l'avrebbe dissuasa dal farlo.

«Il 5 marzo scorso ha visto l'imputata gironzolare lungo l'Embankment?» le chiese il giudice, che poi ascoltò con grande interesse il breve resoconto di Ursula di quel pomeriggio. Volutamente, la ragazza cercò di non enfatizzare il racconto, senza tuttavia riuscirci del tutto. Infatti le bastò dire «Naturalmente, mi sono buttata», per suscitare mormorii di ammirazione tra i presenti. Quando arrivò al punto in cui aveva raggiunto i gradini, si udì un sospiro di sollievo. «Grazie per la sua lucidissima ricostruzione, signorina Winfield», osservò il giudice alla fine con un cortese cenno del capo. «Senza dubbio, ringraziando la provvidenza, questa sfortunata creatura deve la vita al suo coraggio e alla sua presenza di spirito.»

Era normale che Ursula provasse una sorta di euforia mentre tornava al suo posto, ma le bastò lanciare uno sguardo al banco degli imputati affinché la sensazione svanisse del tutto: a differenza del giudice, lei sapeva che valore la «sfortunata creatura» attribuiva alla propria vita. Inoltre, si rimproverò di non aver detto di più in difesa della signora Bennett. Avrebbe potuto far notare che non esistevano prove inconfutabili di un tentato suicidio. Chissà, magari avrebbero rimandato quella povera vecchia in carcere. Sì, la sua testimonianza era stata un disastro!

Ormai non c'era modo di rettificare. Era già pronto un altro teste, un anziano dai modi gentili e disinvolti. Si trattava di Thompson, un funzionario della polizia, le bisbigliò all'orecchio il signor Joliffe. L'uomo stava spiegando, con frasi stentate e sgrammaticate, che conosceva l'imputata da diversi anni e l'aveva sempre considerata una persona rispettabile. Dalla morte del marito, avvenuta diciotto mesi prima, svolgeva mansioni per il governo: cuciva uniformi per l'esercito e la polizia e altre cose del genere. A quel punto, il testimone consultò un piccolo taccuino che teneva in mano. La retribuzione dell'imputata ammontava a tre penny e tre centesimi per l'orlo dei pantaloni, a fronte di quattro ore di lavoro, a tre centesimi per un paio di staffe delle uniformi da cavalleria, che ci metteva un'ora a confezionare, e a otto penny per un paio di calzoni da equitazione per i quali erano richieste sei o otto ore...

«Ma è scandaloso!»

Ursula si era alzata, nonostante l'angosciato «signorina Winfield!» dell'avvocato Joliffe, che le aveva anche posato una mano sul braccio con fare ammonitorio.

«Non sapevo che si potesse pagare qualcuno così poco! Non c'è da meravigliarsi che volesse farla finita! Sono le persone che stabiliscono prezzi simili a dover essere messe dietro le sbarre!» Quello sfogo sembrava aver ridotto la corte a uno stato di impotenza, finché un usciere si avvicinò con decisione. «In futuro, mi assumerò io la responsabilità di trovare un lavoro adeguatamente retribuito alla signora Bennett!» concluse Ursula prima di sedersi.

Il giudice finse di accarezzarsi il mento per nascondere un sorriso. Era un comportamento inaccettabile, ma quanto era bella quella ragazza, tutta infervorata e con le guance in fiamme! Come la maggior parte dei gentiluomini, dentro e fuori dall'aula di tribunale, il giudice non era insensibile alla bellezza femminile. Inoltre, conosceva il colonnello e la signora Hibbert, cosa che Ursula ignorava, e le diverse storie sull'affascinante figlia che viveva rinchiusa in una soffitta gli avevano fatto venir voglia di conoscerla di persona. Eppure quello sfogo l'aveva spiazzato. Non che facesse la minima differenza. Dopo la testimonianza di Thompson, avrebbe comunque congedato l'anziana imputata. «Molto bene, signorina Winfield, deduco che si occuperà lei del futuro della detenuta. Il prossimo caso.»

Su consiglio del signor Joliffe, Ursula parlò con il funzionario della polizia. Sulle prime Thompson le consigliò di affidare la donna alle cure di un istituto sanitario; avrebbe potuto occuparsi personalmente di trovarle un posto, se lei fosse stata disposta a pagare. «Ringrazia la signorina», disse alla signora Bennett che, con il volto pallido e un'espressione assente, se ne stava in silenzio.

Poi la donna fece un mezzo inchino. «Grazie mille, signorina; grazie, signore.» Dopodiché scoppiò in lacrime. «Ma preferirei andare a casa.»

A quanto pareva, c'erano delle difficoltà. Seguì una conversazione enigmatica al termine della quale la signora Bennett mostrò una borsetta malandata piena di quadratini di cartone. Il funzionario della polizia prese a selezionarli. «Cinque scellini, due, sei, otto», mormorò. «Quattro sterline per tutto. Quella sedia è stata mollata lì.» Abbassò la voce. «Immagino non le interessi correre a prenderla, giusto, signorina?»

Ursula immaginò di dover inseguire una processione di mobili in movimento. Per fortuna, dopo ulteriori spiegazioni capì che il signor Thompson voleva solo quattro sterline per dare una casa alla signora Bennett. Un accordo alquanto economico. Si scoprì sollevata di poter finalmente aiutare l'anziana.

Per via di un appuntamento imminente, il signor Joliffe non faceva che agitarsi impaziente; per assolvere i suoi doveri nei confronti del colonnello Hibbert prima doveva infatti scortare la signorina Winfield in tutta sicurezza fuori dal tribunale. Solo allora avrebbe potuto lasciarla. Una volta in strada, la ragazza rifiutò un taxi di passaggio e così l'avvocato si allontanò con aria sprezzante.

Di nuovo libera, Ursula era intenzionata a tornare subito a Lowndes Square, ma dopo aver percorso qualche metro lungo Bow Street per poco non si scontrò con la ragazza che aveva conosciuto quella mattina che stava tornando in tribunale insieme all'amica e a parecchie altre persone. Il nuovo caso doveva suscitare grande interesse, rifletté Ursula. Perché non fermarsi ad assistere, si disse tutto d'un tratto. Con ogni probabilità, non sarebbe mai più tornata a Bow Street e poi la sua giornata di lavoro era ormai rovinata.

Le porte a battente continuavano ad aprirsi e a chiudersi. Ursula si accodò al flusso di gente, composto soprattutto da giovani uomini, e si ritrovò in piedi in fondo all'aula, in un punto in cui per sua fortuna era poco visibile. Inoltre, il banco degli imputati, tra lei e il seggio del giudice, la schermava ancora di più. L'imputato, di cui distingueva solo le spalle, aveva un aspetto trasandato e indossava un cappotto logoro. Quando il giudice pronunciò la sentenza – «Dodici mesi di lavori forzati!» –, lui si esibì in un goffo inchino. «Grazie, signor giudice», esclamò con voce roca, ma allegra. «Le sono davvero riconoscente. Non è la prima volta che ci incontriamo e probabilmente non sarà l'ultima.»

«È proprio il caso di dire cento di questi giorni», ribatté il giudice con una compostezza che contrastava con il tono dell'uomo. Seguì uno scroscio di risa. Del resto, come faceva la corte a non esprimere il proprio apprezzamento per la battuta di un giudice? pensò Ursula infastidita. Quindi si rivolse a un anziano rispettabile, in piedi accanto a lei, e gli chiese delucidazioni. Cosa aveva fatto il condannato?

«Ha rubato un paio di stivali.»

«Un paio di stivali?» ripeté la ragazza stupita. La sentenza pareva quanto meno esagerata per un simile reato. «Be', io per questa sciocchezza non gli avrei dato dodici mesi di lavori forzati, bensì un paio di stivali!»

«Difficile, signorina.» Il suo informatore si abbandonò a una risata di condiscendenza. «Perché è alla ventitreesima condanna. Ma la punizione non sarebbe stata così pesante se non avesse aggredito un poliziotto.» Una marea di persone in movimento li costrinse a interrompere la conversazione.

Un viavai dalle porte segnalò la chiusura del caso. Ursula cominciava a non sentirsi più tanto a suo agio lì nascosta, schiacciata tra i presenti. Fu allora che notò un piccolo spazio all'estremità di una delle due lunghe panche che occupavano l'aula. Quando alla fine riuscì a prendere posto, il nuovo caso era in pieno svolgimento. Dal punto in cui sedeva, poteva vedere l'imputato di profilo. Tutto sommato, era ben vestito – forse un impiegato comunale – e poteva essere considerato di bell'aspetto. Eppure Ursula provò un'intensa repulsione per lui e si rese conto di preferire il tipo rozzo che aveva occupato il banco degli imputati poco prima.

Fu chiamato il primo testimone – Lily Smith – e Ursula riconobbe la ragazza di quella mattina. Quando l'uomo ebbe biascicato la formula di giuramento, la vide baciare la Bibbia con riverenza. Quella poverina stava addirittura tremando.

«Di cosa si occupa, signorina?» chiese il giudice.

«Sono una prostituta.»

Quello fu forse il momento più incredibile della vita di Ursula. Naturalmente, non era del tutto all'oscuro dell'esistenza delle prostitute, ma non aveva mai pensato davvero a loro. Le sembravano lontane come i mostri a due teste o i neonati senza arti dei quali a volte si parlava nelle riviste scientifiche che leggeva. Ma quella ragazza era come le altre; anzi, sembrava molto più bella.

Era impossibile, si disse Ursula. Doveva trattarsi di un errore.

Anche il giudice pareva sorpreso o forse non aveva sentito la risposta pronunciata a bassa voce. «Di cosa ha detto che si occupa?»

«Sono una prostituta.»

Quella volta non ci fu possibilità di fraintendere, ma a spiazzare Ursula non fu tanto la risposta di Lily Smith quanto la stupefacente tranquillità con cui il giudice prese atto dell'informazione.

«Oh, sì, una prostituta», replicò, come se si trattasse di un impiego come un altro. «E da quanto tempo conosce l'imputato? Due anni?»

Ursula impallidiva sempre di più a mano a mano che la discussione del caso proseguiva; rimase seduta al suo posto, agghiacciata e stomacata dall'orrore. Sapeva che le prostitute esistevano, ma non immaginava che certi uomini potessero viverci insieme e dipendere dai loro guadagni, proprio come l'imputato. Era stata la stessa Lily Smith a denunciarlo.

«Avete avuto una lite, suppongo», disse il giudice con noncuranza. Un impiegato seduto a un tavolo proprio sotto il seggio si alzò e precisò a bassa voce che la lite era legata alla seconda accusa. Il giudice, infilandosi il pince-nez, guardò i suoi appunti. «Ah sì, capisco. Aggressione.» Poi si rivolse a Lily Smith. «Ora ascolterò la testimonianza della piccola. È in aula, immagino.»

Una bambina di nove o dieci anni sedeva sulla panca in prima fila, non distante da Ursula. Un usciere le si avvicinò e, non appena le sussurrò qualcosa che la signorina Winfield non riuscì a cogliere, la piccola scoppiò in lacrime, aggrappandosi alla donna accanto a lei. «Mamma, non lasciare che mi prenda! Non voglio dirglielo.»

Il giudice si mise di nuovo a parlottare con l'impiegato e, al termine della loro conversazione, risuonò un ordine perentorio: «Tutte le donne lascino subito l'aula».

Lì vicino si trovavano due signore con la spilla delle suffragette che avevano già attirato l'attenzione di Ursula. Non appena udirono quell'annuncio, si infervorarono. «Mostruoso!» gridò una di loro. «Sono gli uomini che dovrebbero andarsene, non le donne!»

Il giudice parve infastidito. «Silenzio in aula!» urlò severo.

Come per magia, due poliziotti corpulenti si materializzarono accanto alle suffragette e le scortarono fuori, ancora strillanti, attraversando le porte a battente. Ursula le seguì mentre tutti i sentimenti che provava si trasformavano in confusione e profonda incomprensione. Perché la bambina piangeva? Cosa c'entrava con il caso in corso?

Le due signore indignate erano davanti all'aula e discutevano in tono accesso. Passando, Ursula udì alcune loro osservazioni. «Testimoniare da sola davanti a tutti quegli uomini, povera piccola. Sarebbe ora che anche noi avessimo il diritto di voto!»

Ursula voleva solo uscire all'aria aperta, allontanarsi da quelle oscenità. Probabilmente, era stata una sorta di intontimento a tenerla incollata a quella panca così a lungo. Eppure si ritrovò a esitare. La sua formazione scientifica le impediva di lasciare le questioni risolte solo a metà. «Scusatemi.» Si avvicinò alle due donne. «Non capisco. Qual è il problema della bambina?»

Le suffragette le risposero all'istante, forse perché erano troppo avvezze a parlare di certi argomenti per tenere conto dei sentimenti della ragazza che le aveva interrogate. Fornirono anche alcuni dettagli; una conosceva la madre della bambina. «Una donna così gentile, ho il cuore spezzato!»

No, no, era impossibile! Nonostante Ursula se ne stesse immobile e in silenzio, dentro di sé gridava. Quello era un incubo, non la realtà. Cose del genere non potevano accadere ancora in Inghilterra; appartenevano a paesi selvaggi e si leggevano nei libri di storia. «Come fate a esserne certe? Una storia d'amore con una bambina...» balbettò alla fine. Le si erano sbiancate perfino le labbra.

«Parliamo di violenza sessuale, non di amore!» La suffragetta fece una risatina isterica e si abbandonò ad altre scottanti rivelazioni. «C'è una casa qui vicino. Li chiamano i "bambini caduti"», concluse con amarezza. «E poi si preoccupano di noi militanti!»

Ursula si voltò di scatto. Doveva sedersi perché tremava da capo a piedi. Si accomodò sulla stessa panca su cui aveva preso posto qualche ora prima. Era stato solo quella mattina? Allora il mondo era un luogo piacevole e accogliente, abitato da uomini e donne assennati. In quel momento, invece, era marcio e pullulava di abominevoli oscenità. Le suffragette si riempivano la bocca con il diritto di voto... come se potesse aiutare! Se la gente era così vile e bestiale, niente avrebbe fatto la differenza! Era orribile. Non voleva più vivere. La scienza era morta, inutile. Tutto era contaminato, persino Tony.

Dopo qualche minuto, recuperò la lucidità. In fin dei conti, qualunque cosa dicessero le suffragette, non era sicuro che l'imputato fosse colpevole; almeno, non di quell'abominio. Il caso era ancora *sub iudice.* Finché non fosse stato emesso il verdetto, avrebbe conservato un barlume di speranza.

Mentre se ne stava lì seduta, si accorse di un rumore che fino a quel momento, a causa dell'agitazione, non aveva percepito. Qualcuno, poco lontano, stava piangendo. Sporgendosi in avanti, vide Lily Smith sull'altra panca, con il viso nascosto in un fazzoletto e il corpo scosso dai singhiozzi. La sua amica, la ragazza dall'aspetto sfrontato, le dava leggere pacche sulle spalle nel tentativo di confortarla.

Ursula le osservò un istante per poi sprofondare di nuovo nel suo angolo. Era come se avesse esaurito le emozioni, riusciva solo a sentire che la vita era troppo per lei. Ricordò i particolari della vicenda che aveva udito in aula: Lily Smith aveva denunciato l'imputato; c'era stato un litigio in relazione alla seconda accusa. Rifletté che anche una prostituta doveva avere un codice morale e, a quanto pareva, Lily Smith non poteva accettare che una bambina venisse aggredita. Ma perché, se aveva denunciato l'uomo, avrebbe dovuto piangere in quel modo? Era possibile che tenesse a lui, a quel vile bruto che aveva vissuto con i suoi guadagni e approfittato della sua vergogna? E se le importava davvero di lui, quella cura non era già una forma di riscatto? E l'uomo, per far sì che la ragazza si desse tanta pena per lui, doveva per forza possedere una qualche scintilla che non fosse riconducibile alla malvagità. Che poi «malvagità» era la parola giusta? si chiese Ursula d'un tratto. Un essere del genere più che malvagio era pazzo. Quest'ultimo pensiero le recò un po' di conforto.

All'improvviso, le porte a battente si aprirono. Il caso era chiuso e gli uomini, a cui era stato permesso di fermarsi ad ascoltare in virtù della loro appartenenza al sesso forte, si riversarono fuori dall'aula. Ridevano e discutevano dei particolari succosi del processo. In un'altra occasione, Ursula sarebbe rimasta disgustata dai loro comportamenti, ma in quel momento non riusciva a pensare ad altro che al verdetto. Così, si alzò e si fece avanti. «È colpevole?»

Il giovane a cui si era avvicinata le lanciò un'occhiata bieca. Forse stava per dire qualcosa di sfacciato, o addirittura indecente, ma l'aspetto di Ursula, il suo viso teso e grigio sembrarono frenarlo. Rispose, in tono abbastanza civile, che l'imputato era stato dichiarato colpevole per entrambi i capi di accusa. «Il giudice l'ha condannato a tre mesi di reclusione.» Poi, scuotendo con goffaggine la bombetta, passò oltre.

Ursula rimase a guardarlo mentre in lei l'orrore veniva sovrastato dallo stupore: quell'uomo, che aggrediva le bambine e viveva dei guadagni di una prostituta, aveva rimediato tre mesi di prigione – mesi, non anni –, al termine dei quali sarebbe stato rilasciato. Rappresentava una minaccia, perché era pazzo! E, se non lo era, allora era ancora più pericoloso rimetterlo in libertà! Pensavano forse che tre mesi dietro le sbarre lo avrebbero spaventato e ricondotto sulla via della moralità? Ventitré condanne non avevano certo cambiato il tizio che aveva rubato gli stivali, a cui erano stati dati dodici mesi! Persino il giudice doveva aver perso la testa: erano tutti quanti matti da legare!

Anche le suffragette, ancora nell'atrio, appresero il verdetto. «Tre mesi! Pensano che una bambina non si meriti più di questo! Mi piacerebbe tanto ucciderlo, quel mostro», esclamò una delle due. «Ne parleremo su "Votes". Andiamo subito al Clement's Inn», suggerì l'altra, più composta.

Che assurdità! Eppure Ursula immaginò che fosse un conforto poter fare qualcosa di concreto. Se solo ci fosse riuscita anche lei! Le sembrava impossibile tornare a casa e rimettersi a lavorare nel suo laboratorio in quel nuovo mondo pieno di maniaci e giudici folli. Ma, in fin dei conti, era davvero colpa del giudice? Lui si era limitato ad applicare la legge, che senza dubbio prevedeva quella punizione per un reato simile. Di certo a trascinare in gattabuia la povera signora Bennett non era stato il giudice, bensì la legge. Dunque era la legge stessa a essere folle, o meglio i legislatori. Per non parlare del salario da fame che veniva corrisposto alla vecchia per il lavoro prestato per il governo. Le suffragette avevano ragione: esisteva una qualche connessione tra quelle cose e il voto.

Il poliziotto sullo Strand le rivolse un sorriso stanco quando Ursula gli chiese indicazioni per il Clement's Inn, ma lei era troppo in subbuglio per notarlo e anche per sorprendersi delle dimensioni del quartier generale delle suffragette. Non era chiaro se sarebbe riuscita a vedere la loro leader. Voleva aspettare dentro? A quel punto, le fu aperta una porta.

La stanza era ampia, con una finestra in fondo, da cui filtrava la luce del sole che illuminava una ragazza in ginocchio vestita di blu, circondata e seminascosta da una grande quantità di ombrelli bianchi aperti. Quello spettacolo inaspettato catturò l'attenzione di Ursula. Cosa stava facendo? La ragazza si alzò. Era Mary Blake e non aveva più l'aspetto sofferente dell'ultima volta in cui l'aveva vista; al contrario, era serena e bellissima. Nelle mani aveva corti nastri dai colori vivaci che teneva stretti al petto per non farli cadere; gli ombrelli bianchi a forma di nuvola sembravano quasi fluttuare ai suoi piedi. Alla fine, Mary parlò. «Ti conosco?» chiese.

Ursula si ricompose. «Sì, quella volta, sul treno, mi ha

prestato un numero di “Votes”. Mi ha anche detto che un giorno io...»

D'un tratto il volto di Mary s'illuminò. Lei allungò le mani bianche lasciando cadere a terra quei nastri allegri e banali prima di esclamare: «E tu sei venuta».

14.

Il fatto che Ursula avesse messo piede nel quartier generale delle suffragette non significava che avesse cambiato opinione sulle tattiche usate dalle militanti. A dire la verità, se la «tregua» non fosse stata in vigore, probabilmente non avrebbe azzardato un passo così compromettente. Un paio di giorni più tardi mise le cose in chiaro durante un colloquio con la leader, la grande signora che durante la sua prima visita non era presente. «Penso che la violenza sia uno strumento inutile, la odio», dichiarò.

«Non più di quanto la odi io, signorina Winfield.» La leader sorrise; il viso delicato segnato dal tempo e l'abito che le fasciava la figura minuta enfatizzarono le sue parole. In effetti, sembrava impossibile associarla a qualsiasi forma di brutalità. «Inoltre», proseguì, «tutta la violenza legata alla WSPU è perpetrata contro di noi, non da noi. È forse un gesto violento camminare in tutta tranquillità lungo Parliament Street, o fare una domanda legittima in un incontro pubblico? Eppure, per averci provato, le nostre donne vengono aggredite, buttate a terra e prese a calci. Mia figlia si è ammalata per il trattamento subito. È un gesto violento rifiutare cibo in prigione? No, la violenza sta nella pratica dell'alimentazione forzata, un'abominevole e oltraggiosa forma di brutalità. Ha mai visto qualcuna di noi uscita di prigione dopo uno sciopero della fame?»

«Sì.» Ursula tacque. Si ricordò di quelle donne smunte all'Albert Hall. Inoltre, sebbene non le piacesse essere trattata con sufficienza, c'era una nota stranamente commovente nel tono della leader delle suffragette, rafforzata dalla raucedine e dall'affaticamento per i continui discorsi. In quel momento, Ursula capì perché tutti alla WSPU la idolatravano. Eppure, accorgendosi di essersi lasciata trasportare, la ragazza si ritrasse: le emozioni non erano razionali, si disse con rabbia. Sentiva di essere stata spinta a provare una simpatia fittizia. «Senza dubbio, infrangere la legge, come fanno le suffragette, è una forma di violenza», suggerì.

Con suo grande stupore, quell'accusa venne negata. Secondo la leader, l'illegalità stava dall'altra parte. Gli statuti di Edoardo III, di Carlo I e della regina Vittoria riecheggiarono nelle orecchie di Ursula, il cui atteggiamento si fece ancora più freddo e distaccato. Quell'argomento di difesa era un cavillo; come facevano le persone che commettevano azioni con l'obiettivo deliberato di farsi arrestare a fingere di non aver violato la legge?

Forse la leader aveva percepito la sua ostilità, perché una lieve irritazione si insinuò nella sua voce. Fece una pausa prima di cambiare d'un tratto punto di vista. «Non siamo criminali, ma siamo pronte a diventarlo», dichiarò. «Perché le donne dovrebbero rispettare leggi che non hanno contribuito ad approvare? Io violerei qualsiasi legge di questo paese con un'unica riserva: non recare danno ad alcuna creatura vivente. Finché avrò voce in capitolo alla WSPU, non ci fermeremo. Le donne sanno fin troppo bene quanto valga la vita per distruggerla. Ne hanno pagato il prezzo. Ed è proprio questa consapevolezza che sta alla base del nostro movimento: vogliamo votare per diminuire la sofferenza, l'abuso della vita che vediamo intorno a noi. Ecco perché le chiedo, ed è una richiesta che faccio a ogni donna, di aiutarci.»

Nonostante fossero senza alcun dubbio state pronunciate in occasione di incontri pubblici, come Ursula non faceva fatica a immaginare, quelle frasi la colpirono ugualmente. Di recente, aveva assistito troppe volte all'«abuso della vita» per non avvertire la forza di quell'argomentazione. Tuttavia non era ancora del tutto convinta. «Solo se pensassi che sono state tentate tutte le strade legittime...» replicò esitante.

«Ma noi percorriamo sempre tutte le strade legittime», proruppe la leader. «Il novantanove per centro del nostro lavoro è assolutamente costituzionale. Tutto quello che viene richiesto ai nostri membri è di non supportare il candidato di alcun partito politico alle elezioni parlamentari fino a quando le donne non avranno ottenuto il diritto di voto. Sicuramente può aiutarci in questo, signorina Winfield», concluse sorridendo.

Dato che Ursula non aveva mai avuto in vita sua il minimo desiderio di sostenere un candidato politico, la richiesta dal movimento le sembrò accettabile. Ben presto, sebbene tormentata ancora da qualche dubbio, si ritrovò a firmare una tesserina traforata che sanciva il suo status di membro della WSPU nazionale. La leader pareva soddisfatta: aveva condotto delle indagini accurate e sapeva che una ragazza benestante e nella posizione sociale della signorina Winfield avrebbe potuto essere una risorsa per la causa, per non parlare dei risultati che aveva ottenuto in campo scientifico. Ma a parte questo, l'intuito la indusse a contemplare anche altre possibilità. La signorina Winfield era di bella presenza, possedeva una voce chiara e una mente lucida. In sostanza, aveva tutte le carte in regola per diventare un'oratrice di prim'ordine.

Non a caso, quando Ursula se ne andò, aveva accettato di partecipare a un incontro che avrebbe avuto luogo qualche giorno più tardi. «Serviranno solo poche parole. L'oratrice della serata è la signorina Mary Blake», le aveva spiegato la leader. Inoltre, Ursula aveva acconsentito anche a entrare in un nuovo comitato locale e a scrivere a una decina di scienziati di spicco, tra i quali c'era ancora il professor Smee, per invitarli a firmare un manifesto di suffragio.

«Come ho potuto essere così sciocca?» si rammaricò la ragazza pensando alla sua attività scientifica interrotta.

Quello stesso sentimento fu espresso con ancora maggiore enfasi dal colonnello Hibbert a Monte Carlo, quando la moglie, quasi in lacrime, gli mostrò la lettera con la confessione di Ursula. A dir la verità, il suo vocabolario si fece così colorito da non poter nemmeno essere ripetuto. «Ma George, tesoro...» balbettò la signora Hibbert, «tutto sommato, è vero quello che dice Ursula: di recente le suffragette non sono state poi così scandalose. Non che io approvi la decisione di mia figlia. Anzi, credo che siano creature orribili! Ma la cara Ursula sostiene che, qualsiasi cosa facciano le altre, si atterrà solo ai metodi costituzionali, come li definisce. E poi, George, di questi tempi un sacco di persone rispettabili si dedicano a questo genere di cose. Pensa a Lady Florence Howard.»

«È un mucchio di sciocchezze. Cosa c'entrano le donne con la politica? Che si occupino dei loro affari. Non voglio che Ursula si immischi con quelle idiote urlanti. Punto e basta. Le scriverò per dirglielo.»

Era una fortuna che il colonnello Hibbert non fosse un uomo di penna, perché una comunicazione così formulata avrebbe, con ogni probabilità, suscitato nella figliastra una rabbia pari alla sua. Ma prima che affrontasse lo sforzo necessario, il mondo, e soprattutto l'universo sociale degli Hibbert, fu scosso da un evento che eclissò quasi del tutto i misfatti di Ursula. La notizia inaspettata della morte di re Edoardo li raggiunse al loro arrivo a Parigi, dove la signora si era fermata sulla strada del ritorno a casa ad acquistare i nuovi abiti per la stagione. «Il caro principe!» esclamò, asciugandosi le lacrime con il fazzoletto di pizzo. «È così terribile. Era sempre tanto gentile e pieno di tatto. Per favore, telefona subito alla Maison Fouquet per annullare il mio ordine. Siamo ancora in tempo. Se fosse passato un altro giorno, non avrei potuto fare più niente.»

«Quindi, immagino che possiamo rientrare domani», suggerì il colonnello, tornando dalla sua commissione. Persino la *ville lumière* era molto poco affascinante per la sua mentalità ristretta, anche considerato il fatto che ormai era arrivato alla mezz'età da uomo rispettabile e felicemente sposato. «Non ha senso trattenersi per una settimana, no?»

«Al contrario, ci sono tutti i motivi per restare.» Il tono della signora Hibbert era alquanto sorpreso. «Sai, George caro, non ho un solo straccio nero da mettermi addosso, quindi devo per forza comprare abiti nuovi. Dunque, il fatto che ci troviamo già a Parigi è una coincidenza provvidenziale. Non ho sempre detto che gli inglesi non hanno idea di come gestire il lutto? Persino i vestiti di Bird sono scialbi e orrendi e costano quasi quanto quelli di Fouquet.» Seguirono speculazioni sulla possibile data del funerale reale. Naturalmente, per l'evento avrebbero dovuto essere a casa.

La morte del re non risvegliò in Ursula le stesse emozioni che nella madre. Dissociandosi disgustata dall'effusione giornaliera di adulazioni ed elogi sperticati da parte dei giornalisti, la ragazza prese a rimproverarsi con una severità innaturale. Dopotutto, a differenza della maggior parte della gente, conosceva personalmente il sovrano scomparso. Era pur vero che, dalla sua ascesa il trono, il re aveva onorato Lowndes Square della sua presenza solo un paio di volte, quando Ursula si teneva lontana dalla mondanità, ma nella sua infanzia quell'omone robusto e sorridente le aveva spesso accarezzato la testa, mentre lei, come da richiesta, si esibiva in un odioso inchino al principe. Probabilmente, quella personalità glorificata non nutriva alcun interesse per una bambina imbronciata, così come lei non ne nutriva per il principe, perché Ursula ricordava ancora con quanta rapidità l'uomo riprendesse sempre le conversazioni interrotte con la signora Hibbert. Quanto meno, era stato gentile ad apprezzare la sua mammina, rifletteva. Anche se questo non lo rendeva quella mescolanza di eroe, santo e genio di cui parlavano i giornali, ragion per cui non riusciva a fingere di compiangerlo.

Lungi dal rammaricarsi per la morte del re, Ursula si rallegrò senza riserve per il suffragio. Il silenzio politico in vigore facilitò la formazione del comitato di conciliazione, che doveva redigere e presentare un disegno di legge per il diritto di voto alle donne. Pochi dubitavano che la proposta non sarebbe diventata subito legge, perché i suffragisti, come Ursula, ritenevano che l'anacronismo di donne senza il diritto di voto ma obbligate a pagare le tasse non potesse sopravvivere in un nuovo regno. Persino il giornale militante uscì con un numero intitolato *Pace?* Sì, gli attacchi deprecabili e gli scioperi della fame erano ormai al capolinea, si disse la ragazza esultante.

Fu proprio l'idea che l'agitazione femminile fosse un fenomeno transitorio a convincere Ursula ad abbandonarsi completamente alle pressioni morali della WSPU. Altrimenti, avrebbe continuato a ripetersi che l'attività scientifica era utile al mondo tanto quanto le azioni delle suffragette e, per lei, di gran lunga più interessante. Ma per alcuni mesi, fino a quando il disegno di legge fosse stato approvato, si sarebbe dedicata alla sua promozione. In fondo, negli ultimi tempi, il suo lavoro non aveva dato grandi risultati, anzi, era andato malissimo. In qualche modo, Ursula sembrava aver perso la concentrazione di una volta. Invece di sviscerare formule matematiche, si ritrovò a contare quanti giorni mancavano a settembre! E mentre si dava da fare per il suffragio le sembrava tutto più semplice. Quando era impegnata a parlare agli incontri, a presenziare ai comitati, a scarabocchiare i marciapiedi o addirittura, come Mary Blake, a incollare slogan sugli ombrelli nei cortei, non distoglieva mai il pensiero da Tony. Di conseguenza, mise da parte il saggio per la British Association una volta per tutte: l'avrebbe presentato l'anno successivo, perché se c'era una cosa su cui non transigeva era che non avrebbe più esposto la sua teoria finché non avesse avuto prove inconfutabili.

Se Ursula non si fosse trovata a proprio agio con la nuova attività, sarebbe sempre potuta tornare alla scienza. Ma le supposizioni della leader si erano rivelate corrette: la nuova recluta si trasformò in un'oratrice alla velocità della luce. Al primo incontro delle suffragette, si era sentita male per la paura; avrebbe voluto scrivere un paio di pagine che contenessero argomentazioni ponderate, ma aveva continuato a rimandare l'odiata incombenza e, all'ultimo minuto, qualcosa le aveva impedito di portarla a termine. A quel punto non le restava che improvvisare e sapeva che non ci sarebbe riuscita. Durante il discorso sconclusionato ma sincero e commovente di Mary Blake, aveva continuato a battere i denti terrorizzata.

Pur avendo imparato la frase di apertura a memoria, aveva sperimentato un istante di angoscia nel quale il mondo intero le era parso vuoto. Poi, all'improvviso, si era ritrovata a parlare con scioltezza di fronte a un pubblico interessato. Anche se non se ne rendeva conto, il semplice fatto di essere nuova alla causa era già un vantaggio, perché il suo discorso era privo dei soliti cliché sul suffragio. «Splendido», aveva sussurrato la signorina Blake alla fine, mentre diverse persone si alzavano in piedi per complimentarsi con lei.

Ursula era contenta e sorpresa, ma anche molto insoddisfatta. Poteva fare meglio! Trasferì l'accuratezza che aveva sempre messo nell'attività scientifica al suffragio. Per il suo secondo intervento, non solo scrisse il discorso, ma lo memorizzò parola per parola. Peccato che fu un fallimento. E meritava di esserlo! Non avrebbe ripetuto quello sbaglio, si disse. Si sarebbe limitata a pensare alla struttura del discorso. Chi improvvisava non si fermava mai. Presto, al pari della leader, sarebbe stata in grado di snocciolare statuti e statistiche. Seguirono lezioni di dizione; quindi giunsero le elezioni, una settimana frenetica a «perorare la causa» su palchi traballanti in balia della pioggia battente, un'attività che la aiutò a diventare più sicura di sé stessa. Di lì a poco, si ritrovò a tenere discorsi a eventi minori in sobborghi inaccessibili. Una volta parlò addirittura da un pulpito, e quell'esperienza riscattò le ore di noia infantile sotto il regno di una governante bigotta.

In occasione di un incontro ci fu anche una sorpresa. A Ursula era stato chiesto all'ultimo minuto di sostituire un oratore e al suo arrivo il professor Smee era già seduto tra il pubblico. Lo stupore fu reciproco, e forse anche il piacere, sebbene quello di Ursula fosse più schietto. Dopo quella prima volta, si incrociarono in diversi incontri delle suffragette. Era curioso che il nuovo lavoro, al pari del vecchio, facilitasse la loro frequentazione. La sera in cui tornarono a tarda ora da una riunione a Croydon, Ursula parlò di nuovo di Tony e Vernon Smee la ascoltò con grande interesse, rivolgendole poi una domanda curiosa. «Il suo fidanzato è un suffragista, vero?»

«Oh, certo. O almeno credo che lo diventerà.» La ragazza non chiarì la sua risposta un po' contraddittoria. Il fatto era che in quegli entusiasmanti quindici giorni di agosto passati insieme, lei e Tony non avevano mai sollevato la questione, per quanto quell'omissione fosse incredibile. Ursula non ne aveva fatto menzione nemmeno nelle sue lettere fino al giorno in cui aveva partecipato all'incontro all'Albert Hall. Insomma, per usare le parole di Smee, aveva «immaginato» che Tony fosse un suffragista, nonostante sapesse che disapprovava la militanza.

Erano passati due mesi prima che Ursula ricevesse la risposta del suo amato, e a quel punto aveva dimenticato gran parte del testo della propria lettera. La verità era che Tony non era del tutto d'accordo con la sua posizione. Non era forse un errore per le donne limitarsi a seguire le orme degli uomini? aveva suggerito con prudente vaghezza. A detta sua, nessuna missione era più meritevole di quella che le donne erano state chiamate a onorare. «Ma tesoro, è un argomento troppo vasto da discutere per iscritto», aveva tagliato corto con gentilezza. «Dobbiamo riparlarne con calma quando tornerò a casa. Di una cosa puoi essere certa: qualsiasi movimento in grado di giovare al tuo sesso ha la mia simpatia.»

Ursula si era accontentata e l'argomento non era più stato tirato in ballo. In effetti, come aveva detto Tony, era impossibile portare avanti una discussione con un intervallo di otto settimane tra una lettera e l'altra. Alla fine di marzo si era svolto il processo che l'aveva portata alla decisione impetuosa di aderire alla WSPU. Naturalmente, aveva scritto un resoconto dettagliato a Tony ma, sebbene avesse ricevuto sue notizie per posta, non si era espresso in merito.

Se non era sicura di quale fosse la posizione di Tony, non aveva dubbi su quella del patrigno. Dopo il ritorno del colonnello e della signora Hibbert da Parigi, c'era stato un grosso diverbio. «Se hai partecipato a uno di quegli... attacchi, non disturbarti a tornare a casa», aveva sbottato il patrigno.

Tuttavia, con il passare delle settimane e le militanti che

si «comportavano bene», come diceva lui, il colonnello smorzò i toni. Sua madre, invece, si era dimostrata fin dall'inizio più tollerante di quanto Ursula avesse osato sperare, un atteggiamento dovuto in parte alla mancanza di consapevolezza, perché la ragazza era discreta nelle sue rivelazioni e la povera signora Hibbert non sarebbe mai riuscita a immaginarsi la figlia che passeggiava per Whitechapel con una lanterna appesa all'estremità di un lungo bastone o a tappezzare le strade del West End con volantini di incontri nel cuore della notte.

Ma una sera, quando Ursula tornò a casa, trovò la signora Hibbert seduta tutta sola nel suo boudoir con un'espressione angosciata. Il suo stato d'animo non poteva avere alcun legame con l'incontro della figlia, perché si era trattato di una discussione decorosa tra la leader e il capo del movimento anti-suffragista, una donna di una rispettabilità pressoché grandiosa. «Be', mamma, che succede?» chiese lei alla fine. «Cos'è quell'aria cupa?»

«Sto invecchiando», replicò la signora Hibbert senza voltarsi verso la figlia.

«Tu, vecchia?» Ursula rise di quella risposta inattesa. Le sembrava un'assurdità, vista la bellezza della genitrice. «Come ti è venuta questa idea?»

«Tutta colpa della morte del re.» La donna tremò. Ursula credeva che fosse uno scherzo, ma d'un tratto si rese conto che la madre stava piangendo.

Disorientata, si domandò come qualcuno così lontano dalla loro famiglia come il re potesse toccare le corde più profonde dell'animo materno. Era ovvio che la signora Hibbert pensava ai vecchi tempi, quando lui era ancora principe. Forse con la sua dipartita le sembrava arrivato il momento di voltare pagina, di scrivere la parola fine al capitolo della sua giovinezza. Sì, doveva essere quella la spiegazione. Ma, a ben vedere, sua mamma era cambiata da quando era tornata da Parigi: era meno loquace e più seria. E benché non sarebbe mai stata vecchia, di certo non aveva più l'aspetto straordinariamente giovane di un tempo. Quelle rughe intorno agli occhi prima non c'erano. «Povera mammina!» Ursula le si avvicinò e, aggrappandosi al bracciolo della poltrona, iniziò a rincuorarla. «Devo comprarti uno scialle per le tue povere spalle o un paio di occhiali per gli occhi stanchi? Al colonnello non prenderebbe un colpo? Dov'è stasera?»

«Dov'è sempre! Al club! Come puoi aspettarti che io sia allegra», sbottò la signora Hibbert, «quando vengo lasciata sola tutte le sante sere. Non mi è mai piaciuto vivere in un barile come quel Diogene. Certo, quest'anno non si può tanto far festa, ma se tu fossi come le altre ragazze, avrei almeno la tua compagnia. Era già abbastanza brutto quando te ne stavi sempre rintanata in laboratorio, però almeno ogni tanto uscivi per mangiare. Per quanto ti vedo adesso, potresti anche vivere al polo sud!»

«Che sciocchezze, mamma!» Ursula rise di nuovo. «Adesso non hai forse la mia compagnia?»

«Non sono sciocchezze.» La signora Hibbert riprese il discorso. «Non ho mai la minima idea di dove sei e di cosa fai. Non so assolutamente nulla di te!»

«Sto solo "facendo un po' la suffragetta!", lo sai. Non ne parlo molto perché penso che ti annoierebbe o ti scioccherebbe! Anche se non è mia abitudine fare a pugni con i piedipiatti.»

Nonostante il tono noncurante, la coscienza inferse a Ursula una bella pugnalata, perché sapeva che la madre aveva ragione. La signora Hibbert non sapeva niente di lei. Le riserve sul suffragio non erano importanti, ma che dire di Tony? In qualche modo, dato che non ne aveva parlato sin dall'inizio, le sembrò ancora più difficile farlo in quel momento. Non è che lei e Tony si frequentassero, e le lettere che gli scriveva erano affar suo e di nessun altro. Eppure all'improvviso sentì di avere torto. Sua madre avrebbe dovuto sapere della sua relazione. Inoltre, un po' di eccitazione avrebbe potuto rallegrarla, aiutarla a scrollarsi di dosso quella strana depressione. Ma fu terribilmente difficile intavolare il discorso. Senza pensarci, Ursula si allontanò dalla poltrona della madre, spostandosi verso la mensola del camino e iniziando a esaminare alcune figurine di porcellana di Dresda con finto interesse. Se solo il cuore non avesse battuto così forte... le sembrava quasi di soffocare. «C'è una cosa che non sai di me, mammina cara. Sono fidanzata e presto mi sposerò.»

La signora Hibbert si raddrizzò. «Cosa? E con chi? Spiegami tutto in fretta. Sono preparata al peggio. Un suffragista trasandato? O un piccolo chimico scialbo?»

«Nessuno dei due.» Ursula avvampò. «Si tratta del signor Balestier.»

«Il signor Balestier? Non il mio Balestier! Tony Balestier?» La voce della signora Hibbert si alzò in un progressivo crescendo di stupore. Probabilmente, era la sorpresa più grande della sua vita. «È un tipo molto carino.»

«Lo penso anch'io», farfugliò Ursula divertita.

La madre non fece caso alla risposta. «Tony Balestier è un buon partito», proseguì incredula. «Anche se ora non ha grandi ricchezze, un giorno le riceverà... Ma dove diamine lo hai incontrato, Ursula? Pensavo che fosse in India.»

La ragazza raccontò la storia in estrema sintesi. Era ferita dalle considerazioni venali della madre, tanto quanto la signora Hibbert lo era dalla lunga reticenza della figlia.

Quando Ursula terminò il suo resoconto, la genitrice si abbandonò a una breve risata. «Be', sei una strana ragazza, tesoro. Nascondere così le carte! Se avessi accalappiato una persona non all'altezza, saresti subito corsa a gridare del tuo fidanzamento ai quattro venti!»

«Ma, dato che secondo te ho "accalappiato" una potenziale miniera d'oro, non c'è da stupirsi se ho taciuto.»

L'amarezza nel tono della figlia non sfuggì alla signora Hibbert. «Non disprezzeresti il denaro se non avessi un centesimo», osservò con saggezza. «Tuttavia non ho mai detto che l'unica dote di Balestier fosse il denaro. Lo considero un perfetto modello di virtù. Non ha mai fatto l'amore con me! E poi, oltre ad avere il cervello, è spaventosamente bello. Garbato, intelligente, affascinante, in odore di ricchezza... È così perfetto da far paura. Chissà che fatica essere come lui. Credimi, Ursula, anche se sei mia figlia, e pure un genio, ti considero lo stesso una ragazza piuttosto fortunata.»

«Sì, è vero, sono la ragazza più fortunata del mondo...» A Ursula si spezzò la voce. «Se solo non mancasse così tanto a settembre.»

La signora Hibbert era insieme divertita e meravigliata. Si alzò e diede un tenero bacio alla figlia. «Hai sempre vissuto male le cose, mia cara! Con il morbillo, per poco non ci lasciavi le penne. E poi c'è stata la parotite!»

Se la signora Hibbert era contenta del fidanzamento della figlia, il colonnello lo era ancora di più. «Balestier!» quasi urlò quando la moglie gli diede la notizia. «È un bravo ragazzo come ce ne sono tanti e un discreto tiratore. E poi è un gentiluomo, grazie a Dio, il che è molto più di quanto si possa dire di gran parte degli amici di Ursula. Perbacco, non credevo che la ragazza avesse tanto buonsenso!»

La gratificazione del colonnello fu tale che si convinse a seguire il consiglio della moglie e si astenne dal parlare del fidanzamento in pubblico e dallo scherzarci sopra in privato. «Ursula sta attraversando uno dei suoi momenti difficili», lo avvertì la signora Hibbert. «Ha già dei dubbi perché Balestier non è un poveraccio. Se non stiamo attenti, troverà sicuramente un pretesto per rompere il fidanzamento.»

«Sarò ancora più felice quando si sposerà, visto che il matrimonio sarà con un tipo rispettabile come Balestier!» ringhiò il colonnello angosciato. «Non che io voglia sbarazzarmi della vecchia Ursula», si affrettò ad aggiungere. «Io e lei siamo sempre stati buoni amici, eh! Ma il fatto, Vi, è che le abbiamo lasciato troppa libertà di pensiero e azione. Le farà bene la vita di coppia.»

Nella vita di coppia sarebbe comunque stata Ursula a portare i pantaloni, ma la signora Hibbert non lo disse ad alta voce. Era sua prerogativa lasciare che gli uomini pensassero di essere gli artefici di ogni cosa. Si lamentava con un sorriso della tirannia domestica del marito, mentre il vanto più grande del colonnello era di essere il padrone indiscusso in casa sua. Eppure, in quei tredici anni di vita coniugale, l'unica invariabile conclusione a cui si arrivava ogni volta che i loro desideri entravano in conflitto non collimava con quelle dichiarazioni. «Per quanto riguarda la mia casetta a Dumdrochie», diceva il colonnello agli amici, «c'era spazio soltanto per quattro fucili, non abbastanza per conservare il bottino di caccia, eh!»

Ursula non solo trovò il patrigno sorprendentemente discreto riguardo al suo fidanzamento, ma le sembrò che fosse diventato più ragionevole anche nei confronti del suo impegno per il suffragio. Certo, la rimproverava spesso, rifilandole ogni giorno una nuova marca di pastiglie per la gola, ma non c'era più traccia del vecchio furore. Se la ragazza avesse intuito il motivo della sua quiescenza, non si sarebbe sentita così tranquilla. «Ursula getterà alle ortiche quella dannata faccenda in men che non si dica quando il giovane tornerà a casa», confidò il colonnello Hibbert alla moglie. «Come me, Balestier non sopporta questa buffonata del suffragio. Gliel'ho sentito dire forte e chiaro!»

La signora Hibbert parve sorpresa. «Forse Ursula si rifiuterà di buttarla alle ortiche», suggerì con disinvoltura.

«Ne dubito!» replicò lui ridendo. «Una cosa è certa: è innamorata pazza di Balestier, anche se mi morderebbe il naso se mi sentisse! Quasi non ci è permesso pronunciare il suo nome. Lo considera un dio onnipotente! Non me lo sarei mai aspettato da Ursula. Il fatto è che tutte le donne sono uguali, scienza o non scienza. Non che io ne abbia incontrata una pronta a rimpiazzarti, eh!»

Dato che non aveva ancora avuto modo di conoscere l'opinione di Tony sul suo appoggio alle suffragette, Ursula iniziò a pensare che la lunga lettera in cui gli raccontava di essersi unita alla WSPU, insieme a molte altre, fosse andata perduta. Lui si lamentava infatti di non aver più ricevuto sue notizie da quando era sbarcato in Africa orientale. «So che è colpa della posta e che mi hai scritto, tesoro!» la rassicurò. «Solo che le circostanze rafforzano ancora di più la mia decisione: non andrò mai più all'estero finché non potrò portare anche mia moglie!»

Naturalmente, Ursula non aveva parlato della sua nuova attività solo in quelle prime lettere; ne faceva menzione ogni volta che scriveva. Ormai la WSPU era il suo mondo. Aveva messo da parte l'attività scientifica, benché di tanto in tanto venisse pervasa da un'ondata di nostalgia per il suo laboratorio e desiderasse con tutta sé stessa riprendere il lavoro; ma, per quanto allettante, combinare le due vite sarebbe stato impossibile. E poi non voleva farlo perché l'esperienza in tribunale e quello che aveva appreso fino a quel momento le avevano innescato dentro il fuoco della rivolta. L'entusiasmo contagioso per il lavoro di squadra e l'eccitazione della battaglia erano ulteriori stimoli. Finché le donne non avessero ottenuto il diritto di voto, Ursula sentiva che non avrebbe potuto né voluto dedicarsi ad altro. In ogni caso, sarebbe stata una parentesi breve, si ripeteva per rassicurarsi. Il disegno di legge sarebbe stato approvato in quella sessione e dopo lei sarebbe stata libera di dedicare alla scienza la sua giornata lavorativa e il resto del tempo a Tony.

Il 18 giugno ci sarebbe stata la più grande marcia che avessero mai organizzato, spiegò la leader. Solo mostrando la forza insita nella richiesta delle donne si sarebbero assicurate l'approvazione della proposta di legge. La cooperazione di altri gruppi di suffragio era un riconoscimento del loro lavoro. Clement's Inn era così in fermento che Ursula quasi si dimenticò di cosa fosse una poltrona.

Quando, dopo una delle giornate più impegnative, rincasò a tarda ora, trovò ad attenderla una lettera vergata dall'amato. Com'era confortante e rilassante! La portò in biblioteca per leggerla durante la sua cena solitaria e si accorse che la busta era più leggera del solito; ma la quantità non era nulla paragonata alla qualità! Traboccante di gioia, per aprirla quasi la strappò.

La fissò, troppo sorpresa per continuare a leggere. «Cara Ursula! Dalla lettera che ho appena ricevuto, deduco che ti sei unita alla Women's Social and Political Union. Posso solo esprimere il mio più grande stupore. Come hai potuto prendere una decisione simile senza interpellarmi prima? Non posso dire che tale scelta sia di buon auspicio per la nostra futura felicità insieme. Forse era questo il messaggio che volervi comunicarmi.»

Ursula lasciò cadere la mano che reggeva la lettera, sentendo freddo all'improvviso. Non riusciva a respirare. Come aveva potuto Tony? Proprio lui? Insomma, le era stato impossibile consultarlo, non ci aveva nemmeno pensato, e lui stesso aveva detto che non si poteva discutere di tali argomenti per corrispondenza perché ci sarebbe voluto troppo tempo. Ormai erano tre mesi che si impegnava per il suffragio, mentre la missiva di Tony era appena arrivata. Se avesse aspettato di parlargli, a quell'ora non sarebbe ancora entrata nella WSPU. Era assurdo. Non avrebbe letto la lettera. Ma come poteva non farlo? Alzò di nuovo il foglio e si rese conto di avere gli occhi umidi, perciò si affrettò ad asciugarseli prima di continuare.

«Mi rendo conto», proseguiva Tony, «che una o più delle tue lettere non mi sono arrivate e che magari avrebbero potuto gettare una luce diversa sulle tue azioni, anche se non le avrebbero cambiate nella sostanza. Per rispetto nei tuoi confronti, ho cercato di mantenere una mentalità aperta sull'argomento in modo da poterne discutere con te al mio ritorno, ma sapevi che detestavo la cosiddetta militanza e pensavo che anche tu la disprezzassi. Eppure hai scelto di aderire a una società militante. Sostieni che l'operato della WSPU non sia militante – l'ho notato –, però non puoi essere sicura che rimanga tale, non credi? Forse hai deciso che lascerai la società se la militanza riprenderà vigore. Spero sinceramente che le cose stiano così. Ma, tesoro, non capisci che rischio corri a mischiarti con quelle persone? Non lasciare che questa lettera ti ferisca troppo. Cara, se potessi stringerti tra le braccia anche solo per un minuto, sono sicuro che vedresti tutto dal mio punto di vista.»

Ursula piangeva, quella volta per il sollievo: Tony la amava ancora e non contava nient'altro, almeno così le sembrava. Se solo fossero potuti stare insieme, come diceva lui, sarebbe riuscita a fargli capire la sua scelta. In fondo, Tony era una persona ragionevole. Gli dava solo fastidio essere venuto a conoscenza della sua scelta così all'improvviso.

Forse aveva ragione, avrebbe dovuto interpellarlo. Com'era felice di poter dare la colpa a sé stessa! Dopotutto, lui l'aveva consultata prima di partire per l'Africa orientale, ma aveva avuto anche più tempo a disposizione. Che stupida, avrebbe potuto telegrafargli. Ecco cosa avrebbe dovuto fare, anche se non vedeva come sarebbe riuscita a spiegare la propria posizione in un telegramma! In ogni caso, ne avrebbe mandato uno a Tony subito, il giorno successivo. Gli avrebbe detto che le dispiaceva, non di essere entrata a far parte della WSPU, si intende, perché ne era più che contenta, ma di averlo ferito. Poi avrebbe aggiunto che lo amava e che il Conciliation Bill, il disegno di legge proposto dalla WSPU, sarebbe stato di sicuro approvato; a quel punto la sua affiliazione alla società si sarebbe conclusa. Il Conciliation Bill! Quel nome assunse un ulteriore significato. Sarebbe stato un telegramma lunghissimo, rifletté, e costosissimo, ma non ci poteva fare niente. Forse la signora Hibbert avrebbe chiosato che sua figlia disprezzava il denaro solo perché ne possedeva in quantità.

Spedito il telegramma, Ursula ne ricevette uno in risposta che la rese di nuovo felice. Tuttavia la tensione per il diverbio mancato, unita alla frenesia del suo lavoro, si fece sentire al punto che il colonnello Hibbert rimase piuttosto inorridito dall'aspetto della figliastra quando la incontrò nell'atrio di ingresso una sera in cui il loro orario di rientro a casa coincise. «Hai l'aria di essere esausta, eh, Ursula? Vuoi un whisky e soda?»

Ursula era abbastanza stanca da accettare l'offerta, ma chiese poco whisky e molta soda.

Quando si lasciò cadere sulla poltrona, il colonnello prese a fissarla inquieto. «Sei dimagrita», le disse. «Se continuerai così, non resterà più niente quando il tuo giovanotto tonerà a casa. Non credo di essermi congratulato con te per il fidanzamento e tutto il resto», aggiunse, cambiando d'un tratto argomento. «Ma Balestier è a posto, è uno dei migliori. Quando pensate di arrivare al dunque? Insomma, di convolare a nozze.»

«Uno di noi potrebbe essere un po' ammaccato.» Ursula

rise, con le guance imporporate. «Ma se saremo entrambi in piena forma, il grande giorno sarà quest'inverno. La pazienza non sembra essere una delle virtù di Tony!»

«Non ha tutti i torti. Oggigiorno si critica tanto il matrimonio», proseguì il colonnello, che sembrava stranamente in vena di chiacchiere, «ma ha anche i suoi vantaggi.» Si servì un secondo bicchiere di whisky e soda, mescolati in proporzione inversa rispetto al drink della figliastra. «Ovvio, non è tutto rose e fiori, ma nemmeno restare soli lo è. Trova la persona giusta e non te ne pentirai. Guarda tua madre e me, nonostante lo scandalo che è scoppiato...»

«Quale scandalo?» lo interruppe Ursula stupita.

Il colonnello si raddrizzò. Anche se non era brillo, aveva bevuto abbastanza da sciogliere la lingua. «Non importa», si affrettò a ribattere. «Ho sempre saputo che sarebbe andato tutto bene. Quello che sto dicendo è che io e tua madre siamo sposati da tredici anni e non mi sono mai pentito nemmeno per un istante, che sia benedetta! E credo che nemmeno lei si sia pentita.»

«Sono sicura di no», concordò Ursula con dolcezza. La devozione del colonnello a sua madre l'aveva sempre commossa.

La conversazione si chiuse con un affettuoso «buonanotte».

Forse il giorno successivo, al club, fu proprio l'effetto calmante di quel colloquio a indurre il colonnello Hibbert a scegliere un posto accanto alla finestra per osservare il corteo delle suffragette in avvicinamento, anziché cercare rifugio nelle zone più nascoste dell'edificio, come era solito fare in quelle occasioni.

Si erano raggruppati anche altri signori anziani, che si abbandonarono a prese in giro piuttosto pesanti e a chiacchiere tutt'altro che delicate. La marcia delle suffragette, la cosiddetta Prisoners' Pageant, guidata da Mary Blake, formava il primo contingente e, nonostante le seicento figure in abito bianco con aste d'argento avessero un'aria teatrale, facevano comunque una certa impressione. D'un tratto gli spettatori smisero di sbeffeggiarle.

«Che diamine, sembrano quelle tizie che nei templi si occupavano del culto del fuoco ai tempi dell'antica Roma», suggerì un uomo.

«Le vergini vestali», precisò un altro, che ricordava ancora qualche nozione di classicità.

Ma quello fu solo l'inizio. Seguirono distaccamenti di diverse società, paesi e professioni. Quando passarono le infermiere avvolte nella loro uniforme, il colonnello si sorprese a togliersi il cappello; d'altronde, un militare formatosi in Crimea non avrebbe potuto comportarsi in modo diverso. Il flusso di donne non accennava a diminuire, una schiera dopo l'altra, ancora e ancora, in file di quattro.

«Perdio, sono più di quanto pensassi», esclamò il colonnello, sbigottito.

Uno degli altri uomini controllò l'orologio. «Marciano da un'ora e tre quarti e io non riesco ancora a vedere la fine del corteo. Non c'è stato nemmeno un intoppo. Accidenti, se si sanno organizzare!»

«Temo che stasera non riusciremo a rincasare per cena», si lamentò un terzo uomo.

Il colonnello rimase in silenzio, perché un pensiero improvviso gli attraversò la mente poco reattiva. E se fosse toccato a lui organizzare qualcosa del genere? Si ricordò di una serie di manovre confuse durante le quali i suoi uomini si erano salvati soltanto grazie all'intelligenza dei sergenti. Gli uomini sarebbero forse stati in grado di gestire meglio un corteo simile? E se le donne erano capaci di organizzare una marcia... No, che assurdità! Il colonnello non sapeva quanto la sua forma mentis assomigliasse a quella dei due spazzini che in quel momento osservavano le suffragette sfilare, ciascuna nei propri abiti distintivi: le diplomate, le laureate in medicina e in scienze.

«Be,' Bill, non vedo perché non possano avere una testa come la nostra!» commentò uno degli spettatori rivolto a un altro.

Nonostante avesse prestato grande attenzione, il colonnello non era riuscito a individuare la figliastra in mezzo alla folla che procedeva compatta. L'occhio materno era stato più veloce. Con il pretesto di un giro nel parco, anche la signora Hibbert aveva assistito alla marcia e, volendo, avrebbe anche potuto sfiorare Ursula al suo passaggio. La ragazza, vestita di bianco, reggeva uno stendardo e aveva un aspetto elegante, pensò con orgoglio; non sembrava nemmeno tanto stanca, benché il tragitto da Knightsbridge a Northumberland Avenue fosse molto lungo. Al contrario, c'era qualcosa che la illuminava, un sogno nascosto che le brillava nello sguardo. La signora Hibbert provava la stessa sensazione che Ursula aveva avvertito la volta in cui aveva adocchiato Mary Blake all'attacco al Parlamento.

Quel giorno, la ragazza rincasò tardi perché alla marcia era seguito un incontro all'Albert Hall, ma trovò ugualmente sua madre ad aspettarla. «Oh, mamma, sono contenta che sia finita», esclamò sfiancata prima di afflosciarsi su una poltrona. «Ma abbiamo raccolto cinquemila sterline! Riesci a crederci? Cinquemila! Immagino non ti sia degnata di assistere alla marcia, vero?»

«E invece sì.» La signora Hibbert sfilò gli spilli dal grande cappello della figlia e glielo tolse, così che la ragazza potesse appoggiarsi con più agio allo schienale. «Ti ho vista marciare con la testa fra le nuvole, anche se tu non mi hai notata!» esclamò con un sorriso malizioso. «A cosa stavi pensando, al voto o a Tony?»

«Immagino a entrambi.» Ursula parlò in tono serio. «Penso che sia a causa di Tony che sento di dover provare a rendere il mondo un posto migliore per le altre donne... per le donne che non hanno al loro fianco un Tony!»

15.

Rispetto all'estate precedente, quell'anno Ursula trascorse il mese di agosto in modo molto diverso ma ugualmente poco convenzionale. La si poteva, infatti, trovare in squallidi appartamenti a Margate in compagnia di Mary Blake e di una certa Sarah Burnley, un'operaia del Nord. Il Conciliation Bill, fulcro delle speranze delle suffragette, aveva passato la seconda lettura giusto il mese prima con una maggioranza che andava ben oltre le più rosee aspettative. Solo il ministro del Tesoro si era opposto; da fervente democratico qual era, aveva respinto il disegno di legge perché, a detta sua, concedeva il diritto di voto a un numero troppo esiguo di donne. Al contrario, il primo ministro, anti-suffragista convinto, aveva bocciato la proposta perché emancipava troppe donne e si era rifiutato di dare il proprio contributo per facilitarne l'approvazione.

A nulla servirono altri cortei e una grande manifestazione a Hyde Park. A Clement's Inn serpeggiava la rabbia e il malcontento. Il comportamento del presunto amico della causa infastidiva addirittura molto più dell'atteggiamento di un nemico dichiarato. Tutti chiedevano un ritorno alla militanza, dato che nient'altro avrebbe posto fine alle schermaglie sterili della politica. E poi il forziere di guerra necessitava di essere rimpinguato. Con sua grande sorpresa, Ursula scoprì che gli attacchi tanto impopolari erano l'unico modo efficace per ottenere finanziamenti. Tuttavia la decisione era stata presa: niente militanza finché il disegno di legge non fosse stato respinto. «Votes» si accontentò di stampare una blanda vignetta: «Qualunque cosa faccia o dica, zia Tabitha sostiene che non è la strada giusta». La leader attraversò le Highlands, parlando più volte al giorno, mentre i membri dedicavano le vacanze a «tenere alta la bandiera» in ogni città e villaggio del regno.

Quanto a Ursula, non era soltanto la sua prima campagna estiva, ma anche la sua prima esperienza in un luogo di villeggiatura. D'acchito la spiaggia la lasciò impietrita dallo stupore: non c'era sabbia! Il mare era circondato da una massa compatta di uomini, donne, bambini, cabine, asini, menestrelli, venditori di cocco, dolci e limonate, fotografi, chioschi dei gelati. «Un posto perfetto per noi», osservò soddisfatta la signorina Burnley, che d'istinto scelse il punto migliore per piazzare il loro stand.

Le ragazze ci misero un attimo ad allestirlo, perché avevano portato tutto il necessario: sedie e tavolo pieghevoli di legno, un ombrellone bianco, cartelloni pubblicitari e un mucchio di libri sul suffragio. La signorina Burnley e Mary Blake si occuparono delle pubblicità, mentre Ursula piantava l'ombrellone e sistemava i giornali.

Ben presto si radunò una piccola folla. I menestrelli avevano finito di esibirsi e il nuovo svago fu accolto con favore.

«Hanno un aspetto poco raccomandabile, spero non siano rozzi», sussurrò Mary Blake prima di afferrare una sedia per salirci sopra.

Si scatenò subito un putiferio. La gente voleva godersi le vacanze e nient'altro. Fischi, canzoni popolari e armoniche a bocca sovrastarono completamente la voce soave della ragazza.

«Chiamami, se hai bisogno», le disse Ursula in un sussurro. «Posso farli tacere.»

Ma non ci riuscì, anzi, il chiasso aumentò. Un primo missile fendette l'aria e colpì l'ombrellone. Il secondo, con una traiettoria decisamente migliore, centrò Ursula in piena faccia. Per un caso fortunato, la ragazza lo afferrò, accorgendosi che si trattava di una grossa prugna acerba e decretando con la sua prodezza un istante di tregua, di cui non mancò di approfittare. «Grazie», esclamò allegra. «Con qualcun'altra di queste mi farete risparmiare sulla spesa!

Ed è proprio quello che succederà se le donne otterranno il voto: si abbasserà la spesa pubblica.»

La folla rise della battuta, ma non di Ursula, che così mise a segno un punto. Da quel momento il trambusto da continuo si fece intermittente. Si udirono ammonimenti incoraggianti. «Silenzio, laggiù. Sentiamo cosa ha da dire questa giovane.»

Ursula preferì non sfidare troppo la sorte e, dopo pochi minuti, chiuse il comizio. «Domani, alla stessa ora e con tante prugne.»

Da allora, ci furono miglioramenti quotidiani e il pubblico divenne sempre più numeroso e attento. Dopo quindici giorni, la folla imparò a restare composta, anche se di tanto in tanto ricadeva in comportamenti indisciplinati. In una giornata ventosa, in cui era già difficile farsi sentire, un villano rese l'impresa ancora più ardua con continue interruzioni.

«Mi stia a sentire, signore, non possiamo parlare tutti e due insieme», gridò Ursula gentile, sicura della simpatia degli astanti per la causa. «Quando avrò detto la mia, potrà alzarsi e intervenire.»

L'uomo acconsentì, sebbene con aria imbronciata.

«Ora è il suo turno, ma ha a disposizione solo cinque minuti», spiegò la ragazza prima di lasciare libera la sedia su cui si trovava. Era una piattaforma traballante, soprattutto in caso di vento, ma con la pratica Ursula era diventata un'equilibrista provetta. Perciò rimase sorpresa tanto quanto lo sconosciuto quando questi ci saltò sopra per poi finire di nuovo a terra! Imbarazzato e rosso in volto, provò ancora, afferrando l'asta dell'ombrellone per tenersi in equilibrio.

«Signore e signori, il discorso che abbiamo appena ascoltato, sebbene tenuto con le migliori intenzioni, può essere riassunto con una sola parola: sciocchezze, assolute scio...»

Uno scoppio di risa affogò le parole dell'oratore che con una mano stringeva l'asta dell'ombrellone e con l'altra continuava a premere sulla molla. A poco a poco, con il volto arrabbiato e perplesso, fu ridotto al silenzio proprio dall'ombrellone che si richiuse su di lui, inghiottendolo.

Anche Ursula non poté fare a meno di ridere mentre aiutava lo sfortunato avversario a liberarsi. Nonostante tutto, lui si dimostrò un uomo determinato perché tornò all'attacco e, tutto rigido, riuscì a restare in equilibrio precario senza l'aiuto dell'asta. Poi, infervorato dal suo discorso, si rilassò e abbassò la guardia. «Le donne non possono votare perché non hanno la forza fisica per sostenere il peso delle loro decisioni», gridò, fendendo l'aria con il braccio, un gesto che si rivelò fatale. Dovette aggrapparsi alla spalla di Ursula per non rovinare a terra.

Ci fu un altro scroscio di risa. «In ogni caso, ora una donna ti regge bene», commentò una voce tra la folla.

Ursula si liberò dalla presa, afferrò lo schienale della sedia e mise un piede sul piolo. «Bene, ora è stabile. Ma le restano solo due minuti», mormorò.

L'uomo ricominciò da capo, o meglio si limitò a ribadire quello che aveva già detto.

«Tempo scaduto», lo avvertì Ursula, ma lui non prestò attenzione. «Tempo scaduto», ripeté allora lei, alzando la voce. L'uomo la ignorò e continuò a parlare. La ragazza si chiese cosa dovesse fare per essere ascoltata. Quasi, senza pensarci, lasciò andare la sedia e il loquace oratore finì pancia a terra ai suoi piedi!

La folla scoppiò a ridere di nuovo. Quell'ennesima ondata di dileggio fu troppo persino per lo sconosciuto che, persa ogni sicurezza, si alzò e filò via di soppiatto, lasciando che Ursula riprendesse il proprio posto sulla sedia.

«Dato che le argomentazioni di quel gentiluomo sono cadute insieme a lui, non vi ruberò altro tempo cercando di replicare. Non mi resta che rivolgere i miei più sentiti ringraziamenti a questa sedia!»

Non era solo dal lavoro che Ursula traeva grandi soddisfazioni; anche quel cameratismo, tutto nuovo per lei, le faceva piacere. Come aveva detto una volta a Tony, non aveva mai conosciuto le gioie dell'amicizia prima di allora, ma ormai aveva trovato un'amica in Mary Blake. Anche la signorina Burnley, che all'inizio considerava alla stregua di una terza incomoda, si era conquistata la sua ammirazione, perché quell'umile operaia tessile aveva uno spiccato talento per la pubblicità che rasentava il genio. Era grazie a lei e alle sue doti, più che alle capacità oratorie di Ursula e alla bellezza e toccante sincerità di Mary, che ogni giorno folle sempre più nutrite si radunavano ad ascoltarle. E poi la signorina Burnley era così divertente! I suoi discorsi spiccioli aprivano una porta su mondi nuovi, in cui già a undici anni le ragazzine si guadagnavano il pane, recandosi al mulino con zoccoli e fazzoletto in testa a un'ora in cui la famiglia Hibbert si sarebbe forse coricata per la notte. Ma anche la vita di Mary Blake, figlia di un povero ministro dissidente, era altrettanto sconosciuta per Ursula. Eppure tutte e tre andavano d'amore e d'accordo, a dimostrazione del fatto che la classe sociale non faceva la minima differenza.

Per Ursula la gioia più grande di quel mese trascorso a Margate giunse da un sottile foglietto giallastro, un telegramma in cui Tony la informava di essere salpato. Ogni ora, ogni minuto, ogni secondo che passava era più vicina a lui, e il solo pensiero le faceva venire voglia di ballare dalla felicità! Forse ci avrebbe anche provato se tutte le superfici di quel minuscolo salotto non fossero state coperte da precarie decorazioni. Solo sul caminetto campeggiavano trentanove soprammobili, che un giorno si era messa a contare con aria divertita. «Cosa c'è che non va?» aveva chiesto Sarah perplessa.

Poiché il ritorno di Tony era previsto per il 3 settembre, Ursula si era organizzata in modo da rientrare in città all'inizio del mese. Prima, però, un incontro pomeridiano nel salotto di un'importante signora del posto, che erano riuscite a convertire alla causa, sarebbe stata la degna conclusione di un'entusiasmante campagna estiva. Con grande dispiacere della ragazza, la donna scelse il 2 settembre come giorno della riunione e, dopo un breve consulto con la compagnia di navigazione, la Union Castle Line, Ursula decise di confermare, perché c'erano pochissime possibilità che la nave di Tony arrivasse prima della data prevista. A quel punto, gli inviti per l'incontro con la signorina Winfield come oratrice vennero spediti ad alcune personalità locali.

Il 2 settembre, mentre consumava un pranzo frettoloso rileggendo gli appunti, Ursula si vide consegnare un telegramma dalla padrona di casa: era di Tony, che sarebbe arrivato a St Pancras quel pomeriggio alle sei.

La ragazza balzò in piedi e controllò l'orologio. Sapeva di un treno che partiva da Margate intorno alle due. Ce l'avrebbe fatta a prenderlo? Sì, aveva tutto il tempo.

Per un attimo aveva dimenticato l'incontro. Ovvio che non poteva andarsene, rammentò a sé stessa. Doveva tenere un discorso e non sarebbe potuta rientrare a Londra prima di sera. Pertanto Tony sarebbe arrivato e non l'avrebbe trovata. Era vergognoso!

Se non altro, l'incontro fu un successo, cosa che le diede grande conforto, anche se non quanto l'idea di essere riuscita a prendere il primo dei due treni disponibili per tornare in città. Erano appena le otto e mezzo quando raggiunse Victoria Station. Nutriva l'assurda speranza di trovare Tony ancora sulla banchina, benché non sapesse nulla dei suoi movimenti, ma di lui non c'era traccia, nonostante il viavai di gente. Di sicuro era già stato a Lowndes Square. Ursula fermò un taxi e, una volta arrivata a casa, la cameriera, aprendo la porta, le disse che sì, il signor Balestier era passato circa mezz'ora prima. No, non l'aveva aspettata, ma aveva lasciato un biglietto.

«Me lo dia subito.» Ursula lo aprì con foga.

Tony era deluso, ma non la rimproverava; pensava che il suo telegramma fosse stato consegnato in ritardo. «La tua cameriera dice che sei a Margate – perché proprio a Margate con tutti i posti che ci sono sulla terra? – e che rientrerai questa sera.» Proseguiva spiegando che sarebbe ripassato la mattina successiva, sul presto, per fare colazione insieme al vecchio chiosco.

Be', sarebbe stato bellissimo, ma lei non poteva aspettare

fino al giorno successivo. Era presto, non erano ancora le nove. Ma lui dov'era? In una delle lettere aveva parlato dell'intenzione di tornare nelle sue vecchie stanze a Temple. «Non pagare il taxi, lo riprendo subito», ordinò la ragazza alla cameriera stupita.

Raggiunse Temple in un lampo, anche se poi le ci volle un po' per trovare l'indirizzo di Tony. Sarebbe stato rassicurante riuscire a leggere la lista dei nomi all'ingresso, ma era troppo buio. Tuttavia salì speranzosa diverse rampe di scale. A ogni piano trovò porte chiuse. Come se non bastasse, avevano tutte un aspetto inospitale, più di qualsiasi altra porta avesse mai visto, senza campanello né battente. Come facevano le persone ad annunciare la loro presenza? si domandò. In ogni caso, avrebbe fatto in modo che Tony la sentisse, a costo di gridare dal buco della serratura!

Per fortuna, quella misura estrema non fu necessaria. Sull'ultimo pianerottolo lesse SIGNOR A. BALESTIER in lettere nere e ben visibili su una porta di legno di quercia, che era spalancata e rivelava una porticina interna meno impenetrabile con il consueto battente. Tremando, Ursula lo picchiò e Tony, alto e bello, un vero spettacolo per gli occhi, venne ad aprire all'istante. Era più di quanto avesse osato sperare. «Tony, Tony.»

«Ursula!» Per un istante si dimenticarono tutto, recuperando i dodici mesi di lontananza.

Fu il giovane a intavolare per primo un discorso coerente. «Di sotto c'è qualcuno che ti aspetta?» chiese. «Tua madre?»

«Oh, no, la mamma è a Dumdrochie. Non c'è nessuno con me. Non ti basta la mia compagnia?»

Lui non colse la battuta; al contrario, aveva un'aria stranamente seria. «Ma tesoro, non puoi stare qui tutta sola.»

«Non sono sola», ribatté lei. «Ci sei tu! Perché non mi fai entrare?» Erano ancora in piedi sul ballatoio. Quando il giovane non si mosse, lei rise. «Tony, non avrai mica paura di quella vecchia moralista di zia Grundy? È morta e sepolta da un pezzo, almeno per le suffragette!»

«Ti accompagno a casa.» Si avvertiva una nota di disagio nella voce di Tony. Il giovane prese il cappello di paglia dall'appendiabiti e, voltandosi per aprire la porta d'ingresso, lo lasciò cadere non appena si accorse dell'espressione ferita e stupefatta di Ursula. «Tesoro, non penserai per caso che io non voglia averti qui con me.» Il tono che usò e ancora di più il bacio che le diede fecero apparire quell'idea assai improbabile!

Ursula era imbarazzata, ma al tempo stesso confortata. «Be', penso che tu sia ridicolo! E se non ti mostrassi tanto felice, sarei infuriata!»

Il giorno successivo, la colazione al chiosco servì a calmare le acque tra di loro, benché fossero entrambi troppo occupati per godere a lungo della compagnia reciproca. Poi, il mattino seguente, partirono per Dumdrochie e si gustarono le nove deliziose ore di viaggio insieme. Corrompendo e allungando mazzette a controllori e passeggeri, riuscirono ad assicurarsi uno scomparto tutto per loro, un'impresa ardua su un treno senza divisori. «Chi è lo stupido che li ha inventati?» mormorò a Tony quando, alla fine, comparve qualche intruso.

A Dumdrochie Ursula trascorse la vacanza più felice della sua vita. La sua prima gioia fu sapere che Tony non aveva portato con sé il fucile e, dunque, non sarebbe andato a caccia, malgrado le proteste scioccate del padrone di casa. Un amore che inducesse a rinunciare al diletto non incontrava l'approvazione del colonnello. Lui e i due compagni che formavano la squadra di caccia – non c'era posto per altri ospiti perché la nuova ala non era ancora stata completata – scossero la testa di fronte alla decadenza della gioventù moderna.

Se in precedenza Ursula aveva amato la brughiera, cosa provava a percorrerla con Tony, mentre gli mostrava gli angoli che adorava e i panorami più belli? A volte costeggiavano un argine boscoso con le chiome degli alberi di un rosso intenso e vivido, che digradavano fino a una radura perfetta con piccole rocce frastagliate; più spesso si inerpicavano sulle colline deserte, fatta eccezione per le centinaia di pecore dal muso nero che calpestando e brucando l'erba avevano formato delle piste. Arrivati in cima, si sedevano a respirare l'aria fresca, che di per sé era una gioia, e ad ammirare lo spettacolo di fronte a loro: un grappolo di verdi colline e, più distante, la brughiera, i pochi campi coltivati e boschi punteggiati qua e là da piccoli corsi d'acqua scintillanti, e ancora più lontano il mare con il suo fascino splendente. Poi scendevano con gli abiti umidi e impolverati per aver guadato torrenti e aver scavalcato muretti di pietra, ma assai felici del mondo e l'uno dell'altra.

Eppure fu proprio su uno di quei muretti che si avvicinarono al loro primo litigio, ma anche alla loro unica avventura. Quando lo raggiunsero, Ursula era qualche passo più avanti rispetto a Tony e prese a scavalcarlo senza preoccuparsi troppo perché quel muretto, come gli altri, aveva appigli comodi formati da grandi pietre sporgenti. In cima, però, esitò: sul lato opposto il dislivello era molto maggiore. «È un precipizio, Tony», gridò.

«Aspettami.» Balestier aveva usato un tono perentorio; forse un po' troppo, perché Ursula balzò giù all'istante. Ma la gonna si impigliò in una pietra pericolante e lei rovinò a terra con un tonfo sordo, portandosi appresso gran parte del muro.

In pochi secondi, Tony la raggiunse. «Ti sei fatta male?» le chiese senza fiato.

«No, non credo di essere ferita.» Ursula si stava già rimettendo in piedi, stupita di essere ancora viva; aveva avuto la sensazione che l'intera collina le crollasse addosso. «No, non sono ferita», confermò con maggior decisione, «ma mi siederò un istante.»

Rimasero in silenzio. Benché non si fosse fatta neanche un graffio, Ursula si sentiva molto scossa e anche un po' sciocca. Forse, se non si fosse lasciata sopraffare dalle emozioni, avrebbe prestato più attenzione al suo compagno, così bianco in volto da sembrare la vera vittima dell'incidente.

«È stata tutta colpa della mia orribile gonna», osservò Ursula. «Le gonne sono un vero e proprio handicap. Se potessero indossarle entrambi i sessi, dovrebbero mettersele gli uomini perché sono più forti.»

«Non sarebbe successo se mi avessi aspettato.»

«Tony!» Ursula era stupefatta e arrabbiata non tanto per le parole del giovane, quanto per il suo tono. Non lo aveva mai sentito usarne uno simile prima di allora. «Di certo la tua presenza non avrebbe impedito alla mia gonna di impigliarsi. Semmai, ti sarebbero cadute addosso tutte le pietre.» D'un tratto pensò a ciò che avrebbe provato se fosse davvero accaduta una cosa simile; per la mente le passò l'immagine nauseante di Tony che giaceva disteso sull'erba, privo di sensi, schiacciato e con il viso pieno di tagli. Forse anche lui se l'era immaginata in quello stato. Inoltre, l'incidente era stato causato dalla sua disattenzione; la gonna non si sarebbe impigliata se non avesse avuto tanta fretta. «Mi dispiace, Tony», disse con aria infantile prima di far scivolare la mano nella sua.

Lui però si mostrò implacabile. «La prossima volta mi aspetterai, vero, tesoro?»

«Se dieci tori impazziti mi caricheranno, griderò come una vera signorina indifesa!» lo rassicurò.

Solo facendo appello a una grande fermezza morale Ursula riuscì a godersi la vacanza senza pensare al suffragio. In effetti, disapprovazione di Tony a parte, aveva davvero bisogno di riposo. Cinque mesi di lavoro ininterrotto l'avevano condotta allo stremo delle risorse fisiche. Dopo aver fatto i salti mortali per prendersi una pausa di tre settimane, rimase tuttavia delusa nello scoprire che Tony sarebbe rimasto solo dieci giorni. Il rapporto sull'immigrazione indiana doveva essere presentato il più presto possibile, le spiegò, e lui avrebbe passato quasi tutto l'autunno nella casa di campagna degli Stanley per completarlo. Aggiunse anche che Sir Stanley voleva assumerlo come segretario privato in modo permanente e che lui, con ogni probabilità, avrebbe accettato il lavoro finché non si fosse assicurato un posto in Parlamento.

«Miri al Parlamento?» lo interruppe Ursula sorpresa.

A quanto pareva, era una decisione presa già da tempo. Si sarebbe candidato con i Rivenden, il partito di famiglia. Suo fratello lo desiderava e avrebbe investito il denaro necessario per renderlo possibile. A essere precisi, Claude era il suo fratellastro e c'erano quasi vent'anni di differenza tra di loro. Comunque, era convinto che Tony dovesse per forza candidarsi alle elezioni.

«Ma supponiamo che non ti votino», suggerì Ursula.

Tony liquidò in fretta quell'eventualità. Probabilmente il seggio non sarebbe nemmeno stato contestato: nessuno aveva grandi possibilità di vincere contro un Balestier. Quasi tutti gli elettori erano affittuari della famiglia.

«Ma è immorale!»

Seguì un'accesa discussione. No, non si trattava di influenza illegittima, insistette Tony. La loro gente riteneva che un Balestier potesse rappresentarli meglio di chiunque altro. Del resto, la sua famiglia era in Parlamento da cinquecento anni. Inoltre, Ursula vedeva la cosa sotto una luce sbagliata. Essere deputato non era un vantaggio personale, per questo lui detestava l'idea che i parlamentari venissero pagati. Si sceglieva di sedere in Parlamento – e, imbarazzato, Tony si fece tutto rosso in volto – perché si era mossi dal desiderio di servire lo stato.

«Capisco», rispose Ursula che, in effetti, comprendeva perfettamente la questione. La pensava allo stesso modo in relazione al suffragio, benché in quel caso lei non servisse lo stato ma il suo sesso. Eppure non espresse quell'analogia ad alta voce, visto che aveva deciso di bandire l'argomento durante le vacanze. La sua mente stanca aveva bisogno di riposo e poi, se avesse iniziato a parlarne, non sarebbe più stata capace di fermarsi.

Di conseguenza, non discussero affatto del suffragio, con grande sollievo di Tony. Ursula affrontò il tema solo l'ultimo giorno, in relazione ai suoi piani. «Dopo l'approvazione del Conciliation Bill, sarò libera di tornare a occuparmi di scienza. Non puoi immaginare quanto mi manchi!»

«Sei così certa che il disegno di legge sarà approvato?» Tony e Ursula stavano facendo un picnic su un viottolo erboso tra due alti muri infidi che correvano paralleli al pendio spoglio della collina.

«Non c'è alcun dubbio! La seconda lettura ha ottenuto la maggioranza con centodieci voti a favore.»

Scettico, Tony restò in silenzio. Un giorno, il colonnello Hibbert aveva dichiarato – per fortuna lontano dalle orecchie della figliastra – che il governo poteva anche essere pazzo, ma non così sciocco da concedere il voto alle donne. A detta di Tony, quell'osservazione riassumeva con discreta accuratezza il sentimento condiviso dalla maggior parte dei suoi compatrioti. Se non avesse incontrato Ursula, probabilmente anche lui l'avrebbe pensata così. In ogni caso, benché si fosse sforzato di mostrarsi comprensivo, riusciva a concepire il suffragio femminile solo come un esperimento e per giunta improbabile. Tuttavia, secondo Ursula, il Conciliation Bill avrebbe garantito il diritto di voto solo a un milione di donne; dunque, se la questione si fosse fermata a quel risultato, non avrebbe potuto creare tanti danni. E poi, per quanto riguardava i suoi sentimenti personali, prima la legge passava e meglio era. Ursula non aveva appena detto che avrebbe abbandonato il suo impegno politico per tornare a dedicarsi alla scienza? In cuor suo, Tony avrebbe preferito che lei non si dedicasse né all'una né all'altra cosa; il suo ideale di donna era incarnato dalla figura della madre defunta: una graziosa e gentile casalinga. Eppure si rendeva conto che donne di straordinario talento come Ursula dovevano seguire la propria vocazione, nonostante originariamente sposare una donna eccezionale non rientrasse nei suoi progetti di vita. Comunque, dato che avrebbe senza dubbio sposato Ursula, si sarebbe rassegnato ad avere una moglie lavoratrice. Solo, sarebbe stato meglio se la ragazza fosse rimasta tranquilla nel suo laboratorio di casa, anziché andarsene in giro per il paese a tenere discorsi durante incontri politici.

«Sì, il Conciliation Bill sarà di sicuro approvato entro Natale», rimarcò Ursula, interrompendo bruscamente i suoi pensieri.

«E per allora io avrò completato il mio rapporto», ribatté Tony ridendo. «Non avremo più nient'altro da fare se non sposarci!» Si avvicinò ancora di più a lei proprio nel momento in cui una pecora dal muso nero, intenta a brucare lì vicino con un agnello al seguito, si allontanò di colpo, forse ritenendo che quello non fosse un posto adatto ai piccoli. «Mi sposerai a Natale?»

Ursula, che dalla mattina si sentiva triste all'idea che la permanenza di Tony avesse le ore contate, rispose in tono lugubre: «Sì. Ma arriverà mai il Natale?».

16.

Come aveva previsto, nei mesi successivi alla vacanza Tony Balestier ebbe poco tempo libero da passare con Ursula. La proprietà degli Stanley nello Shropshire era troppo lontana per consentire brevi visite in città; inoltre, Sir Philip, per usare le parole del giovane, era «un peccatore senza dio, a cui piaceva infrangere il quarto comandamento»: lavorava sette giorni su sette e si aspettava che il suo miserabile segretario facesse altrettanto. Finalmente, all'inizio di novembre, giunse un sabato fortunato: il capo ricevette una convocazione e Tony si guadagnò trentasei ore di libertà. Con un estenuante numero di cambi, prese l'espresso da Birmingham e arrivò a Londra a mezzanotte. Aveva già inviato un telegramma a Ursula in cui la informava che l'avrebbe raggiunta la domenica mattina per trascorrere la giornata insieme.

Non gli passò nemmeno per la testa che la ragazza potesse essere già impegnata. Più di una volta, nelle sue lettere, aveva accennato al fatto che rifiutava tutti gli appuntamenti che non riguardassero il suffragio, ma lui non immaginava che tale regola valesse anche per i giorni festivi. A dir la verità, non appena Ursula ricevette il telegramma, ne fu felice, ma al tempo stesso rimase stupita perché il giorno successivo avrebbe dovuto presenziare a due incontri all'aperto. Passando l'ora di cena attaccata al telefono, riuscì a trovare un oratore che la sostituisse all'incontro pomeridiano al Wimbledon Common, ma a quello mattutino al Jack Straw's Castle non poteva mancare perché era la relatrice di punta. Forse, se Tony fosse arrivato in tempo, avrebbe potuto accompagnarla. Non le avrebbe fatto piacere averlo con lei? si chiese. Se da un lato era odioso pensare di perdere anche una sola delle preziose ore insieme, dall'altro l'idea che Tony fosse tra il pubblico durante un suo intervento la rendeva oltremodo nervosa. Inoltre, a parte l'imbarazzo di parlare in presenza del suo amato, temeva che la folla potesse dimostrarsi ostile. Da sola sentiva di essere in grado di affrontare anche un'orda di violenti, ma se Tony avesse cercato di proteggerla? Magari avrebbe perso le staffe e per esperienza sapeva che, se fosse accaduto, gli sarebbe stato fatale. Non poté fare a meno di immaginare il suo amato che si dibatteva in mezzo a una folla di rozzi. Per quanto potesse essere superiore a loro in forza e intelligenza, era pur sempre un uomo solo, e cosa poteva fare un uomo contro cinquanta? Si diceva addirittura che più un uomo era forte e più correva il rischio di farsi male. Di recente, un certo signor Hawkins, un membro della Men's Union, non si era forse ritrovato con una gamba rotta dopo che degli assistenti lo avevano cacciato fuori dalla riunione di un membro del Gabinetto? E anche se Tony non avesse riportato ferite gravi, Sir Philip Stanley sarebbe rimasto male nel vedere il suo segretario con un occhio nero! E, sinceramente, pensò Ursula con un sorriso, anche a lei sarebbe dispiaciuto, perché il suo Tony era troppo bello!

In ogni caso, quel rischio fu evitato perché Balestier non fece la sua comparsa quando per Ursula arrivò il momento di parlare. La ragazza riuscì a mettere piede in casa solo poco prima delle due; in nessuna circostanza c'erano state così tante persone fastidiose che volevano farle domande. E fu allora che lo vide. «Tony, mi dispiace! Ti hanno detto del mio odioso incontro? È tanto che aspetti?»

«Circa tre ore!» Il giovane le rivolse un sorriso ironico. «Non sapevo che ci fosse un posto aperto per fare comizi la domenica mattina.»

«Aperto lo era di sicuro... Hampstead Heath! Ci organizziamo incontri ogni domenica con un pubblico sempre più nutrito.» Tacque non appena notò l'espressione dell'amato. «Qual è il problema?»

«Non ti immaginavo nelle vesti di oratrice di piazza!» replicò Tony con freddezza.

Ursula non ci fece caso, perché era troppo sorpresa dalla sua ignoranza. «Parlo molto più fuori che dentro!» ribatté. «A Margate eravamo sempre in spiaggia. Non te l'ho detto? Immagino abbia dato per scontato che lo sapessi. Vedi, ho una voce molto forte, ragion per cui è meglio lasciare i discorsi al chiuso a persone che non hanno polmoni così buoni!» Il suo interlocutore restò in silenzio. «Tony, cosa c'è? Non ti piacciono i discorsi all'aria aperta? Non sarai mica scioccato, vero?»

«Sì che lo sono, invece. Magari sono un tipo all'antica, ma odio pensare che te ne stai lì in piedi a farti fissare dai primi Tom, Dick e Harry che passano!»

«Tony...» Ursula avrebbe tanto voluto ridere, ma si trattenne. Non era nemmeno il caso di precisare che la maleducazione dei primi Tom, Dick e Harry che passavano non si limitava a sguardi insistenti. Così stemperò la tensione spiegando che non «passava» mai nessuno mentre teneva i suoi discorsi e che comunque sarebbe stata ben visibile anche in un salone gremito di gente. Eppure il suo amato non la smetteva di camminare per la stanza in preda all'agitazione. «Comunque, una volta che il disegno di legge sarà approvato, non dovrò più parlare in pubblico», lo rassicurò Ursula. «E sono sicura che sarò felice di tornare al mio tranquillo laboratorio dove non ci sarà nessun Tom, Dick o Harry di passaggio. Ti ho parlato dell'incontro all'Albert Hall che si terrà giovedì della prossima settimana? Sarà un successo senza precedenti: abbiamo venduto tutti i biglietti. Quando la gente sentirà le nostre richieste, si renderà conto della loro forza e allora il governo sarà costretto a porre fine alle sue continue indecisioni e ai suoi tentennamenti.» Fu la campanella che annunciava il pranzo a interrompere la filippica di Ursula.

Consumato il pasto, Tony controllò l'orologio. Di domenica, il viaggio di ritorno nello Shropshire sarebbe stato più lungo di quello di andata.

«Non puoi già lasciarmi, ti ho a malapena visto», protestò

Ursula, rimpiangendo più che mai la mattinata sprecata. «Promettimi che tornerai presto, anche se non prima del 10 novembre, il giorno dell'incontro all'Albert Hall. Fino ad allora, sarò presissima.»

Tony non sarebbe comunque riuscito a tornare in città prima di quella data, spiegò. Poi ebbe un attimo di esitazione. Voleva chiedere a Ursula di non tenere più discorsi all'aperto. Non lo sfiorava il dubbio che la ragazza non avrebbe acconsentito a una richiesta tanto semplice e così naturale dal suo punto di vista. Tuttavia forse avrebbe voluto discuterne, e a lui restavano solo pochi minuti.

«Non voglio che te ne vada», mormorò Ursula all'improvviso, aggrappandosi a Tony e ridendo di quel suo gesto infantile. Osservandola, lui si accorse che aveva le lacrime agli occhi. Così si prese il tempo di asciugargliele con un bacio, rischiando di perdere il treno.

Proprio come aveva previsto, nei giorni immediatamente precedenti all'incontro all'Albert Hall Ursula fu sopraffatta dal lavoro. Quella sera, in qualità di oratrice di punta, dovette presentarsi prima delle sei e trascorse un paio d'ore difficili in attesa dell'inizio della riunione. Non ebbe il tempo di ascoltare i discorsi che precedevano il suo perché dovette trovare i posti per i ritardatari, un compito quasi impossibile. Quando, finalmente, si diede inizio alla colletta, Ursula cominciò a sentirsi più rilassata. Come al solito, il denaro affluiva con una rapidità tale che era difficile tenere il passo nell'aggiornare l'importo sul grande tabellone. Non c'erano dubbi che quella volta avrebbero raccolto una cifra mai vista prima. Era iniziato tutto con una donazione anonima di cinquemila sterline, che aveva suscitato un'eccitazione quasi dolorosa. Seimila: sarebbe stato splendido leggere la notizia sui giornali! Settemila: una cifra simile avrebbe influenzato l'opinione pubblica. Ottomila: forse anche il governo avrebbe rivisto le proprie posizioni. Quasi novemila sterline: il limite era stato raggiunto.

Seguirono i discorsi più importanti. Con la sua consueta

lungimiranza, la tesoriera li aveva messi in programma dopo la raccolta fondi. Ursula li ascoltò con crescente entusiasmo e meraviglia perché le parvero più raffinati di tutti quelli che aveva sentito fino a quel momento. «La militanza per il suffragio non contempla l'omicidio, che Cristo ha condannato, bensì la sofferenza, che Cristo ha raccomandato.» Sì, era proprio quella la differenza, si disse. Perché non ci aveva mai pensato? Si ricordò che una volta la leader aveva invocato il dio delle battaglie, ma non era quel dio che avevano servito, era il dio del calvario.

L'esaltazione con cui Ursula si ritirò per la notte non si spense nemmeno la mattina successiva. Anche se i giornalisti non fossero riusciti a trasmettere la straordinaria elevazione spirituale della serata, i discorsi sarebbero stati disponibili per coloro che desideravano leggerli. Per non parlare della colletta! Alla fine la gente avrebbe capito l'importanza della causa. E anche Tony, a cui voleva inviare tutti i resoconti.

Stranamente, sul quotidiano che Ursula era solita leggere la notizia non era in bella vista come si aspettava; era convinta che le avrebbero dedicato una pagina intera. Così prese a controllare ogni singolo foglio, ogni colonna, ogni paragrafo con estrema attenzione, poi passò all'indice dei contenuti. Era incredibile, sembrava non ci fosse neanche una parola sull'incontro all'Albert Hall! Forse il giornalista si era ammalato o aveva dimostrato negligenza. L'editore doveva essere infuriato!

La mite accompagnatrice di Ursula non era ancora scesa per la colazione, ma il giornale illustrato che era solita leggere si trovava già al suo posto. La ragazza lo sfogliò, ma la ricerca, che richiese meno tempo della precedente, si concluse con lo stesso risultato: niente.

Era davvero troppo assurdo! Come Ursula ben sapeva, nella sala della servitù si leggeva un noto giornaletto da mezzo centesimo, perciò si affrettò a chiamare la cameriera per chiederlo in prestito. Di nuovo, lo stesso indicibile silenzio! L'incontro aveva davvero avuto luogo? O se l'era sognato? Di certo, non era abbastanza brillante da sognare discorsi di quel genere! Salì in fretta le scale e si mise il cappello.

L'edicola all'angolo era presa d'assalto da una folla di persone che chiedevano senza sosta i giornali del mattino. Alla fine, in un angolo buio dedicato a uno dei quotidiani minori, Ursula adocchiò un breve resoconto. Anche il «Times» riportava qualche riga con un elenco esaustivo degli oratori, benché avesse dedicato molto più spazio a una lunghissima citazione dall'«Anti-Suffrage Review» e pure a una serie di lettere. Proprio così: quando gli oppositori avevano organizzato un piccolo incontro qualche settimana prima, tutti i giornali ne avevano parlato, Ursula se lo ricordava bene. Che ingiustizia mostruosa! A cosa serviva lavorare nel rispetto della legge se nessuno poi ne sarebbe venuto a conoscenza? Un comportamento del genere era sufficiente a spingere chiunque a preferire la militanza; in quel caso, almeno, c'era stato un boicottaggio.

Una settimana più tardi, Ursula venne informata che la leader desiderava vederla, non al Clement's Inn, bensì a casa sua dopo il lavoro. All'epoca, la donna viveva in un piccolo appartamento prestatole da un sostenitore perché con il modesto salario che riservava a sé stessa attingendo dalle casse della WSPU avrebbe a malapena potuto permettersi un affitto. La trovò seduta, come di consueto, con la schiena dritta su una poltrona logora. «Di recente, ho sentito parlare molto bene delle sue abilità oratorie, signorina Winfield.» Diede a Ursula il benvenuto con un sorriso smagliante. «Disapprova ancora la militanza?»

«Non ne sono sicura», replicò lei ridendo. «Il modo in cui la stampa ha trattato l'incontro all'Albert Hall non incoraggia certo un comportamento costituzionale.»

«No, infatti!» Ci fu una pausa. «Signorina Winfield, sono certa che sia al corrente della risposta che Sir Edward Grey ha riservato ai nostri delegati a Berwick-on-Tweed: quest'anno per il governo è impossibile sostenere l'approvazione del Conciliation Bill.» Ursula annuì. «E di conseguenza ho deciso di presentarmi con una delegazione alla Camera dei Comuni. Sarà dei nostri?»

«Oh, non credo di poterlo fare.» La ragazza era consapevole di quanto fosse debole la sua risposta ma, sebbene avesse intuito il motivo della convocazione, non era preparata per uno scontro diretto. «Davvero, non credo di poterlo fare», ripeté.

«So benissimo che non le sto chiedendo una cosa da poco.» L'istinto aveva indicato alla leader il modo giusto di rivolgersi a quella probabile recluta. «Fare parte di questa delegazione condurrà probabilmente all'arresto e al carcere. Di sicuro, significherà subire un trattamento duro, un'umiliazione fisica. Non voglio che nessuno si offra volontario senza conoscere le possibili conseguenze.»

«Lo so, e non è questo, ma non credo di poter partecipare.» Ursula si spiegò meglio. «Devo pensare ai miei.» In realtà, si riferiva a Tony. «Loro disapproverebbero. Dopotutto, un minimo di considerazione gliela devo.»

«A meno che non entri in conflitto con questioni ben più importanti.» La leader era pronta allo scontro. «Signorina Winfield, anche altri membri della delegazione hanno una famiglia a cui le loro azioni arrecheranno dolore e da cui prenderanno le distanze. Fa parte del sacrificio. Si ricorda cosa disse Garibaldi? "Non offro né paga, né quartiere, né provvigioni; offro fame, sete, marce forzate, battaglie e morte. Chi ha il nome di questo paese non soltanto sulle labbra, ma anche nel cuore, mi segua."»

«La delegazione è il prossimo martedì?» Quella domanda non significava che Ursula aveva accettato, ma solo che voleva guadagnare tempo. La citazione di Garibaldi l'aveva terribilmente commossa.

«Avrebbe dovuto, ma mia figlia ha ragione di credere che per allora la Camera dei Comuni non sarà più in seduta. Andremo domani.»

«A maggior ragione non potrò esserci», ribatté Ursula trionfante, provando un immenso sollievo. «Non avrei il tempo di avvisare nessuno. I miei sono via e non sarebbe corretto nei loro confronti.» Semmai avesse deciso di fare un passo del genere, si disse, almeno Tony avrebbe dovuto saperlo. «E in ogni caso, non mi fido della delegazione... Intendo che non sono sicura sia una mossa saggia.»

La leader si rese conto dell'irrevocabilità della decisione e rimase oltremodo delusa perché aveva creduto che la ragazza fosse sul punto di cedere. Inoltre, non essendo abituata ai rifiuti, era parecchio infastidita. «Allora è inutile discutere ancora della questione», replicò fredda. «Signorina Winfield, mi auguro solo che non abbia dimenticato che a volte ci si inganna, in buona fede, si intende, pensando che un compito solo perché è sgradevole sia poco saggio.»

Ursula arrossì. «Ma il semplice fatto che sia sgradevole non lo rende per forza saggio.»

«No. Volevo solo metterla in guardia. So benissimo che non si nasconderebbe dietro altre donne, donne che *pagano* un prezzo alto.»

La ragazza arrossì ancora di più. «Non lo farò.» In quel momento le sembrò di odiare la leader.

Benché avesse rifiutato di far parte della delegazione, il giorno successivo Ursula partecipò alla conferenza a Caxton Hall, che si tenne a mezzogiorno, mentre era in corso anche un incontro in Parlamento. Una donna si affrettò a entrare nella sala e a salire sul palco per sussurrare qualcosa alla leader: era la messaggera che faceva un resoconto del discorso del primo ministro. Appena finì, la leader si alzò. «Come ci aspettavamo, il primo ministro non ha menzionato la questione del suffragio femminile. Inoltre, ha annunciato lo scioglimento delle Camere per il prossimo lunedì.» Si levarono fischi e gemiti tra il pubblico, al che la leader alzò la mano. «Il motto di questa unione è "fatti, non parole". La delegazione partirà subito.»

Le volontarie che presero parte alla missione erano oltre trecento. Tuttavia era stato deciso che la delegazione si frazionasse in distaccamenti di non più di cento persone, che sarebbero partiti a distanza di pochi minuti l'uno dall'altro, in modo da non superare il numero consentito dalla legge per le manifestazioni pubbliche. Così, mentre la sala si svuotava a poco a poco, Ursula rimase seduta per un'ora; poi, stanca di aspettare, andò a vedere cosa stesse succedendo. La folla, che procedeva lungo Victoria Street, era meno densa che nell'attacco precedente, forse perché quello in corso era stato meno pubblicizzato. La stessa Parliament Square era sgombra di polizia. Guardando oltre il parco, scorse un piccolo gruppo di donne in piedi davanti all'ingresso della St Stephen's Hall. Riconobbe la leader e gran parte del primo distaccamento, composto da donne di una certa età e da personaggi noti. Era evidente che non le avevano lasciate entrare. Una mossa alquanto stupida da parte del primo ministro, rifletté Ursula.

A quel punto si era avvicinata abbastanza alla folla da rendersi conto con chiarezza di quello che stava accadendo: a intervalli regolari, la polizia allontanava gli invasori. Poi notò un'area vuota e una linea continua di figure robuste e scure. Come in altre occasioni, qua e là una donna cercava di bucare il cordone della polizia; proprio di fronte a lei ce n'era una che ci stava provando. Tuttavia, rispetto al precedente attacco a cui aveva assistito, Ursula sentiva che c'era qualcosa di diverso. Subito dopo vide un agente colpire intenzionalmente con un pugno la donna, che rovinò al suolo.

Ebbe la sensazione che le si fermasse il cuore. Mai nelle sue recenti esperienze le era capitato di assistere a una scena simile: una donna, per di più anziana, picchiata con forza. Per un momento rimase a terra gemendo, dopodiché si alzò per lanciarsi di nuovo in avanti. Ursula non riuscì a vedere con chiarezza la reazione del poliziotto, ma il risultato fu analogo al precedente: la donna si ritrovò per terra. Solo che questa volta rimase immobile; con ogni evidenza era ferita e forse stordita dai colpi. Ursula cercò invano di farsi largo tra la gente per prestarle soccorso. Poi si accorse di un signore in prima fila che faceva un passo avanti. Sembrava un tipo a posto, si disse con sollievo, un uomo forte che sarebbe stato in grado di aiutare la donna più di quanto potesse fare lei. Ma prima che la ragazza avesse il tempo di rendersi conto delle sue reali intenzioni, quel gentiluomo, dopo essersi avvicinato alla vittima, sollevò un piede e le piantò lo stivale nella schiena.

«Bestia! Ecco cos'è lei, una bestia!» L'esclamazione si udì a malapena perché Ursula stava singhiozzando.

«Lasci stare quella donna», gridò un operaio a voce più alta. «C'è già la polizia a fare il lavoro sporco.»

«Garn... fagliela vedere a quella lì!» urlò un altro uomo. Seguì una serie di commenti scurrili e oltraggiosi, mentre il bruto che aveva sferrato il calcio veniva trascinato in mezzo alla folla, in apparenza soddisfatto della sua mossa.

La donna a terra rimase immobile e in silenzio finché trovò la forza di rialzarsi. Il sangue le colava sul viso da un taglio in fronte, che forse si era procurata cadendo e urtando il marciapiede. Con una mano sulla testa, prese a camminare barcollando.

La folla applaudì, colpita dal suo coraggio.

«Lasciatela passare!»

«Perché non la arrestano?» gridò qualcuno furioso.

«Hanno l'ordine di non farlo», spiegò uno spettatore accanto a Ursula. «È per questo che le stanno picchiando!»

«La uccideranno prima di aver finito con lei!»

Anche la polizia doveva essersi allarmata alla vista del sangue, perché, mentre la donna si avvicinava, ci fu una breve conversazione tra due agenti, a cui finalmente seguì un arresto.

La scena a cui Ursula aveva appena assistito non giovò certo alla battaglia per il suffragio femminile, né giocò a favore della militanza come scelta strategica migliore. Semmai, servì a dimostrate cosa una donna era disposta a subire per ottenere il diritto di voto e quale trattamento avrebbe potuto ricevere in determinate circostanze. Eppure, in modo del tutto illogico, non c'era stato nient'altro, prima di allora, che fosse riuscito ad accendere nell'animo della ragazza una tale passione per il suffragio, una tale fede cieca nel valore della militanza. La causa, da desiderio intellettuale, si trasformò d'un tratto in religione. La militanza non era più una tattica: equivaleva al martirio.

Il resto venne da sé. Adesso che aveva capito le implicazioni della militanza, come poteva restarne fuori? Sì, si era nascosta dietro altre donne, come aveva detto la leader, dietro quella signora dai capelli grigi che aveva visto distesa a terra, sanguinante e presa a calci. Voleva correre alla Caxton Hall per offrirsi subito volontaria – l'ultimo distaccamento non era ancora partito –, ma il pensiero di Tony, che si affacciò alla sua mente in quel preciso istante, la trattenne. Avrebbe fatto meglio a scrivere al suo amato prima di agire, glielo doveva. Dopotutto, quella non sarebbe stata certo la sua ultima occasione. Aveva già sentito dire che se la settimana successiva il Parlamento avesse sciolto la seduta senza prendere in esame il loro disegno di legge, ci sarebbe stata un'altra delegazione, e lei vi avrebbe partecipato. Per il momento, sarebbe tornata a casa.

Quella sera Ursula si coricò molto tardi, non prima di aver preso le decisioni del caso e avere scritto la lettera per Tony. Se ne stava lì, chiusa e affrancata, pronta per essere spedita il mattino successivo. La missiva per la leader, invece, sarebbe partita un giorno dopo, o forse domenica, ma avrebbe comunque raggiunto la donna per tempo. E poi c'era quella per sua madre! Povera mammina, bloccata a Dumdrochie nell'ignoranza più totale. Ursula ebbe un ripensamento: non avrebbe informato la madre se non a fatto compiuto. Se la signora Hibbert fosse stata sola al mondo, la ragazza si sarebbe comportata in modo diverso. In quel caso avrebbe sentito, com'era successo nei confronti di Tony, che era giusto metterla a parte delle proprie decisioni e avrebbe cercato di ridurla al silenzio o, quanto meno, alla rassegnazione; ma a causa della presenza del colonnello quell'idea era impraticabile. Non si poteva discutere con lui, perché non ne era capace: ogni volta esplodeva dalla rabbia. Inoltre, sebbene gli fosse affezionata, non era suo padre. No, non avrebbe detto loro nulla in anticipo. Il patrigno aveva posto le sue condizioni: se Ursula avesse preso parte a un attacco, non sarebbe più stata la benvenuta a Lowndes Square, e lei avrebbe rispettato la sua volontà. In fondo, non sarebbe stata una grande privazione; era rimasta in quella casa solo per stare con sua madre che, per altro, era sempre via! C'era il suo laboratorio, si ricordò con rammarico, ma negli ultimi tempi aveva lavorato talmente poco che non le sembrava più così importante. Per quanto riguardava la servitù e tutti i lussi da cui era circondata, sarebbe stata contenta di liberarsene. Era comunque un conforto sapere di avere a disposizione quattrocento sterline l'anno di rendita. Per le donne che non avevano denaro quello sì che sarebbe stato un vero sacrificio.

Ovvio, anche lei stava per fare un sacrificio, e anche molto grande: infliggere un dolore a Tony. Ma gli aveva scritto una lettera piena di tatto ed era sicura che, non appena lui l'avesse letta, le avrebbe prontamente garantito il suo appoggio. E anche se non glielo avesse accordato e si fosse sentito ferito e arrabbiato, avrebbe comunque compreso la sua posizione. Si sarebbe reso conto che Ursula non poteva agire in modo diverso. In ogni caso, non avrebbe fatto la minima differenza: lei aveva già deciso che non sarebbero convolati a nozze finché le donne non avessero ottenuto il diritto di voto. Per tale ragione, non gli aveva permesso di annunciare pubblicamente il loro fidanzamento. Solo quando fosse giunto il grande giorno del suffragio femminile, lei avrebbe smesso di fare tutto ciò che Tony disapprovava. Fino a quel momento, l'amore che provavano l'uno per l'altra sarebbe stato l'unico ponte tra di loro.

Il giorno successivo Ursula fece tutto di corsa. Ebbe a malapena il tempo di vivere, figuriamoci di pensare. A fine giornata era così stanca che dormì tutta la notte e domenica si alzò tardi. A quel punto, dovette pianificare un discorso per un incontro pomeridiano a Battersea Park e, finalmente, la sera ebbe modo di scrivere la lettera alla leader. «Mi offro di far parte della prossima delegazione. Dopotutto, aveva ragione lei.»

Mise la busta sul tavolo all'ingresso e si accomodò accanto al camino godendosi una sensazione di profondo sollievo. La questione era risolta: Tony doveva aver ricevuto la lettera quella stessa mattina, mentre la leader avrebbe avuto tra le mani il suo messaggio le prime ore del giorno successivo. D'un tratto sentì suonare al campanello.

Chi poteva essere? Poche persone passavano da Lowndes Square quando la signora Hibbert non c'era e la sua mite accompagnatrice era a una messa serale, ragion per cui non sarebbe rientrata prima di un'ora. Non appena la porta si aprì, udì una voce e dei passi familiari. «Il signor Balestier», annunciò il valletto prima di ritirarsi.

«Tony!» Ursula tremava. Solo quando lo vide, si rese conto di quanto avesse temuto che si arrabbiasse. Invece, lui l'aveva raggiunta. «Oh, Tony!» Per poco non si lanciò tra le braccia del giovane.

«Tesoro!» Lui la baciò. «Mi hai spaventato a morte con la tua lettera. È un'idea assurda.»

Ursula si ritrasse sgomenta. Tony non aveva preso sul serio le sue parole. O forse sì, altrimenti non sarebbe corso a Londra, ma non aveva accettato la sua decisione. Pensava forse di convincerla a rinunciarci e credeva di riuscirci senza sforzo. «Tony, te l'ho già spiegato nella lettera, ormai è deciso!»

«*Niente* è deciso.» Il giovane cercò di controllarsi. «Hai scritto che non avevi ancora dato il tuo nome per la delegazione. Per caso, nel frattempo l'hai fatto?»

«Sì.» Poi Ursula si ricordò che la lettera per la leader non era stata spedita. «O meglio, non hanno ancora ricevuto la comunicazione, ma ho già scritto.»

Tony corse nel salone all'ingresso. Senza dubbio, aveva adocchiato la lettera sul tavolo quando era entrato. Ricomparve tutto sorridente. «Allora non c'è nessun problema», esclamò allegro, passando la lettera a Ursula. «Tesoro, ora la strapperai e mi renderai di nuovo felice, vero? Sarebbe terribilmente stupido da parte tua partecipare a quegli attacchi, che non giovano affatto alla tua causa, anzi, le stanno arrecando un danno irreparabile.»

I due stavano ancora litigando quando, un'ora più tardi, la timida accompagnatrice riapparve. Naturalmente, sapeva che erano fidanzati, ma trovandoli entrambi furiosi e indignati filò via con molta più prontezza di quanto avrebbe fatto in altre circostanze. Tuttavia il suo ingresso ebbe l'effetto di indurre i contendenti a una tregua. «Tony, così non va bene.» La voce di Ursula era patetica. «Tu pensi che il voto alle donne non sia importante, mentre io sono convinta che sia la cosa più importante sulla terra. Tu credi che la militanza faccia solo danni, invece io sono arrivata alla conclusione che è l'unico mezzo per ottenere ciò che vogliamo. Allora, che senso ha continuare a litigare? Non possiamo cambiarci a vicenda.»

«No, e la smetteremo di litigare.» Tony si avvicinò. «Tieniti pure le tue opinioni, mia cara, ma non voglio che ti impegni in prima persona nella militanza. Ti stai già occupando del resto del lavoro.»

«Tony, ascoltami.» Ursula rammentò che il fidanzato non sapeva nulla dell'incidente di venerdì, quello che l'aveva indotta a cambiare punto di vista. Non era riuscita a scrivergli in proposito, ma forse sarebbe stato meglio se l'avesse fatto. Be', glielo avrebbe raccontato subito... «Mentre quella donna giaceva a terra, un tizio, che aveva l'aspetto di un gentiluomo, le si è avvicinato e l'ha presa a calci.»

«Adesso basta. Mi fai star male.» In effetti, Tony era sbiancato. Subito dopo però si abbandonò a una breve risatina. «Pensavi forse che, dopo aver ascoltato questa storiella, avrei lasciato che ti esponessi a un trattamento simile?»

«Non capisci! Tony, non vedi che per me è una questione d'onore? Tesoro, non potrei amarti così tanto...» Ursula tacque, le mancava l'aria.

«Per favore, non tirare in ballo l'onore, una motivazione trita e ritrita. Non ci vedo niente di onorevole nel rotolarsi nelle fogne!» Tony cercò di controllarsi. La ragazza si era coperta il viso con le mani e lui, nonostante la rabbia, sentiva di avere esagerato. Si sedette sul bracciolo della poltrona su cui se ne stava Ursula. «Perdonami, tesoro mio.» Le prese con gentilezza una mano, iniziando a tempestarla di baci. «So che le tue motivazioni sono giuste, ma non avresti aiutato quella povera donna mettendoti nella sua stessa posizione. È solo questo che ti chiedo: non farti picchiare. Non è poi un gran sacrificio per la mia felicità, non credi?» Gli sembrava una pretesa così insignificante che si concesse addirittura di sorridere.

Ursula, però, si alzò e con voce soffocata ribatté: «Non posso, non posso. Devo andare».

A quel punto, Tony non riuscì più a tenere a freno la rabbia. «Hai a cuore solo i tuoi interessi. I miei desideri non contano niente. Date le circostanze, il matrimonio sarebbe una follia», sbottò furioso prima di andarsene, sbattendosi la porta alle spalle.

17.

Martedì mattina Ursula si recò di nuovo a Caxton Hall. Dopo la partenza di Tony, non si era sentita particolarmente infelice perché si rifiutava di accettare l'idea che tra di loro fosse finita. Era impossibile, si diceva, lei e Tony erano troppo legati l'uno all'altra, e poi non poteva vivere senza di lui. Gli aveva scritto ancora, subito dopo che se n'era andato, ribadendo l'amore che provava ma anche la sua posizione in merito al suffragio. Quando Tony avesse ricevuto quella lettera, avrebbe capito. Alla luce di quanto era successo, le era passato per la mente che avrebbe fatto meglio a non scrivergli, per una questione di orgoglio, ma alla fine l'orgoglio le era sembrato così insignificante e inutile in confronto alla loro relazione. La sera precedente aveva sperato di ricevere un suo telegramma e, quando non era arrivato, aveva dato la colpa al rudimentale servizio postale del villaggio nello Shropshire. Poco dopo colazione, il valletto entrò con un vassoietto d'argento su cui si trovava la tanto agognata busta rossa. Aspettò che l'uomo se ne fosse andato per aprirla, poi si rese conto di avere paura. Le mancava il fiato come se avesse fatto una corsa. Ma forse ben presto sarebbe stata felice, perché avrebbe letto: «Tesoro, capisco». Oppure Tony riteneva l'appellativo «tesoro» troppo compromettente per un telegramma? Era così difficile aprire quella busta, le tremavano le mani. All'inizio, il messaggio le parve scritto male. In seguito le lettere si fecero più chiare: «Non posso accettare la posizione che sostieni. Devi scegliere tra le due alternative».

Quella risposta non gliene lasciava, di alternative. A Ursula non passò nemmeno per la testa di ritirarsi dalla delegazione, visto che di lì a un'ora sarebbe partita! Tony aveva semplicemente tagliato i ponti. Non poteva più scrivergli né frequentarlo. Non l'avrebbe *mai* più rivisto. Così si avviò meccanicamente verso Caxton Hall e prese posto in una delle sedie riservate alla delegazione, rimanendo immobile, confusa e paralizzata dalla tristezza.

Era così infelice che non riuscì nemmeno a seguire i discorsi. Il suo volto impietrito doveva averla tradita perché presto Mary Blake le si avvicinò e le strinse la mano. «Tra poche ore sarà tutto finito», sussurrò. «È quello che mi ripeto sempre! Fa sembrare tutto meno terribile.»

Ursula alzò gli occhi senza capire. «Che cosa sarà finito?» domandò. «Oh, l'attacco, certo.» Appena se ne ricordò, quasi rise. Aveva dimenticato la causa della sua disperazione. «Non credo che mi dispiacerà poi tanto.» In effetti, in quel momento l'idea del dolore fisico le procurò sollievo.

Poco dopo giunse la messaggera che consegnò sul palco una busta bianca contenente l'attesa dichiarazione sul suffragio che il primo ministro aveva pronunciato alla Camera dei Comuni: la commissione non aveva esaminato il disegno di legge. Passata un'altra mezz'ora arrivarono ulteriori dettagli. Al primo annuncio della leader che la Camera dei Comuni era stata sciolta si levarono grida – «Codardi!» – e una buona dose di risate. Quindi la donna lesse che il primo ministro aveva promesso di facilitare l'approvazione del Conciliation Bill, ma non nella successiva riunione della Camera e nemmeno in quella dopo, bensì nel nuovo Parlamento! «È un'assurda presa in giro, un insulto al buonsenso!» sbottò la figlia della leader. «E noi risponderemo con la stessa moneta! Da questo momento, dichiariamo guerra!»

Anche Ursula si era ormai riscossa dallo stato di profonda apatia in cui era rimasta fino ad allora. Mentre si univa allo scroscio di applausi, si dimenticò per un istante di Tony. La leader dichiarò che la delegazione si sarebbe recata a Downing Street poiché alla Camera dei Comuni non c'era più nessuno. La ragazza prese il suo posto nelle file da quattro che si stavano formando in strada e, ben presto, si mise a marciare con le altre lungo Tothill Street. Nessuno le bloccò o interferì; del resto, la polizia si aspettava un altro attacco al Parlamento, perciò la nuova risoluzione la colse alla sprovvista. Più il corteo si avvicinava a Downing Street, più gli agenti faticavano a formare un solo cordone a protezione dell'ingresso. Dal canto suo, la leader non si fermò: procedette con determinazione, supportata dalle trecento donne alle sue spalle. Ben presto la polizia vacillò e le suffragette spezzarono in fretta le linee di difesa.

Fu allora che lo scontro ebbe inizio. Arrivarono subito i rinforzi, ma la mancanza di un cordone di protezione rendeva ancora più complesso il compito già difficile degli agenti, molti dei quali, esasperati, ormai si muovevano frenetici. Per un caso fortunato, prima che la bloccassero, Ursula raggiunse il civico 10 e si aggrappò alla ringhiera, mentre tre possenti poliziotti la tiravano da dietro.

Naturalmente, riuscirono a farle lasciare la presa, ma lei, dopo essere caduta sul marciapiede, si rialzò e si lanciò di nuovo verso la cancellata. Quella volta, uno dei poliziotti la afferrò per la gola e la scosse finché non si mise ad ansimare, frastornata.

Non appena il senso di stordimento passò, scoprì di essere in strada in mezzo a un gruppo di giovani. Era convinta che partecipare a un attacco non le sarebbe dispiaciuto, ma non era preparata a tanta violenza. L'indecenza dei colpi sferrati rese quell'esperienza una delle peggiori della sua vita. Solo in seguito sarebbe venuta a sapere che le altre donne indossavano un'armatura protettiva di cartone sotto i vestiti. All'improvviso un'altra suffragetta, con il volto bianchissimo, si materializzò al suo fianco premendole qualcosa nel palmo della mano. «Rompi una finestra», le sussurrò all'orecchio, «così saranno costretti ad arrestarti!» Ursula rimase a fissarla senza comprendere appieno quello che l'altra le aveva appena detto. «Più vicino», proseguì la donna. «Prima di colpire assicurati che dentro non ci sia nessuno che possa farsi male.»

Insieme si aprirono un varco in quella folla orribile e volgare e si ritrovarono davanti a una stanza vuota.

«Adesso!» gridò l'altra suffragetta. Nonostante il fare autoritario, non era una buona lanciatrice, perché il sasso mancò il bersaglio ricadendo nelle vicinanze. Quello di Ursula invece frantumò il vetro della finestra.

Come la sua compagna aveva previsto, quasi subito si ritrovarono le mani dei poliziotti sulle spalle. «State buone e venite con noi, altrimenti ve la vedrete brutta», ringhiò una voce furiosa. Considerando l'impegno che ci avevano messo per essere arrestate, a Ursula quella precisazione parve superflua. Furono trascinate in alcune stradine secondarie per poi essere condotte alla stazione di polizia. Quando entrarono, sembrava di stare in paradiso.

C'erano già diverse donne e molte altre arrivarono nel corso dell'ora successiva. Un paio svennero, ma chi più chi meno erano tutte quante ammaccate. Eppure non si udirono lamenti: solo discorsi eccitati e manifestazioni di solidarietà. All'inizio, anche Ursula si unì al gruppo, almeno finché il pensiero di Tony tornò a visitarla come un peso che si posa sull'anima. Non solo, si rese conto di essere piena di lividi e graffi dalla testa ai piedi e di avere il corpo dolorante.

Si sedette sul pavimento – la sala era troppo affollata e non c'erano posti liberi –, lasciando che il suo sconforto aumentasse ogni secondo di più e, con esso, anche il desiderio di restare sola. Non riusciva a sopportare quel continuo chiacchiericcio, lo sforzo di salvare le apparenze a tutti i costi! Di tanto in tanto, un poliziotto si affacciava a controllare.

Ursula prese davvero in considerazione l'idea di chiedere a uno degli agenti di scortarla in una cella, ma poi pensò che non sarebbe servito a nulla. Inoltre, aveva sentito dire che nel corso della serata le avrebbero rilasciate. Sarebbe mai arrivato quel momento fatidico? Mentre ripensava ai fatti del giorno, questi presero a offuscarsi nella sua mente, sostituiti da un orribile senso di inutilità, forse dovuto alla stanchezza. Era possibile, dopotutto, che Tony avesse ragione nel sostenere che la militanza era un errore? Il suffragio alle donne era davvero così importante? In quel momento, Ursula sarebbe stata disposta a rinunciare a qualunque causa pur di vedere Tony entrare dalla porta del commissariato.

Alla fine, ebbe luogo il rilascio, organizzato da un sostenitore, un gentiluomo di una certa levatura. Non appena fece la sua comparsa, fu inondato di domande da parte delle signore lì riunite. C'erano stati centocinque arresti, disse loro. Sì, anche la leader era stata arrestata insieme a tre uomini, ma ormai era tutto finito. Ursula non aspettò di saperne di più. Voleva solo raggiungere il piccolo hotel sullo Strand, dove aveva riservato una camera per la notte. Era infelice, ma anche talmente sfinita che, non appena toccò il cuscino, si addormentò. E la sua afflizione svanì nel sonno.

Otto mesi prima Ursula aveva considerato un'avventura presentarsi a Bow Street come testimone, e adesso ci tornava da imputata. Il primo giorno non si spinse fino all'aula di tribunale, ma preferì ammazzare le ore infinite nella sala d'attesa. Si trattava di una stanza spaziosa, molto diversa da quella della stazione di polizia. A dire il vero, se ci fossero state sedie al posto delle panche di legno, avrebbe potuto essere anche un club per signore con le sue frequentatrici impegnate a leggere i giornali, a scrivere lettere o a conversare con aria da persone colte e raffinate. La congestione che aveva caratterizzato l'inizio della giornata si dissipò in fretta poiché ogni pochi minuti le donne venivano convocate, di solito singolarmente, ma anche in gruppo. Quelle accusate di danno intenzionale o aggressione, reati che sarebbero stati discussi il giorno successivo, dovevano ripresentarsi. La stragrande maggioranza, accusata di ostruzione o resistenza a pubblico ufficiale, fu congedata. La clemenza, se così si poteva chiamarla, da parte del ministro degli Interni suscitò nelle suffragette un'ondata di rabbia: non solo le malmenavano, anziché arrestarle, ma i casi che le riguardavano venivano ritirati in modo da nascondere all'opinione pubblica la brutalità di cui erano vittime; almeno, loro la vedevano così. Ursula era troppo confusa per condividere l'indignazione che la circondava.

«Avrai la tua occasione. Visto che hai rotto una finestra, dovranno dibattere il tuo caso!» le disse Mary Blake con una punta d'invidia.

Il mattino seguente, come la sua compagna aveva predetto, Ursula salì sul tanto agognato banco degli imputati, benché si sentisse ancora come sospesa in un sogno. C'era solo una cosa reale nella sua vita, ossia il fatto che Tony l'aveva lasciata. Qualcuno la accusò di aver rotto una finestra del valore di cinque scellini. L'istinto femminile per il risparmio l'aveva portata inconsciamente a scegliere una finestrella di poco conto. Dopo che si fu dichiarata colpevole, il giudice stava per emettere la sentenza quando Ursula ricordò che quella era la sua «occasione». Si sforzò di ricomporsi prima di parlare con il sorriso sulle labbra. «Mi permetta di spiegare che non ho l'abitudine di andare in giro a distruggere finestre. Martedì pomeriggio ho partecipato a una manifestazione pacifica. Se la delegazione avesse mantenuto l'ordine, avremmo dovuto essere ricevute dal primo ministro. In caso di disordini, avremmo dovuto essere arrestate. Invece la polizia ci ha aggredite. Di conseguenza, io ho rotto un vetro per essere arrestata. Aggiungo che ritengo sia più giustificabile una donna che lancia una pietra contro una finestra di un primo ministro che non mantiene una promessa.»

«Qui non ci occupiamo di politica», ribatté il giudice, interrompendola. «Abbiamo soltanto il dovere di applicare la legge.»

«È per far applicare la legge che ho rotto una finestra», lo rimbeccò Ursula. «Il comportamento della polizia era illegale.»

Si udirono delle risa, perché gran parte dei presenti erano membri della WSPU.

«Silenzio!» Si vedeva che il giudice era furioso. «Se sento ancora rumori indecorosi, farò sgomberare quest'aula all'istante. Una multa di cinque sterline o un mese di reclusione.»

Per Ursula, come per qualsiasi altra suffragetta, quella sentenza significava prigione. Era curioso che ancora una volta e, per di più, a così breve distanza di tempo le venisse concessa un'alternativa impossibile. Dopotutto, l'idea della prigione non le dispiaceva perché almeno avrebbe avuto la libertà di restare sola e di crogiolarsi nella propria infelicità. Non c'erano dubbi che il disagio fisico non sarebbe stato affatto trascurabile, ma in fondo che cosa significava davvero?

Quando, dopo altre tediose ore di attesa, il lungo viaggio accidentato a bordo di una Black Maria giunse al termine, Ursula si ritrovò finalmente al carcere di Holloway e scoprì che i disagi erano meno di quanto si fosse aspettata. Negli ultimi quattro anni, la reclusione di donne intelligenti, alcune addirittura con una buona posizione sociale, aveva incentivato una serie di riforme. Inoltre, in quel periodo, alle suffragette venivano accordati privilegi speciali, quali il diritto a lenzuola pulite. Era vero che il letto, benché nuovo e lindo, era il più duro in cui avesse mai dormito, e che la cella era fredda e soffocante, ma il suo corpo giovane e sano si adattò con sorprendente rapidità. Con grande sorpresa Ursula si rese presto conto che la solitudine forzata, che aveva tanto desiderato, era molto più dura da sopportare. Altre suffragette avevano parlato di quel lato orribile della vita dietro le sbarre, ma lei si era sempre creduta superiore. «Mi piacerebbe avere tanto tempo per pensare», aveva commentato. Adesso, però, era proprio dai suoi pensieri che voleva fuggire, perché in quelle ore interminabili e solitarie la sua infelicità cresceva e cresceva nella cella angusta. A volte le sembrava che se non fosse uscita all'aria aperta, in mezzo ad altri esseri umani, sarebbe impazzita. Una sera, mentre giaceva sveglia, si disperò a tal punto che iniziò a sbattere la testa contro i muri di pietra. «Sono troppo infelice, non posso sopportarlo», singhiozzava forte. Poi, all'improvviso, la raggiunse il suono della Marsigliese: dall'altra parte della strada, alcune suffragette stavano cantando per rallegrare le detenute. Mai quel gesto allegro e temerario era stato più necessario. Ursula udì voci ovattate che rispondevano al canto riecheggiando dalle celle circostanti e anche lei, con labbra tremanti, intonò il ritornello. Più cantava, più si vergognava del suo recente e fiacco attacco di follia. In fondo, le sue disgrazie erano poca cosa, una capocchia di spillo nell'infinito. La causa era ciò che contava davvero, la causa che avrebbe reso tutte le donne più felici.

Dopo quel giorno, cercò di non perdere più l'autocontrollo, ma furono le parole pronunciate dalla carceriera a spingerla ad alzare la testa. Se ne stava seduta in cella con aria assente, a rimuginare sulla vacuità dell'esistenza, quando la donna aprì la porta e si fece avanti. «Non sembri felice come le altre», fu il suo commento inatteso.

«Perché, in genere le suffragette sono felici qui?» Ursula sentì il rimorso pungolarle la coscienza. Si era forse mostrata codarda, sminuendo la causa di fronte a quella donna?

«Oh, sì. Quando vedo un volto contento tra i detenuti, so che è una di voi signore. Non che io sia dalla vostra parte», specificò la carceriera in tono severo. «Sembra che non pensiate affatto a cosa significhi tutto questo per noi. Non siamo contrari a uno o due attacchi, qualora siano distribuiti durante l'anno, ma questi gesti eclatanti fanno apparire il nostro lavoro crudele.»

«Mi dispiace.» Ursula sembrava interessata a quel nuovo punto di vista. «Sembra davvero orribile. Dovrebbero garantirvi maggior sostegno dopo un attacco. Questa è una delle cose che miglioreremo una volta ottenuto il diritto di voto», continuò, cambiando argomento. «Le donne si batteranno per orari e compensi più dignitosi.» La discussione sul suffragio che seguì fu interrotta proprio dalla carceriera; a detta sua, se fosse stata sorpresa a chiacchierare con una prigioniera, si sarebbe cacciata in «guai seri».

Anche il mese a Holloway prima o poi doveva finire. Una mattina, dopo ore di inutile attesa che sembravano parte integrante della procedura carceraria, Ursula vide i grandi cancelli aprirsi per lasciarla uscire insieme ad altre venticinque compagne. Nonostante il forte ritardo, non erano ancora le otto, ragion per cui la ragazza si aspettava di trovare la strada deserta, fatta eccezione per le cameriere addette alla pulizia dei gradini d'ingresso e dei postini rapidi ed efficienti. Perciò rimase sorpresa quando scorse una grande folla nell'istante in cui un improvviso scroscio di applausi giunse alle sue orecchie, facendola trasalire. Cosa poteva essere? Stava forse passando qualche membro della famiglia reale? Poi si rese conto che c'erano i suoi amici, i membri della WSPU, che, malgrado fosse prestissimo, erano arrivati fin lì per salutare le detenute di nuovo libere. Carino da parte loro, pensò grata. Ben presto, si ritrovò su una carrozza piena di bandiere in mezzo a nuove acclamazioni. Stavano andando al Criterion, le spiegarono, per una «colazione di benvenuto». Di certo sarebbe stato un toccasana dopo il cibo di Holloway e la levataccia, replicò Ursula ridendo. Naturalmente, altrove non c'era la massa di gente che si era presentata ai cancelli, ma lungo quasi tutto il percorso adocchiò sostenitori ai lati della strada. Per gran parte del tempo, gli astanti restarono in silenzio, anche se qua e là risuonava il fischio o lo stridulo grido di saluto di un partigiano.

Non appena salita in carrozza, Ursula si era vista consegnare un fascio di lettere, tutte provenienti dall'ufficio della WSPU. Le guardò senza la minima curiosità, persino con una sorta di risentimento. Cosa significavano per lei ormai? Tony... Con uno sforzo non indifferente cercò di spegnere i pensieri. Sua madre e il suo patrigno? Non aveva ricevuto notizie da loro per tutto il tempo in cui era rimasta dietro le sbarre, così era arrivata alla conclusione che l'avessero tagliata fuori. Quelle lettere potevano essere solo richieste di dialogo o congratulazioni da parte di altre suffragette, oppure insulti di sconosciuti. Sì, ci sarebbero stati di sicuro biglietti anonimi e volgari. D'un tratto adocchiò la grafia larga e arzigogolata della madre. Forse si trattava di una dichiarazione ufficiale in cui la ripudiava, si disse, cercando di non nutrire false speranze.

No, mammina era una sua amica fedele! Un barlume di felicità scaldò il cuore ammaccato di Ursula. Nonostante il sentimento che la legava alla madre non fosse filiale, l'affetto era pur sempre reale e profondo. Anche da bambina guardava con occhi adoranti e meravigliati quella figura minuta ed elegante che si palesava solo di rado nella sua cameretta. A mano a mano che cresceva, lo stupore si era trasformato in divertimento, ma l'ammirazione restava. Nessuno apprezzava la bellezza della signora Hibbert più di sua figlia: Ursula, a differenza della maggior parte delle persone, riconosceva che la leggiadria della madre era una combinazione di buonsenso, intelligenza, perfino, e un gusto personale per la follia e i giochi di seduzione.

Quella lettera era proprio da lei, tanto che un sorriso spontaneo si disegnò sulle labbra di Ursula. «Non ti ho scritto prima», esordiva sua madre, «perché avevo una gran fretta di tornare da Dumdrochie; Jenkinson diventa ogni anno più idiota e poi ho immaginato che in quel posto orribile non ti avrebbero permesso di ricevere posta. Com'è ovvio, il tuo patrigno era furioso; per la verità, lo è ancora. Voleva che io tagliassi tutti i ponti con te, ma gli ho detto che era assurdo. Se disapprovo la prigione tanto quanto lui, questo non cancella il fatto che sei mia figlia. Non credo che tu possa tornare a Lowndes Square, ma verrò a trovarti appena rientreremo. Resteremo fino al 23 dai Mountcalm Lee. Ho informato il tuo patrigno che, se avesse fatto storie, sarei stata costretta a rompere una finestra anch'io in modo da poterti incontrare. Sono terribilmente preoccupata per le tue mani: ti sei ricordata di portare con te in prigione il set per la manicure? Hai delle unghie magnifiche, mi si spezzerebbe il cuore se ti si rovinassero preparando la stoppa. A proposito, che cosa diamine è? Si può mangiare una volta cucinata? Con amore, mamma.»

Quella mattina, c'era un'altra piacevole sorpresa ad attendere Ursula. Una volta giunta al ristorante, sentì dire che la colazione non sarebbe stata servita prima di un'altra mezz'ora. Intanto, gli ospiti, circa due o trecento, si stavano radunando nella stanza adiacente. La ragazza strinse le mani a parecchi sostenitori entusiasti, poi, troppo stanca anche per i complimenti, si ritirò in un angolo appartato, finché all'improvviso le si parò di fronte Vernon Smee. «Lei?» esclamò deliziata, sorprendendosi della sua stessa gioia. Eppure quel viso familiare in mezzo a tutte quelle recenti conoscenze le recò un tale sollievo! Al piacere si unì lo sgomento. Benché il professore avesse parlato spesso alla WSPU, Ursula pensava che avrebbe disapprovato il ritorno alla militanza e, di certo, non si sarebbe mai immaginata di vederlo a un evento ufficiale.

Nel mentre, Vernon la osservava con una certa apprensione. «È stanca. Perché non si siede?» Prese un'altra sedia e la sistemò accanto a quella di lei. «Mi auguro che non abbia scelto lo sciopero della fame.»

Quando la ragazza rispose di no, lui parve rasserenarsi, malgrado avesse ancora un'espressione preoccupata. Non c'erano dubbi: sì, Ursula aveva un aspetto malaticcio, ma era anche molto bella. In quel momento, tutti i dubbi sulla sua presenza alla colazione ufficiale svanirono. Certo, li aveva avuti, dei dubbi, e Ursula lo aveva intuito. Non è che disapprovasse l'attacco, ma sentiva, a ragione, che essere coinvolto in quel tipo di affari non giovasse alla sua carriera. Aveva ceduto all'invito pressante della leader in parte perché era interessato alla causa, in parte per infastidire la moglie, ma soprattutto per via di Ursula. Benché, infatti, avesse superato la cotta per lei, o quanto meno pensasse di averla superata, nei suoi confronti provava ancora sentimenti che nessun'altra era riuscita a suscitargli fino ad allora. Qualcuno gli aveva detto che il comportamento della signorina Winfield aveva condotto ad alcuni screzi con la famiglia. Ma la «famiglia» includeva anche il suo fidanzato? Doveva scoprirlo. E vedendola in quello stato, ne ebbe conferma. Le leggeva in volto qualcosa di nuovo, un segno della tragedia appena vissuta.

«Non mi sarei mai aspettata di incontrarla a una riunione di galeotti», esclamò Ursula sforzandosi di apparire scherzosa.

«Nemmeno io. Ma a dire il vero, non credevo che un giorno si sarebbe trasformata in un avanzo di galera. In un'occasione come questa, mi pareva giusto, in qualità di vecchio amico, passare a farle un saluto.»

D'un tratto gli occhi di Ursula si riempirono di lacrime. La prigione era deprimente, e poi lei aveva così tanta fame. «È davvero un buon amico», replicò esitante.

Non si scambiarono altre confidenze personali perché non ce ne fu bisogno. Vernon aveva scoperto ciò che desiderava sapere: il fidanzamento di Ursula era giunto al capolinea. Pur essendo molto dispiaciuto per lei, non poté fare a meno di provare una leggera eccitazione, un lieve piacere. Naturalmente, il fatto che la ragazza fosse libera non faceva alcuna differenza, poiché lui era sempre sposato. Inoltre, era convinto che, se anche fosse stata lei a rompere il fidanzamento, non era il tipo di donna da impegnarsi di nuovo. Ricordava la sua espressione alla serata della British Association quando gli aveva parlato del fidanzamento. In ogni caso, avrebbero potuto essere amici e avere un rapporto che con un marito sarebbe stato impossibile. Sì, sarebbero diventati «buoni amici», come aveva detto Ursula.

18.

Dopo che Ursula aveva sacrificato così tanto per diventare una militante, sembrò uno scherzo del destino che l'anno successivo all'attacco di novembre venisse di nuovo dichiarata una «tregua». In primavera fu proposto un nuovo Conciliation Bill, di gran lunga più «conciliante» del precedente, che passò la seconda lettura con una maggioranza strabiliante. Ma le somiglianze tra i due disegni di legge non finivano lì. La proposta, infatti, fu ancora una volta ignorata e la WSPU si fece impaziente. Allora, uomini di stato preoccupati cominciarono a riflettere sul fatto che un nuovo attacco da parte delle suffragette non sarebbe andato d'accordo con i festeggiamenti per l'incoronazione. Perciò si raggiunse un compromesso: nel nuovo anno sarebbe stata dedicata una settimana all'esame del Conciliation Bill. Era una promessa.

Nonostante non fossero stati organizzati altri raid, c'era un'impressionante quantità di lavoro da sbrigare. Ad aprile si era tenuta la protesta per il censimento. Se le donne non erano abbastanza intelligenti per votare, non lo erano nemmeno per compilare una dichiarazione di censimento, sostenevano le suffragette. Chi possedeva una casa lasciò il modulo in bianco e chi non la possedeva passò la notte fuori. Benché quel tipo di protesta mettesse a dura prova la sua sensibilità scientifica, Ursula aderì lo stesso. Alle due e mezzo del mattino si ritrovò a tenere un discorso di fronte a un pubblico entusiasta ad Aldwych, in una pista di pattinaggio gremita, mentre un'ora o due più tardi mangiava albicocche stufate a Drury Lane. Che strani eventi comportava il suffragio! Quindi tornò all'appartamento in Adelphi Terrace che ormai da un po' di tempo condivideva con una compagna suffragetta. Quando aprì la porta, si accorse che il pavimento del salone all'ingresso era ingombro di persone assopite, avvolte in tappeti e mantelli, perciò riuscì a fatica ad aprirsi un varco. Anche le altre stanze erano parimenti affollate, tanto più che il tavolo da pranzo offriva la possibilità di un posto letto doppio, sopra e sotto. Non sembrava esserci spazio per nessun altro. Avrebbe fatto meglio a tornare ad Aldwych, soprattutto considerato che pattinare era una delle sue poche abilità. Illuminata dalle prime deboli luci dell'alba, si avviò verso l'ingresso pervasa da un lieve senso di irrealtà in quella cerchia di intimi sconosciuti.

A giugno, il mese dell'incoronazione, si tenne la più grande marcia del movimento per il suffragio, il corteo più imponente che si fosse mai visto, come dichiararono alcuni sostenitori appassionati. Tutte le società unirono le forze e quarantamila donne si radunarono per manifestare in sostegno del Conciliation Bill. Ursula stessa era a capo di un distaccamento e, con suo grande disappunto, non poté prendere il posto d'onore tra le settemila ex prigioniere. Tuttavia si consolò pensando che sua madre si sarebbe sentita sollevata.

Infatti, come aveva detto al marito, la signora Hibbert si era rifiutata di tagliare i ponti con la figlia. Ursula non andava mai a Lowndes Square, ma sua madre faceva spesso folgoranti, seppur brevi apparizioni nell'appartamento in Adelphi Terrace. «Devo dire che ti sei sistemata bene qui, è molto confortevole», era solita commentare con una punta d'invidia. Il posto era davvero incantevole, perché la coinquilina di Ursula era una donna con discreti mezzi e uno spiccato gusto per l'arte. «Perché non posso vivere anch'io così?» aggiungeva di tanto in tanto lamentandosi. «Non dovrei preoccuparmi di organizzare feste né di badare a una casa piena di domestici svogliati.»

«Célestine non lo permetterebbe mai», le ricordava sempre la figlia ridendo.

«No, hai ragione. Quella donna è una vera tiranna.» La possibilità di fare a meno della cameriera francese non venne nemmeno presa in considerazione.

Ma la signora Hibbert non era la sola persona a far visita alla ragazza dalla sua vita passata, e nemmeno la più assidua. Come il professor Smee aveva presagito, lui e Ursula erano diventati buoni amici, tanto che l'uomo aveva preso l'abitudine di passare a trovarla dopo le sedute del consiglio alla Chemical Society, sostenendo con una certa sfacciataggine che Adelphi Terrace era giusto «dietro l'angolo». I due si incontravano anche quando era Ursula ad andare all'associazione, ma la sua partecipazione agli incontri del giovedì sera era ormai un evento piuttosto raro. C'era sempre qualche impegno legato al suffragio che le impediva di presenziare e, a parte quello, non era certa di volerlo fare. Le fugaci puntate nel mondo della scienza la rattristavano: non era solo per il desiderio di tornare al suo lavoro; spesso veniva colta dal dubbio atroce di non sapere più dove mettere le mani, semmai fosse tornata in laboratorio. Di certo, trovava difficile seguire le relazioni sul lavoro degli altri. Invano si disse che la sua momentanea ottusità scientifica era dovuta alla preoccupazione. Come poteva la sua mente concentrarsi sulla chimica quando non smetteva mai di pensare alla causa?

Con il suffragio stava facendo un buon lavoro. Al Clement's Inn erano tutti contenti del suo operato e agli incontri riusciva quasi sempre ad agganciare il pubblico. Ma sebbene tali risultati la rassicurassero, era consapevole che un qualche potere in lei, il dono della divinazione creativa, fosse scomparso. A volte, arrivava a credere che fosse stato il dolore a ucciderlo.

Qualunque fosse la ragione della sua ritrosia nei confronti della chimica, accoglieva sempre con favore il professor Smee. Senza contare la crescente simpatia che provava per lui come uomo, era piacevole e stimolante frequentare qualcuno fuori dal mondo del suffragio. In alcuni ambienti l'intimità che si era creata tra di loro avrebbe potuto essere giudicata inopportuna, ma zia Grundy non era una suffragetta. Inoltre, Ursula aveva un'accompagnatrice, perché la proprietaria dell'appartamento era una donna sposata con un marito perfetto, seppur assente, impegnato nell'Indian Civil Service. Senza dubbio, per le convenzioni vigenti la signora Forsyth non poteva considerarsi uno chaperon a tutti gli effetti, dato che la causa la teneva talmente impegnata che spesso Vernon trovava Ursula da sola. Per un uomo distinto come il professor Smee doveva essere noioso passare il tempo in quel modo, rifletteva di tanto in tanto Ursula, dopo una serata trascorsa insieme nel grazioso salottino. Ai vecchi tempi gli avrebbe parlato del suo lavoro, ma ormai cosa aveva di interessante da raccontare? Una volta, nell'istante in cui Vernon si alzò per andarsene, la ragazza espresse il proprio pensiero ad alta voce: «Le fa davvero piacere sprecare così tanto tempo con me, professor Smee?».

«Forse non lo considero uno spreco di tempo.» Il professore era arrossito, ma Ursula non ci fece caso. Così, lui rise e aggiunse: «Quando mi chiama "professor Smee", mi fa sentire così antico! Che ne dice di Vernon?».

Ursula rimase sorpresa. Non che fosse strano chiamare un amico con il suo nome di battesimo. Benché lei non si fosse mai azzardata a farlo, era una pratica comune sia in casa Hibbert sia nel *milieu* dei suffragisti di cui ormai faceva parte. Ma il professor Smee! Lei era ancora abbastanza giovane da considerare un quarantacinquenne un uomo maturo, anche se lui non dimostrava la sua età. Vernon le sembrava davvero poco adatto. Quando glielo fece notare, l'evidente irritazione del professore la lasciò interdetta. «Certo che la chiamerò Vernon, se preferisce», si affrettò a rassicurarlo, «ma allora lei deve chiamarmi Ursula. Altrimenti, toccherebbe a me sentirmi antica! Finirei per sembrare sua zia nubile.»

«Un ruolo più che adeguato», la rimbrottò lui. «Tuttavia asseconderò la sua richiesta. Buonanotte, Ursula.»

Quella volta, qualcosa nel tono di voce e nell'aspetto del professore penetrò l'incomprensione di Ursula. La sua concessione era forse apparsa indiscreta? si chiese.

C'era un risvolto dell'amicizia con Vernon che Ursula

non coglieva: l'effetto che aveva sulla signora Smee. Da un certo punto di vista, se pensava a Charlotte, quell'amicizia poteva sembrarle ancora più giustificabile. Essere legati a una donna del genere non doveva essere poi così dissimile dallo stare lontano da Tony: lei e Vernon si consolavano a vicenda nella comune solitudine. Non si sarebbe certo permessa critiche volgari, tanto più che il nome di Charlotte non veniva mai menzionato nei loro incontri. Invece, per quanto riguardava eventuali visite a Clarendon Road, era grata alla signora Smee, perché la sua oltraggiosa maleducazione le aveva rese impossibili.

Sebbene Ursula incontrasse spesso il professore quando era in città, c'erano anche lunghi periodi in cui non lo vedeva affatto. Per settimane e settimane era lontana, impegnata a seguire le elezioni suppletive o in giro per il paese a parlare di suffragio. Tuttavia non era chiaro se questi intervalli contribuissero a una più rapida maturazione della loro amicizia. Con grande sorpresa del signor Smee, Ursula si dimostrò una corrispondente eccellente. Rimase stupito non solo dalla lunghezza e dalla frequenza delle sue lettere scarabocchiate e scritte di solito in treno, ma anche da una certa intimità che si leggeva tra le righe, qualche frase occasionale, persino tenera, che gli toglieva il fiato e lo disarmava a fronte di formule di apertura e chiusura molto classiche come «Caro Vernon» e «Cordiali saluti». Il professor Smee sarebbe stato meno perplesso, e pure meno emozionato, se avesse cercato una spiegazione al comportamento di Ursula: la ragazza lo stava inconsciamente trattando come sostituto di Balestier. Durante il fidanzamento, la lettera quotidiana che Ursula scriveva all'amato era diventata parte integrante della sua vita. Per lei era come parlare con Tony su carta – non lo considerava un odioso componimento letterario –, perciò smettere di scrivergli l'aveva ferita quasi quanto smettere di vederlo. Così si era limitata a riprendere la sua vecchia abitudine.

E poi aveva così tante cose da raccontare! I suoi viaggi per il suffragio, seppur faticosi, erano molto interessanti. Solo la rapida successione degli strani personaggi che la ospitavano forniva di per sé ampio materiale per la corrispondenza, benché, a dir la verità, lei avrebbe preferito la monotonia riposante della vita d'albergo. Non erano i costi a scoraggiarla – aveva scoperto che le sue quattrocento sterline erano considerate una piccola ricchezza nell'ambiente che frequentava –, ma la leader la invitava ad accettare l'ospitalità locale, senza dubbio consapevole che l'ardore dei sostenitori era accresciuto dall'idea di intrattenere qualcuno della bellezza e della posizione sociale della signorina Winfield. Una volta o due si ritrovò a soggiornare da persone appartenenti al mondo di sua madre, ma più spesso i suoi ospiti erano uomini d'affari abbienti, che si differenziavano dal resto della loro classe solo per la passione che nutrivano per le «cause». Con suo grande disappunto, Ursula scoprì che tutta una serie di quelle che lei definiva «mode passeggere» – vegetarianismo, antivivisezionismo, antivaccinismo – coesistevano senza eccezione con una simpatia per il suffragio. Perché diavolo le persone non riuscivano a capire che, a prescindere dalle loro opinioni, dovevano concentrarsi su un'unica grande questione? si domandava indignata.

Nondimeno, ricavò una buona dose di divertimento da quelle «mode passeggere»; Vernon ricevette la descrizione comica di una cena in cui venne servito un piattino con mele a fette e un'unica noce brasiliana. «Quel giorno, dalla colazione avevo messo sotto i denti soltanto qualche sandwich», scrisse Ursula, «e mi aspettavano due interminabili ore di chiacchiere! Come può immaginare, mi si è fermato il cuore... se poi il cuore è l'organo giusto in questo caso. Suppongo che la padrona di casa abbia notato la mia espressione impietrita, perché si è affrettata a informarmi che c'era dell'altro cibo per la servitù. Alla fine, sono comparsi un piccolo uovo sodo e una fetta di pane imburrata che ho consumato sotto lo sguardo al fulmicotone di sette bambini mangiatori di noccioline, che evidentemente consideravano la mia orgia un gesto a metà strada tra il sacrilegio e il cannibalismo!»

Ci fu un'altra esperienza ugualmente divertente e al limite del doloroso. Era una serata umida e fredda e all'incontro di Ursula, tenutosi in una sala umida e fredda, parteciparono in pochi. Anche il pubblico avrebbe potuto essere umido, e di certo si mostrò freddo, perché l'oratrice solo una volta riuscì a suscitare un debolissimo entusiasmo. Ghiacciata dalla testa ai piedi, la ragazza lasciò la sala per scoprire che pioveva a catinelle e, per di più, che avrebbe dovuto affrontare un lunghissimo viaggio in tram per raggiungere il sobborgo dove abitavano i suoi ospiti.

Non appena arrivò alla casa – un luogo un tantino pretenzioso –, si rallegrò per la cena che le venne offerta. Purtroppo, si trattava di un pasto freddo, cosa del tutto normale a quell'ora della sera. Per di più, non c'era altro da bere all'infuori dell'acqua. Finito di mangiare, venne accompagnata in camera da letto, un'immensa stanza ghiacciata con tre grandi finestre su cui la pioggia batteva insistente. Quella generale sensazione di gelo era acuita dal mobilio, un armadio monumentale di mogano e due lavabi, uno con i consueti accessori di porcellana – due catini e due caraffe di acqua fredda – e l'altro con rubinetti in nickel con le etichette caldo e freddo, benché da entrambi fuoriuscisse un flusso egualmente gelido. Infine, sul grande tavolo rotondo al centro della stanza campeggiavano una bottiglia di acqua fredda e diversi bicchieri, mentre sul comodino una mano premurosa aveva appoggiato un tumbler pieno di acqua così ghiacciata da appannare il vetro. Tremando, Ursula prese a fissare il letto gelido e, chiamando a raccolta tutto il suo coraggio, iniziò a svestirsi quando udì bussare alla porta. Latte caldo? Zuppa bollente? Dentro di sé cominciò a sperare in qualche conforto. Almeno una borsa dell'acqua calda? «Ho pensato che avrebbe gradito un bicchiere d'acqua, signorina Winfield», esclamò con sollecitudine la padrona di casa.

Dopo sette mesi traboccanti di esperienze diverse e di lavoro ininterrotto e faticoso, non c'era da stupirsi che ad agosto Ursula sentisse il bisogno di prendersi una vacanza. Partire con sua madre era fuori questione; il colonnello e la signora Hibbert erano già a Homburg, poiché la consueta disintossicazione annuale dalla vita cittadina si era resa ancora più necessaria dopo i festeggiamenti per l'incoronazione. Senza dubbio, Ursula avrebbe potuto trovare qualche compagna suffragetta che andasse con lei, sebbene Mary Blake fosse già occupata, ma avrebbe preso una boccata d'aria fresca solo se si fosse allontanata da tutte le sue frequentazioni quotidiane. Cornovaglia? Il «ducato» sconosciuto l'aveva sempre attirata e, dopo aver sentito parlare di graziosi cottage in un pittoresco villaggio di pescatori, decise che quella sarebbe stata la meta delle sue vacanze.

Mentre preparava la valigia, Ursula pensava davvero che avrebbe goduto di un mese di riposo e solitudine. Dopotutto, non era sempre stato così? Ben presto, tuttavia, si rese conto che non era abbastanza felice per stare da sola. Il desiderio di Tony si riaccese con la stessa intensità della prima volta. La vita era sopportabile solo quando se lo immaginava lì con lei, a condividere passeggiate e picnic, come aveva fatto l'anno precedente a Dumdrochie. A volte, nella sua mente, stavano ancora insieme, e il loro rapporto era di gran lunga più intimo. Ma quei sogni erano una follia perché la rendevano oltremodo infelice. Alla fine della settimana fuggì di nuovo in città.

Almeno lì c'era il lavoro e nel lavoro l'oblio. L'ufficio vuoto la accolse a braccia aperte; la informarono che nessuno si occupava più della vendita dei giornali, così si rimboccò le maniche e cercò nuove reclute. Lei stessa si trovò un posto, a dir la verità molti posti, spostandosi sempre verso est. Il West End poteva anche essere deserto in periodo di vacanza, ma l'East era ancora pieno di gente. Con sua grande sorpresa, riuscì a vendere più giornali in quei quartieri poveri di quanto avesse mai fatto a Kensington, nonostante due o tre clienti dividessero la spesa di una singola copia. Sebbene gli affari andassero a gonfie vele, erano anche faticosi. Quell'estate fece un caldo anomalo, decisamente tutto fuorché inglese, con le temperature che raggiunsero picchi mai registrati. E Ursula trascorreva le giornate in piedi sotto un sole sfacciato e su un marciapiede rovente e affollato, portando una borsa pesante piena di copie di «Votes».

Non c'era da stupirsi se Vernon Smee, di ritorno dalla Svizzera, si preoccupò del suo aspetto. Anche lui era stato all'estero solo tre settimane, invece delle solite quattro; non era riuscito a starle lontano più a lungo. «Avrebbe dovuto rimanere in Cornovaglia e concedersi una vacanza come si deve», le disse.

«Bisogna sempre essere in due per fare una vacanza.» Ursula avvampò. «Quello che intendo dire è che è noiosissimo passarla da soli. La prossima volta mi unirò a un tour di Cook!» Rise senza allegria.

Vernon si era alzato e guardava fuori dalla finestra. Se la ragazza avesse intuito il suo tumulto interiore, sarebbe rimasta senza parole. Sì, bisognava essere in due per fare una vacanza. Anche lui la pensava così! Che Ursula lo stesse invitando a partire insieme? Il buonsenso gli suggerì che non poteva essere. Era affezionata a lui, ma solo come amico. Forse un giorno... no, sarebbe stato comunque impossibile. Era legato, incatenato a vita. Se lo ripeteva in continuazione, pur sapendo che, se Ursula si fosse mai interessata a lui in altro modo, non si sarebbe certo rassegnato all'impossibile.

«Cosa guarda fuori dalla finestra con tanta attenzione?» La domanda lo riscosse dalle sue riflessioni.

«Pensavo che Londra è un posto deprimente rispetto alla Svizzera. E poi mi chiedevo come portarla in vacanza senza ricorrere a Thomas Cook!» Non aveva pensato a nessuna di quelle cose, ma cominciò a farlo. Fu colto da un'improvvisa ispirazione grazie alla quale avrebbe preso due piccioni con una fava. Era sbalorditivo, stupefacente! Il suo collega Vincent non l'aveva esortato per anni a unirsi a un gruppo vacanze in Svizzera che lui e la sorella organizzavano ogni inverno? E una volta la signora Vincent non gli aveva parlato di Ursula con ammirazione? «La signorina Winfield è un'oratrice davvero eccezionale», aveva commentato la donna. Propose allora il suo piano: lui e Ursula avrebbero dovuto partecipare insieme alla gita dei Vincent durante le vacanze di Natale.

La ragazza trovò l'idea affascinante. Come aveva detto molto tempo prima, i territori inesplorati della Svizzera la stuzzicavano. Montagne alte, fresche e tranquille! Per non parlare degli sport invernali! Senza presunzione, sapeva di essere una brava pattinatrice. Sì, le attività invernali sarebbero state deliziose, a maggior ragione dopo un agosto torrido. Inoltre, tutto sommato, era vero quello che aveva detto Vernon: quell'anno non si era concessa una vera vacanza. Se avesse continuato su quella strada, sarebbe crollata. Eppure ebbe da obiettare. «Ma conosco appena il professor Vincent e la moglie. Come posso imporre loro la mia presenza?»

«Ci sarò anch'io, e non sono un estraneo!» Vernon ce la stava mettendo tutta per sembrare disinvolto, per impedire che la voce tradisse l'intensità del suo desiderio. «Ci divertiremo, faremo baldoria. Ursula, venga, la prego.»

«Sì, sarà una vera baldoria.» Per la prima volta dopo mesi sembrava che la vita le sorridesse di nuovo. Anche se era solo un ripiego, l'amicizia era pur sempre piacevole; quel pomeriggio si era addirittura sorpresa di quanto fosse felice di rivedere Vernon. Sì, le avrebbe fatto piacere una vacanza in Svizzera in sua compagnia. Sarebbe andata a Natale, se i Vincent l'avessero invitata, gli disse.

Quell'autunno Ursula tenne più discorsi di quanti ne avesse mai tenuti. Gli organizzatori locali nelle città della costa meridionale chiedevano a gran voce di lei, nonostante non sapesse il perché. Per quanto la riguardava, non le piaceva quel pubblico: era gente meno intelligente e meno educata di quella del Nord. Non c'era da meravigliarsi che nel Lancashire parlassero dello «sciocco Sud», rifletté la ragazza a un grande evento a Worthing, durante il quale lei e gli altri oratori riuscirono a malapena ad aprire la bocca. Che pandemonio! Grida, schiamazzi, canti, balli, musica di ogni genere. Alla fine, i sensi di Ursula si erano assuefatti a tal punto che smise di notare il baccano. Il rumore la lambiva come le onde del mare, perciò non fu un grande sforzo restare seduta e sorridere con noncuranza.

La sera successiva era a Southampton per un incontro molto più ristretto con lei come unica relatrice. In quella città c'era una sacca molto ostile, ma un'organizzatrice piuttosto agitata assicurò che non ci sarebbero stati problemi. La porta era sorvegliata dalla polizia e l'ingresso era consentito solo a chi aveva un biglietto; dunque, il pubblico sarebbe stato composto solo da simpatizzanti.

Per un istante Ursula pensò che se gli eventi fossero stati riservati solo ai sostenitori della causa, non sarebbe nemmeno valsa la pena organizzarli. In ogni caso, preferì tenere la considerazione per sé, così da non infierire e dare all'organizzatrice un altro motivo per crucciarsi. Alla fine, venne fuori una delle ragioni per cui la povera ragazza si affannava tanto: la signora che avrebbe dovuto ospitare Ursula si era ammalata all'improvviso. «Una certa famiglia Todd ha chiamato per offrirsi di ospitarla», aggiunse. «Sono gentilissimi. Le due signorine Todd sono tra le nostre migliori lavoratrici, davvero umili, vivono sopra il loro negozio di forniture marittime. Spero non le dispiaccia.»

Ursula la rassicurò. A essere onesta, pensava che visitare un negozio sarebbe stata un'esperienza interessante. E cosa avrebbe detto sua madre? L'idea aggiunse un tocco di maliziosa allegria a quella prospettiva. Quasi le dispiacque di sapere che avrebbe cenato negli «alloggi» dell'organizzatrice e sarebbe andata dai Todd solo dopo l'incontro. Non avrebbe saputo dire se fosse per evitare il disturbo ai padroni di casa o per limitare al massimo la sua presenza nel negozio incriminato.

Quando, più tardi, raggiunse il luogo dell'evento, un folto gruppo di individui violenti rumorosi era già radunato all'esterno, sebbene a debita distanza dalla porta presidiata da diversi poliziotti massicci. L'organizzatrice aveva preso sagge precauzioni, pensò Ursula non appena scoprì che la sala non si trovava al piano terra, ma si poteva raggiungere solo salendo una lunghissima scalinata curva con ripidi gradini di pietra. Eventuali risse, come quelle che erano occorse la sera precedente, in quel luogo sarebbero state oltremodo pericolose. «È l'unica sala che viene affittata alle suffragette», spiegò la ragazza.

Il locale era già abbastanza pieno, anche se il biglietto, come aveva affermato con orgoglio l'organizzatrice, costava sei centesimi. Secondo la sua teoria, in quel modo si aveva un pubblico più numeroso. «Se la gente deve pagare per partecipare, penserà che ne vale la pena.»

«Anche nel caso che non sia così!» osservò Ursula ridacchiando.

Il pubblico non era soltanto numeroso, ma anche più entusiasta di quanto la signorina Winfield si aspettasse. Si ritrovò a parlare con scioltezza, senza essere interrotta da rumori molesti provenienti dall'esterno, che del resto erano in gran parte attutiti dalle finestre chiuse e dalla distanza dal piano terra. Tenne un discorso lungo – parlò per più di un'ora – e concluse con una nota sulle detenute e le loro sofferenze. Con il senno di poi, capì che i presenti si erano commossi perché la sala era punteggiata di fazzoletti bianchi usati per tamponare le lacrime. Poi, all'improvviso, si udì uno schianto che fece addirittura tremare i vetri! Quando un oggetto in fiamme volò nella stanza, le donne presero ad alzarsi, a urlare e ad agitarsi frenetiche. Per fortuna, finì nello spazio vuoto tra la prima fila e il palco, crepitando minaccioso. Si udirono altre grida. «Una bomba! Una bomba!» Seguì un fuggifuggi verso la porta.

Anche Ursula si era alzata. «State seduti!» strillò prima di scendere dal palco. Aveva un solo pensiero in testa: sbarazzarsi di quell'affare che spaventava il pubblico. Andò a recuperare il sinistro oggetto nero, raccogliendolo insieme a un volantino che trovò a terra nelle vicinanze. Più tardi, il ricordo di quel pezzo di carta l'avrebbe fatta sorridere: quale altra utilità poteva mai avere? Attraversando la stanza di corsa, gettò il visitatore indesiderato dal buco che aveva prodotto quando era entrato. «Non vorremmo mica privare un donatore del suo gentile regalo!» esclamò allegra.

Il fuggifuggi verso la porta era ormai cessato. Poiché la curiosità era forte tanto quanto la paura, la gente aveva aspettato di vedere come si sarebbe comportata Ursula. Con la bomba ormai lontana, si sentivano tutti più al sicuro restando in sala. La maggior parte dei partecipanti riprese il suo posto, e i pochi che scelsero di uscire lo fecero in silenzio. Il vero pericolo, quello delle scale ripide e curve, era scampato.

Ursula terminò il discorso, ma la sua perorazione era rovinata. L'aspirante guastafeste, almeno in parte, era riuscito nel suo intento, benché il gesto della ragazza, in modo del tutto illogico, giocò a favore della causa molto più delle parole. «Non ha avuto paura, signorina Winfield?» le chiesero ammirate parecchie donne, che poi decisero di diventare nuovi membri della WSPU. L'entusiasmo non diminuì nemmeno quando venne loro spiegato che la famigerata bomba era, in realtà, un semplice fuoco d'artificio. A onor del vero, Ursula stessa non se n'era accorta subito, ma del resto non aveva avuto il tempo di avere paura.

L'evento si concluse con forte ritardo: l'organizzatrice dovette parlare con la polizia, tranquillizzare il proprietario della sala e discutere della riparazione della finestra. Quando si fu liberata, afferrò la valigia dell'oratrice e si preparò ad accompagnarla nella casa dove avrebbe passato la notte. Ursula azzardò qualche debole protesta; aveva scoperto che gli organizzatori si indispettivano se era lei stessa a portare il proprio bagaglio, nonostante fosse molto più adatta al compito. Fortunatamente, il negozio dei Todd non era lontano.

Una volta arrivate, l'organizzatrice si congedò lasciando Ursula seduta davanti a una generosa cena servita dalle due signorine Todd. Sembravano gentili, pensò la ragazza, benché sua madre non le avrebbe nemmeno considerate «assurde». Avevano partecipato all'incontro e si vedeva che erano sopraffatte dall'ammirazione, sia per la prodezza della loro ospite sia per il suo discorso. In passato, un simile atteggiamento l'avrebbe imbarazzata, ma ormai Ursula ci era abituata.

«Mamma e papà sperano che lei possa perdonarli se non

sono qui con noi», disse all'improvviso la più giovane delle sorelle Todd, «ma è un po' tardi per loro.»

«Anche per me, sinceramente», rispose Ursula sorridendo e alzandosi da tavola. In fondo, erano quasi le undici.

Sembrava ci fosse davvero poco spazio nella stanza in cui la accompagnarono, ma Ursula era troppo occupata a rassicurare le ragazze che non le serviva altro per rendersi conto della situazione. Non appena se ne furono andate, si guardò intorno curiosa. Il problema non erano le dimensioni, bensì il fatto che quel posto era straordinariamente pieno! Mai nella vita aveva visto così tante cose ammassate in uno spazio simile. Stupita, posò lo sguardo su tre poltrone rivestite in broccato che bloccavano il passaggio, su un letto con due piumini in seta, su una cassettiera, sulla mensola del camino stracolma di vasi, su orologi e soprammobili di ogni tipo e, infine, su una toeletta che scricchiolava sotto il peso di spazzole con il manico d'argento, boccette, puntaspilli, vassoi, portagioie che contenevano persino due anelli con tanto di gemme! D'un tratto si rese conto che l'intera casa era stata spogliata dei suoi oggetti più preziosi per arredare la camera dell'ospite.

Dormì profondamente, dopo aver tolto entrambi i piumini di seta, e quando si svegliò la mattina dopo era già pieno giorno. Il suo orologio segnava le nove in punto! Imperdonabile! Le signorine Todd l'avevano informata che erano solite fare colazione alle sette, nonostante avessero aggiunto che la signorina Winfield non doveva nemmeno sognarsi di alzarsi così presto. Fuori dalla porta, trovò un ampio catino pieno di acqua calda: allora l'avevano chiamata e lei non aveva sentito. Cercò di scusarsi in tutti i modi quando, un'ora più tardi, scese di corsa.

Una donna corpulenta e dall'indole pratica, con ogni probabilità la padrona di casa, fece il suo ingresso nell'atrio e la salutò con rassicurante cordialità. «Sono contenta che abbia fatto una bella dormita, mia cara, se posso permettermi di chiamarla così. Doveva essere piuttosto esausta. Mi occupo subito della sua colazione, non ci vorrà più di qualche minuto. Intanto, si accomodi e faccia come se fosse a casa sua.» Si mise subito all'opera, tanto che poco dopo si udì un piacevole e appetitoso sfrigolio.

Seguendo le istruzioni della signora Todd, Ursula prese posto nella piccola e severa sala da pranzo e notò che la tavola, coperta da una tovaglia pulita, era stata apparecchiata per una sola persona. Pensò che i resti della precedente colazione fossero già stati portati via e non le passò nemmeno per la testa l'idea che la famiglia avesse mangiato in cucina né che il suo pasto fosse stato preparato dalla padrona di casa in persona finché la gentile signora non riapparve all'improvviso reggendo, tutta sorridente, un grande vassoio. Fu allora che Ursula balzò di nuovo in piedi, in preda ai rimorsi di coscienza. «Avrebbe dovuto lasciare che la aiutassi.»

«No, no, cara, stia seduta.» La signora Todd posò il vassoio e quasi spinse la sua ospite di nuovo sulla sedia, poi con destrezza sistemò sul tavolo la teiera, il pane tostato e un invitante piatto con uova e pancetta. «Lei faccia il suo lavoro che io faccio il mio, così saremo entrambe tranquille.»

Solo dopo aver esaudito tutti i desideri della sua ospite, la padrona di casa acconsentì a sedersi.

«Di solito abbiamo una domestica», spiegò in tono gioviale, un tantino trafelata. «Per le signorine è una fissazione, ma io dico sempre che ci si mette di più a istruire qualcuno a fare qualcosa che a farlo e basta. Le signorine sostengono che non stia bene che sia io ad aprire la porta. "La gente ti guarderà storto, mamma", dicono. E io rispondo: "Se la gente mi guarda storto perché apro la porta di casa mia, può anche non disturbarsi a passare!". Tuttavia, per il quieto vivere, finisco col cedere. E poi le domestiche non si fermano a lungo... e questa è una benedizione! Nell'intervallo tra l'una e l'altra mi consolo un po' di avere la cucina tutta per me.»

Ursula sorrise mentre considerava quel nuovo punto di vista sulla servitù. Si sentiva curiosamente attratta da quell'anziana così saggia. «Qualche volta ho pensato anch'io che avrei volentieri fatto a meno dei domestici. A parte in città, dove si sporca sempre tutto.»

«Oh, sì, la sporcizia degli altri scoraggia», asserì la signora Todd. «Un giorno, quando passeremo l'attività a Frank, il nostro ragazzo, vorrei vivere in campagna. Un bel cottage è quello che ho sempre desiderato, e un giardino con cavoli e malvone e... Ma ecco, alle signorine non piace se parlo di queste cose.» Inspiegabilmente, la donna ammutolì.

«No, la prego, mi racconti.» Ursula era davvero curiosa. Aveva intravisto uno sguardo così tenero e malinconico negli occhi della donna.

«Be', un bel maiale!» C'era audacia nel suo tono di voce. «Per tutta la vita ho desiderato di avere un maiale. Forse perché con il mio lavoro ho avuto sempre a che fare con lardo e cose del genere; il maiale è una creatura così rassicurante, di compagnia quando è in vita, poi, una volta morto, si mangia tutto. Ma le signorine pensano che un maiale sia volgare.»

«Mia madre considerava volgare il suffragio, però poi si è abituata all'idea che io lavori in quell'ambiente. Sono sicura che anche le sue figlie si abitueranno al suo maiale.» Ursula rise per quello strano paragone, e la signora Todd, che evidentemente possedeva il senso dell'umorismo, si unì a lei. «Comunque la pancetta, anche se provenisse dal suo maiale, non potrebbe essere più buona di questa.»

La padrona di casa si illuminò. «È quello che dice sempre il signor Todd: "Datemi una fettina della pancetta di vostra madre e morirò felice". Di certo, è meglio della schifezza che mi hanno servito al Grand Hotel Lunnon; quella non se la sarebbe mangiata neanche un cane, glielo dico io! Ne prende ancora un po', vero, mia cara? Ha bisogno di cibo per mantenersi in forze con tutti i suoi viaggi e i suoi discorsi, soprattutto se succedono cose come quella di ieri sera. Le signorine mi hanno raccontato tutto, non la finivano più di parlare di lei. Ecco cosa mi piace, un po' di fegato. A volte penso che il coraggio dovrebbe guidarci nell'onorare i comandamenti, perché altrimenti non ne rispetteremmo neanche uno.» La signora Todd portò via il piatto della sua ospite.

Che vecchietta deliziosa! Mentre restava in attesa della seconda porzione che le aveva promesso, Ursula lasciò vagare lo sguardo nella stanza. Fu una grande fotografia incorniciata, raffigurante un gruppo di persone a un matrimonio, ad attirare la sua attenzione. Non era orribile? Dai vestiti immaginava che dovesse risalire agli anni Ottanta dell'Ottocento; probabilmente si trattava degli stessi Todd. Qualcosa nello sposo le sembrò stranamente familiare: la posizione della testa, l'atteggiamento... Si alzò di colpo per osservarla più da vicino.

Straordinario! Naturalmente, lo sposo non poteva essere Vernon, anche se gli assomigliava moltissimo, o almeno assomigliava al Vernon più giovane che si immaginava lei. Bastava aggiungere qualche ruga al viso, togliere una o due pieghe da quell'abito orribile ed eccolo lì, Vernon. La sposa? Su di lei Ursula era più incerta. La ragazza nella foto era esile e persino graziosa, con un'espressione di completa felicità sul viso. Non si accordava affatto con il ricordo che aveva di Charlotte, ma del resto aveva visto la signora Smee soltanto un paio di volte e sempre in preda alla rabbia. «L'uomo in quella foto assomiglia molto a un mio grande amico», esclamò non appena la padrona di casa ricomparve.

«È mia sorella, la signora Smee, il giorno del suo matrimonio.»

«Allora è proprio il mio amico! Che cosa curiosa! E la signora Smee è sua sorella?» Quell'informazione era sorprendente tanto quanto la fotografia. Non pensava che la moglie di Vernon appartenesse a una classe sociale così umile; inoltre, era impossibile credere che la gentile e ragionevole signora Todd fosse imparentata con quella strega.

Fortunatamente, la padrona di casa fraintese lo sgomento di Ursula. «Vede, sono la prima di una famiglia numerosa, mentre Charlotte è la più piccola. C'è una grande differenza d'età tra noi. Si potrebbe dire che in passato sono stata per lei più una madre che una sorella. E lei è una buona amica di Charlotte, giusto, cara? Be', non è delizioso? Però non mi ha mai parlato di lei, mi sembra.» La signora Todd, benché sempre cordiale, era perplessa.

«Oh, no, conosco appena la signora Smee. L'ho vista solo un paio di volte. Invece conosco bene il professor Smee.

Ci vediamo spesso e poi una volta lavoravo nel suo laboratorio.» Di proposito, Ursula stava enfatizzando il suo rapporto con Vernon per evitare di continuare a parlare di Charlotte. Sarebbe stato terribile se la signora Todd avesse intuito i sentimenti che lei provava verso sua sorella.

«Sì, so come fa con le studentesse.» Si avvertiva ancora l'amabilità della padrona di casa, ma il tono era un po' distratto e un osservatore attento si sarebbe accorto dello sguardo preoccupato sul suo volto gentile. Si accomodò su una sedia, questa volta con l'intenzione di restarci, e tirando fuori un calzino grigio da terminare iniziò a sferruzzare. «Allora credo di aver sentito parlare di lei, mia cara, solo non per nome. Mia sorella è stata qui un paio di settimane fa. È lei la ragazza che parteciperà a una specie di gita con lui a Natale?»

«Esatto.» Ursula pareva sorpresa che la signora Todd conoscesse i suoi piani, ma era naturale che Vernon ne avesse messo a parte la moglie e che lei avesse informato sua sorella. In realtà, il professore non aveva detto niente a Charlotte, che l'aveva scoperto per caso; il litigio che ne era scaturito aveva oscurato tutti i precedenti. «Io e il professor Smee siamo stati invitati da amici in comune a passare due o tre settimane in Svizzera con loro.»

«Sì, me l'ha detto.» Ursula si era irrigidita, ma la signora Todd non pareva averlo notato, perché continuava a sferruzzare placida. «Oserei dire che dopo il duro lavoro ha bisogno di una vacanza, e anch'io dopo questo!»

«Ha ragione, ne abbiamo bisogno.» Il volto della ragazza si illuminò. Non stava più nella pelle, voleva partire; sarebbe stato un sollievo allontanarsi da Londra e dall'atmosfera oppressiva del lavoro per godersi il luminoso sole della Svizzera. Non vedeva l'ora di cimentarsi nello sci, come aveva detto a Vernon, e di crogiolarsi nelle allegre conversazioni che avrebbero intrattenuto! «Credo che ci divertiremo moltissimo.»

«Ne sono felice, mia cara.» Seguì una pausa. Poi la signora Todd riprese a parlare con voce allegra e tranquilla. «Ma non le sembra un peccato divertirsi a spese della felicità di qualcun altro? Charlotte è molto infelice.»

«Cosa intende?» Ursula avvampò. Di norma sarebbe stata furiosa, ma era impossibile arrabbiarsi con la padrona di casa. «Non sto facendo niente che possa rendere infelice sua sorella. Di cosa mi accusa esattamente?»

«Oh, mia cara, non la accusa proprio di un bel niente.» La signora Todd stava ancora sferruzzando imperturbabile. «Dice solo che suo marito è innamorato di lei.»

«Come osa!» Ursula per poco non si strozzò.

«Be', non è così, forse? Non c'è da sorprendersi, mia cara, lei è molto bella. E non sto dicendo che anche lei sia innamorata di lui, anzi, vedo proprio che non è così. Se lo fosse stata, mi sarebbe sembrato più rispettabile.»

«Non la capisco.» Ursula la guardò, sbalordita dalla propria stessa rabbia.

«Sembra uno spreco di tempo invelenire un matrimonio e rendere Charlotte così infelice solo per un amico. Ecco come la vedo io.»

«Se sua sorella è infelice, non può che incolpare sé stessa, dato che non ne ha alcun motivo!» ribatté Ursula indignata. Perché stava discutendo con quella donna? si chiese. Avrebbe dovuto semplicemente andarsene. Ma nella geniale passività della signora, nel costante ticchettio dei ferri sembrava esserci qualcosa di ipnotico che le impediva di alzarsi. «In ogni caso», proseguì trionfante, «la mia amicizia procura grande felicità al professor Smee.»

«Davvero? Ne è sicura, cara?» La signora Todd non si sentiva provocata e dunque, a sua volta, non provocava. «Di recente non ho visto il marito di Charlotte, ma l'ultima volta non mi sembrava tanto felice. Mi è parso preoccupato e invecchiato. Dopotutto, non può esserci chissà quale soddisfazione nell'essere amici di una donna di cui si è innamorati.»

La signora Todd fece una pausa, forse in attesa di una risposta che non ottenne. Una terribile verità si stava facendo strada nella coscienza di Ursula. Era vero, negli ultimi tempi Vernon aveva un'aria pensierosa e malaticcia; lui stesso aveva ammesso di non riuscire a dormire bene. Era tutta colpa della loro amicizia?

D'un tratto la padrona di casa riprese la parola e, per la prima volta, era alterata. Non solo non c'era più traccia della sua imperturbabilità, ma aveva persino smesso di sferruzzare. «Comunque non mi interessa se la sua amicizia fa male a Vernon!» Le tremò la voce. «Sto parlando di mia sorella, della piccola Charlotte... perché sarà sempre la mia sorellina. Quando è stata qui, ha passato la metà del tempo a piangere... piangere per colpa sua! Le ha portato via tutta la felicità e per cosa poi? Un magro bottino.»

«Pensa che la mia vita sia piena di felicità?» Nella voce di Ursula si avvertiva una certa amarezza. Quella donna voleva convincerla a rinunciare alla sua vacanza in Svizzera, l'unica cosa che non vedeva l'ora di fare. Voleva che troncasse l'amicizia con Vernon, e in quel momento, per la prima volta, la ragazza si rese conto quanto quel rapporto fosse stato un conforto, un piacere per lei. Non avrebbe ceduto, non poteva. Aveva già sacrificato troppo. «La vita non è una faccenda poi così allegra per nessuno di noi, signora Todd!»

La padrona di casa le rivolse uno sguardo carico di compassione. «Davvero, cara?» replicò con dolcezza. «Non volevo certo dire che la sua vita è piena di belle cose. Del resto, sappiamo così poco gli uni degli altri. Ma almeno lei non ha passato quello che ha passato Charlotte: portare in pancia cinque piccolini per vederli morire tutti.»

«Che cosa?» Ursula si aggrappò al tavolo. Quelle parole pronunciate con tranquillità erano insostenibili, assurde. Ursula non aveva mai contemplato la possibilità che gli Smee avessero avuto figli; i matrimoni senza prole erano molto comuni nella cerchia di sua madre. «Ha forse detto... Intende... che il professor Smee e sua moglie...» Tacque, senza parole.

La signora Todd entrò nei dettagli senza esagerare. I bambini erano vissuti solo qualche ora o pochi giorni. Spiegò semplicemente che Charlotte non era fatta per avere figli e che ogni volta i dottori avevano detto che non sarebbe sopravvissuta a un'altra esperienza simile. «Ha forse notato una piccola cicatrice sul labbro inferiore di mia sorella?» chiese. «È il segno lasciato dai denti l'ultima volta che ha cercato di impedirsi di urlare.»

«Ma è orribile! Come ha potuto il professor Smee? Come?» La voce di Ursula era ridotta a un rantolo.

«Be', mia cara, non lo so. Dalla mia esperienza, posso dire che certe cose vanno sempre così: se non è zuppa è pan bagnato. Ma forse non dovrei parlarle così», si scusò la signora Todd. «Di questi tempi le ragazze sembrano saperne di più delle madri. Volevo solo farle capire cosa prova la povera Charlotte. Si sentirebbe terribilmente sola se suo marito la lasciasse.»

«Ma non gliel'ho portato via!» Nonostante il rammarico, Ursula non poteva ignorare quell'accusa, che era troppo mostruosa. «Vedo il professore solo una volta alla settimana!»

«È una volta di troppo! Mia cara, a crucciare la moglie non è tanto il tempo che passate insieme, quanto il fatto che Vernon non fa altro che pensare a lei. So cosa sta per dire, che non può farci niente: i pensieri di Vernon sono suoi e basta. Però ascolti un'anziana come me e provi a girare al largo. Come si dice, lontano dagli occhi, lontano dal cuore. Si metta nei panni di mia sorella, anche se a dire la verità non le sto mica chiedendo un favore. Voglio soltanto giustizia, qualcosa di molto più difficile da concedere. Deve sempre tenere a mente che Smee non è suo marito. È il marito di Charlotte e il padre dei suoi figli. Gli uomini sono nati sciocchi, è per questo che noi donne dobbiamo supportarci a vicenda. A grandi linee, non è questo il significato del suffragio?»

«Sì, è proprio questo», concordò Ursula con un filo di voce.

19.

La massima della signora Todd a proposito dei consigli che inducevano le persone a fare sempre l'esatto contrario di quanto veniva loro raccomandato si rivelò falsa. Ursula rinunciò all'amicizia con Vernon Smee, benché fossero stati più i sentimenti che la ragione a guidare la sua scelta. Le argomentazioni della signora Todd non l'avevano convinta, ma il racconto dei cinque bambini morti, ciascuno frutto di un'immensa sofferenza, le suscitò una tale compassione per la madre che nei confronti del padre provò una rabbia più simile alla repulsione. Se la donna, con la sua saggezza da persona matura, riteneva che «certe cose vanno sempre così: se non è zuppa è pan bagnato», la giovane età di Ursula e la sua formazione da suffragetta la spingevano ad attribuire tutta la colpa di quei problemi all'uomo. Era stato orribile da parte di Vernon, pensò indignata. Qualunque cosa fosse diventata sua moglie, il minimo che il professore potesse fare per riparare ai suoi misfatti era dedicarsi completamente a lei.

La rottura sarebbe stata ancora più difficile, e forse non si sarebbe nemmeno prodotta, se Ursula, al suo ritorno a Clement's Inn, non fosse stata incaricata insieme a Mary Blake di «coprire il Galles». Questo significava diventare una collaboratrice retribuita, e la ragazza ne era felice perché un posto fisso avrebbe dato contorni più netti alla sua esistenza. Inoltre, avrebbe restituito il salario – l'idea di percepirlo all'inizio l'aveva turbata – sotto forma di donazione al fondo per il suffragio. Il suo quartier generale sarebbe stato a Cardiff, le spiegarono, e avrebbe dovuto iniziare subito. Quella sera, quando Vernon Smee passò da lei, la trovò impegnata a impacchettare i pochi libri e i quadri. «Ci sarà un sacco da fare laggiù», gli disse, «e immagino che non avrò nemmeno il tempo di scriverle.»

Vernon prese a fissarla. Era già turbato all'idea che Ursula avrebbe presto lasciato Londra, ma il solo pensiero di non sentirla più, dopo la loro corrispondenza pressoché quotidiana, lo lasciò senza parole. Anche in quel momento, teneva l'ultima lettera che gli aveva mandato nella tasca interna della giacca. «Dice davvero?» esclamò, abbandonandosi a una risata forzata.

«Sì, davvero.» Ursula si sentì in colpa non per la sua decisione, ma per la scusa non del tutto sincera che aveva avanzato. Del resto, che alternative aveva? Non si poteva certo dire in faccia a un uomo che aveva fatto male ad avere dei figli. «Sa, quando parlavo in pubblico, scrivere lettere era una boccata d'aria da fresca», si affrettò ad aggiungere. «Mi aiutava a riempire il tempo degli interminabili viaggi in treno. Ecco perché si è dovuto sorbire i miei papiri! Ma ora passerò la giornata in un ufficio proprio a scrivere lettere e credo che, alla fine, ne avrò fin sopra i capelli di carta e penna!»

Il professore ignorò quell'elaborata spiegazione. «Ursula, cos'ho fatto? Perché mi tratta in questo modo?»

«Lei non ha fatto niente, ma non vorrà certo che mi venga il crampo dello scrittore!» Rise nervosa. Perché il professore non prendeva la cosa sul ridere? Le stava rendendo la vita talmente difficile che non poté non affidarsi alla propria innata onestà. «C'è un'altra ragione, ma non posso dirgliela.» Arrossì.

«Ursula!» Il cuore di Vernon prese a battere all'impazzata non appena gli balenò in testa un'idea entusiasmante. Possibile che la ragazza aveva scoperto di provare qualcosa per lui? Era questa la ragione del suo singolare comportamento? «Ursula!» ripeté con passione, prendendole la mano.

L'idea, però, ebbe vita breve, perché la ragazza la ritrasse di colpo, colta dalla visione subitanea di cinque bambini morti: i bambini di quella povera donna e del professore.

«No, non mi piace. Non lo faccia.» Avvampò di nuovo, ma questa volta di rabbia.

Allora, Vernon fu colto da una seconda illuminazione, se possibile ancora più sbagliata della precedente. La spiegazione era ovvia: Ursula si era riconciliata con Balestier! Senza dubbio aveva promesso al suo amato di astenersi dalla militanza. Forse era per quello che si trasferiva a Cardiff, per stare lontana dalle tentazioni. E visto che ormai c'era Balestier, non aveva più bisogno di un semplice amico! Be', avrebbe almeno potuto deluderlo con maggior delicatezza. Scrivere a un uomo tutti i giorni e poi... Era davvero senza cuore. Del resto, Ursula era sempre stata fredda e spietata. Cercò di ridere. «Non succederà più. Adesso so qual è la sua posizione. E non voglio certo procurarle il crampo dello scrittore, perciò non mi aspetterò di ricevere notizie da lei. Buona fortuna, allora, e arrivederci.»

«Arrivederci.» Forse Ursula capì di essere sembrata un tantino senza cuore e di certo era consapevole che si sarebbe sentita molto sola. Se Vernon avesse cercato di prenderle di nuovo la mano, non l'avrebbe ritratta, ma lui stava già aprendo la porta. «Arrivederci», ripeté. Il professore non avvertì il tremito nella sua voce.

Appena Ursula raggiunse Cardiff, il mondo del suffragio fu colpito da una bomba, che dissipò il rimpianto per l'amicizia perduta e qualsiasi altro sentimento. Si trattava del Manhood Suffrage Bill, con la sua proposta di estendere il diritto di voto a milioni di uomini ignorando del tutto le donne, che pure stavano sacrificando ogni cosa per ottenerlo. Naturalmente, ogni suffragista di Gran Bretagna si infervorò, tanto più che non era di conforto sentirsi dire che si sarebbero potuti proporre degli emendamenti in favore del voto alle donne. Quale impatto avrebbero avuto, si chiedevano i leader, degli emendamenti su un provvedimento governativo proposti da figure non legate in modo diretto alla politica? No, il Manhood Suffrage Bill era un insulto, un trucco escogitato per affossare il Conciliation Bill. Il governo aveva violato la tregua.

Venne indetta una manifestazione di protesta per il 21 novembre, ma, anziché essere incoraggiata a offrirsi volontaria, Ursula si vide proibire di prendervi parte. Una collaboratrice non poteva essere messa in pericolo, le scrisse la leader. Questo valeva sia per lei sia per Mary Blake. Se una delle due voleva sfilare in corteo, le spiegò, avrebbe dovuto dimettersi, almeno in via temporanea, dal suo incarico retribuito. «Ovviamente, sarebbe stupido che lasciassimo entrambe il posto, visto che siamo partite bene», affermò Ursula, discutendo la questione con l'amica. «Quindi andrò io.»

«No, lo farò io.» Nonostante i modi gentili, Mary Blake era determinata tanto quanto la sua compagna. «Tu sarai molto più utile qui, cara. Sai, qualunque stupido può stare in prigione.»

Ursula non poteva negare di avere una maggior competenza, ma non si sarebbe arresa. Tutte e due erano decise a compiere il sacrificio più grande. «Io sono più forte di te», incalzò, «e sono in grado di sopportare meglio le botte. Inoltre, supponiamo che si ricorra allo sciopero della fame. Tu ci sei già passata una volta, adesso tocca a me.»

Mary non credeva che sarebbe stato necessario uno sciopero della fame. Vi si era ricorse in passato come forma di protesta perché le suffragette erano considerate prigioniere politiche, ma da allora l'articolo 243a aveva migliorato la situazione. Anche se, naturalmente, non si poteva mai sapere. Tuttavia quella possibilità ebbe come unico effetto quello di renderla ancora più determinata. Alla fine, le ragazze decisero di estrarre a sorte. Mary ebbe la meglio e si propose come volontaria.

Per fortuna, le ansie di Ursula si rivelarono inutili. In quell'occasione, la manifestazione prese la forma di una rivolta organizzata in cui le suffragette ruppero diverse finestre. Di conseguenza, vennero arrestate e non malmenate. Con le nuove disposizioni, in prigione furono loro accordati gran parte dei diritti che credevano di meritare. Ma Mary in prigione non ci arrivò nemmeno, perché in tribunale un simpatizzante sconosciuto le pagò la cauzione. Due giorni più tardi, era di nuovo a Cardiff, furibonda e umiliata.

«La maledizione della bellezza!» esclamò Ursula ridendo.

Naturalmente, era felicissima del ritorno della compagna e amica, benché comprendesse benissimo il suo turbamento. Sì, era davvero molto piacevole avere accanto Mary. Mary, bella dentro e fuori. Ciò nonostante la sua presenza non impedì a Ursula di sentirsi sola. Il desiderio di Tony era ancora lì, affievolito dal tempo ma simile a una vecchia ferita pronta a bruciare di nuovo se solo qualcuno l'avesse toccata. Inoltre, aveva nostalgia di Vernon più di quanto si sarebbe mai aspettata; le mancavano le lettere quotidiane del professore e le chiacchierate settimanali. La cara Mary poteva anche avere un sacco di virtù, ma non eccelleva nell'arte della conversazione e, dunque, non c'era da stupirsi che quell'amicizia risultasse curiosamente insipida per lei. In confronto alla compagna, Vernon era una persona molto brillante, anche se Ursula non avrebbe mai ammesso che la salacità dei loro discorsi potesse essere dovuta alla differenza di sesso.

Malgrado quei difetti, Ursula si sentiva ancora più sola senza Mary. All'inizio di marzo fu annunciata un'altra grande manifestazione. Di nuovo, il quartier generale impose la presenza di una sola volontaria e anche in quel caso le ragazze tirarono a sorte, perché Mary si ostinava a sostenere che era suo diritto cancellare il precedente fallimento. La fortuna la favorì. Quella volta, però, non ci fu alcuna cauzione da pagare, dato che in un accesso di scrupolosità Mary aveva rotto finestre per un totale di centonovantotto sterline di danni. Quando lesse la condanna, Ursula rimase senza parole. Come ci era riuscita la dolce Mary? Si ricordò di quando l'aveva trovata quasi in lacrime perché c'era una zanzara sul muro e non ce la faceva a schiacciarla. Centonovantotto sterline di vetri rotti. Che colpo!

La condanna a sei mesi di reclusione non sembrava sproporzionata. Ma perché, visto che le pene erano più lunghe, la compagna e le altre suffragette dietro le sbarre dovevano vedersi negati i privilegi garantiti dall'articolo 243a? Una delegazione incontrò il ministro degli Interni, ci furono petizioni, proteste, tutto invano. Le donne attesero un mese, poi successe ciò che Ursula aveva temuto. All'inizio, quelle fuori non ebbero notizie; finché, una alla volta, le detenute vennero rilasciate. Avevano ottenuto dei risultati, ma a che prezzo!

Mentre Mary era in carcere, Ursula fu convocata per le elezioni suppletive di Crewe. Le risultò difficile lasciare il lavoro in Galles, ma sentiva di dover partecipare, poiché nessuna delle figure chiave della WSPU sarebbe stata presente; una si nascondeva e le altre erano troppo debilitate dopo lo sciopero della fame. Non che pensasse di poterle rimpiazzare. Era un'impresa impossibile per chiunque!

Tuttavia nella WSPU avevano un talento particolare per le imprese impossibili. Persino la leader non avrebbe saputo fare meglio di Ursula e delle altre due suffragette che si occuparono della campagna. Tanto per cominciare, si accaparrarono le migliori sale conferenze della città, in cui organizzarono incontri a ogni ora del giorno e della notte. Sfilarono per le strade, seguite da lavoratrici adoranti e da bande di bambini che canticchiavano. La rabbia crescente dei liberali era la prova del loro innegabile successo.

La sera prima dello spoglio, le tre ragazze organizzarono un grande incontro all'aperto a Catholic Bank. Certo, era presente un gruppo di liberali ostili, ma fu presto sommerso da un mare di sostenitori. Quando toccò a Ursula parlare, le interruzioni divennero trascurabili ed ebbero come unico effetto di risvegliare il suo spirito combattivo e le sue migliori capacità oratorie. Esordì con una nota sprezzante e, in parte, anche spiritosa. «Ora la prigione sembra l'unico luogo adatto a una donna rispettabile!» Poi cambiò tono, si lasciò trasportare dall'emozione, una mossa piuttosto rischiosa con un pubblico simile. Ma, mentre se ne stava lì, la distesa di volti che la circondavano d'un tratto svanì. Vedeva solo Mary, in prigione, che forse proprio in quel momento stava subendo la tortura quotidiana. «Non ho mai praticato lo sciopero della fame», gridò, emozionando gli ascoltatori con il suono della sua voce. «Non ho mai subito il trattamento dell'alimentazione forzata. Forse non ne avrei il coraggio. E proprio per questo credo sia meraviglioso che gli esseri umani abbiano una capacità di sopportazione tale per cui l'anima vince sulla carne. È qualcosa di immenso, di supremo per un paese avere martiri di tal fatta, e l'unica cosa che riusciamo a fare è trovare a questi individui un posto in cella. Che pensiate che la militanza sia saggia o sciocca, giusta o sbagliata, non esistono opinioni alternative in merito allo spirito che si cela dietro queste tattiche: è sacrificio di sé stessi per inseguire un ideale e ricercare tutto ciò che nobilita...»

Ursula si interruppe di colpo. Non c'erano stati il minimo rumore, la più piccola interruzione, anche se si udì presto uno scroscio di applausi. Tony era lì! Era ben visibile, sebbene molto distante; la sua altezza lo faceva spiccare in mezzo alla massa di gente. Inoltre, la luce di un lampione lo colpiva in pieno viso, illuminandogli la pelle chiara e i lineamenti ben definiti. Stava guardando dritto verso di lei, come se gli importasse. Per un istante Ursula dimenticò la folla, dimenticò tutto quanto e incrociò il suo sguardo. Poi Tony si voltò e si allontanò in fretta.

Il pubblico continuava ad applaudire. I pochi che avevano sentito l'ultima frase pensavano che l'oratrice avesse concluso il suo discorso. Ursula, invece, si guardò intorno frastornata: dov'era? Di cosa stava parlando? Non ne aveva la più pallida idea. La sua mente si rifiutava di funzionare, così si sedette.

Nel frattempo, Tony, fuggendo nella stradina secondaria più vicina, si rimproverava per la propria sbadataggine. Credeva di essere invisibile al crepuscolo, ma si era lasciato prendere così tanto dal discorso da non notare il lampione acceso. Per altro, la sua presenza era stata del tutto accidentale. La casa di Sir Philip Stanley era a pochi chilometri di distanza da Crewe e si dava il caso che il candidato conservatore fosse un suo vecchio compagno di università. Quella sera, Tony era uscito con amici, poi, mentre passava da Catholic Bank, per curiosità si era avvicinato al pubblico delle suffragette. Durante la cena, lui e gli amici avevano parlato a lungo delle militanti e delle loro azioni scandalose. «In ogni caso, le ringrazio», aveva commentato il padrone di casa ridendo. «Qualsiasi cosa abbiano fatto, quelle ragazze sono terribilmente belle e intelligenti come dicono! Il modo in cui stanno affrontando la questione del voto è meraviglioso.»

Benché Tony, a seguito di quelle chiacchiere, si fosse avventurato all'incontro delle suffragette, non si aspettava certo di trovare Ursula. Da un pettegolezzo aveva di recente scoperto che la ragazza viveva a Cardiff. Perché allora avrebbe dovuto trovarsi a Crewe? O forse aveva nutrito un'inconscia debole speranza di poterla rivedere? In ogni caso, era stata un'incredibile coincidenza che, quando aveva svoltato l'angolo, fosse proprio lei a parlare dalla carrozza del suffragio. Era vestita di bianco, a accezione della fascia tricolore, e si stagliava dritta contro il cielo sbiadito del tramonto; in lei c'era qualcosa di virginale e al tempo stesso valoroso che aveva risvegliato in Tony i vecchi sentimenti, provocandogli un nodo alla gola. E poi come parlava bene, anche se, a dire il vero, lui era troppo distante per sentire. Si era avvicinato con cautela. Oh, stava facendo lo sciopero della fame? Be', lui lo disapprovava! Ma quello che Ursula diceva metteva la questione sotto una luce diversa. Comunque la sua ammirazione disinteressata nei confronti delle compagne era ammirevole. E così non era finita di nuovo in prigione... Ne era davvero felice! Ah, Ursula dubitava di avere il coraggio necessario per ricorrere allo sciopero della fame. Non ne aveva ragione. Se c'era una cosa di cui Tony era certo era che, se fosse stata arrestata, non avrebbe esitato ad andare fino in fondo in quell'orribile e rivoltante faccenda.

Poi, all'improvviso, Ursula lo aveva riconosciuto ed era crollata. Tony si sentiva in colpa, ma era anche emozionato e, soprattutto, stupito. Per tutto quel tempo l'aveva rimproverata con severità, aveva pensato che lei non lo avesse mai amato davvero. Il risentimento aveva quasi avuto la meglio sul dolore. Invece, aveva scoperto che Ursula era ancora innamorata, che teneva a lui al punto che vederlo era stato sufficiente a cancellare il suo mondo. Era così commosso che a malapena riusciva a sopportarlo.

Eppure quella sera se ne andò e non fece nemmeno lo sforzo di avvicinarla. A cosa sarebbe servito? Nonostante lei lo amasse e lui amasse lei, benché cominciasse a capire il suo punto di vista, continuava a non condividerlo. E Ursula comprese il suo allontanamento; anzi, gli fu quasi grata perché incontrarlo l'avrebbe fatta soffrire di nuovo. Se anche Tony fosse stato membro della Man's League, non era sicura che si sarebbe legata a lui perché sentiva che la causa le richiedeva di impegnarsi con tutta sé stessa. Si era ormai votata al suo servizio. Tuttavia quell'incontro, pur non avendo portato a nulla di concreto, riaccese in entrambi la speranza. Un giorno, quando le donne avessero ottenuto il diritto di voto... Almeno questo era ciò che Ursula si ripeteva. Un giorno, quando quella triste faccenda fosse finita... Così aveva detto Tony. Ma sui loro pensieri gravava l'ombra di quel lasso di tempo indistinto... «un giorno». Sembrava quasi che le Moire, proprio come le altre donne, avessero un debole per Tony e si sforzassero di tenere Ursula lontano dalla prigione.

Per riprendersi dallo sciopero della fame, Mary Blake dovette trascorrere diversi mesi in una casa di cura, mentre Ursula in quello stesso periodo si dedicò al suo lavoro più o meno costituzionale in Galles. Spesso si chiedeva se facesse bene a comportarsi così. A trattenerla era la vigliaccheria oppure il rispetto e l'obbedienza nei confronti della leader? Ogni settimana si aspettava di sentire che Mary stava meglio e che sarebbe subentrata nella gestione della campagna. Così almeno, finalmente, sarebbe stata libera!

Alla fine dell'anno Mary tornò. Le sue condizioni di salute erano piuttosto buone, anche se non si era ripresa del tutto. Malgrado Ursula, rientrata a Londra, avesse tutto l'agio di farsi arrestare, le Moire continuarono a proteggerla. La ragazza scoprì, infatti, che al quartier generale c'era una nuova politica in vigore: una politica del misfatto anziché del martirio; quest'ultimo iniziava infatti solo quando si finiva in prigione, un traguardo che veniva rimandato il più a lungo possibile. Fare danni senza essere catturate, a questo incoraggiava la leader, ovviamente nel pieno rispetto di qualsiasi forma di vita.

Quelle nuove tattiche lasciavano Ursula dubbiosa. Riteneva che fosse davvero molto pericoloso giocare con il fuoco, anche in senso letterale. Non si sarebbe mai assunta una tale responsabilità e, in alternativa, non avrebbe nemmeno gettato fosforo nelle cassette delle lettere. Era vero che era entrata in un campo da golf a un orario inconsueto e aveva lasciato dietro di sé il segno indelebile del passaggio di una suffragetta, ma nonostante non ci fosse alcun pericolo in quel gesto, non era abbastanza convinta della sua utilità da essere disposta a ripeterlo. Interrompere le riunioni dei membri del Gabinetto era un'azione meno discutibile, ragion per cui vi si applicò in più di un'occasione con grande sforzo fisico, mettendo a disagio i bersagli. E una volta, in occasione di un evento pubblico, riuscì a piazzare una petizione nella carrozza dei reali attoniti!

Ma per la maggior parte del tempo Ursula si limitava al lavoro istituzionale nel suo nuovo ufficio di Kingsway. Tuttavia non finì più dietro le sbarre, con sua somma vergogna. «L'unica via è Holloway», recitava una delle canzoni del suffragio e la ragazza ci credeva. «Il sangue dei martiri è il seme della Chiesa.» Non erano forse state in primo luogo le sofferenze delle donne in prigione a convincerla a aderire al movimento? Le stesse che continuavano a tenerla in fibrillazione? Di recente, quelle sofferenze erano aumentate parecchio a causa del Cat and Mouse Act. Il nome ufficiale era «legge sul congedo temporaneo dei prigionieri per malattia», ma non veniva mai usato. Le prigioniere che si erano servite dello sciopero della fame per riacquistare la libertà venivano automaticamente arrestate di nuovo dopo pochi giorni. Alle donne non era permesso né di sfuggire alla loro condanna né di uccidersi, spiegarono le autorità. Che sciocchi, commentava Ursula. Pensavano forse che un corpo umano sarebbe sopravvissuto a un numero indefinito di scioperi della fame alternati a cure per rimetterlo in salute? Alla fine, gli imbecilli al governo sarebbero tornati al punto di partenza: avrebbero dovuto liberare le donne o lasciarle morire.

Forse le Moire si stancarono di proteggere a Ursula, perché a giugno, finalmente, la ragazza andò in prigione. La reclusione, però, non fu il risultato della militanza, bensì del suo lavoro istituzionale. Un giorno vi fu un'irruzione in ufficio e i dipendenti chiave vennero arrestati, ivi compresa Ursula. Su consiglio della leader, tutti si impegnarono in via temporanea a non prendere parte ad alcuna azione violenta o di istigazione alla violenza, una promessa che ribadirono in tribunale. Questo consentì loro di restare a piede libero finché non si fosse svolto il processo per «cospirazione», che ebbe luogo all'Old Bailey sei settimane più tardi. Durò diversi giorni, durante i quali la maggior parte delle accusate parlò in propria difesa. La giuria si commosse al punto da raccomandare la clemenza. Ursula fu condannata a nove mesi da scontare nella terza divisione. Un singolare tipo di clemenza, pensò. Le sembrò familiare ritrovarsi in una cella di Holloway: la visita medica, la consegna degli effetti personali, la firma su un registro... era tutto come la prima volta. C'era solo una differenza: Ursula intendeva fare lo sciopero della fame; quanto meno ci avrebbe provato, cercando di non farsi notare dalle autorità. «Se stai male prima che lo scoprano, con ogni probabilità non ti costringeranno a mangiare», così le avevano detto le sue amiche. Del resto, la prospettiva dell'alimentazione forzata era l'unica cosa che la terrorizzava. Con suo grande sgomento, la carceriera, portandole il vassoio con il cibo, sembrò intuire le sue intenzioni. «Ora, sii ragionevole e mangia», le intimò la donna quasi con gentilezza, mentre appoggiava il contenitore di latta. «Se ti lasci morire di fame, rendi la cosa sgradevole per tutti.»

Ursula attese che la carceriera se ne fosse andata, poi, salendo in piedi sul tavolo, fece scorrere uno dei piccoli vetri della finestra e gettò fuori il contenuto del vassoio. Lo spreco la preoccupava, ma sperò che qualche gatto randagio ne approfittasse. Del resto, quella carne in scatola e la grande fetta di pane non erano poi così invitanti. Presto, al suono di una campana, la carceriera tornò. «Sono le otto. Devi aprire il letto e prepararlo», spiegò, indicando la rete appesa al muro in verticale. Se anche aveva intuito qual era stato il destino del cibo, non ne fece parola.

Fu con la colazione del giorno successivo che iniziarono le difficoltà, accresciute da un pasto di una qualità superiore alla normale dieta carceraria. La vera tentazione era rappresentata dalla tazza di tè; sebbene Ursula avesse dormito bene, aveva mal di testa e un tè era proprio ciò di cui aveva bisogno. Dopotutto, si trattava di bere, non di mangiare. Era così importante? Solo nell'istante in cui prese in mano la tazza si rese conto che, se quel tè avesse oltrepassato le sue labbra, sarebbe stato un fallimento, un tradimento della causa; perciò lo rovesciò fuori dalla finestra.

A quel punto entrò la carceriera e Ursula apprese, con sua grande sorpresa, che sarebbe stata mandata altrove in treno. Altre due donne, presumibilmente anche loro carceriere, e un uomo la scortarono in taxi fino a St Pancras, dove salì su una carrozza riservata. Ursula chiese più di una volta quale fosse la sua destinazione, ma gli accompagnatori si rifiutarono di rispondere; una reticenza inutile visto che, al termine di un viaggio di diverse ore, scendendo dal treno, la ragazza lesse il nome della stazione prima di affrontare un altro lungo tragitto in auto per raggiungere il nuovo penitenziario.

In confronto a Holloway quella prigione aveva un brutto aspetto; almeno rispetto alla Holloway migliorata e ampliata per ospitare la clientela abituale delle suffragette. La cella di accoglienza era sporca e il capo delle guardie dai lineamenti duri e dai modi rudi decisamente repellente. Chiese subito a Ursula se intendesse fare lo sciopero della fame, e lei rispose con un silenzio compromettente. Era disposta a rinunciare al cibo, ma non alla verità. Le venne comunicato che avrebbe perso tutti i privilegi e le fu ordinato in tono brusco di spogliarsi. Dopo un istante di stupore, con altrettanta scortesia Ursula si rifiutò di obbedire, ragion per cui vennero convocate due carceriere, a cui fu chiesto di «togliere i vestiti alla numero 251».

La refrattarietà di Ursula non era affatto un capriccio; infatti, la qualità degli indumenti della prigione era sufficiente a giustificare una certa riluttanza. Ogni capo portava un timbro con una data, e la sottoveste recava l'inconfondibile dicitura 1878. Ursula si chiese se anche i pidocchi risalissero alla stessa epoca.

Dopo le pratiche preliminari, la ragazza fu portata in cella, dove le fece visita il medico che non si fermò a lungo. Quindi le venne portato un vassoio con del cibo: del porridge ordinario e una fetta di pane, entrambi con un aspetto tutt'altro che invitante, più una tazza di brodo terribilmente appetitosa. Doveva aprire subito la finestra e sbarazzarsene. Una parola, considerato che la cella era strettissima. Come poteva raggiungere la finestra? Il tavolo era un'asse fissata alla parete opposta. Forse poteva tentare di salire sul piccolo scaffale triangolare sopra il materasso arrotolato in un angolo. Tolse in fretta gli oggetti di ordinanza – spazzolino da denti, pettine, bacinella per l'acqua, lavagnetta, Bibbia, libro di preghiere e cassetta delle lettere – e vi si arrampicò. Eureka! Riusciva a toccare la finestra. Sperando che la carceriera non entrasse o la controllasse attraverso l'orribile spioncino, iniziò a spingere i vetri. Erano divisi in minuscoli pannelli e più spessi di quelli di Holloway, perciò lasciavano filtrare pochissima luce. Si rese conto che erano bloccati, forse a causa del mancato utilizzo. In effetti, sembrava che nella cella non venisse cambiata l'aria da anni. Solo dopo aver lottato con ciascuno dei quattordici pannelli, si rese conto che erano fissi.

Ma era mostruoso! Non avevano il diritto di soffocare i prigionieri! Quando aveva sentito che le sue compagne rompevano le finestre delle celle, aveva immaginato che lo facessero per protesta, non che fosse l'unica soluzione per respirare una boccata d'aria fresca. Be', le sarebbe toccato spaccare uno di quei vetri. Ma era una mossa saggia? Dato che aveva scelto la via dello sciopero della fame, forse era il caso di limitarsi a quello, per non complicare la situazione. Inoltre, se doveva morire di fame, non le interessava poi tanto soffocare. Non che sarebbe soffocata davvero, visto che c'erano due ventilatori, ma l'aria era senza dubbio irrespirabile.

La tazza di brodo non la smetteva di prendersi gioco di lei; anzi, il suo sforzo infruttuoso gliela faceva desiderare ancora di più. Doveva sbarazzarsene, se possibile in modo tale che la carceriera pensasse che l'avesse consumata. Si ingegnò a costruire un imbuto di carta – sfruttando le conoscenze dell'epoca in cui si occupava di chimica – e se ne servì per far passare il liquido attraverso il ventilatore. A quel punto aveva voglia di bere un sorso d'acqua, ma la bacinella era vuota.

Suonò la campana e, dopo una lunga attesa, arrivò la carceriera. No, non poteva portarle l'acqua, le spiegò, infastidita da quella richiesta, e Ursula non era autorizzata a lasciare la cella per riempire la bacinella dal rubinetto in corridoio nemmeno all'ora della «sbobba». Le avrebbero dato latte e brodo a volontà, se ne avesse fatto richiesta. La ragazza non sapeva che quel provvedimento era illegale, perciò si limitò a domandare se ci si aspettasse che usasse il latte o il brodo anche per lavarsi.

Fino a quel momento Ursula aveva bevuto acqua a sazietà, poiché lo sciopero della sete non era ancora contemplato dalle suffragette, ma in quella prigione le venne imposto. Aveva già la bocca fastidiosamente secca e pensò che sarebbe stato di gran lunga più difficile sopportare la sete della fame, ma ce l'avrebbe fatta. Poteva affrontare qualsiasi cosa, a parte l'alimentazione forzata, anche se forse le sarebbe toccata.

Quella notte dormì male. La preoccupava il fatto di essere stata portata via da Holloway, si sentiva tagliata fuori, privata di qualsiasi sostegno. Ma ciò che l'aveva tenuta sveglia erano soprattutto i bisogni fisici. Ogni volta che si addormentava, sognava di avere a disposizione pasti luculliani, brocche e bicchieri pieni fino all'orlo, e quando allungava la mano per prenderli apriva gli occhi. Tuttavia l'idea di arrendersi, di accettare il cibo fornito in abbondanza dalla prigione non la sfiorò mai. Lo sciopero della fame delle suffragette si basava sul fatto che la pratica creava imbarazzo ai membri del governo e suscitava compassione in tribunale, ma Ursula aveva smesso da molto tempo di pensare razionalmente. In sostanza, era convinta di dover soffrire per la causa; più soffriva, più la sua convinzione si rafforzava. In modo del tutto illogico, la felicità futura delle donne sembrava dipendere dalla sua infelicità presente. Inoltre, era sostenuta da una sorta di esaltazione: solo un codardo, un traditore avrebbe ceduto.

La notte seguente la fame cessò di tormentarla, mentre la sete fu terribile. Era come se al posto delle labbra avesse due pezzi di legno e aveva la sensazione che la lingua fosse troppo grande perché la sua bocca potesse contenerla. Era afflitta dal mal di schiena e anche da un mal di testa sempre più forte. Inoltre, aveva talmente freddo che passava la maggior parte del tempo a tremare. Quando il medico le fece visita in mattinata, la salutò brusco. «Non credo che beva il latte», spiegò alla carceriera.

«Signore, allora non so proprio che cosa ne faccia.» Si vedeva che la donna era contrariata. «Sono così scaltre», si lamentò.

Il medico si avvicinò a Ursula, ma lei indietreggiò e, allungando le mani, cercò di respingerlo. «Non mi tocchi! Non ci provi nemmeno! Non può farlo senza il mio consenso.» Tremava forte e il suo cuore non la smetteva di martellare. Pensava che quella visita preliminare avrebbe avuto come esito l'alimentazione forzata.

Il medico si limitò a prenderle il polso, poi con grande umanità si ritirò in modo da lasciarla sola per un momento. Di lì a poco, però, tornò la carceriera accompagnata da altre due persone. «Numero 251, devi andare dal direttore», la informò. «Seguimi e, mi raccomando, niente trucchetti.»

Ursula fu condotta lungo il tunnel che attraversava il blocco e su cui si affacciavano le porte delle celle. Ce n'erano ben quattro di quelle gallerie, disposte una sopra l'altra. Dall'altra parte di uno stretto corridoio, simile a una strada, c'era una parete con le celle che davano sulle gallerie. Lo spazio tra i due edifici era sormontato da un tetto di vetro che lo faceva sembrare un salone, mentre a metà strada era stata fissata una rete metallica che, come Ursula sapeva bene, serviva ad attutire la caduta nel caso una prigioniera si buttasse. In basso, donne con la divisa da carcerate se ne stavano sedute a cucire in un silenzio innaturale che non lasciava indifferenti.

Il gruppetto percorse tutta la galleria, al termine della quale si trovava una porta con una serratura meno minacciosa delle altre e senza la solita anta scorrevole e il consueto spioncino. La carceriera si fermò e la aprì, rivelando un uomo corpulento in tight nero seduto alla scrivania e intento a scribacchiare. Non appena Ursula entrò, si abbandonò a una lunga invettiva contro le suffragette in generale e, in particolare, contro la detenuta numero 251. Stava dicendo sciocchezze, pensò la ragazza, ma la testa le doleva troppo per mettersi a discutere con lui. Faceva fatica perfino a reggersi in piedi, perché tutto, intorno a lei, ondeggiava in modo inspiegabile. Alla fine, il direttore si mise a leggere qualcosa e Ursula riuscì a cogliere alcune parole con chiarezza: «...insiste nel rifiutare cibo... cella di isolamento per tre giorni a pane e acqua».

D'un tratto Ursula scoppiò a ridere. Era davvero incredibile: per aver rifiutato cibo e bevande minacciavano di lasciarla a pane e acqua! Il pavimento cominciò a muoversi su e giù al punto che fu costretta a concentrare su di esso tutta la sua attenzione.

Benché la numero 251 avesse più gracchiato che riso, la natura della sua esternazione era chiara. Il direttore arrossì dalla rabbia. «Forse non lo troverà così divertente come immagina», esclamò severo. «Portatela via.»

Quella volta, invece di percorrere la galleria, scesero diverse rampe di scale di ferro che portavano al salone dove le donne erano impegnate a cucire. Ursula si guardò intorno impaziente, cercando di scorgere il volto familiare di una suffragetta, ma le sembravano tutte prigioniere comuni; una aveva un volto tondo e così infantile che la commosse. «Forza andiamo, numero 251, non perdiamo tempo.» La carceriera la spinse in un corridoio e poi giù per un'altra scala, questa volta di pietra, fino a una porta aperta.

Se la sua cella le aveva dato l'impressione di essere buia e soffocante, quella in cui entrò era ancora più tetra e opprimente; di primo acchito pensò di trovarsi in uno scantinato. C'era una finestra, ma doveva affacciarsi su una zona interna del carcere perché filtrava pochissima luce e, ovviamente, non si apriva. A eccezione di una sedia senza schienale e un tavolino fisso, la stanzetta era spoglia. «Questa è la cella di isolamento che trovi tanto divertente», esclamò la carceriera, imitando il tono del direttore.

Quanto meno, in quel luogo non avrebbe avuto la tentazione di interrompere lo sciopero della fame, rifletté Ursula. Di questo doveva essere grata. Ma la sua gratitudine era prematura. La porta, infatti, si aprì all'improvviso e furono fatti scivolare dentro una brocca d'acqua e una mezza pagnotta, come promesso dal direttore. L'uomo aveva ragione: non c'era niente da ridere, era una vera e propria punizione, la più orribile di tutte. Il pane non le andava, ma l'acqua... doveva averla a tutti i costi! E perché non avrebbe dovuto? Perché condannarsi alla sete oltre che alla fame? Del resto, aveva tenuto duro fino ad allora e, se fosse riuscita a resistere ancora un po', presto quel supplizio avrebbe avuto fine e le possibilità di subire l'alimentazione forzata si sarebbero ridotte. Involontariamente, con il piede sferrò un calcio alla brocca che si rovesciò. L'acqua formò una pozza sul pavimento di pietra.

Subito Ursula vi si inginocchiò accanto. Era pazza, pazza di sete, ecco come si sentiva. Chinò la testa, pronta a leccare l'acqua dal pavimento sporco come un cane, ma era scivolata tutta sotto la porta. Non appena se ne accorse, tornò a pensare con lucidità. Che cosa diamine stava facendo? Così disonorava la causa. Si trascinò verso la sedia, la spinse contro il muro per poter appoggiare la schiena, ma era lo stesso molto scomoda. E poi si sentiva troppo male per stare seduta, tanto che quasi senza accorgersene si ritrovò sdraiata a terra.

Alle otto le venne portato il materasso, che non era tanto più morbido del pavimento. La schiena le faceva male da morire, ragion per cui non riuscì a chiudere occhio. La mattina seguente, quando provò ad alzarsi, cadde. La carceriera, che si trovava dentro la cella, sembrò spaventata e si affrettò a chiamare una collega e, più tardi, il medico. Ursula li udì bisbigliare tra di loro, ma rimase dov'era, tremando di paura. Si aspettava di sentir menzionare da un momento all'altro l'alimentazione forzata. Dove avrebbe trovato la forza per opporsi, per resistere? La faccenda si concluse con lei che veniva portata in ospedale.

Lì il letto era più comodo e la stanza luminosa e arieggiata; per il resto, la situazione restava invariata. Ursula continuava a rifiutarsi di mangiare. Le vennero offerte prelibatezze di ogni sorta – uva, brodo di manzo – e, alla fine, stanca di respingere ogni cosa, nascose la testa sotto il cuscino. Ormai non avvertiva più lo stimolo della fame; inoltre, la gola, prima gonfia e rigida, era tornata normale. Un prete passò a trovarla per parlare un po' ma, anche se avesse voluto, lei non sarebbe stata in grado di fare conversazione. Poi si presentò il medico, e Ursula si lasciò visitare senza opporre resistenza solo dopo essere stata rassicurata che non l'avrebbero costretta a mangiare con la forza.

Dopo che il medico se ne andò, avvertì come un vuoto. Doveva essere svenuta, si disse. Poi si ritrovò a parlare da sola con una voce così strana e impastata che all'inizio non la riconobbe come la propria e si spaventò: una suffragetta doveva sempre mantenere il controllo di sé stessa, altrimenti rischiava di essere ingannata da chi voleva imporle l'alimentazione forzata o dichiararla insana di mente. Con grande sforzo riuscì a ricomporsi e a smettere di blaterare, ma prese coscienza del fatto che non avrebbe resistito ancora a lungo. Presto avrebbe salutato il mondo, sarebbe morta perché la causa potesse continuare a vivere.

Si stava facendo buio quando sentì voci maschili. Aprì gli occhi e vide un volto noto. Sì, era il direttore della prigione che stava leggendo qualcosa ad alta voce. «I termini della sua libertà. È stata rilasciata», spiegò il medico, avvicinandole un bicchiere alle labbra, da cui lei bevve a fatica.

20.

Il rilascio di Ursula era stato il risultato del Cat and Mouse Act. Nel giro di tre settimane, la ragazza si ritrovò di nuovo a Holloway per ricominciare tutto da capo, compreso lo sciopero della sete che in quel caso fu sin dall'inizio una scelta deliberata e si rivelò più difficile della volta precedente, benché lei non lo credesse possibile. Per fortuna, il supplizio durò meno del previsto. Al terzo giorno di reclusione, uno svenimento «prolungato» mise in allarme le autorità al punto che Ursula riacquistò la libertà.

Era così debilitata che finì direttamente a Golders Green, in una piccola casa di cura gestita da simpatizzanti del movimento per il suffragio. Una dottoressa, anche lei suffragetta, la visitò e la mise a riposo per diversi mesi, poiché il suo cuore era in sofferenza, al che Ursula osservò che quello poteva essere un buon motivo per tornare in prigione piuttosto che restarne fuori. La dottoressa, combattuta tra il dovere professionale e la causa del suffragio, si mostrò titubante. Alla fine tuttavia l'ebbe vinta. Ursula accondiscese alle sue richieste; in fondo, si sentiva troppo affaticata per affrontare lo sforzo di andare in carcere e lasciarsi morire.

Si trovava in casa di cura da circa una settimana quando la madre passò a trovarla. Gli Hibbert erano appena tornati da Carlsbad, dove si erano sottoposti alle cure termali prima del solito a causa di un inopportuno attacco di gotta del colonnello. «Pensaci, stare lontano da Londra a giugno! Sono certa che sia un motivo sufficiente per chiedere il divorzio!» si era lamentata la signora Hibbert ridendo. La notizia delle vicissitudini carcerarie della figlia l'aveva raggiunta anche all'estero, ma era stata offuscata dalla distanza; perciò non si era resa conto della gravità della situazione. Era del tutto impreparata a trovare Ursula a letto, grigia e con le guance scavate. «Mia cara bambina, che cos'hai fatto? Sembri invecchiata di vent'anni», esclamò in lacrime.

«Non piangere, mammina. Tu sei così in salute che potresti avere vent'anni di meno. La media quadra. Forse riuscirò a coronare il mio desiderio segreto di essere scambiata per tua madre.» Ursula le rivolse un debole sorriso e cercò la sua mano.

Quel raro gesto di affetto, insieme alla battuta della figlia, non fece che acuire il dolore della signora Hibbert. «Hai perso tutto il tuo fascino», si lamentò.

«Vivrò nel riflesso del tuo.» La falsa gioia di Ursula svanì. Con un gesto stanco della mano, così gracile da sembrare trasparente, si scostò i capelli dal viso.

«Devi aver fatto lo sciopero della fame. Come hai potuto essere tanto perfida?» D'un tratto la signora Hibbert notò il pallore impressionante della figlia, con cura le tamponò gli occhi usando un fazzoletto di pizzo – nemmeno il dolore le faceva dimenticare l'arte e l'eleganza –, poi aprì un pacchettino. «Ti ho portato un po' di gelatina di guava. Non è come ricevere una gratifica natalizia? Che sciocchezza, il dottore non se la prenderà, la vera gelatina di guava non fa male a nessuno.» Ciò detto, prese a imboccare la figlia.

La gelatina sembrò all'altezza dell'elogio, perché dopo un paio di bocconi Ursula aveva un aspetto meno spaventoso.

«Ora, tesoro», proseguì la signora Hibbert con fermezza, «dobbiamo proprio parlarne: che collegamento esiste tra il lasciarsi morire di fame e ottenere il diritto di voto, se non che l'uno rafforza la convinzione delle persone che si è troppo sciocchi per l'altro?»

Ursula si mise a sedere nel letto. Erano così rare le occasioni in cui la madre abbandonava la sua ostentata leggerezza e faceva sfoggio di una certa intelligenza che l'argomento di discussione si era fatto di un certo interesse. La ragazza si disse che la sua «mammina» aveva più cervello nel mignolo di quanto ne avesse il colonnello in tutto il corpo, e *lui* sì che aveva il diritto di voto! Stava cercando di formulare quel pensiero con un linguaggio meno irrispettoso quando un'ondata di stanchezza la investì di nuovo. «Sono troppo sfinita per parlare», mormorò. «Ma lasciarsi morire di fame dimostra che si fa sul serio; è questo il nesso. Per quale altro motivo la gente è morta in passato?»

L'ultima affermazione fu troppo per la signora Hibbert, che si mise a singhiozzare dimenticando persino gli effetti deleteri del pianto sul suo bel viso. «Esatto ed è così che andrà a finire. Ti ucciderai.»

«Povera mamma.» Ancora una volta, Ursula cercò la mano della madre per stringerla. Seguì un istante di silenzio, durante il quale la ragazza si scervellò per trovare qualche parola di conforto da dire. «Non puoi pensare a me come... a un soldato?» chiese esitante. «Immagina di avere un figlio nell'esercito impegnato al fronte in una guerra.»

«Non essere ridicola.» L'osservazione aveva, senza dubbio, placato il dolore della signora Hibbert, sebbene non nel modo in cui Ursula si aspettava. «Un soldato deve combattere, ma nessuno qui vuole che tu lo faccia. Inoltre, lui combatte come si deve, non se ne va in giro a rompere le finestre altrui! Tesoro, fallo per me: dai un taglio a queste stupidaggini e vattene. Oh, sì, lo so che sei in arresto, ma sarebbero davvero contenti se lasciassi il paese. Sono certa che non sorgerebbero problemi e potremmo tornare a essere tutti quanti felici. Che ne dici della Germania? Parlavi sempre dei laboratori che hanno lì.»

Se anche Ursula avesse condiviso quel piano, non sarebbe stata nelle condizioni fisiche di metterlo in atto. In ogni caso, rifiutò la proposta. Tuttavia l'angoscia della signora Hibbert la spinse a scendere a compromessi: non sarebbe scappata, ma non avrebbe nemmeno cercato di farsi arrestare finché non si fosse del tutto ripresa. «Terrò un basso profilo e continuerò a tenere la bocca chiusa», promise alla madre, che dovette accontentarsi.

Il periodo di quiescenza fu più lungo di quanto Ursula avesse immaginato quando era scesa a patti con la signora

Hibbert. Trascorsi l'autunno e l'inverno, la dottoressa non voleva ancora saperne di dichiararla guarita. Così restò a Golders Green perché le piacevano le donne della casa di cura e poi non aveva nessun altro posto dove andare. Inoltre, quelle persone erano abituate a vedere agenti annoiati aggirarsi con studiata noncuranza per il corridoio; altri ospiti avrebbero potuto rivelarsi meno accomodanti. A parte i poliziotti e un detective in borghese che di tanto in tanto la seguiva nelle sue brevi passeggiate, Ursula veniva lasciata in pace. Con l'arrivo della primavera anche il suo cuore capriccioso si aggiustò, al che lei pensò che fosse arrivato il momento di tornare a combattere.

Quel lunedì, la riunione settimanale delle suffragette si tenne di pomeriggio a Knightsbridge Hall e Ursula fece la sua comparsa sul palco.

«La signorina Winfield! È tornata! È tornata!» gridarono le compagne, che la accolsero con un entusiasmo enorme, sproporzionato rispetto alle dimensioni della sala.

Non appena il pubblico si calmò, Ursula tenne un discorso. Non si poteva esattamente definire incitamento all'azione, ma nulla avrebbe potuto smuovere gli animi delle astanti più di quel semplice resoconto dell'esperienza in prigione. «Forse oggi verrò arrestata di nuovo», concluse. «Non so come andrà a finire questa volta, ma qualsiasi cosa mi accada, e forse proprio per ciò che mi capiterà, la causa andrà avanti. So che camminando sui nostri cadaveri, un giorno, le donne raggiungeranno i loro obiettivi.» Alla fine, scese dal palco e una mano maschile, con un polsino blu scuro, la prese per la spalla.

Senza ombra di dubbio le autorità, ormai esauste, non ne potevano più di fare la parte del gatto che rincorre il topo. Contrariamente a quanto avevano sperato, quell'atteggiamento non solo non allontanava le donne dalla militanza, ma era oltremodo impopolare in tutto il paese. Persino i detrattori del suffragio criticavano i continui arresti, che ritenevano una misura scorretta e per nulla in linea con il temperamento britannico. Ma se non si voleva che le donne venissero riportate in prigione, allora in primo luogo non bisognava rilasciarle, perché era impossibile che pene di mesi fossero trasformate in condanne di pochi giorni. Di conseguenza, era necessario riprendere la pratica dell'alimentazione forzata.

Dunque, Ursula non poté più evitare il destino che tanto temeva e che corrispose alle sue aspettative. Anche dopo averlo vissuto, si sarebbe rifiutata di parlarne. Era meglio nasconderlo, da tanto si era rivelato disgustoso e orribile. All'inizio la pratica si svolgeva due volte al giorno; poi, quando la ragazza perse undici chili, tre volte. Eppure il dimagrimento non si arrestava, sebbene procedesse con minor rapidità. Ma il vero problema per Ursula non era dimagrire fino a diventare pelle e ossa. Sarebbe sopravvissuta a nove mesi di quel trattamento? si chiedeva tremante. Era terrorizzata non dalla morte, bensì dalla vita.

Se la ragazza soffriva in prigione, sua madre lo faceva fuori, sebbene le rispettive sofferenze non fossero nemmeno lontanamente paragonabili. In un primo momento la signora Hibbert, nella sua ignoranza, si era sentita sollevata nell'apprendere la notizia dell'alimentazione forzata, perché così finalmente sua figlia non avrebbe potuto lasciarsi morire di fame. Finché un giorno, su un treno, si imbatté in una copia di «Votes». Era straordinario che quel giornale fosse riuscito ad arrivare anche in prima classe. La foto in copertina attirò il suo sguardo inorridito. «Che cos'è quel sudicio pezzo di carta?» tuonò il colonnello, che si affrettò a gettarlo fuori dal finestrino.

La signora Hibbert non fece una piega, ma una volta lasciato il marito al club, ne comprò una copia.

E fu in quel modo che ogni traccia di tranquillità scomparve dalla sua esistenza. Se avesse potuto parlare di Ursula, sarebbe stato tutto più facile, ma il colonnello non voleva sentire nominare la figliastra. Così come non avrebbe mai accettato la minima variazione al consueto programma di intrattenimento e di incontri sociali, cosa che tra l'altro non sfiorava neppure il cervello della signora Hibbert. Almeno in apparenza, era con ancora maggior allegria che la madre di Ursula rideva e flirtava con gli amici.

Durante l'ultimo grande ballo della stagione londinese la vivace signora si imbatté in Tony Balestier. Sembrava ancora più alto del solito, pensò ammirata, e così abbronzato che sulla fronte aveva la riga netta del cappello. «Dove si è nascosto tutto questo tempo?» gli chiese. «Sono secoli che non la vedo!»

«Sono arrivato solo ieri sera. Il mio capo ha voluto viaggiare ancora, nelle Indie occidentali questa volta; perciò sono stato costretto a seguirlo.» Ci fu una breve pausa mentre Balestier si domandava se dovesse invitare la donna a ballare. Forse sarebbe riuscito ad avere notizie di Ursula. Ma voleva davvero sentirle? Inoltre, quella sera la signora Hibbert era truccatissima, così scollata... non ricordava fosse mai stata tanto aggressiva e, comunque, quello stile non gli piaceva. Tuttavia, quando la sentì dire a un altro uomo che non aveva nemmeno «un buchetto» per inserire un altro partner di danza, decise che non ci sarebbe stato nulla di male a mostrarsi educato. «È troppo tardi per chiederle un ballo, immagino.»

«Sì, è un po' tardi, ma gliene riserverò uno lo stesso, solo perché è lei», rispose la signora Hibbert ridendo.

Quel favore lo fece sentire meno ansioso del solito. Quando arrivò il momento, la donna stava flirtando in modo tanto evidente con il suo ultimo partner che Tony pensò di andarsene in punta di piedi per non disturbare. Ma lei lo vide. «Sediamoci fuori, nel giardino d'inverno», propose con dolcezza. «Là dovremmo essere soli.»

Quindi si aspettava che anche lui flirtasse... Be', non lo avrebbe fatto per nessuna ragione al mondo, soprattutto visto che si trattava della madre di Ursula. Disgustato e rigido, rimase seduto in silenzio.

«Sono così infelice, Tony. Non c'è nessun altro con cui posso parlare. La stanno uccidendo.»

«Che cosa? È in carcere adesso? Sta facendo lo sciopero della fame?» domandò in un tono che tradiva orrore e sgomento. L'inattesa osservazione della donna lo aveva colto di sorpresa; anche la mancata menzione del nome di Ursula era indicativa.

La signora Hibbert gli raccontò tutto tra le lacrime, ma non si fece scrupoli a scrutare con curiosità il suo interlocutore. Si era confidata con l'ex fidanzato della figlia solo per alleggerire il peso dei suoi sentimenti. Era incredibile che lui si preoccupasse per una ragazza con cui non era più impegnato da lungo tempo. Eppure la voce di Tony le era sembrata così strana. Possibile che fosse quella figura che finora aveva sempre trovato solo nelle pagine dei romanzi? L'amante leale?

«Non può... nessuno riesce a convincerla a mangiare?»

«Impossibile convincerla, dal momento che è convinta che morire di fame sia suo dovere. Sa com'è fatta Ursula.» Lui ci aveva provato eccome, povero Tony. «Farebbe prima a cercare di persuadere la statua di Alberto all'Albert Memorial!» D'un tratto la signora Hibbert fu investita dalla dolorosa consapevolezza di tutto quello che sua figlia aveva gettato via. «Ursula è un'idiota!» esclamò con crudeltà prima che gli occhi le si riempissero di nuovo di lacrime. «Ma pur sempre splendida... Una splendida idiota.»

Nel frattempo, Ursula, ignara di quella conversazione, continuava la sua vita a Holloway. Un giorno disse al medico che i tormenti dei dannati ormai non la terrorizzavano più. Lui parve incredulo e scioccato, nonostante quelle parole fossero tutt'altro che esagerate. A parte il momento in cui subiva l'alimentazione forzata, il resto del tempo era sempre cosciente del dolore dalla testa ai piedi, ma era la sofferenza delle compagne e non la sua a costituire la prova più grande. Tre volte al giorno udiva le grida che provenivano dalle celle adiacenti. Si tappava le orecchie, si avvolgeva la testa nei vestiti, eppure non riusciva a non sentirle. Ancora prima che si aprisse la porta della sua cella, era pallida e tremante per la compassione verso le compagne.

Forse fu per quello, ma con maggior probabilità per ostacolare la comunicazione tra le suffragette, che a luglio Ursula venne trasferita. Nella nuova cella non sentiva nulla, eccetto la voce dei due medici e della carceriera. Benché paventasse la vista di quelle persone più di quanto avesse mai temuto qualcosa nella sua vita, non nutriva rancore verso di loro; piuttosto, li compativa per l'odioso compito che dovevano svolgere. Non c'era da stupirsi che fossero scontrosi, si disse con un insolito slancio di simpatia. All'inizio erano stati anche molto violenti, ma dopo che le avevano rotto un dente non faticavano più ad aprirle la bocca. E poi era diventata così debole che poteva opporre solo una minima resistenza. Uno dei medici, a volte, cercava ancora di farle notare la follia dei suoi comportamenti, ma Ursula, come aveva detto a sua madre, era troppo stanca per discutere e persino per pensare. Poteva solo aggrapparsi ciecamente all'esempio della leader; la sua era quella fede ostinata che origina dalla stanchezza e dalla disperazione.

Tuttavia, qualche giorno più tardi, malgrado il suo stato di salute, Ursula iniziò a notare un curioso cambiamento nell'atmosfera della prigione. La carceriera e ancora di più i medici sembravano inquieti, preoccupati, e dal loro nuovo atteggiamento derivò una piacevole variazione: l'immensa quantità di liquidi che fino ad allora avevano insistito per somministrare alle prigioniere si ridusse. «Non posso sprecare tempo», spiegò un medico al collega. «La prossima settimana mi aspetto...» Il resto, non era riuscita a sentirlo. In effetti, sembrava che una diminuzione dei liquidi garantisse migliori risultati. Ursula si chiese se le sue compagne avessero ragione a dire che l'alimentazione forzata veniva usata alla stregua di una tortura medievale.

Il giorno successivo Ursula udì alcune carceriere parlare fuori dalla sua cella a voce alta e in tono agitato. «Truppe... dichiarazione di guerra», le giunse distintamente alle orecchie.

«Stanno già combattendo in Irlanda?» chiese quando le donne entrarono nella sua cella.

«Irlanda? No, è...» La carceriera si interruppe sul più bello. «Non meriti di sapere nulla, visto che ci dai problemi, in tempi come questi poi», si lamentò.

Be', di qualunque cosa si trattasse, non poteva riguardarla da vicino, pensò Ursula. Con ogni probabilità, c'erano altri problemi nei Balcani. Le carceriere stavano già sistemando l'orribile attrezzatura per l'alimentazione forzata. Doveva prepararsi al calvario.

Una volta finito, Ursula si ritrovò, come al solito, distesa a terra quasi priva di sensi ed esausta. Quando la raggiunse il suono di risate lontane, in un primo tempo pensò che si trattasse di un'allucinazione, visto che in quel periodo il confine tra mondo reale e mondo immaginario era molto indistinto. Poi le venne in mente che potevano essere le suffragette, così si ricompose per mettersi in ascolto. C'era un complesso musicale... gente che cantava... Cos'era? Oh, sì, quella nuova canzone. Come si chiamava? *Tipperary*, o qualcosa del genere. Le suffragette non l'avrebbero mai cantata, quindi non aveva alcuna importanza.

La terza sera nella nuova cella non ricorsero all'alimentazione forzata. Siccome Ursula non era preparata a una tale fortuna, questo contribuì solo a prolungare l'incertezza. Il mattino successivo, invece del solito gruppo di medici e carceriere con il loro mostruoso armamentario, si presentò il direttore e le lesse le condizioni del suo rilascio. «Per quanto tempo?» domandò lei con voce flebile. Non voleva essere scarcerata. Non potevano ucciderla e farla finita?

Il direttore le spiegò che si trattava di un rilascio definitivo. Ursula si sarebbe anche sorpresa, ma era troppo debole persino per quello. L'uomo aggiunse in tono pomposo: «Si suppone che la gravità della situazione porti a un ritorno del buonsenso, anche tra i membri della sua organizzazione».

Ursula ignorò la provocazione. «La gravità della situazione?» ripeté perplessa.

«La situazione creata dalla guerra.»

«Quale guerra?»

Il direttore pareva divertito. Dopotutto, la prigioniera era una donna istruita e viveva a Londra. Gli sembrava davvero incredibile che non sapesse nulla dei fatti sconvolgenti degli ultimi giorni. «Non sa che abbiamo dichiarato guerra?»

«A chi? Alla Russia?» Ursula si riscosse persino dalla sua debolezza.

«Alla Russia? Certo che no. È nostra alleata. Alla Germania.»

Seguirono tutti i dettagli: sarebbe stata la più grande guerra della storia; il paese stava rispondendo incredibilmente bene, tanto che c'erano code ai centri di reclutamento; si pensava che il primo contingente avesse già raggiunto la Francia.

Ursula disse qualcosa, ma il direttore non era sicuro di aver sentito bene. Oppure la detenuta stava solo farneticando. Lasciò il posto a un medico.

Le sue parole erano state queste: «Ma non romperanno le finestre?».

21.

Erano passati tre mesi e Ursula se ne stava sdraiata nel boudoir di sua madre, se così si poteva ancora chiamare quella graziosa stanza. Al posto delle porcellane di Dresda, sulla mensola del camino campeggiavano gomitoli di lana grezza color kaki, mentre indumenti intimi maschili di lana, in vari stadi di lavorazione, erano accatastati contro le pareti. Era lì che ogni pomeriggio si incontravano signore alla moda per lavorare a maglia e chiacchierare. I risultati ottenuti avevano addirittura convinto la signora Hibbert ad assicurarsi i servizi di due sarte professioniste. «Gli uomini saranno anche disposti a morire per il re e per la patria, ma non con camicie che si allacciano sulla schiena e con due maniche sinistre», aveva spiegato allegra.

Lo sforzo bellico della signora Hibbert non si limitava a quei gruppi di lavoro. La mattina in cui Ursula era rientrata a Lowndes Square dalla casa di cura, era rimasta sorpresa di scoprire che la madre era già fuori. «La signora esce alle sei per andare alla mensa», l'aveva informata Jenkinson. «Pensiamo tutti che le faccia bene.» A quanto pareva, la guerra era riuscita a scuotere persino l'impeccabile freddezza del maggiordomo.

Ursula stava ancora rimuginando sul primo commento umano che avesse mai sentito pronunciare da un maggiordomo, quando un fruscio di gonne di seta le giunse all'orecchio. Qualunque fosse l'intimo indossato dalla signora Hibbert, l'abito era di sartoria, le calzava a pennello ed era elegantemente fuori moda. «Mammina!» La ragazza balzò in piedi.

«Suvvia, non alzarti, tesoro!» La signora Hibbert la spinse di nuovo sul divano. «Oh, sì, lo so che sei forte come Ercole, ma a vederti non sembra proprio.» In effetti, Ursula pareva ancora fragile, nonostante le avessero detto che era guarita. «Mi siedo su quella comoda poltrona vicino a te.» La pila di variopinte borse dell'ospedale che la occupavano fu spostata a terra senza troppe cerimonie. «Ora raccontami tutto.»

«Sono io quella che vuole sapere le novità. Jenkinson dice che vai in una mensa tutte le mattine all'alba. Cosa fate lì? Lavate i piatti? Mamma! Non sei esausta? Ti rovinerai le mani!»

La signora Hibbert scoppiò a ridere. «Non è una deliziosa inversione di ruoli? Ora comincerò a predicare la sacralità del lavoro con la L maiuscola. Perché mi impegno tanto? Mia cara, devo fare la mia parte!» All'improvviso, diventò seria. «Non c'è nient'altro di cui occuparsi. Tutti i miei amati ragazzi sono stati uccisi, o almeno i più simpatici. Non riesco a crederci, sembra impossibile. E poi c'è il tuo patrigno, che è tornato nell'esercito e sta smuovendo mari e monti per essere mandato al fronte. Non che sarebbe di qualche utilità, ma al ministero della Guerra sono degli emeriti sciocchi, non si può certo contare sul fatto che si rifiutino di farlo partire. Nel frattempo, Londra è deserta. Niente cene, niente balli, niente abiti da sera. La vita si è accartocciata!»

«Povera mamma!» Anche se Ursula si mostrava solidale, segretamente quel candore da brava mogliettina la divertiva. «Tuttavia, se il colonnello non fosse stato così preso dalla guerra, forse non avrebbe ceduto nei miei confronti», le suggerì in tono consolatorio.

«Sì, questo è il mio unico conforto. Tutta quella tua orribile faccenda delle suffragette sta per finire... No, non ne parliamo.» La signora Hibbert si interruppe subito cogliendo negli occhi della figlia il desiderio di discuterne. «È inutile.»

«Hai ragione, forse lo è.» Ursula si chiuse in un silenzio obbediente. Era strano come la causa, per cui aveva rinunciato a tutto, fosse stata inghiottita da quel grande sconvolgimento. Il fatto stesso che lei fosse a Lowndes Square lo dimostrava. Non che il colonnello l'avesse perdonata – difficilmente sarebbe riuscita ad accettare il suo perdono –, ma piuttosto pareva che avesse dimenticato il suo crimine. Un atteggiamento che sembrava condiviso da tutto il paese. L'iniquità dell'Unno aveva cancellato l'iniquità della suffragetta. Per quanto la riguardava, la guerra non aveva fatto altro che acuire la sua convinzione che il suffragio femminile fosse importante. In quale caos era precipitato quel mondo governato soltanto da uomini! Se anche le donne non fossero state in grado di fare di meglio, di certo non avrebbero fatto peggio.

Eppure, nonostante questo sentimento, Ursula concordava con la madre nel dire che era inutile parlare della questione. Per il momento, il suffragio doveva essere dimenticato. E, a differenza di molte suffragette, Ursula trovava difficile impegnarsi nello sforzo bellico. Proprio quando tutti approvavano la militanza, lei vi si opponeva. Possibile che fosse destinata a rimanere per sempre in minoranza? L'idea che gli esseri umani si massacrassero a vicenda di proposito la ossessionava e la riempiva di orrore giorno e notte. «Non uccidere.» Quel comandamento le risuonava dentro come un'accusa. Poi era giunta la notizia dell'inferiorità numerica degli inglesi – la proporzione era di uno a otto –, che combattevano mentre cedevano terreno, lottavano chilometro dopo chilometro e lo facevano con determinazione. Erano parte della gioventù dorata di sua madre, ragazzi che lei aveva sempre disprezzato. Be', se non avevano mai saputo come vivere, di certo erano bravi a morire. Ben presto le atrocità tedesche in Belgio avevano cominciato a trapelare, riducendola quasi al silenzio. Il mondo era impazzito, si diceva Ursula disperata. Finché era arrivata la lettera della signora Hibbert che le chiedeva di tornare a casa: sentire che la sua cara mammina la voleva con sé a Ursula sembrava l'unica parvenza di normalità in una fantasmagoria di orrore.

Intanto, la signora Hibbert, che ignorava i sentimenti della figlia sul tema della guerra, chiacchierava allegra.

Non la smetteva di parlare della mensa. «La signora Smee... Te l'ho detto che è lei a gestire la mensa?»

«La moglie del professor Smee?» Sorpresa, Ursula prestò attenzione al discorso. «Oh, ma è terribile!»

«Non lo è affatto», ribatté irritata la signora Hibbert. «Certo, non è esattamente Lady Clara Vere de Vere, ma le sono grata! Tutti i cari soldati dicono che la nostra è la mensa migliore di Londra ed è solo merito della signora Smee. La mattina va a Billingsgate e in posti simili e compra il cibo personalmente. Quella donna è un genio, tesoro!»

«Un genio!» La ragazza rimase quasi senza parole dallo stupore.

«Sì, ma è anche molto severa. Io me la cavo abbastanza bene, perché ha scoperto che non sono sciocca come la maggior parte delle altre. Me l'ha quasi detto.» La signora Hibbert sembrava soddisfatta.

All'improvviso Ursula scoppiò a ridere. Era da molto tempo che non le capitava, ma era troppo divertente vedere che sua madre si vantava dell'approvazione della signora Smee. «Mamma, che buffo!» farfugliò.

«Be', tesoro, non c'è niente da ridere. Tremiamo tutte al cospetto della signora Smee! L'altro giorno c'è stata una tale scenata! Lady Diana Findon... hai mai incontrato la bella Diana? Una piccola idiota tutte ciglia e con la lisca, che ha gli uomini ai piedi per via di suo padre. Be', si è presentata in mensa annunciando di voler dare una mano. Si è definita una "cuoca provetta", perciò è stata incaricata di preparare i brutti ma buoni. Tutti i soldati ne vanno pazzi. Non so che diamine ha combinato, forse si è dimenticata il lievito, ma il risultato è stato un vassoio pieno di pietre! Senza dire una parola, la signora Smee ne ha preso uno e lo ha assaggiato. "Finché dirigerò questa mensa, agli uomini sarà servito cibo commestibile", ha dichiarato, lanciando l'intera infornata di dolci fuori dalla finestra.»

«Che esagerazione!» Ursula sembrava sempre più interessata.

«È il termine che ha usato anche Tony Balestier quando gli ho raccontato l'accaduto.»

La ragazza si irrigidì appena, ma non lo diede a vedere. Se la signora Hibbert le avesse puntato una pistola alla tempia, non si sarebbe meravigliata così tanto. Non sapeva che la madre frequentasse Tony, e poi era saltato fuori quel nome, quasi per caso.

«L'ho incontrato ieri a Victoria Street!» proseguì la donna con disinvoltura, sebbene Ursula, se fosse stata meno stupefatta, avrebbe notato un pizzico di inconsueto nervosismo. «Per fortuna, quando gli ho raccontato l'episodio, non ho fatto il nome di Lady Diana. Mi sono ricordata giusto in tempo che è una zia acquisita di Tony. Era la seconda moglie del vecchio generale Findon, di secoli più giovane di lui. Hanno organizzato un matrimonio spaventosamente elegante, più o meno tre anni fa, e il generale è morto pochi mesi dopo... Non c'è da stupirsi, pover'uomo! Ma ora Tony sta da sua zia, me l'ha giusto accennato. Caro ragazzo, era bellissimo nella sua divisa kaki; mi sono innamorata di lui all'istante. Immagino tu abbia saputo che è stato reclutato. È così ridicolo che si sia arruolato come soldato semplice! È in congedo, così mi ha detto, ma ripartirà domani. E visto che è il suo ultimo giorno, gli ho chiesto di passare.»

«Mamma!» Ursula balzò in piedi dal divano. «Come hai potuto?» chiese con voce strozzata.

«Oh, be', non c'è bisogno che tu lo veda. Io non mi sento immune da tutte le emozioni, perciò voglio salutarlo. Sai quanti giorni di vita danno le assicurazioni ai subalterni al fronte? Tre settimane.» La signora Hibbert si tamponò gli occhi. «Tony non ha un cuore di pietra come te!» esclamò tremante. «Quest'estate, quando gli ho detto che ti stavi uccidendo per colpa di quel suffragio ridicolo, non è rimasto a fissarmi come un pesce lesso, ma si è mostrato molto comprensivo.»

«Mamma, ma che... È appena suonato il campanello.» Ursula si interruppe con aria disperata.

«Oh, sì, sarà Tony, gli ho chiesto di passare presto. Be', devo andare a cambiarmi. Non posso certo salutare una persona con questo abito orribile. Mi fa sembrare una vecchia di cent'anni. Digli che ci metterò un minuto.» E schizzò via.

«Il signor Balestier!» L'annuncio arrivò prima che Ursula avesse il tempo di riordinare i pensieri confusi. Era il momento più difficile della sua vita. Sì, nell'insolita divisa kaki era più affascinante che mai, ma allo stesso tempo sembrava uno sconosciuto, rifletté la ragazza, che stentò a riconoscerlo. Era ancora il vecchio Tony?

Quando si strinsero le mani, si rese conto che il giovane era sbalordito tanto quanto lei. Era persino arrossito. «La signora Hibbert mi aveva detto che non eri ancora tornata», balbettò.

La confusione di Tony mise Ursula a proprio agio. Se la credeva lontana, non doveva averlo sfiorato l'idea che sarebbe stata presente anche lei. Dunque non sarebbe passato se avesse saputo che c'era? Quel pensiero la sconvolse tanto che rimase senza parole dall'angoscia. Sua madre aveva detto... be', si sbagliava. Se Tony aveva dimostrato di essere comprensivo quando aveva saputo del suo sciopero della fame, era stato solo per riguardo nei confronti del dolore della signora Hibbert. La cosa non lo toccava personalmente. Del resto, perché avrebbe dovuto? Teneva ancora a lei? Chissà, forse era fidanzato con un'altra. Oh, come aveva potuto la mamma chiedergli di passare? «Sono tornata solo questa mattina», riuscì a dire in un tono quasi normale; se non altro, la sua voce era sembrata stranamente fredda e indifferente.

«Capisco. Temo di essere stato maleducato», ribatté Tony, ridendo imbarazzato.

Quella risata le era così familiare che Ursula si rese conto di quanto avesse desiderato sentirla di nuovo. Fu invasa da un'ondata di emozioni – non sapeva dire se fosse gioia o dolore – ma, quando alzò lo sguardo, incontrò gli occhi di Tony e si dimenticò all'istante l'altra possibile fidanzata. Com'era bello... sembrava un ragazzino! Il giovane arrossì come mai prima e Ursula trovò ancora irresistibile quell'unico ricciolo tra i suoi capelli cortissimi; la commuoveva al limite del ridicolo, proprio come una volta. "Tony." Non pronunciò il nome ad alta voce, ma era come se tutto il suo corpo lo gridasse.

«Intendevo dire che, se avessi saputo che c'eri anche tu, non avrei fatto irruzione senza il tuo permesso.»

«D'accordo. Non vuoi sederti?» Che banalità! La ragazza era davvero inferocita, ma cos'altro avrebbe potuto dire? Era così difficile.

Si accomodarono l'una di fronte all'altro in silenzio. Nonostante Ursula non lo sapesse, Tony stava pensando le stesse cose. Anche lui, all'inizio, aveva percepito una sorta di estraneità tra di loro, finché la vecchia, inspiegabile attrazione era riemersa, acuita dalla nuova delicatezza che scorgeva nel volto della ragazza. Ma senza dubbio lei aveva smesso da tempo di provare qualcosa per lui, come confermava la freddezza delle sue osservazioni. Be', era meglio così. Tony sapeva che gli agenti assicurativi davano solo tre settimane di vita ai subalterni al fronte; perciò gli impegni di guerra lo disgustavano. La situazione era diversa per chi era già fidanzato; ma nessun uomo che veniva mandato a combattere avrebbe dovuto chiedere a una donna di sposarlo. Anche se fosse sopravvissuto, cosa improbabile, si sarebbe ritrovato mutilato o forse cieco. Come poteva Ursula legarsi a un relitto umano, a un inabile?

«Mamma ha detto che partirai per la Francia, giusto?» osservò Ursula posata.

«Sì.» Tony la fissò. Per quanto i sentimenti che Ursula provava nei suoi confronti potessero essere cambiati, sembrava impossibile che si rivolgesse a lui in quel modo. Approfittando del fatto che aveva il volto seminascosto, si concesse di scrutarla con attenzione. «Sembri ancora debilitata», disse senza volerlo.

«Sto abbastanza bene adesso, grazie.» D'un tratto anche Ursula si rese conto che quella conversazione era assurda. Anche se a Tony non importava più nulla di lei, non poteva trattarlo come un ospite qualunque. Era un amico, qualcuno con cui poteva confidarsi, parlare davvero, e Dio solo sapeva quanto avesse voglia di farlo! Per mesi, o almeno così le era sembrato, era stata costretta a imbrigliarsi la lingua, a reprimersi. Nessuno riusciva a capirla, nemmeno Mary

Blake o le infermiere suffragette della casa di cura dove aveva soggiornato. Del resto, erano tutte guerrafondaie.

«Se ho un aspetto tanto terribile è perché sono oltremodo infelice per la guerra», le sfuggì di bocca. «So che altre donne hanno motivi ben più validi per esserlo, con mariti e figli al fronte, ma non sembrano trovare le circostanze tanto tremende come appaiono a me. È questo che rende tutto così spaventoso. Pensano che sia giusto morire, mentre io mi oppongo strenuamente al conflitto.»

«Santo cielo, non vale per chiunque?» Tony pareva interessato, commosso e forse anche un tantino divertito. Avrebbe potuto anche infastidirsi se l'angoscia di Ursula non l'avesse disarmato. Inoltre, qualsiasi cosa era preferibile alla precedente conversazione, fredda e irreale. Era proprio da Ursula prendere quella posizione in merito alla guerra, soprattutto con lui che era un soldato! «Non è proprio perché odiamo i conflitti che combattiamo?» suggerì con dolcezza. «Se un ladro fa irruzione in casa tua o in quella del vicino, ci si sente tenuti a difenderla.»

«Sapevo che l'avresti pensata così!» Sì, Tony considerava la guerra da un punto di vista idealistico, si disse piena di riconoscenza. «Ma forse, se disapprovassimo fino in fondo la guerra, non combatteremmo e basta. Non sarebbe questa la massima forma di coraggio?»

«Ti metti fuori dagli uffici di reclutamento e offri una piuma bianca a tutti quelli che si sono arruolati?» chiese Tony con un sorriso.

«No, non mi spingo tanto lontano», rispose Ursula ridendo. Poi si fece seria ed esclamò con foga: «Ma ha senso fare del male alla gente, ucciderla? Credo di pensarla come la pensavi tu a proposito della militanza per il suffragio. I metodi sono troppo orribili, qualunque sia l'obiettivo da raggiungere!».

Be', era una fortuna che nemmeno lui appoggiasse l'impegno bellico, rifletté Tony con una certa amarezza. Se anche Ursula lo avesse amato ancora, non avrebbe potuto averlo. Certo, il paragone con il suffragio era assurdo... ma davvero la vedeva così? La militanza delle suffragette le era sembrata una sorta di arruolamento, un dovere fondamentale e incontrovertibile? Per la prima volta, si rese conto della portata dell'idealismo di Ursula: per quanto fossero diversi l'uno dall'altra, in quello si assomigliavano.

«Non pensare che io non capisca la scelta di arruolarti.» Quelle parole gli attraversarono i pensieri, facendo loro eco. «Considerato come ti senti, non avresti potuto fare niente di diverso. Era il tuo dovere. Io... io ti ammiro persino.» In quel momento l'apprezzamento le impediva di mostrarsi distaccata. «Soprattutto per aver deciso di arruolarti come soldato semplice. E ora tu hai una missione.» Si avvertiva una nota di rammarico nella sua voce.

«Come mai non disapprovi la scelta di un soldato semplice?»

Lei arrossì. «Oh, un soldato semplice, sai...» Si interruppe senza terminare la frase. «Solo non capisco perché tu non l'abbia fatto subito. La mamma ha lasciato intendere che avessi avuto la possibilità di scegliere.»

Tony non rispose. Nel silenzio carico di tensione che seguì, Ursula si sovvenne dell'altra osservazione della madre, di quelle tre settimane di vita che le assicurazioni davano ai subalterni al fronte. Eppure le morti tra i soldati semplici non erano state così alte. No, ricordava di aver notato una sproporzione nelle liste. Ecco perché Tony aveva scelto così, era proprio da lui. «Non serve che mi rispondi e che mi dia spiegazioni», sussurrò. «Hai deciso di arruolarti ora perché ci sono più rischi.»

«Oh, non lo so. Sembra che adesso ci sia bisogno urgente di ufficiali.»

Ben presto Tony cambiò argomento.

Ursula però non riusciva più ad ascoltarlo. "Più rischi", continuava a ripetersi, così tanti che l'aspettativa di vita era di tre settimane. Tre settimane... tre settimane... tre settimane... Quelle parole le martellavano in testa. Tony stava per partire, dopodiché avrebbe avuto solo tre settimane a disposizione. Sembrava così forte, bello, così lontano dalla morte... Tre settimane... tre settimane.

D'un tratto Balestier si alzò, trovando insopportabile il silenzio di Ursula. E poi era così pallida. Possibile che tenesse ancora a lui? «Mi dispiace davvero non poter aspettare la signora Hibbert. Per favore, porgile le mie scuse.»

Anche la ragazza si alzò, quasi meccanicamente. Provò ad aprire la bocca, ma non ne uscì nemmeno un suono. Non appena si accorse della sua espressione dolente, Tony capì che la sua ipotesi era giusta: ma certo che le importava ancora di lui! Voleva stringerla tra le braccia per dimenticare il passato, il futuro, ma continuava a farsi degli scrupoli. Quella volta, non avrebbe ceduto.

«Arrivederci», la salutò con gentilezza.

Ursula continuò a restare in silenzio. Non ce la faceva a parlare ed era in preda al familiare senso di vertigine, un attacco più forte dei precedenti. Le girava la testa e non riusciva a reggersi in piedi. Mentre il corpo maltrattato le giocava quel brutto scherzo, un pensiero prese a formarsi nella sua mentre: sarebbe svenuta come una detestabile signorina vittoriana? A quel punto, perse i sensi. «Tony», bisbigliò e lui la afferrò prima che cadesse.

Quando si riprese, Ursula si chiese se fosse davvero svenuta. In ogni caso, fu questione di un istante. Non aveva più tempo da perdere, disse con un debole sorriso, sdraiata sul divano, a Tony inginocchiato al suo fianco. L'ora che avevano trascorso insieme, sebbene lunga, le era sembrata brevissima. «Ora possiamo scriverci», propose, mentre si avvicinava il momento di separarsi. Dopo un anno vuoto, quella prospettiva le sembrava persino rosea. Sorrise di nuovo al giovane. «Siamo fidanzati, Tony?»

«Non avrei dovuto permetterlo», mugolò Tony. «Tesoro, io sono legato a te, ma tu non dovresti esserlo a me. Non è giusto. Non voglio vincolarti.»

Ursula rise. «Mi pare che sia l'unica cosa giusta. Sentirmi legata a qualcuno è il solo modo per sopportare tutto questo.»

22.

Tony fu uno dei fortunati, poiché le tre settimane stabilite dalle assicurazioni si moltiplicarono, trasformandosi in mesi, eppure lui non morì e rimase illeso. Non che ci fosse da stupirsi, visto che non raggiunse mai il fronte. Era stato assegnato a un battaglione in un campo base «da qualche parte» in Francia, precisamente a Boulogne. «Immagino la considererai una buona notizia», aveva scritto a Ursula, «ed è la mia unica consolazione perché, per quanto mi riguarda, trovo la situazione orribile. Non abbiamo niente da fare e passiamo giornate intere a oziare. Sembra di stare a Minster e a Epsom. Insomma, non mi sono arruolato per girovagare tra paesini marittimi francesi.»

Sì, Ursula la considerava senza dubbio una buona notizia, nonostante il malcontento di Tony. A dire il vero, si sentiva come una prigioniera rimasta sul patibolo malgrado la sospensione di pena. Naturalmente, comprendeva i sentimenti del suo amato perché le riportavano alla mente la sua esperienza di suffragetta, ma al tempo stesso pensava che Tony dicesse delle assurdità. Come gli scrisse, un esercito doveva pur avere un campo base e qualcuno era costretto a farne parte. Inoltre, aggiunse in tono caustico, «se desideri tanto essere in trincea, il più grande sacrificio è proprio starne alla larga».

Tony rise quando lesse quelle parole, poiché alludevano a un sacrificio che un gran numero di persone sarebbe stato disposto a fare. Uno dei motivi del suo malcontento era la gente con cui si trovava a condividere il tempo. Gli uomini migliori erano tutti in prima linea, mentre quelli con lui nella maggior parte dei casi erano scansafatiche che avevano rimediato un lavoretto facile facile. Un gruppo di sciocchi e per di più immorali! Il modo in cui giravano il paese con donne appariscenti su auto governative lo disgustava. E sebbene Tony non si accompagnasse a nessuna donna e cercasse di fare il proprio lavoro con intelligenza nei limiti del consentito, non riusciva a sentirsi migliore. Non tollerava l'idea che lui fosse lì, al sicuro, mentre altri agonizzavano al fronte.

Il giovane non poté che continuare a condannarsi e rimproverarsi quando, la successiva primavera, venne a conoscenza della morte ravvicinata di tre dei suoi più grandi amici. Gli dispiacque soprattutto per uno di loro, ucciso mentre guidava un attacco molto valoroso. A dire il vero, la depressione del povero Tony offuscò persino la gioia del suo primo incontro con la fidanzata durante una licenza. «Tesoro, avresti dovuto conoscere Seaton», le disse. «Era quel tipo di uomo che avresti adorato, capace e idealista. Anche lui odiava la guerra, eppure si era arruolato la prima settimana.»

«Sì, mi sarebbe piaciuto conoscerlo», rispose Ursula in tono gentile. «Hai detto che era sposato?»

«Sposato, con due bambini e nessuna rendita. Nonostante tutto, hanno mandato *lui* in trincea e hanno lasciato *me* nella bambagia, senza la minima responsabilità. Che idiozia!»

Ursula avvertì un nodo alla gola. Quelle parole l'avevano ferita, ma non l'avrebbe dato a vedere. Tony aveva tutte le ragioni di mettere il dovere al primo posto; inoltre, il loro amore non era una «responsabilità». «Ma Tony», affermò dopo una breve pausa, «anche se è stata un'idiozia mandare il signor Seaton al fronte, non lo è stato non inviare te. Io credo che gli uomini più brillanti non debbano combattere in prima in linea perché il paese non può permettersi di perderli. Se fossi Kitchener», proseguì con allegria forzata, «farei sostenere ai soldati un esame e manderei in trincea solo i bocciati.»

«Be', la verità è che tutti possiamo fallire», replicò Tony con un sorriso.

Ursula accettò quella falla nel suo ragionamento. La sua seconda proposta fu alzare il limite di età. «Solo gli uomini oltre i settant'anni dovrebbero essere idonei al servizio militare: la classe 1845. Vedi, hanno già fatto la loro vita e non sarebbe poi così terribile se morissero da eroi. Inoltre, migliorerebbe lo stato di salute generale, perché gli uomini dovrebbero essere tenuti in vita e in forma fino a cent'anni.»

Tony rise di gusto. «Allora bisogna sperare che i crucchi siano tanto gentili da seguire il tuo esempio, altrimenti i nostri veterani avrebbero vita dura. Pensa a quei vecchi ragazzi che combattono tutti traballanti con scialli e borracce termiche.»

Il fatto stesso che Ursula parlasse in tono scherzoso della guerra – anche quell'affermazione non era stata una battuta di spirito – dimostrava che aveva abbandonato la sua visione drammatica. Del resto, se avesse continuato su quella strada, con la costante consapevolezza che gli uomini venivano massacrati, sarebbe impazzita. Come altre donne, si era indurita. O forse era il pensiero di Tony, e ancora di più la presenza fisica del suo amato, a sbiadire la tragedia mondiale?

E pure il giovane, benché fosse tornato a casa di umore cupo, si riprese subito. Come potevano due fidanzati essere infelici quando stavano insieme in un mondo in cui il sole estivo batteva sulle grandi speranze di maggio? La guerra e gli anni di dolore e separazione precedenti svanirono in un attimo. E loro tornarono di nuovo al tempo in cui si erano scoperti e trovati per la prima volta.

Con intenzione, e al contempo inconsapevolmente, sfogliarono le pagine della loro vita insieme. Il vecchio chiosco era chiuso, sia per mancanza di avventori sia per scarsità di provviste, ma fecero un giro in barca sul tanto disprezzato Serpentine. «Nessuno ci considererebbe più speciali», rifletté Ursula. «Ormai è convenzionale essere anticonvenzionali. E poi tutto è permesso a un eroe in divisa kaki!»

«Anche contrariare la sua signora quando è impertinente!» Tony fece oscillare la barca. «Così poi può mostrare il suo eroismo salvando la fanciulla. Ma tirare fuori la gente dall'acqua è la tua specialità, vero, tesoro? Anche se poi la fai finire in galera!»

Un altro giorno organizzarono una gita a Hampstead Heath. L'autobus trainato da cavalli era stato sostituito da un mezzo a motore, più veloce. Nonostante il rischio di essere ripetitivi e la presenza di militari che salutavano ovunque andassero, si godettero quel momento insieme ben più di quanto avessero fatto in passato. Per il loro picnic trovarono un luogo circondato da cespugli e protetto da un'eventuale invasione di soldati; si trattennero anche dopo il pasto, con Ursula che fingeva di leggere e Tony steso a terra ai suoi piedi. D'un tratto la ragazza fu colpita nel constatare che il giovane fosse ancora più bello di un tempo; ma forse lei era di parte, si disse ingenuamente. Come gli stava bene la divisa kaki! «Non credo che riuscirò a sopportare di vederti di nuovo in abiti civili.»

«Ah, e sostieni di essere pacifista! Vergognati! Visto che siamo in vena di complimenti, permettimi di dirti che oggi sei molto carina.» Tony aveva scelto di proposito parole banali, ma le aveva accompagnate con uno sguardo intenso e passionale. Menzionò il fatto che avrebbero dovuto farla da tempo, quella gita: Ursula aveva forse dimenticato che la loro prima volta a Hampstead avevano deciso di ripetere l'esperienza una settimana più tardi, ma poi lui era stato trascinato in India dal suo «spietato» capo? «Sì, quella domenica ti avrei chiesto di sposarmi», raccontò Tony. «Mi ero preparato un discorso meraviglioso! Ma doverlo fare in fretta e furia nel tuo laboratorio mi aveva fatto innervosire. Per questo ho scelto di baciarti e di arrendermi ai tuoi elettrodi.»

«Eri davvero in difficoltà?» Ursula rise al ricordo. «Non sapevo di essere stata defraudata di una proposta di matrimonio da mille e una notte.»

«Ti andrebbe di sentirla adesso?» Tony stese un fazzoletto sull'erba e vi si inginocchiò sopra con esagerata premura, mormorando che quella volta sarebbe uscito vittorioso dalla prova. «Signorina Winfield, benché sia consapevole di non essere degno di lei, un profondo e crescente affetto nei suoi confronti mi spinge a chiederle di concedermi la sua mano nel momento in cui vedremo la conclusione dell'attuale e deplorevole sconvolgimento europeo.»

«Sai che ti sposerei anche domani, ma tu sei così stupido che non vuoi!» Entrambi risero di quella risposta poco romantica, sebbene Ursula fosse anche un tantino triste. Era tutto vero: Tony riteneva che un uomo in servizio attivo non dovesse prendere moglie. «In altre circostanze, avrei usato parole più decorose», proseguì Ursula in tono più leggero. «"Oh, signor Balestier, mi conceda un po' di tempo per pensarci. È una proposta tanto improvvisa." Ma ora sei tu a essere titubante.»

«In ogni caso, in qualunque modo sia formulata la risposta, si suppone che il risultato sia il medesimo», suggerì Tony prima di avvicinarsi e baciarla con inaspettata intensità. Entrambi erano troppo presi dall'emozione per parlare.

Fu dopo che il giovane se ne andò, a fine congedo, che la signora Hibbert iniziò a rimproverare per la prima volta la figlia senza pietà. Ursula era sorpresa e persino leggermente contrita. «Forse siamo stati un po' infantili e irresponsabili», cercò di scusarsi. «Ma ero talmente felice di avere Tony qui con me!»

«Sai che non sto parlando di questo!» Il tono della signora Hibbert era insolitamente brusco. «Certo, quando quei cari ragazzi tornano a casa, è dovere di tutti, comprese le fidanzate, farli divertire il più possibile.»

Ursula capì che la rabbia della madre nasceva dal suo rifiuto di prendere parte alle attività della Croce Rossa. «Ma mammina, sai benissimo che non sarei di alcuna utilità ai vostri gruppi di lavoro, visto che non so cucire!»

«Come se avesse importanza. Quanto meno, dimostreresti di abbracciare lo spirito giusto», ribatté stizzita la signora Hibbert.

Vedendo la madre decisamente turbata, Ursula suggerì, come compromesso, di pagare una sarta. In quei primi tempi di guerra, le sarte e le loro assistenti, sempre con le mani in mano, erano grate del lavoro che riuscivano a rimediare. La sua avrebbe confezionato sacchi per la sabbia, stabilì la ragazza, perché aveva sentito dire da un'autorità indiscussa che era a causa della mancanza di sacchi di sabbia che gli uomini continuavano a morire. Il pensiero cominciò a tormentarla. Cos'altro poteva cucire la sua sartina? Lei stessa, forte dell'esperienza del suffragio, non avrebbe dovuto organizzare una campagna per i sacchi di sabbia? Poi, con suo grande sollievo, seppe che la questione era stata risolta. I sacchi arrivarono presto in gran quantità, al punto che l'afflusso di merce dovette essere oggetto di controlli. Sembrava strano che due sconosciute che abitavano in un sobborgo londinese fossero riuscite laddove il ministero della Guerra aveva fallito.

Benché avesse dato il suo contributo nei gruppi di lavoro, Ursula non trovò pace. In effetti, la signora Hibbert era scioccata dall'apatia della figlia. «Non direi nemmeno una parola se facessi qualcosa per il paese, qualsiasi cosa!» esclamò quasi in lacrime. «Potrei capire se tu preferissi confezionare munizioni al posto dei calzini. Oh, tesoro, perché non fai la tua parte? La figlia di Lady Lonsdale e diverse ragazze molto carine lavorano in fabbrica. Quel genere di cose sarebbe proprio nelle tue corde.»

«Uccidere la gente non è nelle mie corde!» rispose Ursula in tono secco. «Dovrei credere che i calzini sono meglio delle munizioni, ma la verità, mamma, è che non ho intenzione di impegnarmi in nessuna delle due cose.»

Naturalmente, la signora Hibbert si offese e così decise di lasciar perdere, almeno per il momento. Quello stesso pomeriggio, tuttavia, tornò alla carica, con fare più allegro e disinvolto. «Tesoro, ho pensato a un incarico a cui non potrai proprio opporti.»

«Di cosa si tratta, mamma?» Ursula sperava di non essere sembrata sgradevole come le era parso.

«Sono sicura che non ti dispiacerebbe occuparti della vendita dei programmi alla matinée che organizzerò a Kingsway per la Croce Rossa serba la prossima settimana.

Oh, mia cara, la maggior parte delle ragazze sono delle sciocche; e mi sarebbe di grande conforto sapere che c'è una persona ragionevole al comando! Io non avrò un minuto di tempo perché devo assistere la principessa.»

Ursula esitò. Avrebbe potuto capitolare se non fosse stato per il successivo commento della madre, che dimostrava la sua solita mancanza di tatto. Del resto, la signora Hibbert si era lasciata prendere dalla sua missione.

«E poi i vestiti delle venditrici sono così graziosi. Li ho disegnato io stessa ispirandomi a un libro di viaggio nei Balcani. Quelle cuffiette bianche, sai, con i decori dorati... sono davvero molto appropriate! Tu sarai bellissima e attraente, mia cara. Nessun uomo riuscirà a resisterti.»

«Non ne avrà l'occasione.» Seguì un acceso diverbio. Era disgustoso mettersi in ghingheri solo per estorcere denaro agli uomini, insisteva Ursula. «Potrei anche diventare una prostituta, allora!» gridò. E a quel punto la signora Hibbert si sciolse in lacrime. «Oh, mamma, non volevo dirlo. Mi dispiace», si affrettò a scusarsi, pentita di avere esagerato. Il problema era che la sua pazienza veniva messa a dura prova dall'ostinazione patriottica della madre. «Mi aspetto che i miei ferrei principi morali siano una mera illusione. Se credessi di poter essere una venditrice di programmi di successo, mi ci butterei a capofitto. Solo che, sai, mammina, non sono mai riuscita a compiacere gli altri. E poi il mio aspetto terribile seminerebbe il panico! Penserebbero che io voglia i loro soldi, ma anche la loro vita.»

Con qualche difficoltà, la signora Hibbert si lasciò persuadere. In effetti, ci vollero diversi giorni prima che la confidenza tra madre e figlia tornasse a essere quella di un tempo. Tuttavia lo sfogo di Ursula ebbe un unico grande vantaggio: sua madre non fece altri tentativi di reclutarla per lo sforzo bellico. Ci provò soltanto una volta quando si ritrovò a gestire una comitiva di contadini belgi senza un minimo di preavviso. «Tesoro, cosa devo fare? Sono in diciassette», disse con il fiatone, infilandosi nel laboratorio della figlia. «Avevo spiegato a Lady Ditchling che avrei ospitato una sola famiglia, ma a quanto pare sono tutti parenti e non si possono separare! Ho mandato Jenkinson a noleggiare dei letti e ho telefonato a tutte le agenzie di domestiche. Ho lanciato una sorta di SOS: mandate personale di servizio! Ma vengo a informarti che alcuni di loro dovranno dormire qui dentro.»

«Nel mio laboratorio? Oh, mamma!» Ursula si guardò intorno sconcertata. Non stava conducendo alcun esperimento scientifico – non era ancora abbastanza in forma per ricominciare tutto da capo dopo anni di pausa –, eppure non sopportava il pensiero che le venisse tolta la possibilità di lavorare. Solo che, di fronte al dilemma della madre, come poteva mostrarsi tanto egoista da rifiutare? Non che i belgi sarebbero stati contenti di dormire in un laboratorio, pensò, non più di quanto lo fosse lei della trovata della signora Hibbert. Poi le venne un'idea brillante. «Ma mammina, dovrai pure mettermi da qualche parte, a meno che non pensi di farmi accampare in mezzo ai belgi. Perché non li sistemi nella mia camera da letto, che è molto grande, e lasci dormire me in laboratorio?»

«Tesoro, non posso permetterti di fare un tale sacrificio!» Divertita, Ursula si rese conto che la sua offerta l'aveva quasi trasformata in un'eroina. «Come puoi vestirti senza uno specchio a figura intera?» protestò sua madre.

Le cameriere, quasi attonite, spostarono tutti i suoi vestiti. «Oh, è davvero gentile da parte sua», Ursula sentì dire a una di loro, rivolta a una collega.

Per una settimana Lowndes Square fu tutto un fermento. Una babele di singolari conversazioni si udiva in tutta la casa e strani odori di cibo – soprattutto pietanze salate – si sprigionavano da ogni stanza. Figure con abitudini insolite, cesti e bambini al seguito, facevano un gran rumore, andando su e giù dalla grande scala principale; quella sul retro fu del tutto ignorata.

«Escono a qualsiasi ora della notte!» protestò la padrona di casa, per cui le cinque del mattino erano ancora notte fonda. Ursula, protetta nel suo rifugio, si sentiva più a suo agio. Il laboratorio era l'unica stanza da cui quegli sventurati si tenevano alla larga: forse la guardavano con diffidenza, immaginando che lì dentro i loro ospiti pagani praticassero riti osceni.

La mattina dell'ottavo giorno la signora Hibbert dovette fare i conti con una compatta schiera di cameriere: o i belgi se ne andavano o l'avrebbero fatto loro. Si trattava di un ultimatum e le domestiche, ovviamente, erano in una botte di ferro per via della penuria di personale di servizio in tempo di guerra. Persino Jenkinson le appoggiò. Il povero Jenkinson, l'unico uomo della servitù, il cui obiettivo era evitare di attirare l'attenzione per paura di ritrovarsi arruolato nell'esercito, sull'onda del patriottismo della padrona di casa. Eppure espresse lo stesso con fermezza la sua posizione: «Sopporto qualunque cosa, signora, e so bene che di questi tempi è nostro dovere resistere, ma non posso accettare che si appoggino le pentole sulla mensola del camino in salotto o si viva come maiali, maschi e femmine senza distinzione, in una sola stanza neanche fosse il giardino dell'Eden». Quelle parole sortirono come effetto il ritorno della numerosa famiglia belga al quartier generale, dove sarebbe stata suddivisa in gruppi più piccoli e meno anticonvenzionali, destinati a ospiti senza caminetto di marmo.

A quel disastro seguì una battuta d'arresto nell'attività filantropica della signora Hibbert, o meglio un ritorno alla mensa che aveva abbandonato. Una volta di più, si profuse in elogi sperticati della signora Smee. «È davvero una donna meravigliosa!» disse a Ursula in un tono che tradiva una certa sorpresa. «Lo sai, tesoro, che non ha saltato un giorno alla mensa? Un pomeriggio è apparso anche *le mari*, il tuo professorino», proseguì la donna. «Gli ho fatto fare un giro e gli ho detto quello che pensiamo della signora Smee. Oh, non sai quanto gli bruciava... Si sentiva inferiore. Del resto, non mi è mai piaciuto quell'uomo! Avresti dovuto vedere la sua faccia quando gli ho ingenuamente chiesto se fosse orgoglioso della moglie. Be', per la verità, credo che anche lui abbia lavorato sodo», ammise con riluttanza. «Dicono che faccia parte di un comitato scientifico che si occupa di ideare gas tossici e robe simili per il ministero della Guerra.

Comunque, sembra invecchiato di secoli e ha i capelli quasi tutti grigi!»

Quindi anche Vernon era rimasto coinvolto nel conflitto. La guerra a Ursula sembrava un gigantesco Moloch che a poco a poco inghiottiva tutti gli esseri umani del mondo; ne assorbiva il cervello e l'energia anche quando non colpiva direttamente i corpi. E per cosa? Qual era il motivo per cui gli inglesi si opponevano ai tedeschi o agli austriaci? Ogni nazione era davvero convinta di combattere per le stesse buone ragioni. Un giorno lesse di un naufrago che, dopo varie peregrinazioni, era giunto in un'area abitata del Pacifico. «L'Europa è impazzita», gli dissero. «Laggiù le persone si stanno massacrando a vicenda.»

Sì, così stavano le cose, pensava Ursula: l'Europa aveva perso la testa. E anche se quel punto di vista le sembrava sleale nei confronti di Tony, non poteva farci niente. Tutti quei piccoli negozianti, quegli umili lavoratori, quegli artigiani che si facevano a pezzi e si torturavano l'un l'altro erano pazzi. Oppure avevano subito il lavaggio del cervello da parte di governanti matti da legare. In ogni caso, lei non avrebbe preso parte a quell'orgia di follia. E poi produrre quegli orribili gas: secondo lei era un destino peggiore di quello dei soldati. In che modo si sarebbe giustificato il professor Smee?

Nonostante quella solitudine autoimposta, Ursula non perse di vista le sue vecchie compagne suffragette. Era vero, Moloch aveva richiamato quasi tutti in servizio in patria o all'estero. Ma si potevano davvero considerare sue servitrici quelle donne che portavano avanti una campagna di soccorso? Quando lesse di ragazze in zone di guerra che, coraggiose e serene, sfidavano le avversità e il pericolo, si sentì invasa dall'orgoglio. Per di più, se ne potevano trovare non solo nell'esercito inglese, ma anche tra gli Alleati, visto che il ministero della Guerra le scoraggiava. Ursula sorrise con amarezza non appena sentì parlare di due note donne medico che conosceva e per le quali non si era trovato un posto nell'esercito britannico. Un anno più tardi, sottoposte a un test dai francesi, fu stabilito che non solo erano innocue, ma anche estremamente utili, così il ministero della Guerra si pentì delle sue decisioni e offrì loro la direzione di un grande ospedale militare a Londra. Era gestito solo da donne, molte delle quali ex suffragette; la stessa Mary Blake, che aveva completato il suo addestramento e aveva prestato servizio su una nave ospedaliera a Gallipoli, ci lavorava a tempo pieno come infermiera. Fu proprio per rivedere la sua vecchia amica che Ursula si recò sul posto.

Rimase inorridita! Era il suo primo contatto con la forza lavoro di Moloch su larga scala e, sebbene avesse immaginato come potesse essere, si trovò del tutto impreparata.

Mary, che sembrava una madonna in quella divisa blu da infermiera, traboccava di orgoglio per «il nostro ospedale» e non tralasciò di mostrarle nemmeno un reparto. I letti sembravano non finire mai in quelle file doppie! Ursula ebbe la sensazione che proseguissero per chilometri. Ciascuno ospitava un uomo che solo pochi giorni o poche settimane prima era nel fior fiore della vita, al culmine della forza e della giovinezza, mentre ora giaceva lì, indifeso, spezzato. E pensare che le persone se l'andassero a cercare in un mondo già piagato dal dolore e dalla malattia era ancora più incredibile. «Sì, siamo proprio impazziti», balbettò Ursula.

Mary si fermò. Erano appena uscite da un reparto e si trovavano in un corridoio vuoto, tappezzato di pannelli bianchi. «Dimenticavo che è tutto nuovo per te», esclamò. «Preferisci fermarti qui? Una volta mi sentivo come te, ma poi ci si abitua. Ora noto a malapena se un uomo ha un solo braccio oppure tutti e due. So che sembra spietato», si scusò, «ma in realtà è meglio. Se ci si preoccupa troppo, si smette di essere utili.»

«Sì, capisco, è diventato il tuo lavoro.» Ursula riacquistò l'autocontrollo. «E so quanto sei brava a farlo.» Il comandante le aveva parlato dell'eccezionalità di Mary e, girando per i reparti, la si vedeva: più e più volte i visi pallidi dei pazienti si illuminavano quando lei si avvicinava. C'era stato anche qualche saluto civettuolo, ma pur sempre rispettoso, a cui Mary aveva risposto con gentilezza, sorridendo. «Sembra che quegli uomini ti adorino.»

«Sono *io* che li adoro.» Gli occhi di Mary brillarono. «Alcuni sono dei ragazzini. A volte, quando uno di loro sta molto male, mi chiede di tenergli la mano e piange come un bambino piccolo fa con sua madre. Uno mi ha davvero scambiata per sua mamma. Naturalmente, stava delirando. Continuava a ripetere: "Mamma, mamma, mi sento così male, mamma. Dammi qualcosa per farmi stare meglio".»

«Come riesci a sopportarlo?» Ursula aveva la voce strozzata.

«Non lo so. Il modo in cui pensano a te, il loro altruismo, è meraviglioso. L'altra sera stavo armeggiando intorno al letto di un soldato e lui all'improvviso mi ha detto: "Si sieda, infermiera, sarà stanca". Tre ore più tardi è morto.»

«Non dirmelo. Peggiora solo le cose. È odioso!» La rabbia di Ursula contro il Moloch cancellò qualsiasi altra emozione.

«Cosa intendi con odioso?» Mary sembrava perplessa, perché quel Moloch veniva dato per scontato come se fosse un qualsiasi terremoto. «Non devi credere che qui ci sia soltanto tristezza», spiegò, pensando che a far arrabbiare tanto la sua amica fosse la compassione verso il destino di un'infermiera. «A volte ho l'impressione che l'ospedale sia il posto più allegro di tutta Londra. Non appena i pazienti si riprendono un po', ridono e fanno confusione come ragazzini. Sono abbastanza felici finché non iniziano a temere di essere rispediti al fronte. Allora è piuttosto straziante! In ogni caso, non parlano molto e soprattutto non dicono mai niente di cattivo contro quei crucchi odiosi!»

Prima che il giro dell'ospedale fosse terminato, fu evidente che Mary non poteva vantare la stessa mancanza di acrimonia che tanto decantava nei suoi pazienti. Le ragazze avevano raggiunto l'ultimo reparto, quello in cui lei prestava servizio. Faceva il turno di notte, ma aveva iniziato soltanto da una settimana; prima era stata assegnata alla sala operatoria. Nonostante fosse arrivata da poco, le diedero il benvenuto sorrisi ancora più smaglianti e saluti più calorosi che negli altri reparti. «Salve, infermiera, che ci fa ancora in giro alle tre di notte?» le gridò un canadese con una gamba sola. «Non è conveniente per una giovane come lei essere in piedi a quest'ora.» A Ursula vennero mostrati centrotavola ricamati dai colori orribili, rosari da parete, cinture di lana e quadrati di stoffa con gli stemmi dei reggimenti. Un ragazzo, che chiamavano il Terribile, era impegnato a sferruzzare una soffice sciarpa dall'aspetto innocente. «Voglio finirla stasera», osservò, mentre con fatica faceva ticchettare i ferri.

«E sposarti domani, così qualcuno potrà indossarla», scherzò il suo vicino.

Nell'ultimo letto nell'angolo non c'era nessun lavoretto in mostra; inoltre, il suo occupante non salutò nemmeno. Quando Ursula si avvicinò e ne capì il motivo, non riusciva a credere ai propri occhi. A giacere avvolto nelle lenzuola non era altro che un blocco immobile, una strana immagine ribaltata simile alle sculture futuriste; non si vedevano la pelle, gli occhi e i capelli. Un pensiero attraversò la mente della ragazza: quella cosa era umana? In confronto alla sagoma bianca e informe che aveva davanti, la mummia di un museo sarebbe parsa piena di vita. Sì, era umana, perché quando Mary parlò, si udì un leggero movimento in risposta.

«Mary cos'ha che non va? Come può avere bende dappertutto?» chiese all'amica non appena furono uscite dal reparto.

I tratti gentili di Mary si indurirono. «È il nuovo fuoco liquido che usano quelle bestie, quei demoni. Quando è arrivato qui, aveva la pelle nera, carbonizzata come il legno bruciato. I medici pensano che sopravvivrà, ma i suoi occhi... lui non lo sa, ma è cieco.» Le tremava la voce.

Era curioso che in quell'occasione Ursula sembrasse meno commossa dell'infermiera. D'un tratto, per lei, come per Mary, l'orrore si era trasformato in «lavoro»; le parole «fuoco liquido» l'avevano trasportata dall'ospedale nel regno sereno e tranquillo della scienza. Di colpo, le era tornata in mente una vecchia idea: la scoperta del processo per separare l'azoto atmosferico che poteva essere utilizzato per spegnere il fuoco. Solo, sarebbe stata in grado di riprendere in mano la ricerca? si chiese angosciata. La sua mente scientifica era così arrugginita, così fuori allenamento.

Gli anni dedicati al suffragio erano stati inevitabili – ci si aggrappava ancora –, ma perché non si era rimessa al lavoro non appena era scoppiata la guerra, dopo essersi ristabilita? Indolenza, si rimproverò. Ma non era nemmeno quello il motivo del suo allontanamento dalla scienza. Piuttosto, si era impuntata a non fare nulla che avesse in qualche modo attinenza con la guerra, eppure al tempo stesso sentiva che non c'era nessun'altra occupazione in cui valesse la pena impegnarsi. Scienza? Qual era l'utilità della scienza in un mondo tanto folle? A essere onesti, poi, la scienza aveva portato alla miseria e al massacro. No, Tony era il suo unico conforto; Tony, per fortuna, ancora al sicuro al campo base. Proprio così, aveva afferrato la felicità a portata di mano e aveva lasciato che tutto il resto scivolasse via.

Ma ora aveva fatto quell'esperienza, aveva visto quel pover'uomo tutto fasciato. Escogitare un sistema per arginare gli effetti di un tale crimine non avrebbe certo significato lavorare per la guerra, bensì contro la guerra. Se prima aveva avvertito un legame con le sue amiche infermiere, in quel momento si sentiva chiamata in causa personalmente. Tuttavia non era ancora sicura del da farsi. Forse quelle persone, quei quaccheri che si rifiutavano di prendere parte al conflitto erano davvero i più assennati. Comunque stessero le cose, si rese conto di non poter più rimanere a guardare. Per quell'uomo in ospedale forse non c'era più niente da fare, ma poteva aiutare gli altri. Altri ragazzi, che sarebbero tornati a casa ustionati, carbonizzati come legna bruciata, ciechi... Il suo lavoro li avrebbe salvati!

Ursula corse a casa e si barricò in laboratorio.

23.

Nessuno era mai stato in grado di rimproverare Ursula di essere indolente: quando iniziava un lavoro, lo portava a termine. E quella volta non fece eccezione. Non che riprendere le sue ricerche fosse un compito facile. Come previsto, aveva la mente arrugginita. Malgrado l'apparecchiatura fosse bell'e pronta, la sua testa era priva di idee. All'inizio si lasciò prendere dallo sconforto, poi, con caparbia determinazione, si costrinse a replicare una serie di vecchi esperimenti e, così facendo, si immerse di nuovo nel lavoro. A poco a poco, il suo cervello sembrò scrollarsi di dosso un peso invisibile e ingranò, recuperando la prontezza di un tempo.

Considerando ciò che stava succedendo nel mondo, Ursula non avrebbe potuto chiedere niente di meglio. Per paura di un indiscreto tradimento, non aveva raccontato nulla alla madre, ma la signora Hibbert immaginò che l'improvviso impegno della figlia fosse in qualche modo legato alla causa universale. Da quel momento in poi, la ragazza venne finalmente lasciata in pace. Mai prima di allora era stata libera da pressioni per partecipare allo sforzo bellico, ad attività sociali e, in tempi più recenti, caritatevoli. In realtà, la sollecitudine materna guardava al laboratorio quasi come a un santuario.

Con Tony Balestier Ursula era stata più esplicita e ricevette da lui un sostegno entusiasta, in netto contrasto con l'avversione che un tempo aveva manifestato verso il suo impegno per il suffragio. «Mia cara, la notizia del tuo lavoro mi riempie di gioia oltre ogni dire», scrisse. Spiegò che mai come in quei tempi di crisi aveva pensato che tutti dovessero fare la loro parte per il paese. Con il suo talento, Ursula avrebbe potuto, senza dubbio, ideare qualche mezzo per proteggere i soldati dall'«invenzione diabolica del nemico».

All'inizio del nuovo anno, Tony ottenne un altro congedo. Un pomeriggio, si presentò senza preavviso a Lowndes Square e si diresse subito in laboratorio. Dire che Ursula non era al settimo cielo equivarrebbe a dichiarare il falso. Per almeno mezzo minuto, il tempo in cui il giovane la strinse tra le braccia, si dimenticò del lavoro. Poi, con un'esclamazione quasi di sgomento, si voltò e tornò alla sua attrezzatura.

Se Tony ci rimase male, non lo diede a vedere. Del resto, era sinceramente emozionato per il lavoro di Ursula e non vedeva l'ora di rivolgerle delle domande. Quando ci fu una pausa nell'esperimento, la ragazza gli disse di non avere ancora raggiunto risultati soddisfacenti, anche se sentiva di essere sulla buona strada. Doveva continuare a «immergersi», così che un giorno ci sarebbe stata l'illuminazione. Di solito, era così che le nascevano le grandi idee. La situazione era davvero curiosa, precisò, prima di snocciolare alcuni dettagli tecnici. Glielo avrebbe mostrato per fargli capire cosa intendesse.

Malgrado il suo interesse, Tony non sarebbe stato del tutto umano se, verso la fine del periodo di congedo, non si fosse sentito trascurato. Un pomeriggio Ursula accettò di uscire con lui, ma mentre passeggiavano la sua mente era rimasta in laboratorio. Alla fine, il giovane le chiese con una certa amarezza se lei fosse almeno consapevole della sua presenza.

«Oh, Tony, pensi che mi sia comportata in modo orribile con te?» Ursula capì d'un tratto il punto di vista del suo amato. «Ma è stato tremendo anche per me lavorare anziché godermi la tua compagnia. Sai, quando faccio ricerca, il resto della vita si trasforma in una sorta di sogno. Non posso impedirlo, tesoro. Inoltre, in questo caso specifico non posso dimenticare quello che sta dietro il mio lavoro: quegli uomini feriti. Non ti ho mai raccontato come si deve del ragazzo che ho visto all'ospedale.» Benché fossero passati diversi mesi da quell'esperienza, a Ursula tremava la voce mentre parlava. «Oh, Tony, a volte è come se ce l'avessi ancora davanti agli occhi», concluse addolorata. «Vedo centinaia e centinaia di versioni di quel ragazzo. Solo quando lavoro riesco a dimenticarlo. E ho la sensazione che, appena mi fermo, si generino altri fantasmi, bendati e ciechi, pezzi di legno carbonizzati. Mia madre dice che devo essere posseduta per sgobbare così tanto. E, caro Tony, credo che abbia ragione.»

«Povero tesoro!» Il giovane le strinse le dita sotto il manicotto. «Sì, capisco. Non devi preoccuparti per me. Torniamo a casa, nel tuo laboratorio.».

Nonostante tutto, l'ultima sera di licenza di Tony Ursula si concesse una vacanza. Dopotutto, lo doveva al suo amato e a sé stessa, perché, malgrado il giovane non corresse grossi rischi a Boulogne, in qualsiasi momento avrebbe potuto essere spedito al fronte senza avere l'opportunità di salutarla. Magari non si sarebbero neanche più rivisti. Durante quel congedo, lei non aveva fatto altro che pensarci, ma ogni volta allontanava l'idea perché era troppo orribile e inquietante; inoltre, avrebbe interferito con il suo lavoro che doveva avere la priorità. Se non fosse stata tanto stanca, forse quella sera non si sarebbe sentita giustificata a rinunciare a qualche ora di lavoro, ma era esausta dopo la tensione degli ultimi giorni, talmente sfinita che sia i suoi spettri sia l'eventuale pericolo che correva il fidanzato evaporarono dalla sua mente. Com'era riposante restare seduta in silenzio tra le braccia di Tony, che «capiva». Il giorno successivo se ne sarebbe andato, ma Boulogne era vicina; dunque avrebbe fatto presto ritorno e sarebbe stato al sicuro.

Anche Tony pensava alla sicurezza e alla vicinanza di Boulogne, ma non ne traeva alcun conforto. Era incredibile che, dopo aver chiesto più e più volte di essere mandato al fronte, si trovasse ancora lì, rintanato nel campo base, mentre ogni uomo rispettabile che conosceva era in trincea. «È rassicurante sapere che almeno uno di noi sarà utile in guerra», disse a voce alta, quasi senza accorgersene.

«Non posso certo vantarmi che i miei servizi facciano la differenza per il paese.»

L'amarezza nel suo tono punse sul vivo Ursula, che fece uno sforzo per scrollarsi di dosso la stanchezza. «Che sciocchezze, tesoro», esclamò con leggerezza. «Sei tanto prezioso come ufficiale di commissariato che ti tengono lontano dal fronte. Una truppa marcia sulla trippa!»

Tony rise alla parafrasi di quella frase di Napoleone, poi seguì un silenzio ristoratore. Non era convinto, ma avevano discusso spesso su quel punto e lui sapeva che Ursula era stanca. Alla fine, con una certa riluttanza, si abbandonò a un'altra mezza risata. «Non ti sembra comico, tesoro, che io che mi sono precipitato ad arruolarmi me ne stia seduto senza far nulla a Boulogne, mentre tu, la pacifista, che disapprova tutto ciò che ha a che fare con il conflitto, sgobbi per la guerra diciotto ore al giorno?»

«Non è vero!» Ursula si raddrizzò: quella considerazione le aveva fatto dimenticare la stanchezza. «O meglio, sì, sgobbo, ma il mio lavoro non ha niente a che vedere con la guerra. È un lavoro umanitario.»

«Se riuscirai a realizzare concretamente la tua idea, sarà un lavoro per la guerra, e anche molto importante. Tesoro, capisco cosa intendi», proseguì in tono rassicurante, notando che Ursula sembrava davvero turbata. «Il tuo è uno sforzo difensivo, non offensivo, e ne sono felice. Anche se non condivido le tue opinioni sulle donne che fabbricano munizioni, perché penso che siano utili, detesto che lo facciano. Se tu avessi inventato gas velenosi o cose del genere, non so se l'avrei sopportato! Naturalmente, so di essere illogico.»

«Lo sei, irrimediabilmente, ma devo ammettere che mi piace molto.» Sì, era la sua cavalleria, si rese conto Ursula, a spingere Tony a disprezzare l'idea che le donne producessero munizioni, proprio come lo aveva spinto a osteggiare che si battessero per il suffragio. Solo che in quel caso non riteneva che il fine giustificasse i mezzi, mentre ora ne era convinto. Con leggerezza espresse la sua riflessione a voce alta. Era la prima volta che quell'argomento infelice compariva nelle loro conversazioni. «Ma non importa. Ormai le tue opinioni non mi feriscono più perché la causa è vinta. Oggi tutti appoggiano le suffragette, persino il "Times"!»

«Ma cara, questo non dimostra forse che le mie convinzioni erano giuste e che le tattiche delle militanti erano sbagliate? Vedi, le donne otterranno il voto non perché danno fastidio, ma perché si mettono in gioco per il paese e fanno la loro parte in modo splendido.»

«E perché ora militano nelle fabbriche di munizioni?» suggerì Ursula con un sorriso. «Tony, non credo che ciò che le donne stanno facendo ora avrebbe garantito loro il diritto di voto senza la precedente militanza, semplicemente perché nessuno avrebbe saputo che lo volevano. Di certo, gli uomini non l'avrebbero capito da soli!»

«Immagino che su questo punto dovremo accettare di non essere d'accordo. Dopotutto, è una storia chiusa, tesoro. Non litighiamo durante la nostra ultima serata insieme.»

«No.» Ursula si avvicinò ancora di più a Tony. «Sarà davvero curioso», proseguì pensierosa dopo un istante di pausa, «se la più grande guerra della storia finirà con il suffragio alle donne, quando l'argomentazione di fondo è sempre stata che le donne non potevano avere il diritto di voto perché non partecipavano alla guerra.»

«Molto curioso.» Quell'osservazione, almeno, non era discutibile. Ci fu un altro lunghissimo silenzio. A cosa stava pensando Ursula, si chiese Tony, mentre sedeva lì, così vicina a lui eppure così lontana con la mente. Si stava ancora crogiolando nel ricordo dei vecchi miserabili giorni del suffragio? O stava seguendo qualche intuizione legata alla nuova ricerca? Quell'eventualità lo indusse ad abbassare la testa e a baciarle i capelli. Alla fine, la ragazza parlò, e lui scoprì che non stava pensando a nessuna di quelle cose, o forse, a tutte quante insieme. «Noi piccole creature lavoriamo sodo e realizziamo così poco di ciò che vorremmo fare. Forse, come dici tu, tutti i miei sforzi e i miei desideri non sono serviti a nulla per il suffragio femminile, e tutti i tuoi sforzi e i tuoi desideri non serviranno a nulla per la guerra. Può darsi che nella vita io contribuirò al successo militare, mentre tu con la tua guerra garantirai il voto alle donne. Se c'è una cosa, caro Tony, di cui siamo certi mentre combattiamo disperati nel buio è che ci amiamo.»

«Sì, ci amiamo», ribatté il giovane con un filo di voce.

24.

Il giorno successivo Tony se ne andò e Ursula si immerse nel lavoro ancora più di prima, se possibile. Sembrava che non si fermasse mai, perché in ogni momento, mentre chiacchierava con la madre o leggiucchiava il giornale – come faceva in quel preciso istante, dando un'occhiata alla posta dei lettori –, quando scriveva al suo amato o quando dormiva, il problema a cui stava lavorando era sempre lì, nella sua testa; prendeva forma e si sviluppava in un'entità dotata di vita propria.

E poi un giorno arrivò la soluzione. Accadde nel più improbabile dei luoghi: nella vasca da bagno. Del resto, si trattò di un'illuminazione improvvisa, di una consapevolezza che si era aperta una porta rimasta chiusa fino ad allora. Ed era tutto lì davanti a lei, semplice e chiaro. Il solo aspetto sorprendente era il fatto che non se ne fosse accorta prima. La sicurezza che provava era tale che le sembrava quasi una perdita di tempo dimostrare la sua teoria. Ma, naturalmente, bisognava farlo, poiché soltanto così si sarebbe passati alle applicazioni pratiche, all'uso di quel nuovo principio per combattere il fuoco liquido.

Fino a quel momento, sebbene il lavoro mentale di Ursula fosse stato incessante, le ore effettive dedicate alla sperimentazione erano state più o meno ragionevoli, perché non si poteva affrettare in alcun modo l'arrivo di un lampo di genio; ma ormai si riduceva tutto a un mero sviluppo pratico. Oltre al suo vivo interesse scientifico, c'erano anche i suoi terribili spettri a spronarla. Così il riposo e lo svago furono ridotti al minimo. Potevano portarle i pasti in laboratorio? chiese. A quel punto, sua madre protestò. «Mia cara bambina, risparmierai un'ora, ma poi resterai a letto con la febbre cerebrale per un mese!»

Ursula si fece beffe delle parole della signora Hibbert, nonostante avessero un fondo di verità. A essere onesti, la spaventavano: finché non finiva il lavoro, non poteva permettersi problemi di salute. Per evitare un disastro, si domandò se informare il ministero della Guerra riguardo all'«estintore» nella sua forma imperfetta, ma concluse che sarebbe stato un errore. Le autorità, nell'ansia di salvare i soldati, avrebbero insistito per adottare immediatamente l'invenzione, mentre lei era sicura che con qualche giorno o settimana in più di lavoro l'avrebbe migliorata moltissimo. Quel ritardo si sarebbe tradotto in un guadagno e non in una perdita di vite umane. No, doveva continuare a lavorare sodo senza lasciarsi prendere dall'ansia. Avrebbe smesso di leggere i giornali che ormai contenevano sempre più spesso inquietanti riferimenti al fuoco liquido. Con uno sforzo immenso, avrebbe anche bandito gli spettri dalla sua mente. Per aiutare doveva dimenticare.

Alla fine arrivò il giorno in cui l'estintore fu pronto. Ursula era soddisfatta ma forse ancor più stupita. I suoi esperimenti erano senza dubbio «molto carini». Era quasi un miracolo vedere quelle piccole scintille di fuoco liquido vacillare per un istante e poi spegnersi. Per lei era arrivato il momento di contattare il ministero dello Guerra. Da tempo aveva deciso quale sarebbe stato il suo primo passo: una lettera a Vernon Smee. Sembrava quasi provvidenziale che il professore facesse parte del comitato delle invenzioni.

Ursula non ci mise molto a buttare giù la lettera, anche se esitò sulla frase di apertura. Doveva esordire con «Vernon» o con «Professor Smee»? La notizia era troppo importante per perdersi in quelle piccolezze, si disse. Scrisse in fretta e furia che voleva mostrargli alcuni importanti esperimenti. Poteva passare da lei il giorno successivo, al mattino se possibile? Quindi accluse una breve descrizione del nuovo principio e della sua applicazione. Se il professore fosse stato soddisfatto del funzionamento dell'estintore – ed era certa che lo sarebbe stato –, le avrebbe consentito di fare una dimostrazione davanti ai vertici militari? Naturalmente, la questione era urgentissima, perché non dubitava che il suo estintore, se prodotto in un numero sufficiente di esemplari, avrebbe salvaguardato i soldati da quell'orribile fuoco liquido.

Mentre chiudeva la busta, arrivò una cameriera con il tè. Allora pensò che poteva far consegnare la lettera a mano direttamente al college; con ogni probabilità Vernon non era ancora tornato casa. Così lei avrebbe potuto ricevere una risposta immediata, con l'orario in cui la mattina seguente il professore sarebbe venuto da lei. Immaginò che la dimostrazione ufficiale non avrebbe avuto luogo prima di due giorni. Poi ci sarebbero stati il test all'aperto e forse anche altri test sul campo in Francia. Comunque, nel giro di una quindicina di giorni la produzione degli estintori sarebbe stata avviata. E poi erano così semplici da costruire; in tre settimane almeno alcuni sarebbero stati pronti all'utilizzo.

Ahimè! Fin dall'inizio il suo programma subì dei ritardi. La cameriera tornò dal college dicendo che il professore stava facendo lezione; perciò non era stato possibile consegnargli subito la lettera, che gli sarebbe stata recapitata più tardi. Non importava, Vernon l'avrebbe di sicuro chiamata per telefono o avrebbe mandato un telegramma. Aspettò tutta la sera, ma non ebbe notizie. Be', avrebbe ricevuto una sua lettera con il primo servizio postale del mattino. E invece niente. Forse c'era stato un ritardo, pensò; a volte le poste erano così lente. Oppure Vernon non aveva capito che lei si aspettava una risposta. Magari, convinto che l'avrebbe trovata a casa a lavorare tutto il giorno, sarebbe semplicemente passato. Sì, doveva essere così. Peccato che il professor Smee non si presentò.

Mentre si stava vestendo per la cena, Ursula rifletté su un'altra possibilità. Che sciocca era stata! Senz'altro Vernon non aveva ricevuto la lettera; forse al college c'era un qualche vecchio stupido e bizzarro che sostituiva il portiere. Un'intera giornata persa! Si sollevò la gonna e corse giù dalle scale fino al telefono. Difficilmente Vernon sarebbe stato ancora al college: era meglio chiamare a casa, a Clarendon Road. Una cameriera la informò che il professor Smee era fuori e che sarebbe rincasato molto tardi. Allora forse era in ufficio.

Disperata, Ursula chiamò anche al college. No, il professore se n'era andato nel primo pomeriggio. Aveva provato a cercarlo a casa? Oh, non era neanche lì? Allora non sapeva proprio dirle dove si trovasse. Sì, la lettera gli era stata consegnata. Sì, ne aveva la certezza. Era il portiere a fornirle quelle informazioni e si era occupato personalmente di recapitare la missiva.

Be', era inspiegabile! Di certo Vernon poteva immaginare cosa comportasse quel ritardo. Ogni ora, ogni minuto che passava, un uomo avrebbe potuto essere salvato grazie al suo estintore. L'unica spiegazione possibile era che il professor Smee non credesse nella sua invenzione. Ma con che diritto se non l'aveva vista con i propri occhi? La questione era troppo importante per quello sgarbato scetticismo. Insomma, lei non era una novellina. Vernon conosceva il suo lavoro e sapeva che non avrebbe mai presentato un progetto insensato. Tralasciando il suo status nella comunità scientifica, Ursula aveva creduto che in nome della loro vecchia amicizia lui l'avrebbe raggiunta qualora glielo avesse chiesto. Ripensò a com'era finita e alle rivelazioni della signora Todd: era quella la spiegazione? Vernon paventava una ripresa dell'intimità tra di loro per il suo bene e per il bene della moglie? Che cosa meschina e assurda! Come se in quel periodo le persone potessero permettersi il lusso di preoccuparsi di cose simili! Perché era stata così sciocca in passato? si rimproverò Ursula. Se non avesse troncato la loro amicizia indiscreta, Vernon non l'avrebbe evitata. Poi le venne un'idea. Avrebbe chiamato la signora Smee per spiegarle la situazione. In fondo, quella donna non poteva essere del tutto priva di sentimenti e buonsenso. Sua madre continuava a elogiare l'abilità con cui gestiva la mensa.

Ursula mise subito in pratica l'idea. Fu la signora Smee

in persona a rispondere al telefono e a porre la consueta domanda: «Pronto, chi parla?». La ragazza esitò un istante: le avrebbe sbattuto il ricevitore in faccia se avesse sentito il suo nome? Non successe, anche se avvertì una nota di sorpresa nella voce della sua interlocutrice mentre ripeteva: «La signorina Winfield?». La nuova Charlotte conduceva una vita troppo frenetica e impegnata per lasciarsi tormentare dalle vecchie gelosie, e non c'erano i presupposti per alimentarle. Vernon venerava il successo della moglie alla mensa che lo aveva, senza dubbio, stupito e impressionato. Come le diceva sempre ridendo, tutte le sue «raffinate amiche» erano ora le sguattere della moglie. Dunque, la nuova Charlotte, anziché lasciarsi prendere dal nervosismo, rifletté su quale potesse essere la ragione per cui la signorina Winfield aveva chiamato. Doveva riguardare sua madre. Il cognome diverso delle due donne le aveva quasi fatto dimenticare il legame di parentela. «La signora Hibbert ha qualcosa da dirmi a proposito della mensa?»

«No, sono io che ho bisogno di parlarle.» Ursula prese a esporre la questione. Anche al telefono, la signora Smee sembrò interessata. Forse l'interesse assunse una sfumatura di cordialità – così tanto della vecchia Charlotte era sopravvissuto – quando il vero motivo della telefonata venne a galla. «Dice di non aver ricevuto risposta alla sua lettera», ripeté la donna. «Oh, mi dispiace tanto, signorina Winfield, mio marito deve essersene dimenticato. Sa, è così preso dal lavoro per la guerra. Continuo a ripetergli che un giorno o l'altro si scorderà persino il suo nome! Comunque, certo, appena rientra gli chiederò quando può passare da lei per vedere i suoi esperimenti. La chiamerà domattina, se stasera arriva troppo tardi.»

«Ah, può dire al professor Smee che gli ruberò pochi minuti del suo tempo. Voglio solo che veda il mio lavoro così da potermi introdurre nel giusto ambiente. Grazie mille e arrivederci.» La conversazione si chiuse su quella nota amichevole. Una tale amabilità era da attribuirsi tanto alla nuova Ursula quanto alla nuova Charlotte. A volte la ragazza cercava di vedere le cose dal punto di vista degli altri e così aveva pensato che forse la signora Smee non gradisse che il poco tempo libero del marito venisse monopolizzato da un'altra donna, sebbene per una buona causa.

In ogni caso, la signora Smee avrebbe mantenuto la parola data e la frase di commiato di Ursula le rese tutto più facile. Quando Vernon tornò a casa, complimentandosi con disinvoltura per l'ottima cena – il talento di Charlotte per la cucina non si limitava alla mensa –, rimase a bocca aperta sentendo la moglie menzionare Ursula. «Ha chiamato la signorina Winfield, che sembrava un tantino turbata per non aver ricevuto una risposta alla sua lettera.»

«Al diavolo la signorina Winfield!» Se ancora la signora Smee avesse nutrito qualche dubbio sui sentimenti del marito nei confronti di Ursula, quell'esclamazione li avrebbe dissipati del tutto. Il fastidio di Vernon era così evidente che Charlotte rimase stupita piuttosto che sollevata. Cosa poteva averlo irritato tanto? Quella povera ragazza voleva solo mostrargli i suoi esperimenti. Vernon aveva sempre provato affetto per la signorina Winfield, ma in quel momento pareva proprio che la disprezzasse.

Charlotte non era poi tanto lontana dalla verità. Il professore non disprezzava Ursula, però non la sopportava. Tutte le volte che pensava a lei, e negli ultimi tempi gli capitava di rado, rammentava il modo in cui era finita la loro amicizia. Per due anni aveva riservato alla ragazza tutte le attenzioni possibili, l'aveva trattata come qualcosa di sacro, non aveva mai osato parlare d'amore – non esistevano molti uomini che avrebbero fatto lo stesso –, e poi lei senza preavviso lo aveva rifiutato come se fosse un lacchè ubriaco. «Non ho tempo da perdere con la signorina Winfield e con le sue lettere», ringhiò. «Sono troppo preso dal mio lavoro.»

«Ma caro», protestò sua moglie, «la signorina Winfield ha detto di aver inventato una cosa che potrebbe aiutare i ragazzi là fuori. Se fosse così, dovresti prestarle attenzione. O forse non credi nella sua idea?»

«No, non ci credo!» Il tono di Vernon era ancora più infastidito di prima. E con suo grande stupore, Charlotte si ritrovò ad ascoltare una disquisizione scientifica. Poi il marito si alzò, forse rendendosi conto dell'inutilità della sua spiegazione. «Per te è arabo, vero, tesoro?» esclamò con una risata sincera. «A ogni modo, puoi capire da sola che il progetto della signorina Winfield è inutile. *Kaputt*, come direbbero i tuoi soldatini, giusto? È un'idea assurda, ne sono sicuro. Si dà il caso che anch'io abbia approfondito la questione e...» Vernon cercò di controllarsi. Sarebbe stato meglio non fare cenno del suo «protettore dal fuoco liquido», anche se prima o poi sua moglie ne sarebbe venuta a conoscenza. Nel giro di qualche settimana l'invenzione sarebbe stata in uso e poi ne avrebbero parlato tutti i giornali. Inoltre, ci sarebbero stati risultati apprezzabili e concreti e lui avrebbe di sicuro ottenuto il cavalierato per quella scoperta. Sir Vernon e Lady Smee: suonava piuttosto bene. Naturalmente, l'invenzione non aveva niente a che fare con il suo atteggiamento nei confronti della signorina Winfield. Se avesse pensato che quell'«estintore» avesse qualche valore pratico, l'avrebbe aiutata a promuoverlo. Non avrebbe potuto fare altrimenti, ma Charlotte non avrebbe capito. Le donne erano così strane. «Be', cara mia vecchia signora, è ora di andare a letto», esclamò sbadigliando.

«Sì, anch'io casco dal sonno!» Poi la signora Smee esitò. «Ma ho promesso alla signorina Winfield che le avresti telefonato domattina.»

«Dan...» Si fermò prima di completare l'imprecazione. «Domani la chiamerai tu, che in questa casa sei la più mattiniera! Scusati e tutto il resto, dille che sono molto occupato con il lavoro. Spiegale che in ogni caso non posso fare nulla per lei.»

«Ma non puoi indicarle qualcuno a cui potrebbe scrivere per farla stare tranquilla?» lo esortò Charlotte con gentilezza.

«Oh, Pritchard è la persona giusta; il generale Sir Everett Pritchard. Anche se non servirà a niente.»

«Temo che rimarrà molto delusa.» Anche il tono della signora Smee tradiva delusione. «Pensava che la sua invenzione si sarebbe rivelata molto importante. Sei proprio sicuro che sia inutile passare a vederla?»

«Assolutamente sì. E ora, per carità, smettiamo di parlarne e andiamo a letto.» Benché non avesse imprecato, quella volta Vernon non fece alcuno sforzo per nascondere la sua irritazione. Era impossibile che nell'idea di Ursula ci fosse qualcosa di buono. Altrimenti come mai un principio tanto semplice non sarebbe stato preso in considerazione fino a quel momento? No, il suo «estintore» era assurdo. In ogni caso, avrebbe preferito che lei non gliene avesse parlato. Ma farlo era tipico del suo dannato egoismo.

25.

Stupore è un eufemismo per descrivere i sentimenti che Ursula provò quando ricevette il messaggio telefonico la mattina seguente. A malapena riuscì a trovare il fiato necessario a rispondere alla signora Smee. In quelle settimane aveva evitato di menzionare la sua invenzione per paura che le venisse sottratta troppo presto. E ora che l'aveva finalmente messa a punto, Vernon, uno dei suoi più vecchi amici, non si prendeva nemmeno la briga di andare a vederla.

Ma non le faceva bene restare lì seduta a rimuginare su quel rifiuto. Al contrario, quei due giorni di ritardo erano una ragione in più per darsi da fare. Se non altro, ormai sapeva qual era la persona giusta a cui rivolgersi; almeno in tal senso Vernon l'aveva aiutata. Scrisse subito una lettera a Sir Everett Pritchard e la fece consegnare a mano. Non che quella volta si aspettasse di ricevere una risposta immediata, tuttavia nella missiva pregava il generale di farle sapere qualcosa entro e non oltre il giorno successivo. Sarebbe rimasta in casa, si disse, in modo da essere pronta a recarsi subito al ministero della Guerra o in qualsiasi altro luogo per una dimostrazione pratica. Mentre datava la lettera, si accorse che era il 20 giugno: l'indomani sarebbe stato il giorno più lungo dell'anno.

E lo era davvero, pensò Ursula, mentre attendeva che il postino bussasse o che il telefono squillasse. Non giunse alcun messaggio né quel giorno né il successivo. Be', avrebbe fatto meglio a scrivere di nuovo e, a rischio di apparire autocelebrativa, decise di menzionare anche le sue qualifiche scientifiche. Era vero che negli ultimi cinque anni non si era occupata molto di chimica, ma la sua teoria, così maltrattata alla British Association di Plymouth, era ormai universalmente accettata, benché spesso andasse a braccetto con il nome di Leveridge. Tuttavia, nel continente, aveva ricevuto il giusto riconoscimento. Poco prima della guerra era stato pubblicato un tomo voluminoso in tedesco dal titolo *Estrazione dell'azoto atmosferico,* di cui due interi capitoli erano dedicati al suo lavoro, mentre le pagine traboccavano di riferimenti al *Winfieldische Formel.* Ma non era di alcuna utilità citare l'apprezzamento dei tedeschi, rifletté con tristezza. Avrebbe parlato solo dell'articolo originale della British Association, in cui aveva presentato la teoria, e delle due conferenze tenute alla Royal Society.

Trascorsero altri quattro giorni non proprio tranquilli, in cui continuò a lavorare per migliorare il suo estintore. Alla fine, il 28 giugno, arrivò la tanto attesa lettera con stampato sopra il sigillo del Dipartimento invenzioni del ministero della Guerra. La aprì senza fiato e lesse: «La sua comunicazione datata 20 giugno è stata ricevuta e verrà trasmessa all'ufficio di competenza». Era firmata da un tale Watkins, forse un segretario. A quanto pareva, la sua seconda missiva non sembrava aver colpito abbastanza da meritare un riconoscimento. Di nuovo, calò il silenzio.

Dato che il suo lavoro era ormai terminato, Ursula riprese a leggere i giornali. Cosa importava se le notizie la turbavano? A quel punto, tutti avrebbero dovuto essere sconvolti. Una settimana più tardi, una sera notò un articolo in cui si parlava del Flammenwerfer, che in quella fase del conflitto i tedeschi stavano ampiamente utilizzando e che aveva già mietuto numerose vittime. La menzione dei caduti la mandò su tutte le furie. «Caduti»: che ipocriti erano a nascondere corpi torturati e sfigurati dietro una parola tanto blanda! Il suo estintore avrebbe potuto salvarli. Quel pensiero le era talmente insopportabile che una mattina, dopo una notte insonne, scrisse una terza lettera, piuttosto violenta, a Sir Everett Pritchard, accludendo il ritaglio di giornale. Prima che la signora Hibbert uscisse per raggiungere la mensa, Ursula le chiese il nome dell'uomo più influente che conosceva al ministero della Guerra. Poi scrisse anche a lui, esponendogli il caso per filo e per segno.

Ancora silenzio: assoluto, sconcertante. Passarono giorni, una settimana, due. Finalmente, il 19 luglio arrivò un'altra lettera dal ministero della Guerra. Le comunicazioni della signorina Winfield datate 20 giugno, 22 giugno e 3 luglio erano state ricevute ed erano in corso di valutazione; avrebbe avuto risposta in tempo utile. Lo stesso giorno, per una curiosa coincidenza, ebbe notizie anche dall'amico poco loquace della madre. Quel pover'uomo aveva avuto un esaurimento nervoso; gli era stato prescritto di riposare e di cambiare rotta; dunque non gli sarebbe stata recapitata la posta.

Ursula strinse i denti. Per fortuna, quel tizio non era l'unico a cui rivolgersi della cerchia degli Hibbert; era stata solo l'opzione più promettente. Per la prima volta, l'ambiente dei genitori le sarebbe tornato utile. Bombardò le conoscenze del patrigno, i «cari ragazzi» di sua madre che erano ancora vivi, di lettere, mettendoli a parte anche di alcuni dettagli scientifici che tutti, senza eccezione, trovarono incomprensibili. Fu uno sforzo inutile, perché molti erano all'estero. Come avrebbero potuto aiutarla? scrivevano in risposta. Un paio di coetanei del colonnello Hibbert avevano ricevuto incarichi in patria, ma non erano di stanza a Londra e probabilmente pensavano di dover dedicare le licenze allo svago. Infatti, non misero mai piede nel laboratorio di Ursula.

Luglio volse al termine; seguirono agosto e settembre, mesi in cui la ragazza scrisse più volte al ministero della Guerra. Si sentiva come una mendicante che chiedeva l'elemosina invece che come una persona che offriva una preziosa invenzione a titolo gratuito, rifletteva. Forse aveva ragione sua madre che fin dall'inizio, da donnina scaltra e accorta quale era, le aveva consigliato di chiedere una royalty: avrebbe spinto le autorità a prendere in considerazione il suo lavoro. Ma Ursula sosteneva di non poter lucrare sulla guerra. E poi era stata ed era ancora fiduciosa che l'impresa avrebbe avuto successo. «Solo che di questo passo la guerra sarà finita prima che utilizzino l'estintore», scrisse Ursula a Tony. «E alla fine non servirà granché ai nostri uomini! Perciò continuerò a rompere l'anima a Pritchard. Del resto, l'esperienza mi ha insegnato a dare noia alla gente. Ci sono troppe cose in gioco perché mi faccia degli scrupoli.»

Nonostante quelle parole, Ursula continuava a farseli, gli scrupoli. Oltre alla fatica derivante dai suoi sforzi, c'era la tensione causata da quegli spettri accusatori che non la lasciavano in pace. I giornali traboccavano di riferimenti al fuoco liquido. Non credeva che avrebbe sopportato la situazione se non fosse stato per la solidarietà mostratale da Tony. «Sto cercando con tutto me stesso di ottenere un congedo, mia cara», scriveva in una delle sue lettere quotidiane. «A casa riuscirei ad aiutarti. Potrebbe essere una buona idea portare con me un estintore. Sai, a volte quelle "creature divine" piombano al campo base, e sarei in grado di fare una dimostrazione.»

Alla fine di ottobre arrivò una risposa definitiva da Sir Everett Pritchard in persona. L'estintore della signorina Winfield era stato esaminato con cura, ma si era stabilito che non avesse alcun valore pratico. La ringraziavano comunque della sua gentile offerta.

La rabbia quasi superò l'angoscia di Ursula. «Stupidi! Stupidi! Stupidi! Non l'hanno nemmeno visto», sbottò. Fu allora che pensò di sottoporre la sua scoperta ad altri: ai francesi, ai russi. Ma alle ambasciate le avrebbero senz'altro chiesto se il ministero della Guerra inglese avesse già espresso una valutazione. E quando avessero scoperto che le autorità britanniche avevano rifiutato l'estintore, non lo avrebbero neppure preso in considerazione.

Bene, se nessuno voleva la sua invenzione, l'avrebbe data ai nemici, che almeno sapevano apprezzare la scienza; il fuoco liquido veniva usato anche contro di loro. Certo, erano stati gli scienziati tedeschi a ideare quella nuova arma orribile, ma esisteva forse una qualche ragione per cui i soldati tedeschi – esseri umani come gli inglesi – dovevano subire quell'inutile tortura? Era colpa sua se la Germania era l'unico paese con una mentalità scientifica abbastanza aperta da accettare l'estintore? Ursula riacquistò il buonsenso e si rese conto dell'assurdità di quell'idea. Tralasciando la questione del patriottismo, sarebbe stata uccisa dagli Alleati in quanto traditrice e dal nemico in quanto spia prima ancora di raggiungere il quartier generale dei tedeschi.

Riversò i suoi dispiaceri in una lettera piena di disperazione a Tony. «Tutto quello che chiedo», scrisse, «è che la mia invenzione venga sottoposta al giusto vaglio. Non voglio certo che venga impiegata se non fa il suo dovere. Eppure sono certa che sarebbe utile. E pensare che in questi mesi i nostri uomini combattono senza un'arma che li protegga da quel fuoco diabolico mi fa arrabbiare. Ma, in fondo, a che serve arrabbiarsi? Mi sembra di sbattere la testa contro il muro.»

Fu grazie a Tony che si aprì una breccia in quel muro. Uno dei tanti contatti del giovane, un certo signor Venning, era impiegato al ministero della Guerra. Naturalmente, Tony gli aveva già scritto da tempo per chiedergli di andare a vedere l'estintore della signorina Winfield, ma Ursula non aveva mai ricevuto una sua visita. Del resto, il signor Venning, anziano e soverchiato dal lavoro, non poteva dar retta a tutte le signorine che affermavano di aver inventato qualcosa. Tony decise di mandargli una seconda lettera, menzionando il fatto che la signorina Winfield era la sua promessa sposa. Non c'erano dubbi che quell'informazione avrebbe cambiato le carte in tavola. Il minimo che il signor Venning potesse fare era passare dalla sua fidanzata.

Così un pomeriggio l'anziano si fece annunciare. Aveva quasi un'ora di ritardo – al telefono si erano accordati per un appuntamento alle quindici –, ma considerava l'uso dei taxi un'abitudine poco patriottica e non riusciva mai a prendere l'autobus giusto. Quel giorno si era ritrovato in prossimità di Hampstead Heath anziché di Lowndes Square, si lamentò con Ursula; inoltre, il numero sugli omnibus rendeva tutto ancora più confuso. La giovane donna rise. Provava simpatia per quel vecchio cortese con la barba bianca, benché nemmeno con uno sforzo di immaginazione riuscisse a figurarselo come la fulgida stella in un importante organo governativo.

La simpatia era reciproca. Quant'era bella la fidanzata di Tony, pensò il signor Venning, che si rammaricò di non averle fatto visita prima. Forse era un po' troppo appassionata: non avrebbe dovuto suggerirgli di salire in laboratorio prima di avergli offerto un tè. Lui avrebbe preferito di gran lunga fare quattro chiacchiere e sapere tutto di Tony. E poi quante rampe di scale!

Alla fine, con il fiatone si accomodò su uno degli sgabelli del laboratorio. Oh, cielo, quella «ragazza moderna» era deliziosa, ma anche faticosa. Cosa avrebbero detto dei modi della signorina Winfield alla sua epoca? Sebbene con il respiro corto, rivolse a Ursula un sorriso benevolo, mentre lei azionava minuscole fiamme da quella che sembrava la rosetta di un innaffiatoio. A quel punto, il prototipo dell'estintore entrò in azione: era un minuscolo apparecchio in una scatola non più larga di cinque centimetri, che emetteva una sorta di scoppiettio ma non produceva aria. Le fiamme vacillarono – il sorriso del signor Venning mutò in un'espressione di sorpreso interesse –, poi, magicamente, si spensero!

Seguì un altro esperimento. Da un palloncino che volava nella stanza cominciarono a cadere piccoli frammenti di fosforo incandescente: in quella parte del laboratorio il pavimento era coperto di metallo. I frammenti che atterravano nelle vicinanze dell'apparecchio si trasformavano in braci estinte e innocue.

Il signor Venning sembrava folgorato. «Meraviglioso, meraviglioso», continuava a mormorare quasi fosse ipnotizzato. «Devono vederlo al ministero della Guerra», annunciò infine. «Li *costringerò* a prendere visione della sua invenzione», ribadì mentre, nell'entusiasmo del momento, si metteva sulla testa uno dei cappelli del colonnello Hibbert.

L'anziano gentiluomo fu di parola. L'indomani tornò da Ursula accompagnato da un altro funzionario del ministero, con tutta evidenza un uomo di una certa importanza. Quest'ultimo non rimase stupito tanto quanto il signor

Venning, ma parve lo stesso molto colpito. «Ci faremo sentire presto», disse.

Tuttavia, prima di ricevere notizie, passò una settimana, durante la quale il morale di Ursula crollò di nuovo a terra. Quando poi ottenne una risposta, la trovò soddisfacente: le fu chiesto di tenere una dimostrazione all'aperto a Woolwich. Il comandante avrebbe fatto rapporto e, nel caso in cui la sua relazione fosse stata positiva, il ministero avrebbe avviato la produzione degli estintori su larga scala.

Trascorsero due settimane intense, a un tempo frenetiche e felici, perché Ursula si rese conto che la situazione si stava sbloccando. Il comandante era entusiasta come il vecchio signor Venning e, con ogni probabilità, fu influenzato dall'energia della giovane donna, dato che stilò il rapporto con una rapidità che il ministero della Guerra avrebbe considerato scandalosa. Ne inviò una copia anche a Ursula, che non poteva desiderare niente di più. «Il mio lavoro è finito», scrisse a Tony in una trionfale lettera natalizia. «Buon Dio! Alleluia!»

Ma si trattava di un'ingenua convinzione. Il lavoro sull'estintore non era ancora terminato, semmai era appena iniziato. Con sua grande sorpresa, dopo il rapporto del comandante non ci furono altre comunicazioni ufficiali. Ursula non dubitava che la fabbricazione degli estintori fosse stata già avviata: come avrebbe potuto il ministero della Guerra indugiare di fronte a un resoconto tanto positivo da parte di un uomo che loro stessi avevano scelto? La sua inquietudine era legata al fatto che la produzione venisse condotta senza la sua supervisione. Poteva avere l'indirizzo dell'azienda in cui si producevano gli estintori? scrisse in una lettera. Nessuna risposta. Potevano farle avere dei prototipi perché lei li controllasse? Ancora niente. Quanti estintori erano stati inviati in Francia? Silenzio. Mandò anche un telegramma con risposta già pagata: gli estintori Winfield erano in uso al fronte? Ottenne una breve replica negativa.

Di sicuro, le autorità non avrebbero trattato con tale indifferenza l'invenzione di Ursula se Vernon Smee non avesse presentato il suo «protettore dal fuoco liquido», sebbene non fosse del tutto efficace. Ma la povera Ursula non aveva nemmeno il conforto di conoscerne l'esistenza. Sentendo che erano trascorsi otto mesi infruttuosi, in preda alla frenesia scrisse al ministero per chiedere quali passi avessero in programma di fare. La risposta arrivò tempestivamente, il 1° marzo, ed era quasi un duplicato di quella che le avevano inviato il luglio precedente: «Il suo estintore è in corso di valutazione».

«Quindi, non lo hanno ancora messo in produzione», comunicò a Tony, sfogando una disperazione senza precedenti. «Vorrei tanto maledire Dio e morire.»

Fu di nuovo grazie al giovane che arrivò aiuto. Tony, seguendo la sua intuizione, quando tornò a Boulogne dopo la licenza portò con sé un paio di estintori. Le prime dimostrazioni non sortirono alcun effetto, finché non fece la sua comparsa un brigadiere appassionato di scienza che non solo era interessato all'estintore in quanto oggetto, ma anche al comandante in capo, sebbene all'insaputa di Tony. Un giorno il brigadiere si presentò al campo base accompagnato da un comandante di divisione e dalla sua squadra al completo, più un esperto di fuoco liquido della Prima armata dal quartier generale. L'intero battaglione, scrisse Tony, era rimasto sbigottito da quel grandioso spettacolo sfavillante e glorioso.

Quando le fu recapitata la lettera dell'amato, Ursula era troppo debilitata per rallegrarsi. La tensione degli ultimi mesi era sfociata in una serie di attacchi di vertigini e il giorno precedente aveva perso conoscenza per un considerevole lasso di tempo. Il medico, che la signora Hibbert aveva distrattamente convocato, l'aveva messa a riposo per diversi mesi. Non se ne era avuta a male. All'inizio, infatti, non era in grado di fare nemmeno il più piccolo sforzo fisico; in seguito, si disse che, anche se avesse ottenuto il permesso di lavorare, non avrebbe avuto niente da fare. La dimostrazione di Tony in merito alle «creature divine» non aveva prodotto risultati e una volta di più il ministero della Guerra si era votato al silenzio. Così, con grande sorpresa della signora Hibbert, Ursula non si oppose alla proposta di una lunga vacanza insieme; a dire il vero, era contenta di lasciare Londra per un po', se non altro per evitare i raid aerei. Negli ultimi mesi, i soldati tedeschi avevano abbassato la guardia solo per essere sostituiti dagli aerei. Ursula non era spaventata dai raid, ma li trovava snervanti, mentre la povera signora Hibbert, che urlava alla vista di un ragno e aveva una crisi isterica davanti a un topo, reagiva al boato delle bombe e delle granate con assoluta compostezza. «Non posso farci niente, quindi a che serve agitarsi?» affermava con grande saggezza. Solo su una cosa non transigeva: quando calava la notte, doveva essere lasciata in pace nella sua confortevole camera da letto perché non aveva intenzione di scendere nelle cantine umide, dove «potevano esserci scarafaggi neri», diceva rabbrividendo. Ursula, che sapeva bene quanto la madre detestasse farsi vedere prima di aver ricevuto la consueta assistenza mattutina da Célestine, non cercava nemmeno di farle cambiare idea.

Esclusero Dumdrochie, perché sia Ursula sia la madre sostenevano che il lungo viaggio in treno per una vacanza di piacere in Scozia fosse ingiustificabile. Con ogni probabilità, la signora Hibbert non ci sarebbe andata comunque. Infatti scelse una meta agli antipodi: un albergo affollato e lussuoso in una grande località sulla costa meridionale. Ursula detestava posti del genere, ma sua madre aveva insistito sul fatto che anche lei aveva bisogno di una vacanza. Era stanca morta di occuparsi delle faccende di casa e dei terribili domestici che si trovavano in tempo di guerra; perché la servitù migliore finiva nelle fabbriche di munizioni? In ogni caso, quella decisione diede i suoi frutti perché al loro ritorno in città, dopo tre mesi, Usula stava abbastanza bene.

Erano rientrate da appena una settimana quando, un pomeriggio, venne annunciato un colonnello che non conoscevano. «Ha chiesto di vedere il *signor* Winfield», disse il domestico ridacchiando.

L'uomo si sentì in imbarazzo quando si trovò di fronte una ragazza. «Sono venuto per l'estintore Winfield...» esordì, arrossendo violentemente. «Alludo all'estintore della signorina... il suo estintore, signorina Winfield. Sono un responsabile di produzione e mi è stato chiesto di venire da lei per avere un campione e tutte le istruzioni. Ne sono stati ordinati cinquemila da mandare al fronte con una certa urgenza.»

La lettera che Ursula inviò a Tony quella sera stessa era molto diversa dalla missiva che il giovane aveva ricevuto il Natale precedente. Nonostante lei avesse motivo di gioire, non era affatto trionfante. «Sembra promettente, ma ho paura di sperare», scrisse. «Ho perso ogni fiducia. E comunque, sono passati mesi da quando ho presentato per la prima volta il mio estintore. Se non è servito allora, non servirà nemmeno adesso. Se, come dicono, adesso è utile, forse lo era anche ai tempi. Non importa quanti ne produrranno: non riporteranno indietro gli uomini che hanno sofferto e perso la vita e che il mio estintore avrebbe salvato.»

26.

Benché non riuscisse a rallegrarsi come avrebbe fatto l'anno precedente per l'accettazione della sua invenzione, Ursula sentiva lo stesso di essersi liberata di un enorme fardello che non le gravava più sulle spalle. E poi non solo il suo estintore era stato adottato, ma le donne avrebbero ottenuto il diritto di voto. La terza lettura della legge sull'emancipazione femminile si era conclusa senza divisioni. Ursula ci aveva visto giusto quando aveva detto a Tony che la causa avrebbe trionfato. E nonostante, come chiunque altro, ultimamente fosse stata troppo occupata per pensare al suffragio, non poté fare a meno di sentirsi sollevata anche da quel secondo fardello. Se anche quell'orribile, orribile guerra fosse finita, sarebbe stato tutto perfetto. Del resto, giravano diverse voci che ci fosse la pace nell'aria. Il conflitto non sarebbe potuto andare avanti ancora a lungo.

Era in quello stato d'animo pieno di speranza quando, un giorno, ricevette un telegramma da Tony, in cui il giovane le annunciava il suo immediato ritorno in patria. Che dieci giorni paradisiaci avrebbero trascorso insieme! La comunicazione le fu recapitata solo nel tardo pomeriggio, e Tony arrivò subito dopo cena. Ursula gli si gettò tra le braccia ma, non appena lo baciò, sentì che qualcosa non andava. Era molto stanco? Forse aveva fame? Lui rispose con un diniego a entrambe le domande. Era arrivato a Londra all'ora di pranzo, le spiegò lasciandola senza parole, ma era stato costretto a recarsi al ministero della Guerra per far visita a una persona. Era in congedo speciale, per soli tre giorni. Non si trattava di una vera e propria licenza, aggiunse quando la fidanzata protestò sgomenta. Di sicuro, avrebbe ottenuto un congedo come si deve più avanti. Cosa poteva dirgli del suo estintore?

Avevano preso una decisione così curiosa, gli spiegò. Se non fosse stata tanto assurda, l'avrebbe mandata su tutte le furie. Il quartier generale aveva chiesto di inviare qualcuno al fronte per istruire i soldati sull'uso dell'estintore. Naturalmente, Ursula aveva dato per scontato che, in qualità di inventrice, quel qualcuno sarebbe stato lei. Invece le avevano detto che era fuori discussione. Non volendo provocare ritardi con una scenata, si era consolata con il fatto che un suo vecchio assistente, il signor Flecker, per fortuna era disponibile. Gli era stato assegnato il grado temporaneo di capitano e avrebbe iniziato a lavorare proprio l'indomani. A essere onesti, Ursula non avrebbe accettato il compromesso così in fretta se il medico non avesse insistito che quel lavoro sarebbe stato troppo per lei, che al fronte avrebbe rischiato un altro crollo. Oltre all'umiliazione personale, doveva tenere conto che questo avrebbe influito negativamente sulla causa delle suffragette.

«Be', sono molto grato al tuo dottore», replicò Tony prima di ricadere in un malinconico silenzio.

Cosa poteva disturbarlo così tanto? si chiese Ursula. Non era proprio da lui comportarsi così. «Faresti meglio a spiegarmi cosa c'è che non va», gli disse con un sorriso.

«Sì, dovrei», rispose lui serio. «Solo che è terribile e me ne vergogno.» Fece una pausa. «Nella mia ultima lettera ti ho accennato che un generale brigadiere sarebbe passato a ispezionare il nostro campo base.»

«Lo ricordo, e mi domandavo se fosse la stessa persona che è stata così gentile riguardo all'estintore.»

«Non avevo mai visto prima quell'uomo e non voglio rivederlo mai più.» Il giovane si interruppe di colpo.

Che cos'era successo? Il brigadiere si era messo nei guai con Tony, o viceversa? Immagini della corte marziale presero a balenare nella testa di Ursula. In ogni caso, il suo fidanzato era di sicuro nel giusto, lei non ne dubitava. «Non era un tipo gradevole?» chiese.

«Gradevole! Un porco bell'e buono. Era ubriaco marcio. Ma non è stato tanto quello a darmi fastidio, quanto ciò che ha detto.» Di nuovo, Tony tacque.

«Ma se era tanto ubriaco, perché hai dato importanza alle sue parole? Di sicuro non erano vere», suggerì Ursula.

«E invece sì, lo erano eccome. Oh, che razza di sciocco sono stato, uno stupido di prima categoria.»

«Tony, *che cosa* ha detto?» Ursula era sempre più confusa. Com'era possibile che uno sconosciuto, un uomo che il fidanzato non aveva mai visto prima, lo avesse turbato a tal punto? «Cos'ha detto quel brigadiere sbronzo?»

«Ha detto...» Tony distolse lo sguardo e abbassò la voce. «Ha detto che mi hanno tenuto al campo base perché una graziosa signorina ha messo una buona parola.»

«Chi pensi che sia?» Ursula cercò subito una spiegazione. «Mia madre?»

«Mio Dio, no!»

Nel silenzio che seguì, mentre l'orologio ticchettava forte, Ursula ebbe la sensazione che il suo cuore si fermasse. Che problema aveva Tony? Cosa stava insinuando? Perché aveva detto di provare vergogna, di essere uno sciocco, uno «stupido di prima categoria»? Non avrebbe mai fatto un'affermazione simile se una «graziosa signorina» non si fosse interessata al suo destino, se non si fosse innamorata di lui. Doveva essere qualcosa che lo riguardava in prima persona. Cosa c'era tra lui e la graziosa signorina? Era lei che era andato a trovare quel pomeriggio? Mai in vita sua Ursula aveva provato così tanta angoscia. Aveva paura di fare domande e poi sentiva la gola tanto secca che non sarebbe riuscita a parlare nemmeno se avesse voluto.

L'orologio continuava a ticchettare. Tony fissava il fuoco; Ursula fissava lui. Come avrebbe fatto a continuare a vivere, si chiese lei con tristezza, se fosse stato tutto vero? E lui sosteneva che lo fosse. Nessuno, se non Tony, avrebbe potuto farle credere che fosse reale. Dannatamente vero. Cosa poteva essere «dannatamente vero» se non l'amore?

Alla fine, Tony alzò lo sguardo e, vedendo il volto di Ursula, cambiò atteggiamento e si ammorbidì. «È bellissimo che ti preoccupi tanto per me, tesoro», esclamò all'improvviso. «Non pensavo che l'avresti fatto, perché so benissimo che dev'essere stato un grande sollievo per te.» Si alzò e si sedette sul bracciolo della sua poltrona, prendendole la mano. «Dovevo immaginare che avresti capito come mi sento al riguardo.»

Capire? Era tutto così incomprensibile! Ma una cosa era certa: il suo vile sospetto non aveva alcun fondamento. Sollevata, Ursula avrebbe voluto ridere, piangere. Se Tony avesse visto la sua faccia in quel momento, difficilmente avrebbe pensato che lei «si preoccupasse tanto»; per fortuna, dalla sua posizione, il giovane non vedeva altro che i suoi capelli. «Non credo di aver capito bene, Tony», si azzardò a dire quando riprese il controllo della voce. «Chi è la graziosa signorina?»

«Lady Diana Findon, la vedova di mio zio.» Ursula annuì. Ma certo, la bella e sciocca Diana, la figlia di quell'uomo importante, che aveva preparato i brutti ma buoni immangiabili. «L'ho vista spesso durante l'addestramento», spiegò Tony. La sua stanza era stata affittata e la casa di suo fratello in città era chiusa, perciò Diana – che lui chiamava zia – gli aveva detto che poteva stare da lei. Poiché era quasi impossibile trovare una sistemazione altrove, l'aveva presa in parola. In fondo, si era dato molto da fare per Diana tre anni prima, quando era morto lo zio – c'erano stati diversi problemi di denaro e anche un avvocato furfante –, perciò pensava che non ci sarebbe stato niente di male a permetterle di ricambiare la gentilezza. Non avrebbe mai immaginato che quella sciocchina... Tony si interruppe, forse per la rabbia o forse perché, nonostante fosse infuriato, non se la sentiva di sparlare di una donna.

«Ma Tony...» Ursula non riusciva ancora a comprendere appieno la situazione. Perché si era autodefinito un idiota? si chiese. Di che cosa doveva vergognarsi? Non sapeva certo che Lady Diana stava «mettendo una buona parola» in suo favore.

«Avrei dovuto immaginarlo. Me ne sarei dovuto accorgere e, invece, sono stato un completo idiota.» Tony cominciò a percorrere la stanza a grandi passi. «Certo, ora so che non sarei stato trattenuto per così tanto tempo al campo base se qualcuno dietro le quinte non avesse tramato alle mie spalle. Sì, mentre altri ragazzi venivano uccisi, io mi nascondevo dietro una donna che sa ottenere ciò che vuole a suon di moine! E tu adesso mi vieni a dire che non c'è niente di cui mi dovrei vergognare!»

«Tony, sei ridicolo ed esagerato.» Ursula provò a controllarsi. Per cercare di essere all'altezza della buona opinione che il fidanzato aveva sempre avuto di lei avrebbe finto di non essere troppo grata a quella «donna che sa ottenere ciò che vuole a suon di moine!» per averlo protetto per anni. La aiutò la consapevolezza che, per quanto i sentimenti del giovane fossero legittimi, l'interesse della bella Diana era un po' eccessivo rispetto alla normale preoccupazione di una zia. «Dopotutto, Tony, hai chiesto più volte di essere mandato al fronte», gli ricordò, nel tentativo di confortarlo.

«Appunto, ho chiesto! Avrei dovuto insistere!»

«Sei davvero assurdo, tesoro!» Ursula rise. «*Loro le ragioni non domandarono, ma a resistere provarono.*» Aveva sbagliato di proposito a citare una poesia di Tennyson. «Come se un semplice tenente potesse insistere!»

«A volte sì.» Tony si accomodò di nuovo sul bracciolo della poltrona e le baciò la mano. «Quando rientrerò in servizio, venerdì, non andrò a Boulogne, ma al fronte. Ho fatto uno scambio, devi averlo capito ormai.»

Sì, Ursula l'aveva capito. Non pensava che sarebbe stato così presto, ma sapeva che prima o poi sarebbe successo. Si rendeva conto che nessuno al mondo, per quanto potente, avrebbe tenuto il fidanzato lontano dal pericolo. Ma Tony, il suo Tony, non era stato in pericolo proprio quella sera? Se i suoi sospetti fossero stati fondati, lo avrebbe perso non soltanto nel presente, ma anche nel passato. Il suo Tony non sarebbe mai esistito. Di conseguenza, l'iniziale fraintendimento fece sì che la vera notizia, quella della partenza per il fronte, fosse sopportabile, sebbene difficile da digerire. In confronto, sembrava persino una cosa da poco.

«Tesoro», disse Tony alla fine, spaventato dal silenzio di

Ursula. «Non avrei dovuto dirti tutto in quel modo. Parla con me.»

«Non mi dispiace così tanto.» D'un tratto scoppiò a piangere. Non era abbastanza forte. «Non mi dispiace così tanto», ripeté, aggrappandosi a lui. Si chiese se stesse piangendo di dolore o di gioia.

Eppure Tony fu fortunato, o sfortunato. La prima lettera che Ursula ricevette dal giovane veniva da un campo di riposo a circa sessantacinque chilometri dalle trincee. «Sono qui da diverse settimane», scrisse. «Certo, sono stanco di non poter andare in *trancheé* e cancellare il passato. Ma questa compagnia ha attraversato un periodo davvero difficile e hanno tutti bisogno di una tregua. Molti ufficiali sono nuovi – tra l'altro, mi è stato assegnato l'incarico temporaneo di capitano che dicono sarà presto permanente –, comunque ognuno di noi deve ambientarsi prima di affrontare i crucchi. Quindi, come vedi, per un po' bel di tempo non avrai nulla di cui preoccuparti.»

Tony non parlò più delle trincee. Infatti, benché scrivesse ogni giorno, le sue lettere si riducevano a scarabocchi e nient'altro. Era sovraccarico di lavoro, spiegava; poteva sembrare ridicolo, ma non aveva mai lavorato tanto in vita sua. Stava assumendo anche l'incarico di infermiere dei bambini e di tutor, solo che doveva insegnare materie di cui non sapeva nulla. Era grato che Ursula, il giorno precedente, non fosse stata lì ad ascoltarlo mentre teneva una lezione sulla telemetria... Che castronerie doveva aver detto! Per fortuna, gli altri soldati ne sapevano meno di lui. Tuttavia non gli piaceva fingere di avere conoscenze che, in realtà, non possedeva. Gli ufficiali erano persone davvero rispettabili, tanto che li ammirava ancora più di prima.

Ursula era occupata quasi quanto Tony, poiché stava lavorando a un piccolo miglioramento dell'estintore. A volte si chiedeva se ci sarebbe riuscita, visto che il fidanzato era al fronte: non sarebbe stata troppo ansiosa per produrre qualcosa di originale? Ma, come le aveva scritto anche lui, non c'era bisogno di stare in ansia. Il campo di riposo era sicuro come Boulogne, e si capiva che Tony era più felice. In verità, per qualche strano motivo l'angoscia per il futuro l'aveva in gran parte abbandonata. Dopotutto, c'erano uomini che da sempre erano in trincea e non si erano mai fatti un graffio. In quanto scienziata, Ursula avrebbe sostenuto di non credere nella fortuna. Eppure il fatto che Tony fosse scampato al pericolo per anni la induceva a pensare che avrebbe continuato su quella strada. Malgrado la scienza, come qualsiasi ragazza sciocca nutriva la segreta convinzione che il suo fidanzato fosse baciato dalla sorte.

Un pomeriggio che era impegnata in laboratorio una domestica le portò un telegramma. Sì, doveva essere quello che aspettava a proposito del suo estintore. Al momento non poteva leggerlo perché era nel bel mezzo di un esperimento, ma disse alla cameriera di appoggiarlo da qualche parte. Tutto sommato, il ministero della Guerra si stava comportando bene con lei, dato che gli aveva inviato i nuovi dettagli solo due giorni prima. Era un vero peccato non aver pensato subito che un telegramma prepagato fosse l'unico modo per ottenere una risposta celere da un ministero del governo! Il cronometro le indicò che poteva leggere il voltmetro. Annotò il numero e poi prese il telegramma: «Il ministero della Guerra riferisce che Tony è ferito. Ho chiesto ulteriori dettagli. Claude Balestier».

Non era vero. Tony non poteva essere ferito. Non era in trincea. Lo aveva appreso proprio quella mattina da una sua lettera. Oppure sì? Le sue missive ci mettevano un po' ad arrivare. Anche se fosse stato al fronte, però, non si veniva colpiti nel momento stesso in cui si metteva piede in una trincea. Era fuori discussione. Perché tremava se non c'era niente di vero? Doveva trattarsi di un errore. Quell'uomo di cui parlavano era un altro Balestier. Simili fraintendimenti accadevano di continuo. Era stupido sentirsi in quel modo quando era tutto falso. Oh, perché il telegramma del ministero della Guerra non l'avevano recapitato direttamente a lei? Come mai le notizie dovevano essere trasmesse solo a una moglie o a un parente stretto? Se avesse avuto per le mani il telegramma originale, avrebbe subito individuato l'errore. Il fratello di Tony doveva aver capito male. Gli avrebbe telegrafato all'istante. Avrebbe telegrafato al ministero della Guerra e allo stesso Tony al campo di riposo. Non era ferito. Non era vero.

Inviò i telegrammi e restò in attesa. (Non era vero. Non era vero.) Sapeva che non avrebbe ricevuto notizie quella sera. La risposta di Claude le sarebbe stata recapitata per prima, perché arrivava da Exeter. (Non era vero.) C'era la possibilità che il fratello di Tony venisse mandato in India. Se le cose fossero andate così, il ministero della Guerra avrebbe continuato a insistere per comunicare solo con lui? (Non era vero.) Tony era così orgoglioso del fratello che si era arruolato! Senza dubbio, era una prova di coraggio, visto che Claude era fragile e aveva superato da un po' l'età per il servizio militare. Eppure, che perseveranza aveva dimostrato! Si era persino tinto i capelli, le aveva detto Tony. Ma, in fin dei conti, Claude non era sposato né fidanzato. Non c'era nessuno che lo considerasse importante. (Non era vero. Non era vero.) Malgrado le ripetute rassicurazioni, quella notte Ursula non chiuse occhio.

Verso le undici del mattino seguente non arrivò uno dei telegrammi tanto attesi, bensì una lettera di Tony. Ursula fu colta da un altro attacco di ansia: tremava a tal punto che le fu difficile strappare la busta e dispiegare le pagine scritte a matita. L'intestazione... Sì, era quella del campo di riposo! Lo sapeva. Il ministero della Guerra aveva commesso un errore. Tony non era ferito. Era al sicuro nel campo di riposo, a sessantacinque chilometri dalle trincee. Prese a leggere la lettera. Era più lunga del solito e lei si rese presto conto di essere a malapena in grado di capirla. Come aveva potuto essere così stupida? Riguardava il corso di artiglieria che Tony stava tenendo ai soldati. Forse era troppo tecnica per lei! Trovò difficile persino seguire il resoconto di un pomeriggio nella città francese più vicina al campo: il caffè eccellente, «un'omelette divina». Oh, cielo, come le faceva male la testa! Ursula si rese conto di non aver chiuso occhio. Be', sarebbe andata subito in camera e si sarebbe messa a dormire. Ma cos'era quello? Aveva trascurato un passaggio, un post scriptum appena leggibile sul lato di una delle pagine, aggiunto senza dubbio di fretta: «In modo del tutto inaspettato, abbiamo ricevuto istruzione di andare in trincea stanotte. Scriverò di nuovo appena possibile. Tesoro, cerca di non essere più ansiosa di quanto tu non sia già».

Ursula stava ancora guardando quelle parole scarabocchiate quando un domestico, per una di quelle strane coincidenze della vita, le portò un altro telegramma. «Temo non ci sia alcun errore. Il ministero della Guerra scrive che le condizioni di Tony sono preoccupanti. Vado da lui se riesco a ottenere un permesso. Claude Balestier.»

Allora era vero. Non si trattava di un errore. Tony era ferito gravemente. In quel preciso istante, poteva essere storpio, a pezzi. Magari senza braccia e senza gambe. O addirittura cieco, come quell'uomo in ospedale. Se lo avesse visto, non lo avrebbe riconosciuto. Ed era capitato tutto nel giro di poche ore. Era questo che avevano fatto a Tony, al suo Tony che era così bello, così forte, così buono. D'un tratto Ursula si ritrovò a imprecare come non aveva mai fatto in via sua. «Oh, Dio, che siano maledetti, maledetti e ancora maledetti. I nostri governanti, i nostri governi e la loro guerra.»

Non appena le passò quell'attacco di rabbia, rilesse il telegramma. Claude parlava di andare a trovare Tony. Sì, era un'ottima idea; il suo fidanzato era molto affezionato al fratello e sarebbe stato felice di vederlo. Ma, ovviamente, doveva andare anche lei e non avrebbe aspettato Claude, perché sarebbero passati giorni prima che gli concedessero una licenza. Sarebbe partita subito, da sola. Del resto, Tony l'avrebbe voluta lì con sé, magari la stava chiamando. No, non doveva pensare a lui, solo a come raggiungerlo. Ma dove si trovava? In un ospedale, certo, ma quale? Perché Claude non lo aveva specificato? Forse non lo sapeva nemmeno lui. Tony stava malissimo e loro ignoravano perfino dove fosse! Non sarebbe stato un problema. Ursula si ricompose, assunse un atteggiamento freddo e professionale e pensò al primo passo da fare: recarsi al ministero della

Guerra e chiedere del signor Venning, poi andare nell'altro posto dove si chiedevano informazioni. Cox, sì, era quello il nome. Doveva portarsi dietro dei soldi – molti soldi, avrebbe incassato un assegno nel tragitto – e anche una borsa da toeletta, così poi sarebbe potuta partire per raggiungere Tony senza bisogno di passare da casa. "La mamma?" Certo, doveva informare sua madre. Oh, probabilmente era fuori, perché quel giorno prestava servizio alla mensa. La signora Hibbert non era in casa nemmeno il giorno prima, perciò non sapeva nulla. Mentre Ursula correva al piano di sopra, decise di lasciare i due telegrammi di Claude alla madre in modo che li leggesse. Sarebbero serviti a spiegare la situazione, benché lei stessa rischiasse di dimenticarsi il contenuto, rifletté con tristezza.

Alle venti, con la sua borsa da toeletta, tornò a casa. Non solo non era riuscita a mettersi in viaggio per raggiungere Tony, ma non aveva nemmeno scoperto dove si trovasse. Dopo ore di attesa al ministero della Guerra, aveva parlato con il signor Venning, che si era dimostrato gentilissimo e cordiale, ma non era stato in grado di aiutarla in alcun modo. Grazie alle sue conoscenze, aveva potuto chiedere ad altri funzionari indaffarati con lo stesso risultato. Dal ministero della Guerra, Ursula si era recata alla Cox's Bank, che era chiusa. Con un po' di ritardo, aveva ottenuto l'indirizzo dell'ufficio richieste speciali, ma quando l'aveva raggiunto era anch'esso sul punto di chiudere. Allo stremo delle forze, era entrata e aveva affrontato due volontarie intente a sistemare alcuni documenti. Anche quelle signore erano state molto gentili e comprensive; in effetti, benché fossero abituate a trattare con gente disperata, il volto pallido e tirato di Ursula le aveva messe in apprensione. Quando erano state rassicurate che il denaro non sarebbe stato un problema, avevano inviato telegrammi agli agenti in tutti i luoghi possibili in Francia e in Belgio. Erano quasi sicure che l'indomani avrebbero dato notizie alla signorina Winfield. Nel frattempo, quella sera non c'era più nulla da fare, niente di niente. Così una delle signore aveva chiamato un taxi in modo che Ursula potesse tornare a casa.

Quando la signora Hibbert vide la figlia, si spaventò per il suo aspetto molto più di quanto fosse successo alle signore alla Cox's Bank, ma non fece commenti, limitandosi a domandare: «Ci sono notizie?». Ovviamente, si riferiva ai telegrammi che le erano stati lasciati da leggere. Se Ursula era infelice, sua madre sapeva per esperienza che la compassione era l'unico sentimento che proprio non sopportava. Così si mise a chiacchierare allegramente, consapevole che la sua interlocutrice non stava ascoltando nemmeno una parola. Se solo Ursula fosse riuscita a piangere, pensava, sarebbe stato meno terribile di quel silenzio tombale. Lei stessa aveva pianto, era evidente dalle guance segnate e dal volto arrossato che Célestine, in libera uscita, non aveva potuto sistemare. «Mangi un po' di carne in gelatina, vero, tesoro?» chiese mentre le serviva quella misera cena fredda. «L'ho presa da Flercey. La nostra cuoca è così scarsa a cucinare che non si può non cercare conforto altrove.»

Obbediente, Ursula tagliò un boccone, ma poi abbassò il coltello e la forchetta. «Non ce la faccio, mamma.»

La signora Hibbert fu abbastanza assennata da non insistere; si rese conto che per la figlia mangiare era un'impossibilità fisica. Perciò si allontanò per poi tornare con una tazza di brodo di carne, in cui aveva sciolto un sonnifero. «Bevi, figliola cara.»

Ursula sorbì il brodo, poi ascoltò il suggerimento della madre di coricarsi. Mezz'ora più tardi la signora Hibbert le diede una controllata e si accorse che dormiva profondamente.

Quel giorno fu il primo di molti altri simili, in cui non riuscì ad avvicinarsi a Tony in alcun modo. Tuttavia ricevette sue notizie. Nonostante il ministero della Guerra sembrasse brancolare nel buio, le signore della Cox's Bank furono di parola e nel giro di ventiquattr'ore le fecero avere il nome dell'ospedale. Inoltre, due giorni più tardi le inviarono un gran numero di informazioni. Il loro agente aveva visto il capitano Balestier, che versava in condizioni gravi ma non disperate. Era stato colpito da un frammento di granata, che era penetrato in profondità e si temeva avesse compromesso la spina dorsale. Il capitano Balestier era incosciente dal giorno in cui era stato ferito, perciò doveva essere trasferito in un ospedale militare, dove sarebbe stato operato.

Ursula provò un senso di sollievo. Le condizioni di Tony non erano disperate: non provava dolore fisico e mentale, non era sfigurato o terribilmente mutilato. E lei, che aveva considerato tutti quegli orrori, si sentì grata, soprattutto perché il fidanzato era incosciente. Poi si arrabbiò all'idea di aver provato della gratitudine per una cosa simile, anche solo per un momento. Ma, in verità, era troppo stanca persino per arrabbiarsi. Inoltre, era impegnatissima e aveva tutte le intenzioni di continuare a darsi da fare per raggiungere Tony. Se l'agente della Cox era riuscito a vederlo, perché lei non avrebbe dovuto? Non aveva grande importanza finché Tony fosse stato privo di conoscenza, ma avrebbe potuto riprendersi in qualunque momento e allora l'avrebbe cercata. Doveva essere lì per lui.

Invece non c'era stata! Un giorno, alla Cox, scoprì che il capitano Balestier era stato operato ed era di nuovo cosciente. Non sapevano dirle se l'intervento fosse stato un successo perché non avevano ulteriori informazioni. Cinque giorni più tardi arrivò una lettera in una grafia femminile sconosciuta. Il capitano Balestier si stava rimettendo come ci si aspettava ed era ormai considerato fuori pericolo. Il medico si era raccomandato di non sottoporlo a sforzi mentali; di conseguenza, non poteva né dettare né farsi leggere missive. La donna che scriveva non era neppure certa di essere autorizzata a mandare quel messaggio, ma il capitano Balestier teneva moltissimo che Ursula lo ricevesse: «Le dica che la voglio, che la amo».

Lei, commossa, scoppiò in lacrime. Si era sempre controllata, ma quel messaggio quasi infantile l'aveva colpita nel profondo. «Tony! Tony!» sussurrò, insieme ridendo e singhiozzando. «Tony, mio adorato, *ti amo. Ti voglio* anch'io.» Era felice di ricevere notizie dal suo amato e si rallegrò per le rassicurazioni dell'infermiera che lo dichiarava ormai fuori pericolo. Ben presto, però, sotto quella felicità, si insinuò anche la paura. Tony era un tipo riservato, non era da lui mandare un messaggio tramite uno sconosciuto e soprattutto dire che la desiderava, quando di certo sapeva che sarebbe stata lì, se solo glielo avessero permesso. Doveva essere ancora molto malato e debilitato, si disse. Proprio per questa ragione, Ursula decise che in un modo o nell'altro l'avrebbe raggiunto. I pensieri iniziarono a vorticarle nella testa alla velocità della luce: avrebbe preso il primo treno per il villaggio sulla costa occidentale e poi avrebbe pagato un pescatore perché la portasse sull'altra sponda. Era sicura che, se avesse sborsato una bella cifra, avrebbe ottenuto ciò che voleva. Ma una volta arrivata in Francia, cosa avrebbe fatto? Non aveva il passaporto e non sapeva nemmeno parlare il francese. Se poi, per miracolo, fosse riuscita a trovare l'ospedale di Tony, probabilmente non l'avrebbero fatta entrare. No, la soluzione migliore era bussare alla porta del ministero della Guerra e del ministero degli Esteri. Bussare con tutta l'energia di cui disponeva. Prima di tutto, però, doveva scrivere all'infermiera di Tony.

Tra le tante lettere che quella donna aveva ricevuto in risposta ai messaggi scritti per conto dei «ragazzi», di rado ne aveva letta una più commovente di quella di Ursula; pianse tanto quanto aveva fatto l'autrice. "Non credo che permetteranno alla signorina Winfield di far visita al fidanzato, soprattutto adesso che è fuori pericolo", ragionò l'infermiera. "Se anche venisse qui, suppongo che dovrei essere io a darle notizie. È una cosa terribile! Doveva essere un tipo così affascinante. Penso che non se ne sia mai reso conto nemmeno lui. È terribile per entrambi che sia rimasto paralizzato."

27.

L'infermiera si sbagliava. Tony lo aveva intuito, sebbene non nei primi giorni in cui aveva ripreso conoscenza. Appena tornato in sé, non gli era sembrato strano che una parte del suo corpo restasse ancora inerte. Sapeva solo di desiderare Ursula, di avere bisogno della sua forza dolce e tranquilla. Lei lo avrebbe aiutato a guarire. Ormai sentiva di avere la mente lucida, ogni giorno riacquistava più vigore e riusciva a muovere le braccia, malgrado fossero ancora deboli e stanche. Era in grado di tenere in mano il bicchiere delle medicine e di prendere il fazzoletto. E poi l'infermiera gli parlava delle lettere di Ursula. «Un messaggio così dolce!» diceva.

«Infermiera, perché ho sempre le gambe intorpidite?» chiese all'improvviso.

Il viso roseo della donna si fece porpora. Non era brava a mentire e in più la domanda l'aveva colta di sorpresa. «Be', vedi, sei ancora molto debole», rispose esitante.

Tanto bastò a Tony per capire come stavano le cose. L'indomani affrontò il medico che, come l'infermiera, preferiva tergiversare. «Avrebbe dovuto dirmelo subito», osservò. «Sono paralizzato dalla vita in giù.»

Sì, purtroppo era vero. Tuttavia durante l'operazione avevano trovato una situazione meno drammatica di quanto si aspettassero. Il frammento di granata aveva solo sfiorato la parte posteriore di una vertebra lombare, ma non sembrava averla danneggiata. No, in quel caso i raggi di Röntgen non sarebbero stati molto utili; la superficie era troppo spessa e il materiale osseo si sovrapponeva. Naturalmente, se la vertebra fosse stata compressa, una minuscola scheggia di osso avrebbe potuto insinuarsi nel canale vertebrale o, in alternativa, si sarebbe formato un coagulo di sangue. Secondo il medico, però, la paralisi era dovuta a una psicosi post-traumatica e non a lesioni fisiche vere e proprie. Se avesse avuto ragione, un altro trauma avrebbe potuto restituire a Tony l'uso degli arti; recuperi di quel genere si erano verificati abbastanza di frequente durante la guerra. In ogni caso, era sicuro che i massaggi e l'elettroterapia avrebbero dato buoni risultati.

«Quanto tempo ci vorrà per ottenere un buon risultato, a patto che si ottenga?» volle sapere Tony.

Era impossibile rispondere a una domanda del genere. I medici non erano mica onniscienti! Si auguravano di vedere qualche segno di miglioramento in un mese. Nel frattempo – e il medico si rivolse all'infermiera –, il paziente doveva essere tenuto a riposo assoluto. Niente lettere. Non doveva fare sforzi mentali.

Tony non disse altro. Quando il medico se ne fu andato, chiese all'infermiera di scrivere a Ursula per spiegarle la situazione. «Voglio che le ripeta esattamente quello che dicono i dottori, sia della paralisi sia delle possibilità di miglioramento», insistette.

La lettera fu una seconda bomba. Tuttavia Ursula prese la notizia meglio di quella del ferimento del fidanzato. In fondo, lei aveva un temperamento ottimista e colse al volo i suggerimenti del medico. Certo che Tony si sarebbe rimesso in piedi. Come avrebbe fatto a non guarire quando era così forte? Nel giro di qualche mese avrebbe ripreso a camminare. Perché lei non era in ospedale a dirglielo di persona, a dargli fiducia? Credere in un completo recupero significava essere già a metà della guarigione. Inoltre, proprio perché Tony era paralizzato, Ursula avrebbe potuto fare un sacco di cose per lui. E poi, se anche avesse dovuto affrontare una lunga convalescenza o se non si fosse mai ristabilito – sebbene non riuscisse nemmeno a contemplare una tale eventualità –, a maggior ragione aveva bisogno che lei fosse al suo fianco. Dovevano sposarsi subito, mentre

Tony era ancora in ospedale, così si sarebbe presa cura di lui non appena l'avessero dimesso. Prima, però, doveva raggiungerlo. Raddoppiò l'impegno e l'insistenza, e cinque settimane più tardi, con sua grande sorpresa, si ritrovò in Francia.

La prima tappa fu Parigi, perché secondo il pretesto con cui il signor Venning le aveva procurato un permesso la sua presenza in città era necessaria in relazione all'estintore. In ogni caso, avrebbe dovuto sollecitare l'intervento di altre autorità per ottenere l'autorizzazione a visitare l'ospedale militare. Ursula ebbe il tempo di telegrafare all'infermiera di Tony per chiederle di preparare il fidanzato, in modo che non si spaventasse al suo arrivo. Il giorno successivo ricevette risposta: «Mi dispiace, il capitano Balestier è stato trasferito ieri in Inghilterra, non so dove».

Era davvero troppo! Dopo tutte quelle settimane di sforzi incessanti per raggiungere Tony, si ritrovava lontana da lui come all'inizio. Anzi, la situazione era peggiorata, perché navigava di nuovo nell'incertezza dei primi giorni, solo che ormai il fidanzato era da qualche parte in Inghilterra mentre lei si trovava in Francia! E pensare che magari si erano incrociati durante il viaggio! Perché l'istinto non l'aveva in qualche modo avvertita? Era sconcertante. Be', l'unica cosa da fare era tornare subito a casa.

Più facile a dirsi che a farsi. Se era stato difficile approdare sul suolo francese, lo fu altrettanto lasciarlo. Ursula rimase invischiata nella burocrazia a Parigi come a Londra. Aveva un permesso di sei settimane e il massimo che poteva fare era ridurlo a due. Tuttavia passò più di un mese prima che potesse partire.

Naturalmente, in quel periodo continuò a ricevere notizie di Tony. Era a Londra, in una casa privata vicino a Regent's Park convertita in via temporanea in un ospedale militare. Qualcuno, supponeva si trattasse di un'infermiera, le scriveva ogni due o tre giorni. Era la peggior corrispondente in cui Ursula si fosse mai imbattuta. Nella maggior parte dei casi, le lettere constavano di un paio di frasi: «Il capitano Balestier ha trascorso una notte tranquilla e le sue condizioni permangono invariate». Oppure: «Le condizioni del capitano Balestier sono stabili e lui ha passato una notte serena».

Mentre Ursula era bloccata a Parigi, il Representation of the People Act ricevette l'approvazione del re e divenne legge. Di conseguenza, le donne, o meglio tutte quelle sopra i trent'anni, ottennero il diritto di voto. Quella notizia la lasciò indifferente. Era curioso che un tempo il suffragio le fosse sembrato la questione più importante sulla terra. Ma che importanza aveva il voto o qualsiasi altra cosa in un mondo folle? Solo Tony contava.

Per fortuna, Ursula non dipendeva solo dai bollettini dell'infermiera. Sua madre si recava in ospedale due o tre volte la settimana e, ovviamente, le inviava resoconti delle sue visite, nonostante quelle lunghe lettere non aggiungessero molto a ciò che lei già sapeva. Tony non era cambiato granché nell'aspetto, spiegava la signora Hibbert, anche se era magro da fare spavento. E poi era sempre così silenzioso: non riusciva a cavargli una parola di bocca. Immaginava che si sentisse giù di corda. Oh, perché mai non era lì a confortarlo? si ripeteva Ursula con mestizia.

Finalmente giunse il giorno in cui Ursula poté essere *lì*, da Tony. Aveva il cuore in gola mentre percorreva il breve vialetto che conduceva all'ingresso dell'imponente casa di pietra. Il giardino, di discrete dimensioni per Londra, traboccava di narcisi gialli; sembrava quasi che i raggi del sole si sprigionassero dalla terra, malgrado il vento pungente. Dopo aver suonato il campanello, a Ursula fu chiesto di aspettare nella sala d'attesa che era rimasta invariata dai giorni in cui l'edificio era ancora una dimora privata, sebbene stampelle e sedie a rotelle contrastassero in modo curioso con il mobilio rinascimentale e due grandi vasi Nankin.

Ben presto, la accompagnarono in salotto – che cerimonia ingessata per un incontro con Tony! – dove c'erano già altre persone: un ufficiale con una gamba sola che parlava con un uomo anziano, forse suo padre, e un ragazzo che pareva giovanissimo, con la testa fasciata e un braccio imbragato, intento a chiacchierare con due ragazze che non erano certo le sue sorelle. Quando avrebbe visto Tony? si chiese Ursula impaziente. A quel punto, si aprì una porta da cui spuntò una sedia a rotelle spinta da un'infermiera. Alzò lo sguardo con noncuranza. Forse quella donna l'avrebbe accompagnata nella stanza di Tony. Ma no, ecco Tony!

Ursula si avvicinò. Immaginava che il fidanzato fosse a letto e ritrovarselo davanti fu quasi uno shock. Ma era fantastico che stesse bene! Si strinsero la mano come due sconosciuti; naturalmente, non potevano fare altro con tutte quelle persone intorno. Tuttavia la stretta di lui si rivelò breve e poco vigorosa, forse perché era ancora molto debole. Ursula si sedette accanto alla sedia a rotelle e l'infermiera li lasciò soli. Finalmente poteva guardare Tony per davvero! Scoprì che anche lui la stava osservando, ma distolse subito lo sguardo. Di nuovo, si sentì trattata come un'estranea. «Tony», disse con dolcezza, in tono quasi sensuale.

Lui non ci fece caso. «Allora, alla fine avete ottenuto il diritto di voto», esordì, abbandonandosi a una risata sguaiata.

«Cosa?» Ursula elaborò le sue parole. «Sì, adesso possiamo votare», replicò senza entusiasmo.

«Non sei euforica? Pensavo che saresti arrivata sventolando bandiere e striscioni!» Tony rise di nuovo

Non c'erano dubbi che la sua allegria fosse innaturale. E quel modo di conversare, rapido e a scatti, non era proprio da Tony. Eppure la voce era la sua.

«Sarei euforica se...» Ursula si interruppe. «Ma parliamo d'altro.»

«Che mi dici dell'estintore? Sta avendo successo?»

A Ursula l'estintore sembrava un argomento di conversazione ancor meno allettante del suffragio. Per la prima volta in vita sua, dovette fare uno sforzo enorme per parlare del suo lavoro. Oh, sì, ormai l'estintore veniva usato su larga scala, spiegò al fidanzato, citando gli ultimi numeri.

Tony era interessato e aveva assunto un'aria seria. Fu un sollievo per Ursula! «È un peccato che non abbiano iniziato a usarlo un po' prima», osservò lui. «Quando abbiamo raggiunto in fretta e furia il fronte, è stato perché i crucchi avevano rotto le linee, conquistando parte delle trincee grazie al fuoco liquido, o almeno così hanno detto i ragazzi che abbiamo soccorso. I nostri uomini si sono fatti prendere dal panico nel vedere le fiamme divampare... E chi poteva biasimarli! Ho chiesto al comandante se avesse un estintore, ma non ne aveva mai sentito parlare.»

«Quindi, se il ministero della Guerra mi avesse dato ascolto quando gli avevo proposto l'estintore la prima volta, i tedeschi non avrebbero rotto le linee e tu...» Ursula si interruppe. Non aveva senso dire una cosa del genere, soprattutto a Tony. «Ma non voglio parlare dell'estintore. Voglio parlare di te.»

«Temo di non essere un buon argomento di conversazione.»

Com'era difficile! Qualcosa non andava. Ursula aveva l'impressione che ci fosse una barriera fisica a dividerli. Era così difficile con tutte quelle persone intorno. Se avesse potuto abbracciare Tony, premere le labbra sulle sue... «Non c'è un posto dove potremmo restare soli?» domandò alla fine.

«No, è uno degli svantaggi dell'ospedale. Il giardino non è male, ma oggi non mi lasceranno uscire. Inoltre, farebbe troppo freddo per te. Se anche andassimo nel mio reparto, troveremmo altrettante persone quante qui.»

«Be', non credo che qualcuno possa sentirci con tutto questo baccano.» Il tizio con la testa fasciata e le due ragazze stavano ridendo così forte da sovrastare tutte le altre conversazioni. «Cosa dicono i medici di Londra, Tony? Sai che non mi hanno informata di nulla.»

«Sostengono che la teoria del dottore francese sulla psicosi post-traumatica sia tutta una baggianata. Per loro difficilmente mi spunterà un'altra vertebra, dunque non potrò guarire.»

«Tony, non è vero.» Ursula cercò di accusare il colpo e si sforzò di fare un pallido sorriso. «Sono sicura che non abbiano menzionato vertebre che spuntano come fiori.»

«Non hanno usato queste parole precise, ma è quello che pensano. O meglio ritengono che io abbia bisogno di una nuova colonna vertebrale. E la prova sta nel fatto che tutti i massaggi e l'elettroterapia non hanno sortito alcun effetto; semmai sono peggiorato.» Tony abbassò la voce. «Non sarò più in grado di fare nulla. Ho tutti e due i piedi nella fossa... e anche le gambe! Non volevo ferirti, ma è meglio che tu sappia la verità.»

«Molto meglio.» Fu un momento orribile. Ursula desiderava con tutta sé stessa toccarlo, stringerlo forte. In che altro modo poteva confortarlo? L'ufficiale con una gamba sola e il suo visitatore stavano lasciando la stanza. Lei pregò affinché anche l'altro gruppetto se ne andasse; invece, il giovane e le due ragazze si accomodarono su un divano: sembravano intenzionati a intrattenersi a lungo. Tuttavia erano molto lontani e facevano sempre più baccano. «Ma tesoro», sussurrò Ursula, coperta dalle risate, «puoi ragionare e sentire, ed è la cosa più importante. Inoltre, hai ancora l'uso delle braccia, perciò sarai in grado di fare un sacco di cose.» Poi si ricordò dei divieti del medico. «Senz'altro presto ti sarà concesso di leggere e scrivere di nuovo.»

«Oh, se è per quello posso leggere e scrivere quanto voglio», ribatté Tony con noncuranza.

Ursula lo fissò. Di certo aveva capito male. Del resto, era facile fraintendere quando si parlava a voce tanto bassa. Perché se Tony avesse avuto la possibilità di scrivere, le avrebbe certo inviato delle lettere. Diverse volte si era chiesta come mai non gli fosse consentito intrattenere una corrispondenza, dal momento che poteva ricevere visite. «Non hai detto che non potevi scrivere?»

Tony annuì. «Sì, ma da quando sono qui è cambiato tutto. Questi medici sono convinti che i divieti del collega francese fossero una follia.»

«Ma Tony, se puoi scrivere perché non mi hai mai mandato una lettera?» Era così difficile manifestare la propria incredulità sottovoce.

«Non l'ho fatto perché non sapevo cosa dire.»

«Non sapevi cosa dire?» Ursula sembrava capace solo di ripetere a pappagallo le parole del fidanzato.

«Fino a poco tempo fa, mi illudevo che il medico francese avesse ragione, che non ci fosse un danno fisico reale e che un giorno avrei recuperato l'uso delle gambe.»

«Ma cosa c'entra tutto questo con il fatto che non mi hai scritto?» I mormorii di Ursula tradivano la sua disperazione, poiché all'improvviso aveva intuito qual era la risposta alla sua domanda. «Be', ora non dovrai più farlo», aggiunse con forzata allegria, «perché sarò sempre qui con te.»

«No, non ci sarai.» Anche Tony parlava con un filo di voce. «Sapevo che l'avresti detto, ma io non accetterò il tuo sacrificio.»

«Tony, non essere ridicolo... Dopo tutti questi anni, l'unico sacrificio per me sarebbe starti lontano.» Che impresa sostenere una conversazione così importante a mezza voce. «Ci sposeremo subito.»

«Non ci sposeremo affatto. Non accetterò mai un matrimonio per pietà.»

«Pietà? In questa situazione, provo pietà solo per me stessa.» Tutti quei sussurri erano insopportabili!

«Ne proveresti ancora di più se fossi legata a un ciocco di legno. Hai visto come mi hanno spinto su questa sedia?» Fortunatamente per Tony, la sua voce riecheggiava molto meno di quella di Ursula. «Uno spettacolo piacevole, non credi?»

Lei non riuscì a trattenersi. «Tony!» esclamò.

«Non mi sarei fatto scrupolo di sposarti», aggiunse il giovane in tono più dolce, «se vi fosse stata una sola possibilità di guarigione, ma non c'è.»

«Sì che c'è.» Imprudente, Ursula aveva alzato un po' troppo la voce, ma se ne rese conto e la abbassò di nuovo. «E se non ci fosse, a maggior ragione è giusto che io diventi tua moglie.»

«Non saresti mia moglie.» Anche Tony trovava estenuante quella conversazione sussurrata. Forse in altre circostanze si sarebbe espresso con maggior pacatezza. «Saresti la mia infermiera.»

«Sempre meglio essere la tua infermiera che non essere niente.» Ursula si interruppe e cominciò ad abbassarsi la veletta. Si sentiva sull'orlo delle lacrime e, qualunque cosa fosse accaduta, non poteva piangere in una stanza piena di estranei. D'un tratto le balenò un'idea che la fece raggelare e strozzò i singhiozzi in gola. Aveva sentito dire che spesso la malattia cambiava le persone. Forse Tony non provava più per lei gli stessi sentimenti di un tempo. Forse se si mostrava riluttante a sposarla era per il suo bene, non per quello di lei. Ma il messaggio che aveva mandato dalla Francia... «Quello che hai detto dopo l'operazione, che mi volevi, che mi amavi, era vero?» bisbigliò.

Nonostante la veletta, Tony si era accorto delle lacrime che le bagnavano gli occhi. «Certo che era vero, tes...» La parola indiscreta fu troncata a metà. «Ma non avrei mai dovuto mandarti quel messaggio. All'epoca non sapevo niente, non capivo. E quando mi sono reso conto della situazione, quell'idiota del medico francese mi ha detto...» Altre risate argentine scrosciarono nella stanza; il ragazzo con la testa fasciata doveva essere un tipo spiritoso. «Non possiamo discutere la questione in questo manicomio», mormorò Tony con poco garbo.

«No, hai ragione, non possiamo.» Ursula si alzò. «Anche se ritengo che non ci sia nulla da discutere. Qualunque cosa tu dica, non servirà a farmi accettare il tuo rifiuto.» Di nuovo, si strinsero la mano come due sconosciuti.

28.

Quando Ursula salutò Tony all'ospedale, decise che non sarebbe tornata a fargli visita: la situazione era troppo difficile. Tuttavia non avrebbe avuto la forza d'animo necessaria a mantenere quel proposito se fosse dipeso interamente da lei. Accadde invece che le autorità, forse a causa dei raid aerei, trasferirono il capitano Balestier in un ospedale nei pressi di Cheltenham.

Poiché lei ormai sapeva che l'embargo sulla corrispondenza era stato revocato, riprese, senza ritegno, la vecchia abitudine di scrivere lettere d'amore. Tony rispondeva con qualche breve messaggio piuttosto asciutto. Ursula apprese che il tempo era bello, che lui se ne stava seduto in giardino per gran parte della giornata, che le sue condizioni erano stabili, che presto sarebbe stato congedato dall'esercito e si sarebbe stabilito nelle vecchie stanze di Temple, che credeva fosse inutile dirle di non scrivere, ma che non appena fosse tornato a Londra avrebbero dovuto affrontare la questione una volta per tutte. In futuro, di lì a qualche anno, se lei lo avesse desiderato, avrebbero potuto frequentarsi di nuovo come amici.

La povera Ursula non sapeva se ridere o piangere. Non riusciva a immaginare di non vedere Tony per anni o di frequentarlo solo come amica! Ma era impossibile affrontare il tema della loro relazione per lettera. Gli fece invece notare un altro punto: le stanze di Temple, all'ultimo piano, non le sembravano affatto adatte a lui. Come sarebbe riuscito a salire e scendere le scale? Il fatto che in ospedale stesse all'aperto tutto il giorno dimostrava l'importanza dell'aria fresca. E poi come avrebbe fatto con il cibo? Era arduo procurarselo in quelle circostanze, con il razionamento e le code. Inoltre, Fleet Street costituiva una calamita per gli aerei nemici. Al di là del pericolo concreto, il rumore delle bombe e la confusione non erano certo salutari per chi versava nelle condizioni di Tony. Ursula sottolineò tutte queste preoccupazioni con veemenza e gliele trasmise a stretto giro di posta.

Un giorno, poco tempo dopo, le venne annunciata una visita da parte del signor Claude Balestier. Si affrettò a raggiungere il salotto perché adorava il fratellastro pacato e serio di Tony, nonostante la sua eccessiva formalità le desse un tantino sui nervi. L'uomo era appena stato a trovare Tony all'ospedale ed era passato per aggiornarla. Ben presto, però, emerse il vero motivo della sua presenza lì: Claude Balestier voleva sapere come stavano le cose tra Ursula e suo fratello. «Mi perdoni per l'invadenza, signorina Winfield», disse con una gentilezza e un'educazione che a lei ricordarono quelle del fidanzato, «ma potrei essere spedito in India in qualunque momento, perché finalmente sono arrivati ordini definitivi, e mi preoccupa lasciare Tony da solo, considerate le sue attuali condizioni. Mi ha detto, o meglio mi ha fatto capire, che il vostro fidanzamento sta volgendo al termine.»

«Forse per lui, ma non per me. E ci vogliono due persone per rompere un fidanzamento.»

«Ah!» Il signor Balestier sembrava sollevato. Forse pensò che sarebbe stato troppo indiscreto indagare oltre, perciò cambiò argomento. «E quell'assurda idea di tornare a Temple? Immagino che Tony gliene abbia parlato. Ha cercato di convincerlo a rinunciarci?»

«Oh, sì, gli ho scritto che era una follia con tutte quelle scale e i raid aerei. Non mi ha ancora risposto. Ma lei che lo ha visto, signor Balestier, ha provato a farlo ragionare?»

«Mi sono soffermato a lungo su tutti gli svantaggi, ma Tony è più testardo di un mulo, come lei ben sa, signorina Winfield. Ha detto che non c'è nulla che possa fare all'aria aperta; dunque non avrà la necessità di salire e scendere le scale. Quanto ai raid aerei, sembra che siano una vera e propria attrazione! Il fatto è che quel povero ragazzo è così abbattuto che non gli interessa né dove andrà né cosa ne sarà di lui. La sua stanza sarà libera a partire dal giorno 10 – gli attuali inquilini la lasceranno comunque –, e trasferirsi lì è l'unico piano che non gli costa grande sforzo.»

«Ma non c'è nessuno che lo possa aiutare! Come farà a procurarsi il cibo?»

«Ho affrontato anche questo argomento. Ma Tony si è lanciato in una lunga tirata sul fatto che nessun uomo incapace di servire attivamente il proprio paese dovrebbe mangiare più del minimo indispensabile. Sembra che la stessa regola valga anche per le visite, perché ho scoperto che intende vivere da solo, segregato nelle sue stanze, con l'aiuto di un'infermiera solo per alcune ore al giorno...» Ursula si lasciò sfuggire un'esclamazione di orrore. «Sì, provi a immaginare un uomo nelle sue condizioni! Tuttavia sono riuscito a convincerlo ad accettare un domestico che gli troverò io. All'inizio era piuttosto riluttante. Sosteneva che era un peccato sprecare il tempo di un uomo normodotato e che gli avrebbe dato fastidio avere uno sconosciuto sempre in giro per casa.»

«Sì, lo odierebbe», commentò lei in tono stranamente assente.

Nonostante Ursula scrivesse a Tony tutti i giorni, decise di non toccare più l'argomento di Temple, con grande sorpresa del giovane. Quando lui lasciò l'ospedale, tornò a essere un civile e prese possesso delle sue stanze insieme al domestico che gli aveva procurato Claude, rimase ancora più stupito del fatto che all'improvviso lei smise di inviargli lettere. Erano cinque giorni ormai che si trovava a Londra e da Ursula non aveva ricevuto una sola parola. Certo, era un'anticipazione di quella che sarebbe stata la sua vita futura. Però le aveva detto che avrebbero dovuto incontrarsi per un ultimo confronto e non capiva perché lei avesse deciso di interrompere le comunicazioni prima di quel colloquio. Forse riteneva più opportuno che non si vedessero, perché in quel modo la separazione sarebbe stata più semplice. E magari aveva ragione. Se solo lui non avesse desiderato così tanto incontrarla a tu per tu! Non che avesse intenzione di riaccendere la scintilla tra di loro al momento dell'addio; non avrebbe fatto quel gioco. L'avrebbe trattata con freddezza. Eppure non era riuscito a impedirsi di pensare che Ursula non avrebbe accettato quel suo distacco. E cosa sarebbe successo se avesse sentito le braccia di lei intorno al collo, le sue labbra sulla guancia? Dalle ultime lettere si era convinto che non fosse una possibilità poi così remota. Mai, né durante il primo lungo anno di fidanzamento, né nel periodo in cui Tony aveva prestato servizio in Francia, Ursula gli aveva scritto con tanta tenerezza e passione. E durante il giorno lui non aveva altro da fare che leggere e rileggere le sue lettere, pensare e ripensare a lei, al loro eventuale incontro, e dimenticare che non l'avrebbe mai più rivista. Perché Ursula aveva deciso di riprendere la corrispondenza? Benché ne fosse stato felice, Tony lo considerava anche un errore e ormai ne era più che sicuro. Del resto, prima in Francia, quando la corrispondenza gli era stata preclusa, e poi a Londra, quando Ursula era convinta che lo fosse ancora, si era abituato al suo silenzio, o comunque stava troppo male per curarsene. Ma Ursula lo aveva indotto a desiderare le sue lettere, a desiderare lei con tutto sé stesso, per poi privarlo di quella gioia.

Tony avrebbe sopportato meglio la situazione se avesse avuto degli amici, ma tutti i ragazzi che conosceva e che non erano morti prestavano servizio all'estero. Il vecchio Claude si era imbarcato due giorni prima, e lui sperava che gli U-boot restassero alla larga dalla sua nave! Era così in ansia! E la situazione al fronte stava peggiorando, nonostante Tony fosse convinto che alla fine i suoi connazionali l'avrebbero spuntata. La vita a Temple era orribile; sì, Ursula e Claude avevano ragione. Aveva detto a Claude che l'ambiente non lo avrebbe influenzato, ma si accorse presto che si sbagliava. Gli pesava non uscire mai, gli pesava immensamente. In quelle piccole stanze si sentiva prigioniero, aveva l'impressione di soffocare. Era assurdo, visto che tanto non poteva camminare. C'erano anche altre cose che lo infastidivano: l'inefficienza della donna delle pulizie, il disordine, l'assenza di bellezza. Non stava così male quando in passato aveva vissuto lì, no? Lo irritava e lo umiliava infastidirsi per quello e anche per il cibo cattivo, servito con poco garbo. Di certo, non aveva mai la tentazione di chiederne una razione supplementare!

Tuttavia ciò che lo seccava di più era il domestico che suo fratello, non senza qualche difficoltà, gli aveva procurato. Anche in quella categoria c'erano gli scansafatiche, pensò Tony con un pizzico di ironia. Quell'uomo era un vero idiota, privo di metodo e di puntualità. Quel giorno aveva la serata libera, ma erano le dieci e avrebbe già dovuto essere di ritorno. Invece non sarebbe rientrato prima delle undici! Inoltre, da emerito idiota qual era, si era dimenticato le chiavi, lasciandole nella toppa quando era uscito. Sarebbe stato un vero disastro, rifletté Tony, se non avesse fatto sistemare vicino alla sua poltrona un aggeggio a molla che gli permetteva di aprire la porta d'ingresso. Anche quella mattina, quando gli aveva parlato, il domestico si era dimostrato più che impertinente. Gli avrebbe dato il benservito se non avesse promesso a Claude di tenerlo con sé. E comunque era difficile trovare un rimpiazzo. Se solo avesse saputo prima della possibilità di usare un giorno le stampelle non avrebbe mai fatto una promessa del genere. Era tutto così strano! Il medico di Cheltenham che gli aveva parlato delle grucce pareva pensare che fosse migliorato, ma non era vero. Nonostante Tony avesse provato più volte ad alzarsi, le gambe erano fuori uso e non sarebbero mai tornate come prima.

In ogni caso, avrebbe scritto a Claude, spiegandogli che, se in futuro fosse stato in grado di muoversi con le stampelle, si sarebbe considerato libero dalla promessa. Sì, come prima cosa avrebbe licenziato quell'idiota di un domestico... Gli avrebbe lanciato le grucce in testa! Me come sarebbe riuscito a sopportarlo finché non fosse giunto quel giorno felice? Come avrebbe fatto a sopportare tutto quanto? Era stufo marcio. La vita – se quella che conduceva poteva dirsi tale – sarebbe stata più tollerabile se avesse ricevuto notizie di Ursula. Se avesse potuto vederla!

Tony non lo sapeva, ma lei non era lontana. Proprio in quel momento stava salendo le scale deserte. Mentre affrontava una rampa dopo l'altra, Ursula ripensava all'unica altra volta in cui era andata a trovarlo lì, una sera d'estate di tanti anni prima. Lui era rimasto sbalordito e non l'aveva nemmeno fatta entrare. Be', lo avrebbe scioccato di nuovo!

Ricordava la porta, che quella volta non era «contrassegnata»: Tony le aveva detto che si diceva così. Bussò con timidezza, si rese conto suo malgrado. L'avrebbe sentita? All'improvviso la porta si aprì da sola, e lei non fu sorpresa perché Claude Balestier, nell'ultima visita prima della sua partenza, le aveva parlato del congegno meccanico. Non si stupì nemmeno di non trovare il domestico: il signor Balestier aveva menzionato il fatto che l'uomo aveva una serata libera, ed era proprio quel giorno della settimana. Quanto pensiero si era dato il povero Claude, e anche lei.

Ormai era in corridoio e la porta si era richiusa alle sue spalle. Cosa doveva fare? Una delle quattro porticine che davano sulla sala era socchiusa e lasciava intravedere un filo di luce. Avrebbe osato oltrepassarla? Si decise a farlo. Bene, era lo studio di Tony, che se ne stava seduto su una poltrona proprio di fronte a lei. Tuttavia il giovane non alzò lo sguardo; era impegnato a leggere. Eppure doveva averla sentita bussare, doveva aver udito il cigolio della porta. Inoltre, chi poteva aver azionato la molla se non lui? Era sicura che avesse un aspetto migliore dell'ultima volta in cui l'aveva visto quel pomeriggio in ospedale: era meno magro, meno nervoso. Che meraviglia!

«Suppongo che tu abbia dimenticato un'altra volta le chiavi, eh?» disse Tony in tono esasperato, continuando a tenere gli occhi bassi.

«Non ho ancora le chiavi.»

«Ursula!» Finalmente, il giovane alzò la testa. La fissava come se fosse un'apparizione e forse credeva davvero di avere le allucinazioni. Era bellissima in quella stanza disordinata e polverosa, con il mantello blu soffice e lucido e un cappello di feltro bianco con una piuma blu. Aveva le guance arrossate, e i suoi occhi incorniciati dalle lunghe ciglia sembravano ancora più grandi.

«Ma ammetto che mi capita spesso di dimenticare le chiavi», aggiunse lei. «Sai che non sono molto brava a ricordarmi le cose!»

«Ursula!» Tony ignorò la battuta e continuò a fissarla. Aveva il respiro affannoso. «Cosa ci fai qui?»

«Non è ovvio?» ribatté lei, sfilando le forcine dal cappello, che appoggiò con cura insieme al mantello, rivelando un abito estivo bianco. «Immagino di potermi accomodare, sebbene tu non mi abbia offerto una sedia.» Rimase impassibile, perché non voleva lasciar trapelare la minima emozione. Tony non doveva agitarsi.

Il giovane la guardava come ipnotizzato. «Perché sei venuta?» chiese alla fine con voce rauca.

Ursula aveva preso posto su una poltrona davanti a lui. «Hai proposto un'ultima chiacchierata, se non sbaglio», rispose.

«Ma non a quest'ora. Sono le dieci di sera. Devi tornare subito a casa.»

«Ho fatto più tardi del previsto, ma a casa non c'è nessuno che mi aspetta. Ho dato la buonanotte a mia madre e al mio patrigno, che è in congedo, per la cronaca. Perciò mi credono al sicuro nella mia camera. Non noteranno la mia assenza fino a domani mattina, quando troveranno un biglietto piuttosto convenzionale in cui spiego loro la situazione.»

«La situazione! Ursula sei forse impazzita? Devi andare a casa. Il mio domestico tornerà da un momento all'altro e non può certo trovarti qui!»

«Be', sarà difficile, perché ho intenzione di trattenermi per tutta la notte e questo posto non mi pare poi così grande.» Il tono di Ursula era ancora calmo. «Tony, non c'è bisogno di agitarsi tanto. Mi rendo conto che questo gesto mi metterà in cattiva luce. Sarò compromessa. E forse il colonnello Hibbert mi proibirà di tornare a Lowndes Square. Sai quanto è tradizionalista riguardo alle donne... persino più di te! Dirà che non sono più la benvenuta in casa sua, come ha fatto quando ero una suffragetta. Ma non avrà nessuna importanza, perché noi due ci sposeremo alle undici domani mattina. Ho ottenuto la licenza. Forse vuoi vederla?» Prese a frugarsi nella tasca.

«Ursula!» Tony sembrava disorientato. «Non l'avrai vinta!» esclamò con veemenza. «Come ti ho detto, non ti permetterò di sacrificare la tua vita per sposarmi.»

«E io ti ripeto che per me non sarà un sacrificio diventare tua moglie.» Ursula si sforzò di tenere la voce bassa. «Quindi siamo d'accordo?»

«No, non ci sto! Non ti sposerò!»

«E allora cosa farai?» replicò lei, giocherellando con il lungo filo di perle blu che indossava. «Chiederai al tuo domestico di buttarmi fuori con la forza? E domani sarò bell'e rovinata.» Sembrava quasi divertita.

«Ursula, vattene subito. Vattene, mi hai sentito?»

Lei alzò lo sguardo, pronta a rispondere a tono, ma rimase a bocca aperta. Aveva l'impressione che le mancasse il respiro, perché Tony era lì in piedi davanti a lei! Si guardarono per qualche secondo, poi lui si lasciò cadere di nuovo sulla poltrona. Ursula corse ad accovacciarsi al suo fianco e lo abbracciò. Il cuore le batteva all'impazzata e, mentre dava un'occhiata alla stanza, gli chiese: «Vuoi bere qualcosa? Del brandy, magari?».

«No, tra un minuto starò bene.» Tony era senza fiato. Rimasero entrambi in silenzio, lui in poltrona e lei accovacciata di fianco a lui. Il tempo passò: avrebbero potuto essere tre minuti come trenta. Alla fine, Ursula sentì il battito del cuore rallentare e farsi più regolare. A quel punto parlò. «Be', questa sì che è una sorpresa!» Tony le rivolse un sorriso incerto. Dopotutto, è inquietante sollevare tutti e due i piedi dalla fossa. «Allora quel medico francese aveva ragione!»

«Sì, aveva ragione.» Benché fosse difficile, Ursula cercò di mantenere il controllo. «E domani, tesoro, andremo da un altro medico, il miglior specialista di tutta Londra. Lo faremo dopo essere passati all'ufficio del registro.»

«L'ufficio del registro? Dicevi sul serio quando hai parlato di licenza di matrimonio?»

«Certamente. Nel biglietto che ho lasciato, ho chiesto alla mamma di presenziare alla cerimonia. Dobbiamo mandare un telegramma a Claude.»

«Sì, il buon vecchio Claude sarà contento. L'ultima cosa che mi ha detto con quel suo modo di fare pacato è stata che non gli sarebbe dispiaciuto lasciarmi solo, a patto che ci fosse stata la signorina Winfield a occuparsi di me. Perché hai smesso di scrivermi, Ursula?»

«Immagino che, come te, non sapessi cosa dire. E poi mi sembrava meschino scriverti senza far menzione della bomba che stavo per sganciare!» Poiché Tony non commentò, lei riprese a parlare. «Non starai ancora pensando a quella stupidaggine del mio sacrificio, vero? Non puoi più crederci, visto che starai bene.» Per la prima volta nella sua voce si avvertiva una nota di ansia. «Tony, non ti dispiace sposarmi, vero?»

«Posso sopportarlo.» Quella volta rise con convinzione. Si voltò appena, abbracciò Ursula, in ginocchio accanto a lui, e la baciò. Poi seguì un altro lungo silenzio.

Fu la ragazza a romperlo. «Tra qualche giorno, quando ti sarai ripreso da tutto questo, andremo in campagna, d'accordo? Oh, Tony, abbiamo tutta l'estate davanti. E sono sicura di poterti aiutare a tornare in forma, a riprendere le forze. Ti insegnerò a camminare di nuovo, un passo alla volta. Sarà come avere un marito e un figlio in un colpo solo.»

«Ma non per sempre, tesoro», la interruppe Tony con dolcezza.

Forse Ursula non aveva capito appieno il significato di quelle parole, o forse fece soltanto finta. «Certo che no», ribatté allegra. «Alla fine dell'estate non sarai più un bambino. Mi aspetto che diventerai forte quanto me e anche di più. Probabilmente ti arrabbierai se vorrò saltare i muretti senza il tuo aiuto.»

«E di sicuro tu continuerai a farlo, nonostante i miei rimproveri.»

Ursula capì che Tony non alludeva all'incidente in campagna con il muretto di pietra, bensì al suo periodo da suffragetta. Così cercò di imprimere un'altra direzione ai suoi pensieri. «Mio caro, sono stata obbligata a combattere per la causa. Per me si è trattato di una sorta di... chiamata. E sono quasi morta per rispondere. Proprio come è successo a te con la guerra. Suppongo che ora la nostra missione sia quella di proteggerci a vicenda, non per morire, ma per vivere. Non è meraviglioso, dopo quello che abbiamo passato? Sì, nonostante tutto, alla fine ci siamo trovati. E sarà per sempre.»

Finito di stampare nel mese di giugno 2023
presso ELCOGRAF S.p.A. Stabilimento di Cles (TN)